新世纪戏曲研究文库
江巨荣 主编

戏曲展演、权力景观与文化事象

丁淑梅 著

复旦大学出版社

丁淑梅，文学博士，中国语言文学博士后，四川大学文学与新闻学院教授、博士生导师，四川大学中国俗文化研究所研究员。研究领域涉及中国古代文学、戏剧史与戏曲学、俗文学、非物质文化遗产传承与在地化实践、域外汉籍与戏曲传播等。出版专著六部，发表学术论文百余篇，多篇为人大复印资料转载；获第十四届四川省哲学社会科学优秀成果二等奖。先后主持多项国家社科基金及教育部基地重大项目等。为川剧理论研究会副会长、成都古琴文化学会副会长、中国韵文学会理事、中国傩戏学会理事、中国散曲研究会常务理事等。

目 录

曲史分层与礼俗下衍

明代权贵与戏曲上行发展关系之检讨 ………………………… 3
原乡无梦南柯成 ………………………………………………… 20
《万壑清音》中的"北曲南腔"与"南曲北调" …………………… 29
清代乡约族训禁戏的次权力话语与礼俗禁戏悖论 …………… 45
双红堂藏清末民初的京调折子禁戏与礼俗下行 ……………… 60
晚清民间戏曲中的"皇权隐退" ………………………………… 74

戏曲展演与传播禁止

禁约装扮竞演与唐代的演剧生态 ……………………………… 87
明代士大夫：戏剧肇祸与道德救赎 …………………………… 102
禁断剧类声腔与明代曲腔的雅俗分野 ………………………… 113
禁毁演剧与明代戏曲搬演形态分层 …………………………… 122
明代禁毁歌谣俚曲与时调小曲的兴起 ………………………… 137
清代禁书目与丁日昌的设局禁书禁戏 ………………………… 153
明清闺训禁戏与女性的戏场想象 ……………………………… 168

清末唱本与巴蜀戏艺景观

清末四川唱本《花仙剑》的妖与仙 ……………………………… 191

清末四川唱本《铍罗当游江南》与地域图景的融合 ………… 207
双红堂藏《三匣剑》与清末四川唱本的关目趣味 ………… 217
散出连缀的排场与在场角色的位移 ………… 231
俗曲唱本与清末四川的醒俗书 ………… 246
蜀伶、天府戏俗与万年台 ………… 265

才女书写与江南梦忆铺展

江南才女的梦与殇 ………… 273
思齐谐得与情义执守 ………… 287
持身传家与眷属依归 ………… 291

面具表情与民间戏曲记号

傩戏面具与"非物质"之道 ………… 299
歪嘴秦童与傩戏面具的变形异出 ………… 311
面具的表情与类型学分析 ………… 321

曲史分层与礼俗下衍

明代权贵与戏曲上行发展关系之检讨
——以臧贤和郭勋为例

明代中前期，在民间戏曲相对沉寂、文人对戏曲关注有限的情况下，戏曲却在社会上层那里获得了保留火种的空间。众所周知的是，藩王朱权、朱有燉都是戏曲理论家和戏曲作家。除此之外，还有一些权倾一时的权贵，也对戏曲发展产生过重要的影响。主持编集《盛世新声》《雍熙乐府》的臧贤和郭勋，就是这样的人物。《盛世新声》《雍熙乐府》分别刊刻于正德、嘉靖年间，是明代最早的剧曲、散曲合选选集。正德、嘉靖是明代戏曲发展的转折时期，是明代戏曲由低迷走向高潮的时期。而《盛世新声》《雍熙乐府》的编订，正出于这个转折的起点，收集了大量元明剧曲、散曲乃至时曲，可看做是对嘉靖以前戏曲发展的资料总结。而编辑这两部书的臧贤和郭勋，都是当时红极一时的权贵。臧贤，正德年间曾任教坊司奉銮。他虽是伶人出身，最高官位也不过九品，但他曾经深得明武宗宠幸，权力极大，成为正德年间的一个著名权贵。郭勋则是贵族出身，袭爵武定侯，后又加封翊国公，是嘉靖朝势力很盛的权贵。两个权贵发起先声，编订戏曲选本，整集嘉靖以前的戏曲精华，为后来戏曲选本的编刊提供了一定的范式意义，也为戏曲创作的繁荣提供了动力，在明代戏曲史上拥有重要地位。以明代上层的戏曲文化好尚为背景，考察作为权贵的两位编者的戏曲活动与编选理念，可以厘清和进一步讨论明代权贵与戏曲上行发展之间的关系。

一、臧贤、郭勋与明代上层文化圈热衷戏曲的风尚

郭勋,生于明成化十一年(1475),卒于嘉靖二十一年(1542)。其五世祖郭英是明朝开国功勋,于洪武十七年(1384)封武定侯。正德三年(1508),郭勋袭爵。袭爵之后,郭勋又历任两广总督、三千营、团营等军机要职。正德十五年(1520),明世宗即位。明世宗即位进京时,郭勋是警卫皇城的官员之一,初得信任。世宗继位不久,爆发了"大礼议"之争,世宗想尊生父为"皇考",郭勋是明世宗坚定的支持者,更得世宗信任。嘉靖十八年(1539),郭勋被封翊国公,荣宠达到顶点。嘉靖二十年(1541),"给事中高时尽发勋奸利事,且言交通张延龄"①,惹怒嘉靖帝,郭勋被逮捕入狱,次年死于狱中。作为嘉靖时期明世宗最为器重的宠臣之一,郭勋不仅在迎驾世宗时稳定皇城局势有功,在"大礼议"中更是世宗坚定的支持者,此外,世宗还委派郭勋参与营造慈宁宫、扈从顺天府等重要事项,可见其在朝堂之上的权力优渥与政治影响力。

臧贤,字愚之,别字良之。夏县人。正德三年(1508),武宗大招乐人,臧贤以伶人进。不久,他就交结权贵钱宁,获得武宗宠幸。正德六年(1511),升为教坊司奉銮。正德十三年(1518)他申请辞归,未获批准。而正是在此次辞归的前一年,他编集了《盛世新声》。但是后来,他结交宁王朱宸濠谋反,在京城作为内应。"宸濠遣使厚遗之……禁中动静莫不密报于濠。"②正德十四年,宁王起兵失败,臧贤被捕。对于他的结局,一说死于狱中,一说被发配广西,钱宁惧怕臧贤连累自己,在其发配途中派人暗杀。臧贤的出身虽远不如郭勋,但得宠之时也是势位显赫。《国榷》载:

---

① 张廷玉等:《明史》,中华书局1974年版,第3823页。
② 王世贞:《弇山堂别集》,中华书局1985年版,第1843页。

贤得幸于豹房,赏赉巨万,赐以飞鱼服。甲第奢僭,缙绅以贿进。尝奉命祠泰山,守令服谒,监司郊劳,不知为伶官也。①

可见其虽身为伶官,但实际地位几乎与王侯无异。不仅可以代表皇帝行使祭祀之事,三司大臣都对他毕恭毕敬,权势不可谓不显赫。

臧贤和郭勋,都与明初的戏曲文化活动密切关系。臧贤是教坊司最高长官,作为宫廷戏曲的主管人,自然会接触和参与不少作为宫廷礼仪不可或缺的组成部分的戏曲演出活动。而郭勋也曾蓄养家班,雅好戏曲。他们对戏曲发展最直接的贡献,就是分别主持编集了《盛世新声》和《雍熙乐府》。臧贤和郭勋编集两部戏曲选本,显示了权贵参与戏曲的专业眼光和深度,说明在明代,权贵对于戏曲的关注,已经并非仅仅停留在欣赏、观看、创作的层面上。之所以如此,和明代中前期皇室贵族热衷戏曲的氛围和风尚有关。

虽然明王朝初立之时,就颁布了一些戏曲演出的限令,但是皇室集团自身,却对于戏曲演出极为热衷。正是为了满足戏曲创作和演出的需要,明初就相继设立了教坊司和钟鼓司。明成祖朱棣喜好戏曲,宠任杨景贤、汤舜民等词曲见长的文学侍臣。而宣宗、英宗、宪宗皆对戏曲兴趣十足,他们在位时,曾多次招募优伶艺人扩充钟鼓司。及至武宗,更是痴迷于戏曲,经常以观看戏曲为乐。所谓"上之所好,下必从之"。皇室对于戏曲的喜爱,必然也会波及官僚尤其是幸臣之中。有的幸臣正是通过戏曲博取君主欢心,进而受宠。正德年间权倾一时的太监刘瑾,就是在钟鼓司以俳优表演取悦武宗。"瑾朝夕与其党八人者为狗马鹰犬,歌舞角觝以娱帝,帝狎之。"②可见,通过戏曲和表演愉悦武宗,成为获得武宗宠幸的重要方式之一。而臧贤同样是以伶人的身份获幸武宗。所以,臧贤的得宠,首先得益于皇室尤其是皇帝对戏曲的痴迷。而无论是伶人还是官宦,为了荣华富贵就必须投皇帝之

---

① 谈迁:《国榷》,中华书局1958年版,第3151页。
② 何乔远:《名山藏·宦者杂记》,福建省文史研究馆1993年版,第5651页。

所好,因此他们通过各种戏曲节目的编排、剧作的编创来取悦皇室,以求升进。

嘉靖皇帝明世宗虽鲜有关于热爱戏曲的明确记载,但是他却热衷小说。他幼时喜读《三国演义》和《水浒传》,有学者认为,嘉靖初年以官方名义相继刊刻《三国演义》和《水浒传》,就和世宗的倡导有关。而目前所知《水浒传》最早的刊本,是郭勋所刻的武定本。所以,郭勋当初刻《水浒传》,很可能也是为了投世宗之所好。而之后,他为了申请五世祖郭英进入太庙,又仿照《三国演义》和《水浒传》的模式,组织文人编写了《英烈传》,表现其祖上郭英开国之功。值得一提的是,郭勋不仅组织文人编写《英烈传》,而且组织家班的优伶在世宗面前排演,并最终打动了世宗。这说明虽不见明世宗对于戏曲态度的直接记载,但是他也是喜爱戏曲的。而郭勋正是利用了这一点,编写小说,编排演出,投皇帝之所好,达到自己的政治目的。郭勋编辑《雍熙乐府》,亦是出于政治目的,为讨得明世宗欢心。他曾经将《雍熙乐府》献给世宗,世宗见首篇"国泰民安太平了"一句,"色动曰:太平岂有了时耶?"[①]要求郭勋把"了"字改为"好"。后来得知是仁宗喜爱之曲,才没有改。虽然未改,但可见郭勋献给嘉靖帝《雍熙乐府》,主要是为了投上所好,具有政治投机性。

所以,权贵关注戏曲、参与戏曲,和明代中前期皇室贵族对戏曲的热崇有关。皇帝、贵族热爱戏曲,因此不少臣僚官宦若想取得权势或其他政治利益,就可以通过戏曲博取皇帝的欢心。臧贤以优伶身份获得武宗宠幸,郭勋以《雍熙乐府》讨好世宗,并通过编排《英烈传》促成政治目的,正是皇室崇爱戏曲、君臣上下勾连的必然结果。值得注意的是,臧贤、郭勋编集戏曲选本,显然与朱权、朱有燉这样的藩王宗室参与戏曲创作的角度已很不同,这种权贵之于戏曲的互动关系,可能需要重新清理并加以检讨。

[①] 宋懋澄:《九籥集》,中国社会科学出版社1984年版,第218、219页。

二、从权臣到罪臣——编者湮没与版本失录

《盛世新声》和《雍熙乐府》虽然编集目的具有一定的政治投机性,但是它们收集了丰富的元明曲作,仍具有极大的价值和贡献。臧贤和郭勋分别是正德、嘉靖时期荣宠一时的权贵,虽然他们主持编集了两部选本,但是两部选本在流传过程中,编者的名字却湮没无闻。

现存最早的完整《盛世新声》刊本为正德十二年(1517)刊本,卷前有"盛世新声引",但未署撰人。嘉靖四年(1525),张禄据《盛世新声》扩编而成《词林摘艳》,前有刘楫序言,称《盛世新声》编者乃是梨园中人。而张禄自序,则只言"正德间,哀而辑之为卷",并未提及编者。嘉靖时期,还有一个伪本《盛世新声》,乃是《盛世新声》和《词林摘艳》的杂录,此本所题编者是"张禄",显然是伪托。万历二十四年(1596)又有《盛世新声》的内府刻本刊印,同样不见编者的名字。可见,自嘉靖以后,《盛世新声》编者的名字就已经无存了。直到近代,福州龚氏大通楼藏有一种明刻本《盛世新声》,曲辞前刻有"樵仙戴贤思之校正刊行",学者经过考证,"戴贤"乃是"臧贤"的涂改①,至此才确证臧贤就是《盛世新声》的编者。据郑振铎先生推测,这个印有"臧贤"校正刊行的刊本,可能即为原刻本。因为这个刊本不仅印有编者名字,而且是现存刊本中唯一单独附有"万花集"的刊本,而在嘉靖年间《百川书志》之中,记载"万花集"附于《盛世新声》之后,可见这个刊本最符合原刊本的风貌。这个刊本刊刻年代不详,应当不会早于正德年间,但是它透露出一个重要信息:原刊本印有臧贤的名字,但是及至正德十二年再次刊刻时,臧贤的名字已经抹去。

《雍熙乐府》的流传拥有同样的特点。《雍熙乐府》的版本主要有:

---

① 龚氏收藏此书,便怀疑"戴"字乃是"臧"字的涂改,之后黄缘芳、汪蔚林等人皆确认"戴贤"即"臧贤"。详见王钢、王永宽《〈盛世新声〉与臧贤:附说〈雍熙乐府〉与郭勋》(《文学遗产》1991年第4期)。

嘉靖十年辛卯本(1531);嘉靖十九年庚子楚藩本(1540);嘉靖四十五年丙寅本(1566);万历年间"海西广氏编"本;清代许友绪配补抄本。其最为流行的刻本是嘉靖四十五年刻本,但是未题撰者。而对比其初刻本、即嘉靖十年(1531)的刻本才发现,原刻本多出一篇序言。序言为春泉居士王言所作,云:"太傅武定侯苍岩郭公,当太平无事之时,偃武修文之日,遍阅宋元迨我朝文人所作词曲,采而辑之,凡二十卷,将锓梓以广其传,题曰《雍熙乐府》。"①其明明白白写着编者乃是郭勋。可见,嘉靖四十五年(1566)的刻本有意去掉了此篇序言。

按照常理,两部选集价值很高,影响很大,加之编者的权贵身份,他们的名字理应流传后世,与选本共享殊荣才对,可是为什么偏偏湮没无闻,甚至需要后世学者考证,才能确认他们是两部选集的编者呢?其中主要的原因,或许与他们荣宠之时未能洁身自好,最终违法乱纪,身败名裂的政治命运和人生结局相关。

臧贤和郭勋获得荣宠之后,利用手中的权力贪赃枉法,玩弄权术,迫害士人臣僚,干预司法伦常。郭勋曾经庇护妖人,陷害忠良。《名山藏》曾载:"郭勋者,贪婪纵不群也。……山西人张寅即妖人李福达也,以方往来勋家,其仇薛良首告之。巡按御史马录,录捕寅急,寅急求勋书为解。"②后来郭勋勾结张璁等人,使得马录下狱,李福达反而无事。此外,郭勋常常克扣军费,霸占庄田。户部尚书梁材弹劾他,反被罢官。而臧贤也曾帮助钱宁讥刺名臣杨一清,致使杨一清一度请退。

正因为他们位高权重,种种劣行,惹得朝野大臣十分震怒,纷纷弹劾。嘉靖时不少大臣抨击郭勋"赋性奸回,立心险诈,阿奉权贵,叨受天恩"③、"中外皆知其为天下之大恶、朝廷之大蠹也"④。四川御史谢瑜更把郭勋和严嵩等人并列"四凶"。而对于臧贤,《明史》评论云:"武宗日事般游,不恤国事。一时宵人并起,钱宁以锦衣幸,臧贤以伶人

---

① 转引自陈洛嘉《国家图书馆所藏辛卯本〈雍熙乐府〉考》(台北《"国家图书馆"馆刊》2012年第1期),陈氏引自台北"国家图书馆"藏嘉靖十年刊本《雍熙乐府序》)。
② 何乔远:《名山藏·宦者杂记》,福建省文史研究馆1993年版,第4415页。
③ 陈子龙等:《明经世文编》,中华书局1962年版,第2425页。
④ 同上书,第2427页。

幸……祸流中外,宗社几墟。"①可见,臧贤和钱宁等宠臣仰仗明武宗宠幸,为祸不小。

郭勋和臧贤虽然是红极一时的宠臣,但他们,作恶乱为,触犯国法,不仅声誉最终败坏,也都因罪获刑而终。由此可知,正是因为他们从权臣最终变为罪臣,使得死后的刊本有意避讳他们的名字,导致他们的名字无法和两部选集一起流传后世。而名字的隐去,不仅是他们个人的损失,对于两部戏曲选集的流传,也有很大的负面影响。本来以他们的权势,如果最终没有成为罪臣,无疑将使两部选集获得更好的传播。但是他们成为罪臣之后,名字被隐去,致使印有二人名字的初刻本被边缘化,其他选本的传播也受到一定影响。据统计,明清两代的目录书中,记载《雍熙乐府》的多达15部,但是只有康熙年间《楝亭书目》著录"郭勋",其余目录书中,皆不著"郭勋"名字。明代王圻《续文献通考》"乐律"著录为楚藩刻本,清代嵇璜《续文献通考》"词曲"著录为万历年间"海西广氏"本,《四库总目》著录的也是"海西广氏"本。《天一阁书目》《八千楼书目》等著录的是嘉靖四十五年本,也无郭勋名字。而著录《盛世新声》的目录书也全部没有"臧贤"的名字,《百川书芯》《丁顷堂书目》都只是言"正德中人"编。可见,不仅在现实的版本流传中,印有"郭勋"、"臧贤"的版本被边缘化,即便目录书中也几乎不见二者名字,致使后人对印有二者名字的版本了无确知。

事实上,两个印有二者名字的初刻本,本身质量非常高。不仅编排完整,而且刻书也很精工。反倒是后出的版本,内容上与初刻本并无太大差异,编刻上不仅未对它们进行超越,反而很多不如初刻本。比如《盛世新声》后来的版本,编排皆有一定问题,给人以杂凑之感:正德十二年本有的卷次印有"甲集"、"未集",有的则未标;大部分卷次目录未标题目,"越调"卷却标有题目;而"万花集"干脆附于书尾,未做任何说明。而万历年间"海西广氏"编的《雍熙乐府》,则更是只有十三卷的节选本,然而此本却为《四库总目》所著录,以至于连王国维都误

---

① 张廷玉等:《明史》,中华书局1974年版,第7875页。

以为此本才是初刻本,令人唏嘘。所以,印有臧贤、郭勋名字的初刻本传播不利,并不是因为它们本身质量不高,也不是因为后世刻本对它们有什么超越,而很可能只是因为,流传过程中人们看到印有罪臣名字,即有意加以了排斥。而后来的刻本和目录书干脆就把他们的名字隐去。初刻本被排斥,其他选本因为无编者姓名,也必然受到一定的轻视,导致无论初刻本还是后来刻本,都在传播中受到轻忽而至隐没。

明代正德、嘉靖时期,戏曲在一般上层社会还大多被视为俚俗小道,未能得到上层文化圈的普遍认同,此时两个权高位重的权臣贵族发起先声,主持编撰了两部大型的戏曲选本,这无疑对于明代戏曲史的发展具有重要的意义。然而,虽然两个选本无论从编集还是刊刻都具有很高的水准,可惜却因为编选者后来在政治上的身败名裂,其选本的传播也受到种种牵累,隐没在为人忽略的角落里,不得不说是戏曲史上的一大憾事。

三、颂圣和祝寿——皇权思想覆盖下的编选理念

臧贤和郭勋的权贵身份,不可避免的会影响到他们编集《盛世新声》和《雍熙乐府》的观念。这两部选集,体现了鲜明的皇家贵族和统治阶层的意识形态。它们的名字即直接表明立场,"盛世新声"标榜"盛世",而"雍熙乐府"的"雍熙"之意,《雍熙乐府》嘉靖十年刊本,有春泉居士所作序:

> 窃惟雍和者也,熙亦和者也,是稽古唐虞雍熙是已。盖以上有尧舜之君,下有禹稷之臣,百度具新,四方风动,可为雍熙之世矣……有雍熙之世而无雍熙之曲,固不能鸣雍熙之盛,苟非雍熙之世而有雍熙之曲,讵能以享雍熙之福哉?今公当雍熙之世传雍熙之曲,是得以鸣雍熙之盛而享雍熙之福者,乃又不私所有,欲使天下之人皆歌雍熙之曲,而乐雍熙之化……以鸣国家太平

之盛。①

可见无论是"盛世"还是"雍熙",都具有宣扬太平盛世、颂扬歌舞升平之意。

从选本内容看,二者不仅收录大量歌功颂德、粉饰太平的曲辞,而且这些曲辞往往排列于每卷卷首。《盛世新声》十卷,有近六十篇以庆赏天下太平、祝赞皇朝圣明、歌舞宴饮娱乐为题材的曲辞,占了总共曲辞的近四分之一,其中有六卷是以颂圣、庆赏的曲辞为篇首。《雍熙乐府》更甚,在前十五卷北曲当中,有十四卷是以颂圣曲辞为篇首,有的卷次甚至开篇连续两三篇都是祝颂、宴赏的曲辞。

这些颂圣、庆赏曲辞主要分为两类,一类是祝赞国家盛平、庆赏太平盛世。《雍熙乐府》全卷的开篇就是:"【醉花阴】国祚风和太平了,是处产灵芝瑞草,圣天子美臣僚,法正官清,百姓每都安乐。"②而这一篇曲辞,还被收录在《盛世新声》卷二的篇首。《雍熙乐府》卷二开篇的曲文是:"【端正好】圣天子统华夷,际龙虎风云会,有贤臣宰辅扶持,八方宁靖干戈息,胜舜代过尧世。【滚绣球】保山河壮帝基,辅宽仁四海归,顺天心应垂祥瑞,千邦进万国来仪。"卷八为:"【一枝花】皇都锦绣城,江左繁华地,累朝天子阙,万载帝王基,水秀山奇,百姓多豪贵,庄农禾稼齐,幸遇着盛世明时,端的是丰年稔岁。"这些曲辞也全部收录于《盛世新声》。这些曲辞多是文学侍臣或宫廷艺人所作,几乎都是华丽的辞藻阿谀太平盛世,大量堆积华丽的词汇,描写盛平的景象,艺术水准和内涵意义都不高,但是却占据显要的地位。

另一类庆赏曲辞是"宴飨祝寿",也是体现了权贵立场和日常宴享生活。例如《雍熙乐府》卷四:"【村里迓鼓】则为圣皇眉寿,今日个百司

---

① 转引自陈洛嘉《国家图书馆所藏辛卯本〈雍熙乐府〉考》(台北《"国家图书馆"馆刊》2012年第1期),陈氏引自台北"国家图书馆"藏嘉靖十年刊本《雍熙乐府序》。
② 引自双红堂藏嘉靖四十五年(1566)刊本《雍熙乐府》("双红堂"为日本著名书志学家长泽规矩也书斋名,源自长泽规矩也得明宣德十年(1435)刊本《新编金童玉女娇红记》,崇祯本《新镌节义鸳鸯冢娇红记》,而小说《娇红记》一名《双红传》,后归东京大学东洋文化研究所"双红堂文库")。

同会,摆列着金枝玉叶,朝凤阙齐临丹陛,你看这鸾车凤辇,锦衣花帽,有他这豪贵,更那堪九卿排,三司列,六宰齐,是看这列虎贲簪缨大职。【元和令】贺长生延寿杯,蟠桃结九千岁,则愿的吾皇圣寿与天齐,万邦来皆进礼。"①又如《盛世新声》《雍熙乐府》同时收录的:"【点绛唇】国泰隆昌,万民仰望,山河壮,圣寿无疆,玩赏在金銮上。……【寄生草】我则见金銮殿,列两行,文臣武将公卿相,赞吾皇稳坐蟠龙上。大明一统山河壮,寿绵绵永享锦封疆,奎星耿耿明天象。【尾声】万国尽来降,四海无征荡,大贤门用选俊良,普天下黎民朝圣王,永延年福寿双双,赞吾皇明主荣昌,举案齐眉进玉觞,摆列着稀奇异相,高擎着佳酿,则愿的圣明天子永无疆。"此类祝寿词,或是祝皇帝之寿,或是祝权臣之寿,其实和歌功颂德的曲词是一个系统,虽是以皇帝、权贵个人之寿为主,但最后还是要上升到祝赞国家之寿的高度。

这些歌功颂德、祝寿庆赏的曲词在两部选集中占据重要篇幅,显然和臧贤、郭勋的权贵身份有着重要关系。他们受宠于皇帝,是统治阶层的官僚,自然而然要美化、歌颂他们统治的国家。不过,这些奉承歌赞的作品,只是华丽词语的堆积,鲜有艺术成就可言。而且,正德、嘉靖时期,流寇猖獗,藩王叛乱,也远不是曲词歌颂的那样太平,所以这些曲词具有很强的欺骗性,只是皇室贵族自我标榜、满足自己声色娱乐的工具而已。因此,权贵编辑的选集,收入大量价值不高的歌功颂德、宴飨祝寿之词,降低了其选本的含金量,这是臧贤、郭勋的权贵立场给予戏曲选集和戏曲带来的负面影响。

当然,作为戏曲选集,《盛世新声》和《雍熙乐府》也并非全部都是颂圣宴乐的曲词,事实上,这两部选集的曲词内容还是相当丰富的。其中,以其收录的杂剧为例,有从历史剧《气英布》《苏武还乡》中选出的曲词,有从《芙蓉亭》《流红叶》等爱情剧中选出的曲词,也有从《黄粱梦》等神仙道化剧选出的曲词。还有一些宣扬避世全身观念的曲词,例如《七里滩》《范蠡归湖》等剧作曲词。而《梧桐雨》《汉宫秋》《倩女离

---

① 双红堂藏嘉靖四十五年(1566)刊本《雍熙乐府》。

魂》等名剧也有大量选录。而从散曲看,两部选集也选录了大量民间爱情、文人隐逸、市井生活、讽刺嘲笑类的曲作。总之作为戏曲选集,《雍熙乐府》和《盛世新声》的选择题材还是很丰富的。但是需要注意的是,虽然题材选择丰富,但是都有一个共同标准:不能违反统治阶层的正统观念和伦理意识,不能涉及不利于统治的曲词。这些题材中,爱情曲词多属于皇帝贵妃、才子佳人的爱情,不能涉及违反儒家伦理的爱情;历史剧都是咏赞忠臣良士,不能有赞美叛臣贼子的曲词。而神仙道化和避世全身的曲词,旨在宣扬消极隐退的政治妥协思想,更不会对统治阶层构成威胁。所以,这些丰富的题材都是规限在强化皇室统治的思想意识之内。

所以,《盛世新声》《雍熙乐府》的编选理念,具有明显的皇权和正统意识。首先,颂圣的作品是选集最为核心的构成,这些作品数量并非最多,但都安排在每卷的开篇或显要位置,以彰显其重要的地位。其次,贵族宴飨的题材占据很多篇幅,其实也是"颂圣"题材的一种延伸。最后,虽然也选有其他题材类型的作品,但无论从质还是量上,都不足以与皇权统治思想覆盖下的主导理念和编选体例相匹衡。

四、权位之优养——臧贤、郭勋之于戏曲的积极影响

虽然从权臣到罪臣,让两部戏曲选集的传播受到影响。两部选集本身,也具有浓厚的皇家意识形态。但是臧贤和郭勋编集两部选集,还是可以看出权贵对于戏曲的积极意义。事实上,从明初的藩王朱权、朱有燉即可看出,上层文化圈之于戏曲是有很大贡献的。朱有燉和朱权是明前期影响最大的剧作家和戏曲理论家。正是他们的创作和戏曲研究,维系了杂剧在明代前期的生机,保存了相当丰富的戏曲史料和文献。

相比于藩王,郭勋和臧贤没有创作能力,毕竟藩王往往从小会接受较为系统的文化教育,而臧贤乃一伶人,郭勋是武臣,文化素养有

限。但是,他们也拥有和藩王一样的优势。首先,他们掌握着丰富的文献资源,控制着大量戏曲专业人才。在明代中前期,戏曲文献主要保存在上层文化圈,而很多优伶、乐人也是由上层权贵蓄养,这就使得权贵掌握着文本和人才两个方面的戏曲资源,可以编纂、整合戏曲文献、剧目。其次,他们拥有较高的权位和声望,从而拥有话语权,这就使得他们倡导的理念,拥有更为广泛的影响力。这些优势,使得藩王没有涉猎曲选编纂之时,他们同样有能力填补空白,从而对戏曲发展产生了积极的影响。

(一) 丰富的剧目来源与专业的编选眼光

在明代中前期,关于戏曲的书籍主要掌握在皇室贵族的手中。洪武初年,朱元璋为了宣教和控制藩王,赐予藩王词曲一千七百本。这说明在皇室之中,词曲、戏曲书籍数量惊人。而且当时,戏曲书籍也主要是在统治阶层流通。除了皇室贵族,掌握戏曲书籍的主要人群和机构,就是教坊司或内府。据现存杂剧数量最多的赵琦美《脉望馆古今杂剧》来看,其所存242部作品当中,有95种是抄自内府本,其中大量剧本注明"教坊编演",可知教坊司和内府存有大量戏曲剧本。所以,臧贤、郭勋这种权贵,在编纂选集时,拥有着天然文献优势。臧贤是教坊司最高长官,所掌握的词曲剧本自不必说。郭勋虽然在戏曲剧本上没有优势,但是其家族累世藏书,也积累了大量的图书文献,而且以他的权势,也可以向皇室、内府索要文献资源。所以,他们在编纂戏曲选集时拥有得天独厚的资源优势。

众所周知,在臧懋循《元曲选》问世以前,收录杂剧的选集和总集都不多,只有李开先《改定元贤传奇》、陈与郊《古名家杂剧选》和《脉望馆古今杂剧》等寥寥几种。而《盛世新声》和《雍熙乐府》作为戏曲选集的开先声者,对比其他明代较早的戏曲集刊,可以发现它们保留了不少独有的作品,也可以发现它们确立了一定择取标准。

《盛世新声》中,收元杂剧30种,明杂剧8种。《雍熙乐府》收元杂剧49种,明杂剧35种。其中,有28种元杂剧和8种明杂剧是两部选集皆有的。而如果对比嘉靖、万历时期的重要杂剧选本《改定元贤传奇》《古名家杂剧》和《元曲选》，有 25 种元杂剧和 29 种明杂剧是只见于《盛世新声》或《雍熙乐府》。其中，《流红叶》《箭射双雕》《芙蓉亭》《贩茶船》《叹骷髅》《苏武还乡》《谒鲁肃》《栾巴噀酒》《范蠡归湖》《秦少游》《海门张仲村乐堂》《汉公卿衣锦还乡》等都是非常罕见的剧作。此外，作为明代前期创作数量最多的剧作家，朱有燉的杂剧在永乐到正统年间是以单种刊本流传。最早结集是嘉靖三十七年(1558)的《杂剧十段锦》，收朱有燉杂剧 8 种。但是早在正德年间，《盛世新声》就收录了三种朱有燉杂剧的曲词。而嘉靖十年的《雍熙乐府》，更是收录了多达 31 种朱有燉杂剧的曲词，已经囊括了朱有燉所有现存的杂剧。由于朱有燉杂剧最开始是在内府流传，所以显然，臧贤和郭勋这种权贵，能够最早获得朱有燉最丰富的杂剧作品。所以可见，臧贤和郭勋掌握着极为丰富的元代戏曲文献。

另外值得一提的是，两部选本都为南曲专设一卷，收录的南曲多达 80 余套，不仅收录了《拜月亭》等经典戏文，还收录了《乐昌公主》《王祥卧冰》《唐伯亨因祸致福》等已经亡佚戏文的部分曲辞。这说明在明前期，南戏在民间一直盛行，甚至一定程度还影响到宫廷，否则这两部选本不可能为南曲专设一卷。两部选本在南戏不登大雅之堂的时代能够颇有眼界的专门开设一卷，保存了珍贵的南戏文献，同时也间接反映当时南戏的发展状态，这不得不说是一件大功绩。没有臧贤、郭勋主持这两部选本，可能早期南戏的不少文献都会湮没无闻，后人也无法还原明代前中期南戏发展的真实历史。而在南戏还未壮大成为明代传奇并主流曲坛的时代，两个选本能够收录南曲 80 多套，也显示其对新起南戏的关注及其整集戏曲剧作与文献资源的眼光。

除了拥有丰富的文献资源，如果再对比其他选集，可以发现两部选集在择取作品的标准上具有一定的榜样和示范意义。二者共收的《黄粱梦》《梧桐雨》《汉宫秋》《丽堂春》《两世姻缘》《倩女离魂》以及《雍熙乐府》收录的《王粲登楼》《扬州梦》《金钱记》分别被后来的《古名家杂剧》和《元曲选》收录。二者共同收录的《气英布》《范张鸡黍》《虎头牌》等均被《元曲选》收录。而这些杂剧剧作,基本也都是元杂剧中的经典和上乘。这说明,两部戏曲选集不仅文献丰富,而且拥有专业的人才,从各种文献中提炼出优秀的作品。毕竟,臧贤领导教坊司,而教坊司里必然拥有大量的戏曲人才。而从郭勋刊刻《水浒传》、编写《英烈传》以及组织伶人献演嘉靖帝来看,其手下从事创作、表演的人才也相当不少。

所以,权贵组织和收拢的门人和手下,具有较为专业的眼光,他们选择的作品都具有很高的水准。他们便利而直接地利用了内廷以及贵府所藏的珍稀文献,并加以裁汰、整合、收纳,最后编刊成集,为后来的戏曲辑录提供了一定的标准和范式。

总之,在万历以前,皇室和权贵掌握着丰富的戏曲文献资源,控制着大量戏曲专业人才,所以《盛世新声》《雍熙乐府》这样具有标志意义的戏曲选集,因为权贵或贵族的参与才终得以完成。虽然臧贤和郭勋的编集含有功利目的,但客观上对于元明戏曲文献、剧作的收集和整理都具有了积极而深远的影响。

(二) 归大雅与小道之弃取

权贵介入戏曲和曲选,对于抬高戏曲地位、增加戏曲影响力也有积极影响。在元代,戏曲还是俚俗小道,不登大雅之堂。但是到了明代,皇室和权贵却大力宣扬戏曲有助于国家世风的功用,把戏曲从仅仅供乡野村夫娱乐的功能,抬高到教化世人、裨益国家的高度,无疑是对戏曲地位的一次肯定。虽然皇室、权贵这么肯定戏曲的功用,不排除是为自己声色娱乐寻找冠冕堂皇的借口,但是客观上,还是对戏曲摆脱俚俗小道的偏见起到了推助作用。早在明初,朱权、朱有燉这样的皇室贵族戏曲家,就鼓吹戏曲的宣教功能。朱权《太和正音谱》序云:"天下之治也久矣。礼乐之盛,声教之美,薄海内外,莫不咸被仁风于帝泽也,于今三十有余载矣。……夫礼乐虽出于人心,非人心之和,无以显礼乐之和;礼乐之和,自非太平之盛,无以致人心之和也。故曰治世之音安以乐,其政和。"①他宣称戏曲具有"礼乐"、"国风"同样的作用,无疑是对戏曲地位的一次极大肯定。而臧贤和郭勋主编戏曲选本,同样是鼓吹戏曲教化人心、宣导民风的功用。虽然序言和引言并非他们亲自所写,但是无疑都是紧贴选本主旨、反映选本意志之言。"盛世新声引"云:"夫乐府之行,其来远矣。有南曲北曲之分,南曲传自汉、唐、宋,北曲由辽、金、元,至我朝大备焉。皆出诗人之口,非桑间濮上之音,与风雅比兴相表里。"②它特别强调了戏曲绝非"桑间濮上之音",而是"风雅比兴表里"。众所周知,"风雅"乃是儒家正统经典,而"桑间濮上之音"被认为淫乱之词。把戏曲从"桑间濮上之音"中划出,进而和"风雅"并列,无疑是认为戏曲和"风雅"一样具有宣教、感化的功能,是对戏曲地位的抬高。

除了把戏曲和"风雅"并列,肯定它有补于世的功用,《盛世新声》和《雍熙乐府》还都强调戏曲乃是属于"乐府"的系统,对戏曲从形式上进行了肯定。在明代,"乐府"已经具有正统、高雅的内涵,朱权就曾把"乐府"和"俚歌"相对。《雍熙乐府》特意强调了戏曲乃是"乐府"系统,《雍熙乐府》春山序云:"夫乐府之名起于汉,是后代有作者,体制渐严。至于今日,独益精。斯乃文词之最工,声律之大备也。其体制有十七宫调……各从其属,一句之内不可乱下,一字一调之中不可混施。一曲自非高才博学,妙解音律者,不能按腔填词,使情明、语畅、稳谐。乐府何者,盖前人阅历既多,腔谱已定,声分平仄,字别阴阳,至精至备,本不可易。故于措词之间,其字其音,一有出入,即非家法,弗惬人心,何以传久远,被弦管哉! 故此为词林之绝技,艺苑之至难也。文人才士往往难言之,求其究心精专,独臻其妙者,代不数人而已。"③把戏曲称之为"词林之绝技,艺苑之至难",宣称"文人才士往往难言之",无疑是对戏曲地位的一次极大扭转。它不再是文人"不屑为之"的"小道",而是文人"难为之"的"至难",无疑是对戏曲地位的提升。

---

① 俞为民、孙蓉蓉:《历代曲话汇编·明代编第一集》,黄山书社 2008 年版,第 29 页。
② 臧贤:《盛世新声》,文学古籍刊行社编辑部 1955 年版,第 7 页。
③ 双红堂藏嘉靖四十五年(1566)刊本《雍熙乐府》。

虽然《盛世新声》《雍熙乐府》两个选本在主导观念上遵从和宣扬戏曲"归于大雅",但从其选篇类型看,却并没有完全撤弃"俚俗小道"之作品。在两部选集里,俚俗之作虽存录不多,但是那些反映民间生活、世俗百态的作品还是有一部分被采录选入进来。在剧曲部分,两部选集收录了《鸳鸯冢》《货郎担》《魔合罗》等表现民间爱情、市井生活、世俗公案的杂剧,而收录的南戏作品《王祥卧冰》《唐伯亨因祸致福》等,主题上虽有道德训诫意味,角色声口、故事情味却也极具世俗气息。两部选集也收录了不少反映青楼歌妓生活和市井情爱的散曲,尤其在《雍熙乐府》中,这类作品甚至可以占到五分之一的比例。所以两个选本虽然在观念上把戏曲与"风雅"、"乐府"相比,一定程度提高了戏曲地位,但在具体选篇类型上又多少涵容了显露世俗气质的剧曲与散曲作品。可见,两个选本在有意识的将戏曲"归于大雅"的同时,对于戏曲的"小道"之作,尚持着有所弃、亦有所取的态度。这种较为博通的编选理念对于戏曲民间性特质的认识和包容,正显示了作为明代早期戏曲选本的编选者的难能可贵之处。

所以,明代对戏曲地位的提升,皇室和权贵功不可没。他们把戏曲和"国风"、"乐府"并列,从内容、功用、形式上都给予极大的肯定,无疑提高了戏曲的地位和社会认知度。由于他们的身份,这种观念的影响力必然很大,并且有利于扭转文人阶层的偏见。嘉靖、万历之后,大批文人迅速投入到戏曲选集、创作和评点之中,不得不说和权贵所倡导的风气有一定关系。与此同时,《盛世新声》《雍熙乐府》也关注和容纳了戏曲的世俗性,在戏曲"归雅"的主导倾向中,也为戏曲之俚俗小道保留了容身的空间,使得戏曲来自民间的活泼的生命力得以保存。

以臧贤和郭勋编集《盛世新声》《雍熙乐府》为中心,我们可以看到明代权贵之于戏曲,是有着不可忽视的影响的。虽然他们重视戏曲的动机,或是声色娱乐的需要,或是政治目的的需要,而且往往为戏曲注射浓烈的正统观念和统治思想。但是他们同时掌握着丰富的文献和人才,有利于编集水平较高的戏曲选集;它们又拥有话语权以及改变风气的号召力、影响力,因此他们宣扬戏曲与"风雅"、"乐府"并列,也一定程度上提高了戏曲的品味和地位,而二者重雅而不避俗、剧曲散曲融通、雅俗兼收的选篇取则,也引领和开进了明代戏曲传播接受的视域。明代权贵之于戏曲发展具有的积极推助作用,有助于我们进一步审视和思考权贵的参与与戏曲上行发展之关系的问题阈。

(原载《戏剧艺术》2015年第3期)

原乡无梦南柯成

——《南柯梦》的空间归转与自性证成

《南柯记》作为汤显祖"临川四梦"之终篇的意义何在？除了对世事的感叹与对人生的感悟，如何理解作者《题词》之"梦了为觉，情了为佛"？王骥德为何说它"境往神来"？吴梅为何说四梦中"惟此梦最为高贵"？王本改编昆剧《南柯记》如何回转文本的空间感及其负载的人性真实？其为情说法、立地成佛之真旨究竟如何？诸多问题，值得再思考。

一、原乡无梦与南柯无归

《南柯记》演述武官淳于棼醉梦大槐安国，摇身一变为驸马与瑶芳公主结亲，后宦途通达、戍守南柯，权倾一时，寻欢作乐，遭谗被贬，返乡归国，大梦醒于暴雨洗刷、蚁穴乌有、禅师度蚁，顿悟成佛。作为汤翁"临川四梦"之最后一梦，此剧与前三梦最大的不同，在于通过戏剧空间叠层与向度的预设，架空情之虚实，着落佛性自在。

《南柯记》第二出《侠概》【破齐阵】云"乡心倒挂扬州。四海无家，苍生没眼，拄破了英雄笑口"，为淳于棼的现实世界定下了离散的基调。先君边将投荒、失散多年，是亲族的流散；精通武艺、怀才潦倒，是才华的失落；神将抛掷，仕途落魄，是功业的无着；弟兄不伴，知交远去，是旧友的飘零。如【急板令】前腔"知交一时散休，到家中急难再游……肠断江南，梦落扬州"所唱，扬州的繁华与兵燹，拉开了渺远的外层空间断折的帷幕；扬州的驻足与凝望、倒挂与梦落，则暗示出切近的内层空间的悬置。淳于棼徒有英雄之志,却与身处的世界离散了情感纽带和精神联系,原乡无梦、四海无家,精神原乡流逝的残酷真相,逼仄着淳于棼在中观世界肉身的沦灭。

如何安顿这无在、无往、无住的肉身?就空间的叠层预设看,如果说《邯郸记》是枕上梦,是以中观世界平行移出的"灵魂出窍",动欲征伐,邀功封赏,来演绎卢生出将入相的黄粱美梦,那一桩强以私休招赘的姻缘事与功名路无甚瓜葛的话;那么《南柯记》则是树下梦,是以中观世界对位的"肉身出离",因情入梦,欲去情尽,来书写淳于棼入地生天的大梦圆觉,功名路与情缘事则靡丽攀缠、同归于尽。正如《南柯记》第三出《树国》借蚁王之口,交代"国中有国",人下有人,淳于棼入幻故事的第一向度,不是"上天"而是入地,未活人间,先历地下,"蝼蚁国"是向下展开的一个微观世界。与夏松、殷柏、周栗堪称比并的大槐安国,俨然是一个时间上接续远古朝代的异邦;长安、吴都、北阙、南柯之所属,前二者集合了地上王城的北国与南朝,后二者则拉开了地下无何有的南方与北方,帝都与南柯幻城在空间上充塞着地上历史的叠层。而第十出《就征》紫衣使者所言"汉朝有个窦广国,他国土广大,也只在窦儿里;又有个孔安国,他国土安顿也只在孔儿里。怎生槐穴中没有国土? 古槐穴,国所居",则以"窦"、"孔"比出"穴",疏散了蝼蚁世界的缩微攒聚感,强化了槐安国的空间存在感。而淳于棼作为一个被选择的闯入者,参与、见证了南柯——这异邦之中的异地,微观不断膨大、摄入、导化中观的历程。

因为蚁国求异族英俊之士为婿,决定了淳于棼被选择、被赐予的命运。与多情才子难遇佳人的现世磋磨不同,他与瑶芳公主一见钟情、姻缘偕美;与酣荡不习政务的人间武将颠倒,槐安一梦让他借妻族之势,求官外郡,镇守南柯。淳于棼在长期无守的远郡任职廿年,起废弛之政事,教化德政,挽颓败之风气,克己为民。不仅南柯大治,现国泰民安,一境清明之气象;且檀萝犯边,击退侵兵,守边有功,威震疆宇。然淳于棼的江湖之远,终不免受掣于庙堂之高,其于异邦异地的情遂事顺,均以蝼蚁前导,因公主成事,然助成之际已是无归之时。第三十三出公主一病不起,几度启请回朝,原想于己得以养息,于夫打点恩荫,却助力难继,视死如归,有"俺死为你先驱蝼蚁耳"之憾叹。究其实,南柯乃蝼蚁之远郡,太守乃放逐之去程。瑶台玩月,已见炎凉高寒;檀罗衅起,终须倒枝伐柯。蝼蚁之病起,即淳于之殇始,及至酒汉还朝有封相之荣,艳姬粲诱有狂荡之举,尚不知功高过主、槐王忌惮、部下损兵、右相间阻,"世情不同"、大势已去。槐安大王收清君侧、惩淫纵之网,股肱右相揽进谗、封杀之权,在南柯归不得、蚁国回不来的空间叠层里淳于棼被蛮力驱逐,梦断槐安。

《南柯记》以强烈的空间扭结与反转感,带给我们不一样的戏剧情境。尤其是以淳于棼为主角架构的"地下"内层空间,在背景模糊、见道轮回的第一重,即淳于棼生的现世人间之下,凌虚架空五重"地外地"。第二重乃槐树下之蚁穴,蝼蚁巨万,末小微缩。第三重是蚁穴内之蚁国王族,春秋史集结,小重天张大。蚁国之南柯则已入第四重空间,作为蚁族之远郡,南柯不仅是淳于棼因缘历幻的一场大梦,也是整本剧地下天上反转、幻中设幻纽结的大关目。而南柯的放大,又是通过打开另外的人蚁互为幻影的空间实现的。南柯别郡成新筑瑶台,瑶芳僻地消弭凉热;毗邻西道有犯边檀罗,四太子填房欲夺金枝,则已是极幻而幻灭、渐次接近现世的"天外天"。"地外地"里延伸出"天外天",是一个设幻、示幻、极幻到除幻的循环。这多重套叠、不断缩放的内层空间,又与契玄禅师所在之外层空间——前世无量佛的"上天",彼此依倚、往复同在,慈悲喜舍,天地齐一,构成了《南柯记》爱与同情在、悦心无分别的"空"的空间的隐喻,正是王骥德《曲律·杂论》所称"境往神来,巧凑妙合",亦"言外示幻,居中点迷,直与大藏宗门相吻合",亦刘世珩《南柯记跋》所云"言外示幻,居中点迷,直与大藏宗门相吻合"。①

《南柯记》以《禅请》《情著》《转情》《情尽》拾掇情理,缔造出"上天"应世说法的一故事向度,与淳于棼的入地历幻相对应,这一空间叠层

---

① 蔡毅:《中国古典戏曲序跋汇编》(第2册),齐鲁书社1989年版,第1269页。

是亦由上向下展开的。淳于棼游禅智寺,禅机问对,前世佛契玄禅师示现烦恼因果:"如何是根本烦恼?(净)秋槐落尽空宫里,凝碧池边奏管弦。(生)如何是随缘烦恼?(净)双翅一开千万里,止因栖隐恋乔柯。(生)如何破除这烦恼?(净)惟有梦魂南去日,故乡山水路依稀。"鹦哥"蚁子转身,蚁子转身"的呼唤,叫不醒禅智寺道场的妄起痴情,"女子转身,女子转身"遂牵惹出秋槐空宫、凝碧池边的一场钗盒姻缘,发付了南去槐内梦、无归南柯因。及至寻悟,见槐树中蚁穴被暴雨冲走,淳于棼央求禅师度化其生天,方知四万八千听经穴下的蝼蚁,乃是禅师化出的生灵。"盒内金钗是槐枝,一点情千场影戏",都则是起处起、去处去。淳于棼与瑶芳公上再会,已是人神相隔,"忉利天夫妻就是人间,则是空来",情根断离,入地方能生天。"南枝之上,可宽四丈有余,也像土城一般,上面也有小楼子",蝼蚁之穴无在无复,自立尚可自安。"(净)众生佛无自体,一切相不真实马蚁儿倒是你善知识。你梦醒迟,断送人生三不归",随缘见道,成人即佛,契玄禅师度化三生做道场;南柯大治,淳于无归,"求众生身不可得,求天身不可得,便是求佛身也不可得",善始恶终而原乡永在。南柯一梦始于契玄禅师之度化成佛,而终局却在淳于棼之自在成人,正如汤显祖《南柯梦记题词》自述:"人之视蚁,细碎营营,去不知所为,不知所往,意之皆为居食事耳。见其怒而酣斗,岂不哄然而笑曰:'何为者耶?'天上有人焉,其视下而笑也,亦若是而已……客曰:'所云情摄,微见本传语中,不得有生天成佛之事。'予曰:'谓蚁不当上天耶?'经云:'天中有两足多足等虫。'世传活万蚁可得及第,何得度多蚁生天而不作佛?梦了为觉,情了为佛。"[①]

以梦外拾掇之人视之,佛是世间法,而非出世想;以梦中移情之人视之,三身不可得,成人即佛。淳于芬自在磋磨,立生而不执于生,深情而不病于情,梦了情了,立地成佛。这立地佛,不是生身、不是天身、不是佛身,是自性真身。

---

① 蔡毅:《中国古典戏曲序跋汇编》(第2册),齐鲁书社1989年版,第1267页。

二、空间回转与自性证成

作为"临川四梦"之终篇大梦的《南柯记》,虽经万历刻本、覆刻清晖阁本、崇祯独深居本、清竹林堂刻本等版刻文献全本保存;亦有明清选本如《月露音》《怡春锦》,以及宫廷《穿戴提纲》《内学昆弋戏目档》存录《就征》《玩月》《瑶台》《花报》等析出折目;但相比"四梦"之前二梦的舞台演出,关于《南柯记》的演出资料却不多,全本演出尚难见记载。一般看来,《南柯记》在版刻与选本中的存录面貌,呈现出被过滤的痕迹和案头化倾向,如臧改本和冯改本訾议"临川四梦"音律不谐或许影响了它的舞台传播;但叶堂《纳书楹四梦全谱自序》却坚持汤本原貌之正,对臧本改编不以为然;而清代亦有《缀白裘》《缀玉轩曲谱》《霓裳新咏谱》等选本播于教坊、流行场上。《南柯记》的场上传播冷寂,如果不在音律不谐、文辞雅驯等演唱形式本身,那么,钱希言《今夕篇》诗及小序与祁彪佳《归南快录》邀诸友观《南柯记》等观剧记录提供的文人借戏自遣、嚼味哲思佛性的接受界阈,是不是可以说明作者的主观命意设定不适合大众化传播?还是在某一层面我们误解了汤翁《南柯记》的本旨表达?这是我一直以来读剧的困惑。王嘉明导演新版昆剧《南柯记》对戏剧舞台的空间演绎以及角色考量,让我对此剧有了不一样的理解。

"活明皇"蔡正仁、"昆曲皇后"张继青任艺术总监与顾问,王嘉明导演,施夏明、单雯担纲主演,江苏省昆剧院倾力打造的新版昆剧《南柯梦》,计上下两本二十出戏。上本为《序曲》《禅请》《树国》《侠概》《情著》《入梦》《伏戎》《玩月》《花报》《瑶台》;下本为《序曲》《击帅》《弄权》《召还》《芳陨》《蝶戏》《疑惧》《遣生》《寻悟》《情尽》在依从原著主干结构、删而不改原作曲词的基础上,以落魄武官淳于梦的醉入梦境、谐情遂欲、远宦历险,营造了层层叠叠的空间里梦与戏的纠缠;不仅接续了昆曲演出史上"临川四梦"百年空缺的历史链条;而且以角色张大与空间回转对《南柯记》做了"还原"式的舞台全本呈现。

新版昆剧《南柯记》的上本,自《禅请》始,以契玄禅师追叙五百年前燃灯注油入蚁穴、坏了八万四千生灵代入戏剧情境的第一重空间——虫业将近,前世佛扬州入定了障。《树国》一出接叙国中有国、人下有人的树下蚁国——大槐安国主千岁饮宴、请人择婿。接着《侠概》至《情著》三出,以七月十五中元节盂兰会为契机,不仅将契玄临照扬州孝感寺讲经的上层空间,与聘媒而来的琼英公主所示现的蚁国女儿之下层空间,与失意醉酒、烦恼无着的淳于棼"秋槐落叶空宫里,凝碧池边奏管弦"所在的俗世,并置在戏剧舞台上;而且当禅堂上淳于棼与琼芳郡主眉来眼去之际,借"双翅一开千万里,止因栖隐恋乔柯"的禅机问对,导入了"唯有梦魂南去日,故乡山水路依稀"的一场大梦。自《入梦》至《瑶台》五出,是为大梦之"渐入佳境"——入蚁国、招驸马、守南柯、伏檀罗、筑瑶台、庆升平,频示淳于棼次第飞升之福运。然福兮祸之所伏,下本自《击帅》至《遣生》七出,是为大梦之"层层跌破"——瑶芳病养归、夫妻情事冗、妻亡姻缘断,孤栖心意苦、三美设宴诱、右相谗言毁,极现淳于棼"非族异类"之颓势。最后两出,当紫衣使者"一头牛儿送还",淳郎大梦醒来,侍儿杯中茶尚温,见槐底大窟,生蝼蚁,拜父母,唤妻子,问因果,全本收于"一点情千场影戏",一佛圆满,万事无常。

如果从视觉效果上看,新版昆剧《南柯记》在调度舞台的预置场景和梦与戏的空间回转上,的确颇具匠心。如淳于棼醉梦入蚁国的过程,有两名使者手持长竹竿牵引游动,类似幻影式的表演,不仅奇妙地实现了进入别有洞天的蚁国场景的虚实转换,而且一步步展演了淳于棼由沉霾黯淡的现实境遇,到被带入扑朔迷离的秘境,疑惧惊喜、焕然透亮的内心风景。而舞台上装置的从空而降的二十根长短不一、前后间隔有层次的木桩,更是将舞台活动起来,或悬空高挂、或升降悬浮,让出入于不同空间区隔里进行表演的角色,或明或暗、或前或后,形成对位和呼应,舞台的整体镜像与木柱间碎片化的呈现,切割了观众的视野,为观众提供了可能的、多重的可视点。此外还有不断变幻的暗示与表达,如果说琼英郡主、上真仙姑和灵芝夫人,是作为亮点人物的戏份改定与灵芝夫人男旦装扮,青花瓷与山水花鸟映衬的服饰写意;金钗钿盒幻化槐枝槐荚的入幻与出幻,是此剧可以传达的古典诗意的"空灵"复现;那么云锣音束打击乐器与昆曲曼妙婉转音声对撞形成的入梦与出梦,长杆木柱切割舞台带来的明场与暗场、前幕与后台的层叠镜像,以及游走其间的角色演绎的多重人物位置关系,则得益于导演对莎士比亚剧本的独到理解与中国式转化,"莎剧的流动性很强,空间是未知的,角色不是封闭的,这比较像日常生活,有很多面向",①莎士比亚剧作的空间关系铺陈得很复杂,在王嘉明看来就像地理学上的地层。正是植入了这种地层同生的意识,使得新版昆剧《南柯记》在结实幻象和破除幻象之间,造就了南柯故事前世佛、下世蚁与当下人一层层套叠的异质同在空间。

但从舞台演出对文本内层话语"忏情"的阐释看,新版昆剧《南柯记》在分层区隔的空间里由角色表演带来的情感张力和艺术触感,则更惊心动魄。此剧透过立体呈现的多核梦境与舞台流动空间,揭示淳于棼入梦的所有心理动机——其实是为了找回自我。但其间的细节处理与欲念表达又非常巧妙,一方面为了建构进入幻境的通道,淡化了传统士人关注的家国情怀,没有寻找父亲的冲动,没有思念原乡的自觉,割断了淳于棼与现实、与社会的所有联系。另一方面,舞台演绎又不断地在破除幻象,让主人公常常在梦与戏中穿梭,稀释了个体此在的合理性,张大了角色所扮演的淳于棼"人欲"的部分。这"一点情"由琼英公主的回眸闪烁牵起,在柱子上上下下错落有致的光影中,淳于棼的执念不舍、贪恋心性,影影绰绰抖落出来;当三美人设宴求欢一声声动惹之际,伴随着木桩的悬空而下、垂落间阻,男欢女爱的挑逗与遮掩、真假与推让、诱惑与周旋、追逐与躲藏,一层一层地裸露出来。这"一点情"由琼英公主回眸悬起;由三女客猜姻缘、穿新郎以衣"胖瘦摸"、"好一份赤郎当五寸长牛鼻头"一地逗出;接着瑶芳公主"知为谁缱绻"请驸马开扇,"槐安国里春生酒,花烛堂中夜合欢"的天就地和;

---

① 陈然:《说我实验?我是乱搞吧?——王嘉明谈理查三世》,《新京报》2015年5月22日。

继而檀罗四太子大动干戈、寻欢猎艳的一气难耐;展开戎装剑舞、扎靠对阵、刀光剑影中才子佳人的两情缠绵;摇荡绿蚁香浮、恣欢逸乐、香艳旖旎挡不住的欲火心魔。正如王嘉明接受采访时所云,汤显祖"一直打破自己建立的幻觉,不断打断观众看戏的习惯,到了最后升天是他最大的一次叙事翻转,而且他升的是构成剧场中的众生相:生旦净末丑。……因此,容易令我们对于角色个性、戏剧张力、佛法,甚至所谓汤显祖风格的狭隘视野造成误解"[1]。如果理解了导演所说的一直以来我们对《南柯记》的误解,过头来再对照吴梅《四梦总跋》所说"所谓鬼、侠、仙、佛,竟是曲中之意,而非作者寄托之意",[2]或许可以触底新版昆剧《南柯记》对原作是一种怎样的"还原"——汤翁的因情成梦,因梦说戏,其实一直是立足于尘世,立足于芸芸众生,立足于常情常欲,在表演在世成人的生活而不是引导众生出世成佛。而新版昆剧《南柯记》导演致力于建构的,也"不是要认同一个英雄,而是透过淳于棼去看到其他人。男主角淳于棼像是串佛珠的线,其他的人物像是佛珠的珠。'有线无珠'和'有珠无线'都不是人生,只有将佛珠和线串在一起才是人生"的角色关系。[3] 新版昆曲《南柯记》借立地成佛的淳于棼道出的"人间君臣眷属,蝼蚁何殊?一切苦乐兴衰,南柯无二"主旨,其实是对原作的一种试探性接近和逆推式"还原"。

记得沈际飞《题南柯梦》云:"夫蚁,时术也,封户也,雉谍具也,甲胄从也,黄黑斗也,君臣列也,此昔人之言,非临川氏之梦也。蚁而馆甥也,谣颂也,碑思也,象警也,佞佛也,此世俗之事,临川氏之说也。临川有慨于不及情之人,而乐说乎至微至细之蚁;又有慨于溺情之人,而托喻乎醉醒醒醉之淳于生。淳于未醒,无情而之有情也;淳于既醒,有情而之无情也。惟情至,可以造立世界;惟情尽,可以不坏虚空。而要非情至之人,未堪语乎情尽也。世人觉中假,故不情;淳于梦中真,故钟情。既觉而犹恋恋因缘,依依眷属,一往信心,了无退转,此立雪

---

[1] 玉涵:《诸色皆空〈南柯梦〉》,《江南时报》2015年3月10日。
[2] 蔡毅:《中国古典戏曲序跋汇编》(第2册),齐鲁书社1989年版,第1272页。
[3] 刘妹含:《冲突矛盾中的虚幻人生》,《中国艺术报》2015年3月18日。

断臂上根,决不教眼光落地。即槐国蝼蚁,各有深情,同生切利,岂偶然哉?彼夫俨然人也,而君父、男女、民物,闲悠悠如梦,不如淳于,并不如蚁矣,并不可归于蝼蚁之乡矣。"①如此看来,汤翁之本说不及情与溺情,淳于梦所经历的执情、深情、溺情,"一切相不真实","勘不破,酣梦一场;勘得破,立地成佛"。"(净)你待怎的?(生)我待怎的?求众生身不可得,求天身不可得,便是求佛身也不可得,一切皆空了。(净喝住介)空个甚么?(生拍手笑介,合掌立定不语介)",以其"断送人生三不归"方能"立地成佛也";以其情尽方能情至;以其"叶落自归山",方能自性证成人。如果说,《牡丹亭》的因情成梦,因梦而亡,将一个沉重的故事举重若轻地讲出来,那么新版昆剧《南柯记》则直面人性的庸常与暧昧,把汤翁原本沉重之下本来要表达的轻倩意念复原了。

"纷纷聚观人,谁短更谁长?"读"四梦"之终篇,看新版昆剧《南柯记》,或许可以用一种"姑妄言之姑听之"的游戏心态与非梦视角,来看待这一大篇"新世说",来理解戾气搅扰的南柯一梦之虚幻性,来体贴淳于梦在众生蝼蚁之外孤独寻梦、爱欲难舍的生命温度与情了悟空、见道度世的永在感?

从汤显祖原作给示的"虚空中一大穴也,倏来而去……因天立地非偶然"的幻设空间出发,②新版昆曲《南柯记》演述了蚁国之下、瑶台之上的空间回转,在给定的传统中接引并突破了惯性逻辑。淳于梦以鲜亮本色的人生过往,原欲生情,因情入梦,自我放逐而无往无归;而当入地归乡、迷路知返、彼岸此岸、殊途同归之时,淳于梦即蜕去了原乡旧有的芸芸迷思,出离幻域而归真人间,从而立地成人——即人即佛;围绕着淳于梦自在之我的寻绎,自性在委顿与舒展、无住与永在之间的证成,即一种新的人的还原——为人生天的世间佛。

(原载《汤显祖学刊》创刊号,商务印书馆 2017 年版)

---

① 蔡毅:《中国古典戏曲序跋汇编》(第 2 册),齐鲁书社 1989 年版,第 1268—1269 页。
② 同上书,第 1268 页。

《万壑清音》中的"北曲南腔"与"南曲北调"

犯调,是中国古代曲学发展中的一种特殊却又普遍的现象。无论是剧曲作品还是散曲作品,无论是北曲还是南曲,虽然称谓上存在着一定差异,但是都存在犯调这一种特殊的曲牌使用形式,并且被历代曲家们大量地使用。犯调常见的使用形式为集曲与移宫,古代的曲学论著以及相关的曲谱中虽都有所涉及,但大都只是现象的罗列。直至吴梅在《顾曲麈谈》中才对这两种犯调形式做出清晰的界定:"北曲有借宫之法……所谓借宫者,就本调联络数牌后,不用古人旧套,别就他宫剪曲数曲(必须色相同者),接续成套是也。南曲有集曲之法……所谓集曲者,取一宫中数牌,各截数句而别立一新名。"[①]吴梅之后,人们在谈及犯调时,也多从"借宫"和"集曲"[②]这两种形式来谈。但是,《新镌出像点板北调万壑清音》[③]中的犯调除了常见的借宫和集曲形式外,还有南北相犯的形式,这种形式的犯调,具体的组合与演唱方式则表现为北曲南腔与南曲北调。

一、《万壑清音》之"黄龙滚犯"[④]"扑灯蛾犯"

《万壑清音》出版于明天启四年(1624),由止云居士选辑,白雪山

---

① 吴梅:《顾曲麈谈》,商务印书馆1935年版,第18、19页。
② 丁淑梅《〈新镌出像怡春锦曲:新词清赏书集〉选曲研究》、齐森华《中国古代曲学大辞典》、俞为民《中国古代曲体文学格律研究》等著作中都谈及犯调的这两种形式,并对集曲的命名、组合形式规律等做了相关研究。
③ 《万壑清音》版于天启四年(1624),现存手抄本和刻本:手抄本藏于日本京都大学,王秋桂编《善本戏曲丛刊》据之影印(台北学生书局,1987年影印,本文所引用皆此本);刻印本藏于国家图书馆。抄本与刻本并无太大差异,只是抄本空白页刻本中配入插图。
④ 在一些选本中也标作"黄龙衮犯",但是"黄龙滚犯"与"黄龙衮犯"二者并无太大区别,本文主要涉及黄龙滚犯,而在南曲黄钟宫下有曲牌【黄龙衮】,此曲牌与本文所涉及的犯调尚未发现有直接关联。

人校点。版式为一栏9行,曲辞单排大字,行20字,宾白小字双排,行38字。有"黄光宇镌"标识。《万壑清音题词》前页标有"出像点板乐府北调万壑清音,西爽堂藏板"字样。该本共选《负薪记》《歌风记》《西厢记》《西游记》《宝剑记》《浣纱记》等38种①剧目68折北曲。全书八卷,"专选词家北调,搜寻索隐靡有遗珠矣"。② 然而这部以选录北曲为主的选本,在曲体形式上,却逐渐冲破北曲原有的体制藩篱,曲牌宫调的使用更为灵活多样。但是,除了"集曲"、"借宫"两种常见的犯调形式外,选本中还涉及了这样一种犯调形式:(中吕)【粉蝶儿】【泣颜回】【上小楼】【泣颜回】【黄龙滚犯】【扑灯蛾犯】【北小楼犯】【南叠字儿犯】【尾声】③。这种套曲分别使用于《红梅记·平章游湖》《百花记·百花点将》《昙花记·菩萨降凡》《李丹记·裴湛再度》中。曲牌组合上,四剧中都是中吕宫曲牌的南北合套。其中标作"犯调"的曲牌主要体现在最后四支曲牌上。这四支曲牌为什么要标明为犯调呢?此处犯调属于是属于借宫呢,还是属于集曲?然而这一时期相关的戏曲选本以及文献中对此并未有过多的注释与说明。直至民国时期吴梅先生在《秣陵春》第二十二出【黄龙滚犯】的批注中曰"此【斗鹌鹑】",于【扑灯蛾犯】【叠字犯】处批曰"此【南扑灯蛾】"④。这条注释,虽不是直接注释《万壑清音》,但是《秣陵春》这一出使用的曲牌组合与以上提到的《万壑清音》四组曲牌形式则相同,可互为参证。顺着吴梅先生的思路,可以对【黄龙滚犯】【小楼犯】【扑灯蛾犯】的词体进行相关的辨识。

据李玉《北词广正谱》可知,【北中吕·斗鹌鹑】正格主要有三种,都是八句:

你用心儿**握雨携云**,我好意儿**传书寄柬**。不肯搜**自己狂为**,

---

① 朱崇志《中国古代戏曲选本研究》、齐森华《中国古代曲学大辞典》均认为是37种,但是实际上选本中"擒贼雪耻"、"诸侯钱别""回回迎僧""收服行者"为两剧。其中"诸侯钱别"、"回回迎僧"为吴昌龄《唐三藏西天取经》,"擒贼雪耻"、"收服行者"为杨讷的《西游记》。
② 《万壑清音题词》,甲子夏日(1624)止云居士题于西湖之听松轩中。
③ 止云居士编选、白雪山人校点:《万壑清音》第八卷《红梅记·平章游湖》。
④ 吴梅:《吴梅全集·理论卷》(中),河北教育出版社2002年版,第918页。

则待要觅**别人破绽**。受艾焙也**权时忍这番**,畅好是奸。对人前巧语花言,背地里愁眉泪眼。①

其基本句式八句五韵:4,4△,4,4△,7,4(或 6 或 3)△,7(或 4)△,7(或 4)△。(△表示押韵)。《万壑清音》所选《李丹记·裴湛再度》,其内容如下:

【黄龙滚犯】软霏霏**绛节翩翩**,软霏霏绛节翩翩,袅婷婷**仙音嘹亮**,吠牢牢**犬度云中**,虚飘飘**人游天上**。回首见滚滚红尘,罩下方问梁何似**怎苦奔忙**。**向年来堕落香闺**,向年来堕落香闺,**今始得遨游蓬阆**。

结合平仄韵律等比对,可知《万壑清音》标作【黄龙滚犯】的词体形式就是北【斗鹌鹑】。而根据《南词新谱》《九宫大成》中南曲【扑灯蛾】的正格为:

自亲不见影,他人怎**相庇**。既然读诗书,恻隐心怎不周急也。我是**孤男**你是**寡女**,厮赶着教人猜疑。乱军中谁来问你,缓急间,语言须是要支持。②

其基本句式为九句六韵:5,5△,5(或 6 或 7)③,7△(可分为上下两截)④,4△,7△(可改作四字二句)⑤,7△,3,7△,其中一三八句可韵可不韵。【叠字犯】与【扑灯蛾】的最大区别就是开头三句分别变为六

---

① 李玉:《北词广正谱》,台北学生书局 1987 年版,第 301 页。
② 沈璟:《南词新谱》,《善本戏曲丛刊》第三辑,台北学生书局 1987 年版,第 323—324 页。
③ 第三句为六字时,则第七句变为四字。如南戏《拜月亭》"到行朝汴梁"曲此二句作"四时常开花木"、"休思故里"。第三句为七字时,第四句减为四字,如南戏《苏小卿》"慕汝名已久"曲此二句作"有相如才文君貌,肯辜少年"。
④ 明传奇《宝剑记》"忠良杀害了"曲此两句作"子孙祸怎生逃"、"千载作歌谣"。
⑤ 如南戏《陈叔文》"官人听拜启"曲此句作"琵琶呜咽,妙音声美"。

字①。《万壑清音》选曲中的【扑灯蛾犯】【叠字犯】：

【扑灯蛾犯】总不如，**洗干红粉妆**。离香闺，**脚踏清凉地**。修夜课，**佛火映琉璃**。诵晨经磬钟声细。礼如来**玉毫光里**。照禅心皓月临清池。掰藕丝刳情破爱。方显得，莲花此日出污泥。

——《昙花记》

【叠字儿犯】妙妙西方景美。细细金沙铺地。层层的七宝栏。密密的双行树闪闪巍巍。楼台儿空际。隐隐见绣盖华旗。隐隐见绣盖华旗。袅袅听仙乐参差。晃晃庄严花冠璎珞。明明现，如来大士拥伽黎。

——《李丹记》

通过比对可以发现，除个别字句差异外，也基本符合南曲【扑灯蛾】的词体形式。而将选本中涉及的三支【小楼犯】与南曲牌【下小楼】、北曲牌【上小楼】进行词体比对，发现词体格式上差异则较大。【小楼犯】所使用的曲体形式是什么呢？仔细比对《万壑清音》中所涉及的四组曲牌，发现《百花记·百花点将》中的套曲曲牌组合与其他三组存在明显差异：

（南）【黄龙滚犯】—（北）【扑灯蛾犯】—（南）【小桃红】—（北）【叠字犯】

——《百花赠剑》

（北）【黄龙滚犯】—（南）【扑灯蛾犯】—（北）【小楼犯】—（南）【叠字儿犯】

——《裴湛再度》《平章游湖》《菩萨降凡》

两组曲牌最明显的不同在于：一、虽然两组曲牌都是南北合套的形式，但是这四支曲牌前面的南北位置却截然相反。二、前者【小桃红】

---

① 沈璟《南词新谱》第 324 页中云："又一体前三句俱用六字，余俱同。"

曲牌对应处换成了【小楼犯】。这是什么原因呢？为什么同一组曲牌，同名曲牌其南北之分却截然相反呢？为什么【小桃红】处换成了【小楼犯】呢？比对《南词新谱》中所列正宫【小桃红】例来看：

误约在蓬莱岛，冷落了巫山庙。愁云怨雨羞花貌，精神不似当初好。燕来鸿去无消耗，委实的(教我)心痒难挠。①

南曲正宫【小桃红】的基本句式为六句三韵：6,6△,7,7△,7,7△。其中一、三、五句可韵可不韵，二、四、六句必须押韵。而《万壑清音》涉及的【小楼犯】与【小桃红】曲为：

【小楼犯】断恩爱学跳纲，觅长生不老方。多感煞许氏真君，点出灵丹交付排场。再休忘李下仙娥，守定芳枝多少时光。快燃香忙稽首这恩德无量。

——《李丹记·裴湛再度》

【小桃红】咕咚咚画鼓敲，闪灿灿霓金舞。俺只见落撒珠缨，耀日增辉如花凝露。又只听泡起连珠，声似轰雷烟腾香雾。只恐天关惊破。

——《花亭记·百花赠剑》

通过比对，可知《万壑清音》中【小楼犯】即南曲正宫【小桃红】。可见《万壑清音》四支曲牌的词体形式如下：

选本中标作	实际曲牌
【黄龙滚犯】	【斗鹌鹑】
【扑灯蛾犯】	【扑灯蛾】

---

① 词隐先生(沈璟)编：《南词新谱》，《善本戏曲丛刊》第三辑，台北学生书局1987年版，第249—250页。

(续表)

选本中标作	实际曲牌
【小楼犯】	【小桃红】
【叠字犯】	【扑灯蛾】

显然这四支曲牌除【小桃红】涉及借宫这种犯调形式外①，其他均与借宫、集曲犯调形式无关。这种犯调，既然不是常见的犯调形式，如果不属于犯调的范畴，为何在此处标作"犯"呢？难道是作者的笔误吗？为什么这种笔误会在不同的作品中出现四次？显然，这应当是时人有意识地将其标作"犯"，这种与常式不同的犯调形式，究竟是怎样产生的呢，源于何？其与借宫、集曲有无关联？为什么选本中会出现这种形式的犯调呢？这种犯调形式在后来的戏曲作品中又有怎样的流变呢？

二、《万壑清音》【中吕·粉蝶儿】套曲的渊源与流变

《万壑清音》【中吕·粉蝶儿】南北合套的形式，在曲史上并不陌生，贯云石的《西湖游赏》（小扇轻罗）就采用这种南北合套的形式：【粉蝶儿】【好事近】【石榴花】【料峭东风】【斗鹌鹑】【扑灯蛾】【上小楼】【扑灯蛾】【尾声】②。《万壑清音》里出现的这种曲牌组合形式虽然源自元曲，但是与元曲相比也有明显不同，其中最显处在于最后四条曲牌的使用。原来的【斗鹌鹑】变成了【黄龙滚犯】，【扑灯蛾】变成了【扑灯蛾犯】，【上小楼】变成了【小楼犯】，【扑灯蛾】变成了【叠字儿犯】。关于这种形式的曲牌使用，《万壑清音》并非独创，万历以来其他的戏曲选本亦多有出现，如下表统计资料可见：

---

① 【小桃红】虽然涉及借宫这种犯调形式，但是根据南北曲中的惯例，借宫曲牌通常并不会明确标明。
② 隋树森编：《全元散曲》，中华书局1964年版，第377—378页。

曲牌形式	数目	备注
【黄龙滚犯】【扑灯蛾犯】【小楼犯】【叠字犯】	22种	1. 戏曲选本中主要涉及《红梅记·平章游湖》《昙花记·菩萨降凡》《李丹记·裴湛再度》《邯郸记·极欲》《双红记·忏腊》5剧目共10种。此外清中后期作品《元宝媒·奏圣》《面缸笑·劝良》《转无心·雪诬》、《巧换缘·梦证》《双定案·合征》《未央天》共6种,以上16种皆标作"【黄龙滚犯】【扑灯蛾犯】【小楼犯】【叠字犯】"。
【黄龙滚犯】【扑灯蛾犯】【小楼犯】【叠字犯】	22种	2. 清初《党人碑》第十八出、《清忠谱》第二十三出、《秣陵春》第二十二出共3种皆标作"【北黄龙衮犯】—【北扑灯蛾犯】—【北上小楼犯】【北叠字犯】"。 3.《纳书楹曲谱》《集成曲谱》等选本中的《长生殿·惊变》《满床笏·祭旗》《风云会·送京》共3种标为"【斗鹌鹑】【扑灯蛾】【上小楼】【扑灯蛾】"。
【黄龙滚犯】【扑灯蛾犯】【小桃红】【叠字犯】	5种	《歌林拾翠》《醉怡情》《万家合锦》三个选本《百花记·百花点将》中出现各一次,本文算作3种。《偷甲记》第三十六出、《万全记·顽梗》两出中各出现一次,算作2种。
【扑灯蛾犯】【小桃红】【叠字犯】	5种	《怜香伴》第二十一出、《举鼎记·寇操》《风筝误》第五回、《千忠禄·索命》、《慎鸾交·魔氛》共5种。
【黄龙滚犯】【扑灯蛾犯】【小楼犯】【叠字犯】	4种	《正昭阳·贬忠》:【斗鹌鹑】【扑灯蛾】【下小楼犯】 《十五贯·恩判》:【黄龙滚】【扑灯蛾犯】【小楼犯】 《元宵闹》第二十六折:【黄龙滚犯】【扑灯蛾】北【叠字令犯】 《金雀记·玩灯》:【黄龙滚犯】【扑灯蛾犯】【上小楼】【前腔】

以上列表中作品均使用了中吕南北合套的这种形式,说明这种曲牌组合方式在明末清初甚至到清代中后期受到了当时曲学家的普遍关注。但是,从后世的使用情况来看,这组曲牌的流变主要集中表现

在各支曲牌是否为犯调,以及【小楼犯】是否为【上小楼】【下小楼】的问题上。入清以来,曲学家们对这四支曲牌的质疑。《长生殿·惊变》一折也采用这种曲牌组合形式。但是徐灵昭批注曰:"此调弦索仿于《小扇轻罗》,时人喜唱之,作者亦多效之,但【石榴花】【斗鹌鹑】【上小楼】诸曲,皆多衬字重句,【扑灯蛾】又用别体,不识曲者遂杜撰调名传讹袭舛,今悉正之。"①而对于【斗鹌鹑】变为【黄龙滚犯】,他的解释为:"此调时人讹作【黄龙滚犯】,非。不知即【斗鹌鹑】,但多添字添句帮唱耳。"此外对于【叠字犯】,他亦认为是"此调时人讹作【北叠字犯】,非。亦是【扑灯蛾】,乃《风流合三十》格也。"此后,《九宫大成南北词曲谱》于【斗鹌鹑】【扑灯蛾】【上小楼】曲牌名目下另列一格,并标明"此体止用于合套内。"②而对于为何将"斗鹌鹑"标作"黄龙滚犯",将"扑灯蛾"标作"扑灯蛾犯",将"小桃红"标作"小楼犯",则云《长生殿·惊变》辩之甚悉",认为:"粉蝶儿前用好事近,二曲相间。后用扑灯蛾二曲相间,扑灯蛾原系南曲,前人不知。误将扑灯蛾增损一二字,去也字格式,将第二曲易名叠字令",并且进一步向前溯源,认为"一自笠翁误,于斗鹌鹑下填扑灯蛾曲,竟归入北曲,此所谓以讹传讹也,后人当辨之。"③实际上,不仅李渔,吴伟业、李玉的作品中也是同样的做法。如吴伟业在《秣陵春》第二十二出中将这几支曲牌改为"【北黄龙滚犯】【北扑灯蛾犯】【北上小楼犯】【北叠字犯】"对于这种情况,《九宫》中的解释为"以讹传讹",但是,李玉、吴伟业他们怎么会分不清曲牌的南北呢?怎么会将明明属于南曲的曲牌误标称北曲呢?然而,后代曲学家们却遵循了《九宫大成》中的基本看法,如叶堂《纳书盈曲谱》中收录《长生殿·惊变》和《风云会·送京》中均使用了该曲牌,但是他们却将最后四支曲牌改为"【北斗鹌鹑】【南扑灯蛾】【北上小楼】【南扑灯蛾】",又复归到贯云石《西湖游赏》中所使用的最初合套形式上。此后,王守泰《昆曲曲牌及套数范例集北套上》提及这种套式,则云:"前人有把这

---

① 徐灵昭批注:《长生殿·惊变》,康熙稗畦草堂原刻本。
② 允禄等编:《九宫大成南北词宫谱》,台北学生书局1987年版,第1816页。
③ 同上书,第1276页。

种套式解释为南北合套的……我们认为这种套式是复套的一种复杂的形式而不是合套。"

徐灵昭认为明人是"以讹传讹",这种"讹",主要体现在曲牌的南北之分上,明人将属于南曲的曲牌标作北曲。但是对于明人因何将【斗鹌鹑】标作【黄龙滚犯】,又因何将【扑灯蛾】记作【灯蛾犯】,将【小桃红】标作【小楼犯】,则语焉不详。【斗鹌鹑】【上小楼】【扑灯蛾】是否如《九宫》所言"此体止用于合套内",为何早在元代使用【中吕·粉蝶儿】南北合套时未曾出现"止用于合套"的新格?如果此说确实成立,另立新格的目的,当是为了区别于旧格,但是这种区别又有何指?徐灵昭之说距离最早使用该形式的《昙花记·降凡》近百年①,为何在使用近百年之后才发现这种错误?如果真是"讹作",为何时人会频繁使用而一错再错?【斗鹌鹑】与【黄龙滚】二曲牌词体格律形式差异较大,明人又怎会将二者混淆?究竟是明人以讹传讹,还是徐灵昭等人以讹传讹呢?只有一种可能,就是清人"以讹传讹",清人的讹误,造成了后世在各四支曲牌是否为犯调,【小楼犯】是否为【上小楼】【下小楼】的问题上各执一词、难以定论的局面。而之所以如此,是因为对于这一曲牌组合形式产生的社会环境以及这几支曲牌没有及进行溯源性分析,所以造成了误解,以至于后来"以讹传讹",几成定论。

三、"北曲南腔"与"南曲北调"

南北曲曲牌的曲词和乐谱,相互独立又彼此对应,二者之间通常的理解是一对一的关系,即与【斗鹌鹑】曲词相对应的必有【斗鹌鹑】乐谱。然而由于现存资料有限,《万壑清音》标注的【黄龙滚犯】【扑灯蛾犯】【上小楼犯】【叠字令犯】,其当时的演奏乐谱已经无从考证。徐灵昭与《九宫大成》的论述中均提及"皆唱作北腔,以致前半套系南北相

---

① 《昙花记》刊刻于1598年,据王长友《〈长生殿〉写作时间考辨》(《社会科学辑刊》1989年第5期)考订《长生殿》创作丁卯开始,戊辰(1688)完稿,徐灵昭序及批注当于完成之后,二者间相距90年。

间,后半套纯是北套",可知【扑灯蛾犯】【上小楼犯】【叠字令犯】"皆唱作北腔"。从《九宫大成》与《集成曲谱》中《长生殿·惊变》之【扑灯蛾】乐谱的变化,则可以进一步证实这种情况:

【扑灯蛾犯】:态　怯　怯　轻　云　软　四　肢

《九宫大成》:工　尺　尺　尺　上尺　上尺　工　尺①

《集成曲谱》:尺　上一　四一　尺工　尺　合四一尺四一　尺②

　　　　　　影　濛　濛　空　花　乱　双　眼

《九宫大成》:尺　四　上　尺　尺　上尺　上四　和

《集成曲谱》:四　一　四一　尺　尺　工六　工尺　上一四

虽然是同一剧目同一曲牌同一曲词,但是其工尺谱却明显不同。《九宫大成》编者因不满于"后半套纯是北套"、"皆唱作北腔",故"今为改正",此处【扑灯蛾犯】是南曲词南乐谱。而《集成曲谱》中于【扑灯蛾犯】眉批处曰"此折本是南北合套,扑灯蛾二曲皆南曲也,近人唱作北曲,于套数体式不合,相沿已久,姑仍之",此处【扑灯蛾】系遵循"相沿已久"唱法,是南曲词北乐谱。【扑灯蛾】一曲两谱,说明曲词与乐谱之间一对一的关系打破。之所以打破,是由于南北曲的融合渗透。南词与北曲,北曲与南腔交相错杂,相互渗透,形成了新的音乐形式。《九宫大成》与《集成曲谱》均提及中吕【粉蝶儿】南北合套之【斗鹌鹑】后的3支曲牌"皆唱作北腔",可以推测选本中所标曲牌与实际曲牌存在如

---

① 允禄等编:《九宫大成南北词宫谱》,台北学生书局1987年版,第1274页。
② 王季烈:《集成曲谱》玉集,上海商务印书馆1931年版,第8卷第4页。

下关系:

乐谱	曲词
(南)黄龙滚(犯) ⟶	(北)斗鹌鹑
(北)扑灯蛾(犯) ⟶	(南)扑灯蛾
(北)上小楼(犯) ⟶	(南)小桃红
(北)扑灯蛾(犯) ⟶	(南)扑灯蛾

由此可知,李渔、吴梅村"于斗鹌鹑下填扑灯蛾曲,竟归入北曲"的做法并非如清人所言是"以讹传讹",他将【斗鹌鹑】后皆标作北,所标注的并不是曲牌的曲词之南北,而是标注的乐式之南北。此处的犯,也并不是指常见集曲、借宫犯宫形式,而是犯腔,即南北声腔相犯。这种南北相犯的常见形式主要有"北曲南腔"和"南曲北调"。

北曲【斗鹌鹑】表现的音乐形式是【黄龙滚犯】,这是典型的"北曲南腔",即以南曲声腔乐谱来唱北词。这种演唱方式所体现出的是南曲向北曲的渗透,北曲严谨的唱法逐渐为南曲自由化的唱法所消解,代表了北曲的南曲化倾向。这种倾向主要产生于北曲逐渐衰微,南曲昆腔崛起之后的嘉靖万历时期。"南腔北曲"一词首见于沈德符《顾曲杂言》:"今南腔北曲,瓦缶乱鸣,此名北南,非北曲也。……今之学者,颇能谈之,但一启口,便成南腔。"①而万历范景文《题米家童》中详细记载了"北曲南腔"演出情况:"一日过仲诏斋头,出家伎佐酒,开题《西厢》。私意定演日华改本矣,以实甫所作向不入南弄也。再一倾听,尽依原本,却以昆调出之。问之,知为仲诏创调,于是耳目之间遂易旧观。"②本以为北曲《西厢记》"向不入南弄",但是却"以昆调出之",并令其"耳目之间遂易旧观",可见,此时"南腔北曲"已受到了时人的认

---

① 沈德符:《顾曲杂言》,《中国古典戏曲论著集成》(第四册),中国戏剧出版社1959年版,第205页。
② 范景文:《文忠集》卷九,《文渊阁四库全书》集部1295册,台北商务印书馆1986年版,第589页。

可。此外,沈宠绥《度曲须知》中所言的"然腔嫌袅娜,字涉土音"的弦索曲"渐近水磨,转无北气"的情况,所揭示出的实际上也就是"则字北而曲岂尽北哉"的"南腔北曲"现象①。正是出于对时下这种北曲南曲化演唱的不满,沈氏才于《弦索辨讹》中指出了"南腔北曲"演唱方式中所存在的"讹音"、"纰缪"、"乖舛"等问题,旨在期望"南腔北曲"的演化中能够合乎北音。直至清代徐大椿仍提到"其偶唱北曲一二调,亦改为昆腔之北曲,非当时之北曲矣"②的现象,可见,北曲南腔现象之流远。

南曲【扑灯蛾】【小桃红】乐式为【扑灯蛾犯】【上小楼犯】,这是典型的"南曲北调",即以北曲的曲调来演唱南词。这种演唱方式以北曲为音乐主体,体现出的是北曲对南曲的渗透,南曲自由化的唱法逐渐受北曲影响而趋于规范化,代表了南曲北曲化的倾向。这种倾向主要产生于北曲兴盛、南曲受到压制的明代初期。"南曲北调"一词首见于徐渭《南词叙录》:"(太祖)日令优人进演(《琵琶记》),寻患其不可入弦索,命教坊奉銮史忠计之,色长刘果者遂撰腔以献。南曲北调可于筝、琶被之,然终柔缓散戾,不若北之铿锵入耳也。"③而潘之恒《曲话》中则记载了麻城丘大(长孺)万历三十六年作客于北京看见"南曲北调"演出的情况。乐工之姊以筝弹《琵琶记·春闱催赴》四阕,丘大疑惑"此南词,安得入弦索",乐工之姊告诉他:"妾父张禾,尝供奉武宗,推乐部第一人。口授数百套,如《琵琶记》,尽入檀槽,习之皆合调。今忘矣,惟【(风云会)四朝元】【雁鱼锦】(《琵琶记》中曲子)尚可弹也。"④实际上,不仅仅《琵琶记》,南曲《拜月亭》亦可入北调,正如所言"世知拜月亭可合弦索,而不知琵琶记亦然"。⑤ 此外何良俊《曲论》中亦列举

---

① 沈宠绥:《度曲须知》,《中国古典戏曲论著集成》(第五册),中国戏剧出版社1959年版,第198页。
② 徐大椿:《乐府传声》,《中国古典戏曲论著集成》(第七册),中国戏剧出版社1959年版,第153页。
③ 徐渭:《南词叙录》,《中国古典戏曲论著集成》(第三册),中国戏剧出版社1959年版,第240页。
④ 王效倚注:《潘之恒曲话》,中国戏剧出版社1988年版,第88页。
⑤ 同上书,第87页。

了吕蒙正"红妆艳质喜得功名遂","王祥"内"夏日炎炎,今日个最关情处,路远迢遥","杀狗"内"千红百翠"等九支"皆上弦索"的南曲曲子①,如虽然《琵琶记》南曲改配以筝琶等弦索的尝试被时人斥为"方底圆盖",但是这种尝试却是将南曲纳入北曲规范之中的具体表现,正是南北曲之间的这种尝试融合,才使得明末清初南北曲自然无痕的相互融入,产生艺术形式上新的突破。

"南腔北曲"与"南曲北调"本是南北曲融合在不同时代的具体体现,但是为何在天启间《万壑清音》中会同时出现这两种现象呢? 实际上,并非仅仅只有《万壑清音》中出现这种现象,万历以来许多戏曲选本中都有这种现象,如:

序号	选 本	剧 目	曲牌形式	刊刻年代
1	《乐府遏云编》	《昙花记·降凡》	【黄龙滚犯】【扑灯蛾犯】【小楼犯】【叠字犯】	明末
2	《乐府遏云编》	《李丹记·裴湛再度》	同上	明末
3	《增订珊珊集》	《昙花记·降凡》	同上	1616—1626年间
4	《时调青昆》	《红梅记·平章游湖》	同上	明末
5	《歌林拾翠》	《红梅记·平章游湖》	同上	明末
6	《月露音》	《邯郸记·极欲》	同上	明万历间刻本
7	《乐府遏云编》	《双红记·忏腊》	同上	明末

---

① 何良俊:《曲论》,《中国古典戏曲论著集成》(第四册),中国戏剧出版社1959年版,第12页列出《拜月亭》之外,如吕蒙正"红妆艳质,喜得功名遂","王祥"内"夏日炎炎,今日个最关情处,路远迢遥","杀狗"内"千红百翠","江流儿"内"崎岖去路赊","南西厢"内"团团皎皎巴到西厢","玩江楼"内"花底黄鹂","子母冤家"内"东野翠烟消","诈妮子"内"春来丽日长"九支皆上弦索。

(续表)

序号	选本	剧目	曲牌形式	刊刻年代
8	《醉怡情》	《百花记·百花点将》	【黄龙滚犯】【扑灯蛾犯】【小桃红】【叠字犯】	明崇祯间
9	《歌林拾翠》	《百花记·百花点将》	同上	明末
10	《万家合锦》	《百花记·百花点将》	同上	清初

可见,这种情况自万历以来逐渐形成一种普遍现象。此外嘉靖间魏良辅《南词引正》与万历《魏良辅曲律十八条》、天启间《昆腔原始》①中亦述及此种风潮之兴起。《南词引正》第八条云"伎人将南曲配弦索,直为方底圆盖也",然而到万历、天启间这一条则变为"近有弦索唱作磨调,又有南曲配入弦索,诚为方底圆盖②",前者提及"南曲配弦索",即南曲北调现象,说明这一时期主要出现的是这一现象,但是后者则还涉及"弦索唱作磨调",即北曲南腔的现象,说明这一时期两种方式同时出现已是一种普遍风潮。而之所以产生这样的现象,首先与明末北曲的复兴密切相关。这种复兴,只是相对于北曲的极度衰落而言,并不能与南曲的兴盛相提并论。一方面,北曲创作复兴;曲学家们在戏曲创作中,除了继续使用南曲曲牌,也开始关注北曲曲牌。尤其是在散曲创作中,出现了大量"翻北曲"的现象。戏曲选本中,这一时期产生了《元曲选》《古今名剧合选》《盛明杂剧》《万壑清音》《杂剧三集》等北曲选本。另一方面,戏曲选本和曲学家对北曲的态度也发生了明显的转变。《万壑清音》虽然是以北曲为主的选本,但是选者止云

---

① 《南词引正》《昆腔原始》实际上均为魏良辅《曲律》的不同版本。《南词引正》为时嘉靖丁未(1546)夏五月金坛曹含斋叙长洲文徵明书于玉磐山房。《乐府红珊凡例二十条》为万历壬寅三十年(1602)秦淮墨客(纪振伦)选辑,金陵唐氏振吾广庆堂刊行的《新刊分类出像陶真选粹乐府红珊》卷首附录。《魏良辅曲律十八条》为1616年刊刻《吴歈萃雅》卷首附录。《昆腔原始》为1623年刊刻《词林逸响》卷首附录共十七条。各版本之间流出入比较大。
② 此句出自《乐府红珊》与《吴歈萃雅》,《词林逸响》中该句为:"若以弦索唱作磨调,南曲配入弦索,则方员枘凿之不相入,曲之魔矣",三者出入不大,皆描述出了万历以来曲坛南北相犯的现象。

居士云:"然则南曲独无所取乎? 余曰否,有南曲练响嗣刻行世。"可知其除了北曲选集《万壑清音》外,还编选南曲集《南曲练响》,作者兼收并蓄的选曲态度可见一斑。邹式金在《杂剧三集序》亦云:"北曲南词如车舟各有所习,北曲调长而节促,组织易工,终乖红豆;南词调短而节缓,柔靡倾听,难协丝弦。"①然而,曲学家们重新重视北曲,并不是真正意义上的复古,振兴元人之北曲,其出发点不仅仅是出于对时下南曲骈俪之风的不满,更深层次的体现出曲学意识的嬗变:曲牌联套体的戏曲传统在南北合套、北南对话的过程中逐渐自我敞开、自我消解。如凌濛初在《谭曲杂札》中说:"自梁伯龙出而始为工丽之滥觞,一时词名赫状。盖其生于嘉隆间,正七子雄长之会,崇尚华靡……以故吴音一派,竞为剿袭靡词……不惟曲家一种本色语抹尽无余,即人间一种真情话埋没不已。"②他批评梁伯龙将南曲带入"崇尚华靡"、"本色语抹尽无余"的弊病中,冯梦龙甚至批评南曲缺乏学理:"然而南不逮北之精者,声彻于下,而学废于上也。"③于是在曲学家们极力寻求矫正南曲之弊的背景下,天启以来掀起了北曲复兴之潮。《万壑清音叙》中听瀫道人云:"今日难从北方从前,如云如缕俱似二八女郎所哗,少者正铜将军铁绰板唱苏学士大江东耳。"④可知,当时文人曲学家们所倡之北曲复兴,显在的声音是为了弥补南曲所少者,而隐性的话语则是戏曲从曲牌联套体的音乐束缚中求得自身解放,并开始酝酿向着板式变化体的过渡。"南曲北调"和"北曲南腔"折射出了一个时代的文学理想和曲学趣味,成为明代南北曲融合的重要环节,对于促进中国戏曲文学的发展、曲学的成熟繁荣有着重要的意义。

无论是【黄龙滚犯】之"北曲南腔",抑或是【扑灯蛾犯】之"南曲北

---

① 吴毓华:《中国古代戏曲序跋集》,中国戏剧出版社 1990 年版,第 459 页。
② 凌蒙初:《谭曲杂札》,《中国古典戏曲论著集成》(第四册),中国戏剧出版社 1959 年版,第 253 页。
③ 冯梦龙:《步雪初声集序》,谢伯阳《全明散曲》(三),齐鲁书社 1997 年版,第 3646 页。
④ 听瀫道人:《万壑清音叙》,王秋桂《善本戏曲丛刊》第四辑,台北学生书局 1987 年版,第 17 页。

调",都是南北曲彼此相互渗透、相互交融渗透的结果。从南北合套规则上看,此种套曲已经不是严格意义上"一南一北相间"的南北合套,从曲牌上看,此类曲牌亦非"曲词"与"乐式"密切的对应关系。但是,北曲在难以摆脱自身"衰落消亡"命运的同时,却以另一种方式介入到南曲体系中,对南曲形成了隐性渗透;而南曲对北调的吸纳与融会,则从另一条路径上打开了明清戏曲音乐的融变。这类组合与演唱方式,在明清以后的戏曲舞台上焕发出不可忽视的光彩和生命力。魏良辅虽在《南词引正》中提出"两不杂"原则:"南曲不可杂北腔,北曲不可杂南腔。"但在此后的戏曲撰演中,南北曲却不断突破着重重藩篱与层叠的音乐程式束缚,以更灵活多变的形式寻求着曲体突破。"北曲南腔"与"南曲北调"现象,并非《万壑清音》选本独有,作为明万历以后戏曲选本中较为普遍的现象,它其实已经超越了南北曲融合、南北合套中内部结构的一种规则调适与对话,酝酿着、昭示着曲牌联套体对自身内在音乐属性不断加重,以致超重所进行的一种自我消解与艺术创变。

(原载《戏曲艺术》2016 年第 3 期)

清代乡约族训禁戏的次权力话语与礼俗禁戏悖论

清初以来,接续明代依托士绅展开的地方性正俗禁戏,基于乡社自治、族群教化而展开的礼俗禁戏,不仅在苏州、杭州、南京、松江、山阴等江南地方不断发动起来,在山西、徽州、河南、福建、江西、广东等戏剧撰演重地亦蔓延开来。这种禁毁戏曲演剧的文化政策,于基层社会的推进实施,呈现了强弱起伏的递减过程。地方政府、乡约保甲、家法族训发出的禁毁演剧舆论,对民间戏曲所赖的乡社公共活动空间及演剧人群进行分层切割与约禁。这些存在于地方文献中的禁戏言论,虽有王利器、陆林等一些学者做过部分辑录①,但尚有大部分史料隐没在戏剧史的边缘地带,尤其是禁戏的规约应力之于演剧事件产生的文化分际与社会影响尚未引起更多关注。由此出发,考察作为官方文化政策的辅备的禁戏,对基层社会的文化控制,进而追踪不断从禁戏语境中溢出的基层社会生动丰富的世情面相与民间生活的日常愿景,以及广播生息、禁而不止的民间演剧传统的生成过程,可以进一步拓展道德教化、礼乐下行与戏曲传播禁止的诸多问题思考。

一、农本社会的崇简安生与禁戏的次权力话语

在中国古代农本社会里,戏曲为基层的社会生活提供了一种公共

---

① 王利器《元明清三代禁毁小说戏曲史料》(上海古籍出版社1981年版),列有乡约类,陆林《宋元明清家训禁毁小说戏曲史料辑补》(《明清小说研究》1997年第2期)有家训类辑录。

交流的空间,对于被捆绑在土地上耕种收获、辛苦操劳维持营生的普通民众来说,在这个被打开的自由空间里,普通人有了一定的闲暇可以暂时释放积存的劳顿和人生煎熬——忙过了之后如何应付"闲",才成为下层人安身立命的大问题,而戏场提供了某种精神出口。如何安顿在土地上劳作的下层人、穷人的闲暇生活,一直是地方政府的盲点,也是困扰教化下行的一大社会问题。地方政府往往就演剧带来的社会问题,借力于地方官的"清明"、农本社会的崇简安生之论,辅以处罚惩治之策,来进行禁戏劝惩。这种扰乱农事、破坏风俗的老调重弹,虽一时一地或许有震慑,然大部分时候,似乎也很难起到抑勒作用。

康熙后期的江西南安,有迟荆山司马《劝民歌》之十二劝,其中的"劝尔民崇俭朴,无益事休妄作,搭台演戏费空丢,延僧礼忏风殊恶……从今后崇俭朴,丰衣足食家家乐"①,推导的即是演戏无益、简朴维生的化民之"术"。又如乾隆初年湖南宁乡令李杰超发布《告示》云"为禁约事,照得本署县莅任宁邑,已经月余,一切风土人情应兴应革事宜,靡不悉心"。在其列出的应革陋习中,"居丧之家,纠集亲朋,男女杂沓,或演戏开宴,或修斋设醮,演唱夜歌以图欢乐"②,欢声闹语颠倒日夜、孝事亲者全无哀戚,即被列为亟宜禁革的浮费蔑礼之举。

乾隆十七年十二月贡震《禁淫祠》细数:"建邑人民好鬼,祠祭纷繁,祠山之庙,城乡多至数十处。每元宵有会,二月初八有会,而各处神会集场,无月不有张灯演剧,宰牲设祭。每会数十百金不等,此外如五猖会、龙船会,俱系妖妄之鬼;观音会、地藏会,亦大开戏场,名目极多,浮费尤伙……知县到任三年,熟闻此风,历经谕禁……时届穷冬,恐故态复萌,现在禀请立石永禁,合再详悉晓谕……知县为地方人心风俗起见,仰遵功令,俯宽民力,不惮恳切开示,士民当共相戒勉,尽洗前此好鬼恶习,庶不负谆谆示戒之意……现已训示委曲开导,伏祈宪台给示立石永禁。"③由此可知,建平一地"社会"繁伙,不仅正月有四

---

① 陈奕禧修、刘文爖纂:《南安府志》卷二〇,康熙四十九年(1710)刻本。
② 李杰超修、王文清纂:《宁乡县志》卷五,乾隆十三年(1748)刻本。
③ 胡文铨修、周应业纂:《广德直隶州志》卷四三,乾隆五十九年(1794)刻本。

十八会,有五猖、龙船、观音、地藏之会;而且逢会必集场演戏,举凡元宵会、神童会、冠子会、七圣会,以及高井庙、分流庙、高塘庙、鲁班庙集场,几乎无戏不成会;甚至按户科派、岁岁盛举,轮月集场,昼夜不息,甚至一姓排酒八百席,一族宰鹅二千双,买灯、宰牛、祭品置办一掷千金,穷极美观与醉饱。作为其地百姓打发日常闲暇的娱乐活动,演戏观剧成为缔结"社会"最有力、最热闹的核心事件。历任知县,总是从维护农事秩序出发,强调地瘠民贫、所产有限、雨愆米贵、年荒食歉、节俭撙节。殊不知这种冻馁无衣、破产穷愁、无益温饱的物力禁限,并不能对症解决下层社会普通劳作者的精神匮乏问题。人性释放的张弛之道,既作为教化下行治理生民的盲点,也同时作为基层社会禁戏的焦点,成为戏曲演出的一大禁忌。

嘉庆年间宁夏知府张金城发布《告示》云:"为剀切训谕、以厚人心、以端风化事,照得:士农工商,是谓四民,国家设官教导,亦无事多求,但欲尔等各安其分,各勤其业,心术既端,廉耻自立……凡农民气习,大概愚鲁居多。或小气不忍,酿成人命;或一言不合,兴起讼端;或听奸人调教,致陷官刑;或执拙见谬,迷自身命……何如积少成多,渐清本项社会演戏念经。"①宁夏一邑虽地处偏僻,知府勤业尤不忘导化"愚民"。上官委曲周详小人习气、酿成事端之祸的,最终直指社会演戏无益花费。站在治政者立场上,教化下行的前提,总是以农民愚鲁之执见,以官粮拖欠之功令,强调端心术、立廉耻、恤亲寡,却从未体察演戏观剧作为务本生息之助力、作为小民精神调剂的作用。不仅如此,传统社会以禁戏为由头的崇俭安生之论,还往往成为官声政绩的妆点,临郡首政的教条。如嘉庆年间中江县令林青山之《墓志铭》所称,"林君谢病告归……杜门授徒,益肆力干儒……俗好讼善交纳官长,更以演戏耗财,君首严讼棍、却馈献余,以次颁示饬禁,民有神君慈母之戴"。②又如同治初年綦江县令伍绍曾立下车首政三十二条,首当其冲即将"禁止演戏,惜财费也",与"劝课农桑,足衣食也……严禁

---

① 张金城修、杨浣雨辑:《宁夏府志》卷二〇,嘉庆刻本。
② 陈此和修、戴文奎纂:《中江县志》卷六,嘉庆抄本。

奢侈,裕民财也"①,一起作为入境私访、稽查出入、协理政事的当务之急。

举凡庙会、出殡、婚庆、赛神演戏,都成为基层社会管理百姓日用节度的大事。一些在任地方官不仅严明教化、设法劝禁,甚至将斥禁演戏观剧作为方策要略禁锢人心、震慑民情。如高邑县江启澄曰:"信奉神佛,焚香设供,演剧征歌,费数十缗不惜也,谓之庙会。每乡村妇女连袂接踵,杂沓骈阗,闺阁为空,实为陋俗……停丧迎娶、出殡演戏,往往村愚习以为常,此尤大悖乎礼法者。"②又如秦安县令打着圣谕广训旗号,以邑民才识短浅为由,将"每至三四月间,由城而镇,轮流演戏,遍集优娼"事,目为"广设陷阱,引诱良家少年,废业荡产、辱身败名……百务不胜其弊,四民咸罹其殃"③的大宗罪,重申教诫,严禁永绝。而光绪年间宜兴竟有治理地方者因"民以狡致贫者四:讦讼、呼卢、演戏、扮会",公然宣称"民愚则使之智,民智则使之愚"④。这些地方告约,总是将演戏扮会视为致贫取祸的重要诱因,作为司风教者严禁力挽的治贫大任、愚民之策,不遗余力加以推行。

如此看来,上层的集权统制,利用教化下行,常常会借助禁戏的次权力话语,来辅政治乱、驭民治生。然而,在官方无法掌控的世俗闲暇生活里,通过基层社会组织下行的道德教化、礼俗整顿与抑勒世道人心之失的禁戏舆论,往往权力消隐、虚应故事。维系于一地官长到任、有心治乱之方官的行为,其制约与钳束限力或许在一时之任、一地之域产生影响,却很难维系长久抑勒、传播禁止的持续效应。一方面,礼上法下、礼遮蔽法的政策机制,对传播前点——与庙会、出殡、婚庆、赛神并存的演剧活动的禁止,与僭越守土衣食本分而"非分"演戏观剧行为形成了对垒,禁阻无力。另一方面,端心立耻、理政慑民的崇简安生之术,对接受后点——对闲乐、闹热、游赏、祈福的戏曲受众的禁约劝

---

① 宋灏修、罗星纂:《綦江县志》卷一一,同治二年(1863)刻本。
② 陈元芳修、沈云尊纂:《高邑县志》卷二,嘉庆十六年(1811)刻本。
③ 严长宦修、刘德熙纂:《泰安县志》卷一,道光十八年(1838)刻本。
④ 阮升基增修、宁楷增纂:《(嘉庆)增修宜兴县旧志》卷一,光绪八年(1882)重刻本。

惩,与在地成俗的演剧传统形成一定规约限力,却无法抵挡日常习俗与民间观念的力量。

二、乡约保甲禁戏与地方自治应力

当地方政府注意到,由官长发布政令、下达告示、宣谕教导,无法有效管控隐没在权力结构网罗中的一盘散沙式的"个体子民";要达到教化下行与禁戏舆论的相辅相成,还需要通过以乡约保甲制度缔结更为致密的基层社会组织力,方能形成禁戏合力,维持治政秩序,使得庶民遵从礼法。掌握基层社会舆论话语权的乡绅与地方文人,对地保里甲在演戏活动中的角色与作用的吁请与训导,就成为地方自治借重的重要中介话语。保甲制度,是中国古代基层社会为保障乡社生产生活秩序而形成的刑罚庆赏相及相共的地方管理组织。其所提倡的家族闾里日常相保相受、来往相周相宾、有难相救相葬的约条,作为一种上层权力下行的辅助手段,带有更多的伦理约束和自治色彩。演剧是践行还是毁坏保甲制约条?成为禁戏舆论发声的一个切口。

如雍正末年针对朔平一境违背文公丧礼,"置幡楼、设俳优、陈百戏"的悖礼之举,对随俗拜墓"多聚会敛供,各庙演戏,四时不绝"①的祭扫习气,地方修志文人责以近党伤财、废业荡志而力主当道裁酌。除了这种醇化祭俗、维护乡社"生理"的地方禁戏言论外,明确针对演戏害农事而责成地方官禁戏的,是康熙中期余钰在陕西发布的一道输粮文——《邑侯花公上苑劝谕合邑输粮檄》:"就尔等积习相沿,最为糜费……如赛会迎神,穷工极巧,亦可已矣,而必欲演戏何为?天生为圣贤,没为明神,岂愿见侮俳优受嗤拙?……况贽盗诲淫,种种未便,官府明禁,悍然不顾,合市乡计之,每岁不下万金……妙舞清讴,酣歌达旦,而一逢比较,尽皆挽之不前、呼之不应,以急公则称窘而不支,以自娱则垂橐而不惜,何尔等之不知义也!教化不行,风俗日漓,皆尔令之

---

① 刘士铭修、王霨纂:《朔平府志》卷三,雍正十三年(1735)刻本。

责。"① 这一段话言在此而意在彼，名为劝醒"赍盗诲淫"，实为终饱上官口腹；名为教化知义，实为夺小民娱乐权利；名为禁戏劝奢，实为替县令催租纳粮。谆谆之下其实唯唯，督责之外别有用心。

乾隆十六七年（1751—1752），建平修志文人即提出，"夫阀阅名家，举动为一乡取法，果其公费赢余，用以设义学，请师训课子弟，赈鳏寡、恤孤独、周贫乏……较之以前人蓄积、族姓脂膏，浪费于神庙中，博数日酣嬉之乐，其得失何啻万里！望族果能行此，众姓自必从风。神会银谷，原系众姓赀财，即以分借众姓，薄收利息，积少成多，公择乡党中忠厚老成人主其事，有无可以相通，丰凶由此有备……地方去一大害、兴一大利……何用穷奢极侈，邀福于渺茫之鬼神为也？……伏祈宪台给示，立石永禁"。② 为去庙会演剧之"害"，兴士民百世之利，广德当地文人不仅督请当道训示开化、立碑宣禁，还希望发动地方望族、乡间名宿，节俭用度以周贫、捐出盈余以助学，为众姓取法；并建议推举持重有威望之老诚人居间调停，以神庙赛戏之公摊银谷，为有无丰凶之互助资金。从这条材料看，以里社人情与乡俗礼法约禁演戏，以保证庶众不虚掷钱财、一族清和祥瑞、子弟耕读有方，以转移嬉游流荡风气，是治理地方实务和稳定底层秩序的不成文法。礼虽不成文，但却高于法，这种礼上法下的约禁，显示了戏曲向下一路传播中礼俗禁戏、法不责众的具体情形。

在山西孝义，祀关帝赛戏亦被责为冒渎不义事，"邑人动则祀天地，村社多祀关帝，是犹庶人而渎公侯也。神岂歆乎？他淫祀不能悉数，公事固不宜懈，若如赛神演戏之类，则虽公不义。夫知敬神明，而不知敬祖宗，知畏官法，而不知畏父兄，则亦不辨之故耳"。③ 而《潞州府志》修纂者周再勋因"优伶怙势，横辱衣冠矣；土蠹枭张，倾危绅宦"，而引长子知县王巨源列禁条十二，其中"七禁因社敛钱，八禁贪夜诵

---

① 陈鹏年修、徐之凯纂：《西安县志》卷一一，康熙三十八年（1699）刻本。
② 胡文铨修、周应业纂：《广德直隶州志》卷四三，乾隆五十九年（1794）刻本。
③ 邓必安修、邓常纂：《孝义县志》卷一，乾隆三十五年（1700）刻本。

经,九禁丧葬演戏"①都与禁戏相关。这些说辞都将演戏视为与乡社秩序背离的不轨行为,将参与人众视为失伦犯禁、毁坏乡风的不守法者,而加以儆戒责惩。

演戏对晚辈读书人的"危害",也经常被作为戏曲的罪状罗列出来。乾隆年间江西《石城县志》曰:"邑中祠祀,春之日群集馂余,必演戏剧,遂至读书少年,就塾未及一月,借祭祖之名以观剧为事,诗书之气荡于浮邪,吟诵之声废于靡曼,失古人敬孙时敏之意,至袚禊之俦,几以失时为戒。顾当农事方殷之日,废其耕耨,林立观剧而农荒,工商之伦,居肆贸?平时亦无敢舍业以嬉,一旦呼朋结伴,諕浪场下而工商荒。且院本多亵狎,观之适足诲淫,或曰'演剧不限于祠',何必祠之哓哓欤?……况以演剧之钱,于祖先嗣裔,照丁给发,益足以昭神庥,崇礼敦俗不两得欤?"②此论不仅认为观剧会导致读书人心志荡逸,学风萎靡,且以演戏造成失时废农、舍业浪荡之"危险性",从演剧淫祀、观剧淫亵的角度一竿子打倒梨园。而《宁都直隶州志》亦有同样论调,"祠祀饮馂,必演戏剧,遂至读书少年就塾未及一月,借祭祖之名,以观剧为事,农事惰而工商荒,失时废业,皆由于此"。③ 光绪前期陕西同州府更有地方舆论述及"少年子弟方在学舍,便已窃睹,或近地十余里有名优,则公然相率往观;及一上进郡城都省,以此二者为风流矣;及一宦达私署官廨,惟此二者为快乐矣……茶园非斋日无不演戏者,堂会则弗可计其数,通计一日戏费约不下四五千金……即此而推赌与戏之耗费,无益于世"。④ 这里指出子弟好戏、上进宦达以优伶为乐,造成戏费赌资耗费情况。县志的记载,看得出演剧对地方社会的深层渗透与无所不在的影响,引起了地方教化言论对禁戏的关注;同时显示了演戏观剧越来越成为地方政务自治的重头和难题。

嘉庆年间,曾有团会演戏被责查:"聚众之风,应严禁也。教匪久

---

① 张叔渠修、姚学甲等纂:《潞安府志》卷八,乾隆三十五年(1700)刻本。
② 杨栢年修、黄鹤雯纂:《石城县志·舆地志》,乾隆四十六年(1781)刻本。
③ 黄永纶修、杨锡龄纂:《宁都直隶州志》卷一一,道光四年(1824)刻本。
④ 饶应祺修、马先登纂:《(光绪)同州府续志》卷九,光绪七年(1881)刊本。

靖,团练久撤,查有好事之徒,仍然设立团会,敛钱演戏,吓诈乡愚,肆行无忌,凡有此等,该约保即赴县首报,据实严办。"①明代取消了源于唐代的团练使,改以按察使、兵备道分别统管团练事务。清代广设团练,职官却无团练使之设。因嘉庆间白莲教起义,八旗绿营腐坏扰民,合州知州龚景瀚曾上《坚壁清野并招抚议》,建议设团练乡勇,令地方绅士训练乡勇,编查保甲以自保地方。应该说,团会在历史上,是保甲制度的一种有力支撑。保甲制度所依赖的训导劝化一旦无所奏效,团练组织乡勇就成为一种半军事化的地方社会管理保证。而此处所言敛钱演戏,则被认为是借团会之名行敲诈勒索之实。不仅不能借团会敛钱,团会之公费更不能随意挪用做无益事,如咸丰年间《平山县志》《团练事宜》附录曰"每庄旧存公项,均宜提归团练经费,不得演戏以作无益之举,如违禀究"②,演戏因其无益营生、浪费钱财而被屡禁。清代后期,一方面,禁戏施之以文武并重的情形在不断收紧;另一方面,以乡约保甲辅之以团练乡勇的措施,亦未能遏制戏曲在乡间社会的传播。如湖南益阳"乡村淫祀,借祭杀牛,一神数祭、或数十祭。一祭杀数牛、或十余牛不等。又有上痞招集匪徒,假敬神为名,演戏赌博……其害有不可胜言者。节经前县示禁,其风稍息。犹恐故习未能尽除,合亟出示严禁。为此示仰各里团甲、衿耆人等知悉,嗣后务直实力稽查……如容隐不报,察出一并重究,决不姑宽,各宜凛遵毋违"。③ 而遍及乡里、依年节习俗和民间祭祀而几无时歇的神会演戏,则成为乡社保甲重治的对象:"春秋祈报,季冬行傩礼也;而乡曲间藉此诵经演戏,致无业游民,开场诱赌,此岂复礼意耶? 近则严饬保甲,申明连坐之条,庶稍知儆。"④祈报乡礼中的合法演戏,因带来地方无法管控的流民赌博等社会问题,被冠以非法祸乱魁首罪名,成为地方官礼下法行、武力弹压,整治农功物命、匪贼盗源的切口。

---

① 纪大奎修、林时春纂:《什邡县志》卷十,嘉庆十八年(1813)刻本。
② 王涤心修、郭程先纂:《平山县志》卷二,咸丰四年(1854)刻本。
③ 姚念先修、赵裴哲纂:《益阳县志》卷六,同治十三年(1874)刻本。
④ 高大成修、李光甲纂:《嘉禾县志》卷一三,同治二年(1863)刻本。

以乡约保甲做禁戏呼吁,江苏无锡人余治(1809—1874)用力最著,其五应乡试不果,于道光二十九年(1849)开始收集善书章程成《得一录》,后得同道资助于同治八年(1869)辑刻。《得一录》收录数篇乡约戒戏、保甲禁戏之文,《宣讲乡约新定条规》云:"行书本局奉宪收毁淫书、淫画,吊销板片,酌量给价。另立一碑,奉宪永禁花鼓、摊簧演戏,并禁诲盗诲淫等戏,如违立提严办。"①《保甲章程》云:"乡间聚赌渔利,引诱愚民、草窃奸宄皆起于此,甚者唱演摊簧,聚引博徒,外来奸民,尤易混迹,最为可恶,永宜禁止。"②这些村规乡约、立议呈文,都提及敦促保甲禁戏情形。余治殁前数月致江苏廉访应公《教化两大政论》,谓淫书宜毁,淫戏宜禁,"是二端者,一则登诸梨枣,毒固中于艺林,一则著为声容,害且及于帷薄。在作之者固属丧心病狂,在刊布点演者尤属寡廉鲜耻……此夏廷之洪水也,此成周之猛兽也,此人心之蛊毒,政治之蟊贼也,此圣道之荆榛,师儒之仇寇也"。③余治禁戏不遗余力,或代笔呈公文、或议立禁锢局,或删抽换戏本,禁戏章程尽为地方政务发明设局禁戏助力:"江苏巡抚部院丁奏请严禁淫书,缴版焚毁,沪城又增设安怀局、扶颠局,其规约大抵皆先生所条陈也。"④

时至清末,基层社会的乡约保甲虽未形同虚设,其对乡社生活的规约与应力也大大减弱,而民神崇拜因庶众寻求精神庇护而风从蚁附,民间祭祀演戏依托各种会社活动依然异常活跃。如吴思祖《香会谣》所言:"堪骇颓风专尚鬼,香会纷纷干法纪……一人纠十十纠百,百千亿万将无极……连村金鼓鸣不绝,竖标建长扬旌旗。俨如军行限时刻,分行列队刀枪列……更敛民财灾土木,神祠十里一嵷巃。每逢一庙神诞节,高台演戏镫篷结……打降白占寻常事,不怕官司百度过……呜呼!赤眉黄巾与白莲,皆从此等为之先。"⑤虽然忧心地方风俗者厉责香会尚鬼,土豪霸市,演戏会带来盗赌酿祸、打降白占,甚至

---

① 余治:《得一录》卷一四,同治己巳年(1869)刊本,第 14 页。
② 同上书,第 2 页。
③ 余治:《得一录》卷一一,同治己巳年(1869)刻本,第 13 页。
④ 卢冀野:《朱砂痣的作者余治》,《文学》五卷 1 号,1935 年 7 月。
⑤ 夏宗彝修、汪国凤纂:《金滩县志》卷一四,光绪十一年(1885)活字本。

地方暴乱,但不可否认的是,神戏、台戏、宗戏在乡间风靡,恰恰说明随着集权瓦解、地方势力崛起,滋生于底层社会的民权意识,渐渐凝聚成一种不可阻挡的社会力量。深忧恐虑者不得不搬出上谕广训来镇服,如"国家律典,禁烧香聚众之行……与其以有用之钱,妄祀泥形木偶、杳冥不可知之神,何如积谷贮粮、救荒歉于不可必之天乎?夫神道设教,古有明训,宁禁尔等之不祈报耶?……纵日日设醮演戏、建庙念经,神方降之百殃,又何福之能祈也?"①这种站在上层立场声讨愚民祈神求福之陋,搬出屯粮救荒之策统御民生的老调重弹,已无多大规诫意义了。

因为"余观世之小人,未有不好唱歌看戏者,此性天中之诗与乐也;未有不看小说听说书者,此性天中之书与春秋也;未有不信占卜祀鬼神者,此性天中之易典礼也。圣人六经之教,原本人情而后之,儒者乃不能因其势而利导之,百计禁止遏抑,务以成周之刍狗茅塞人心,是何异壅川使之不流,无怪其决裂溃败也"。② 湖南文人刘献廷这一番言论,其实道出了观剧作为庶众性天之乐、演戏作为世间正当一事、祀神演戏作为人心顺道之"春秋""典礼"的道理。当民间生活的闲暇逸乐,在禁戏语境中不断鲜活可感地涌现出来;也就是说,演戏观剧不断浸润世俗生活,既作为日常游戏娱乐方式,也同时内化为下层民众的精神依赖和文化传统,建构了属于底层的日常生活节奏和社群图景,禁戏实在也难以发挥什么作用了。

三、方志载记族群演戏与礼俗禁戏悖论

中国古代的族训文化,作为一种与基层舆论相辅相成的次权力话语,对族群、族事、族风有着一定规范和约束力。而鉴于俗变风移而带来的世道之失、人心之乱,明清家规族谱及与宗族相关的方志史料,对族群关系的有序建构,宗族文化的传统保持,族人子弟的行事作为,显

---

① 樊增祥修、田兆岐纂:《富平县志稿》卷四,光绪十七年(1891)刊本。
② 刘献廷:《广阳杂记》卷二,清光绪中吴县潘氏刊本。

现出较之前代更强的教化规训意味。在族群聚会性活动中,演戏以及演戏场所的开放性可能带来的危险祸乱,带来各种家庭问题、甚至灾难悲剧,引起治家者以及地方治政者的关注和重视。通过族训及地方文献的族群活动记录,可以从当地文化传统、宗法观念中了解祭祖演剧和迎神赛会对家族生活的影响——演戏作为敬神拜祖的一种形式,增强了家族凝聚力,扩大了宗族社会地位,所以宗族的老宅家院里,有祠堂即多有戏台,而掇地为场、搭台演戏,更为常见。演戏作为敬神拜祖的一种形式建构了当地的宗法观念和族群信仰;与此同时,演戏带来的逸乐嬉游、甚至盗赌奸宄,也成为族训禁戏的由头,这就形成了演戏与禁戏的一种悖论。

一些地方史料中,记录着乡绅大族的演剧活动情形,族群成员成为蜂拥而至的观剧者,地方百姓,无论男女老幼闻风倾动、观剧痴迷,如江西瑞金"有钟翁者,喜观剧,闻某处演戏,虽远在十数里外,盛暑行烈日中,或天雨泥泞,衣冠沾渍"而不惜也,且每入戏场必从头看到尾,"从朝至暮,或自夜达旦,目不转睛,人与之语,皆若勿闻,可谓有戏癖矣"。① 而方志载记族群活动中,亦多有观剧演戏之逸乐、与族训禁戏绳之逸乐相伴随的现象。如乾隆时李调元曾作《七月初一日入安县界牌闻禁戏答安令》:"言子当年宰武城,割鸡能使圣人惊。前言戏耳聊相戏,特送弦歌舞太平。昔日江东有谢安,也曾携伎遍东山,自惭非谢非携伎,几个伶儿不算班。"② 这首诗借孔子于武城听琴瑟唱诗之音、与言偃戏言僻地俗淳不用礼乐教化事,以及谢安隐于山阴之东山、携妓嬉游事,调侃自己比不上谢安风流。言下之意是,他在安县界牌处听闻地方发布禁戏令,不禁想到要给县令呈书一封,告白自己只有几个伶人,连戏班都搭不起,哪里值得禁呢?

除了外来戏班演戏有禁忌,禁宗族成员子弟染指戏曲外,一些方志载记地方演剧活动时,亦将演戏带来的风俗丕变与生事窘困,作为礼俗教化的儆戒以达族人庶众。如"儒门世教相承……惟尽哀尽敬,

---

① 郭灿修、黄天策纂:《瑞金县志》卷八,乾隆十八年(1753)刻本。
② 李调元:《童山集》诗集卷三六,清乾隆刻函海道光五年(1825)增修本。

发乎天性,设致祭,一遵家礼……比岁以来,有富家沿袭营伍他方之习,集群演戏,累主家供其饮啖,哗于庭堂,谓之孝剧……随淫朋而欢笑,伤教败俗,莫此为甚,是亟宜惩革者也(以上增订府志)"①,此论以儒家哀敬之说,提倡尊家礼、革淫风,强调家族内部事务管理,要从五服宗亲守丧之制,指责集群演戏,孝剧不孝。而清人陈其元《庸闲斋笔记》讲到一位理政绍兴的顾淡如先生遇一老妪,问其官贤否,妪答官好却有一件恶处,就是每年春日演戏,此官到来禁不复作。顾先生安慰老妪说,不要怪他禁戏,因兵燹惜物力故也。与其看一日戏,费钱数百文,不如冬日制一新棉袄,身着敝衣的老妪一笑而去,可见地方官以禁戏维生劝民之一斑。正如地方文人论《禁戏》所言,"盖人方愁苦,衣食之不暇我,乃演戏以取乐?无论向隅者所不愿闻,恐天地神明亦必不佑矣",此论不但以神明昭昭告诫,申言禁戏是为省费济民,且明令搭台燕宾演戏者,每日罚谷十石,入救济仓,"既可化无用为有用,亦可变游惰为勤慎矣"。②其实,这种制衣罚谷的禁戏言论本身既存在逻辑上的矛盾——是穷勿演戏?还是演戏致穷?演戏则衣食乏、禁戏可饱暖丰?正如《聪训斋语》所言,不喜观剧者之老妻,想为其六十寿搭一台家庭戏场,其以"一席之费,动逾数十金,徒有应酬之劳而无酣适之趣",建议以此费制衣施道路饥寒。但述者接着又说不演戏背后的真正原因,在优人为"轻儇佻达之辈,潜移默夺流于匪僻,其害有不可胜言者"。③ 所以,相比于演戏致穷对观众的有限警戒,似乎将优伶演戏酿乱作为禁戏由头,具有更明显震慑意味。如康熙间广东新会的许万可"佣保于谭时,谭有戏班,呼可随行,入北洋贼寨演戏,适官兵捣贼巢,可混死于兵",其妻张氏"闻变,同翁姑寻至寨所,求可尸不得,归绝饮食,哭不欲生,姑从容劝慰之,张惟泣而已,至可卒哭日,遂以缝衣线结绳自经死"。④ 丈夫因喜欢看戏,追随戏班陷落贼巢,死于乱兵交

---

① 陶易修、李德纂:《衡阳县志》卷五,乾隆二十六年(1761)刻本。
② 张伯行:《正谊堂文集》卷一一,乾隆刻本;又见贺长岭《清经世文编》卷四一《户政》十六,光绪十二年(1866)思补楼重校本。
③ 张廷玉:《澄怀园语》卷二,光绪九年(1883)序仁和葛氏刊本。
④ 王永瑞纂:《新修广州府志》卷四四,康熙抄本。

战。其妻欲寻丈夫全尸不得,亦绝食自经。这种因嗜戏观剧导致连环家难,被县志记录在案,对于一般乡人庶民具有较强的劝诫作用。而演戏间隙发生奸盗拐骗之祸患,更在市井乡间引起舆论大哗和人心震荡。又如"许氏,名萱英,金山乡人,素习女红,不苟言笑,年十九适载升。甫二月,载演戏,姑嫂辈邀出观,英谢不往。独处一室,升堂兄龙乘机欲淫之,英怒喊不从,泣诉夫姑,耻污妇节,必欲一死见志。防护者七日夜,一夕沐浴更服,瞰夫鼾睡,潜行自缢,竟如初志"①,虽然后来推官、知具详具抚台知府,载龙置法毙于狱,许氏得旌表,但女性因演戏遭侮不得不寻死的事实,名节对女性身心、生死的操弄绑架,对乡庶或有更多心理慑服。

更令人触目惊心的,是因演戏观剧而发生轰动大案、酿成大狱。如浩歌子《萤窗异草》所述光绪年间的定州大狱,"直省定州……时届秋成,其岳家村中演戏侑神,适民母疾小愈,岳浼人言,欲迎女归母,许之,妇遂盛妆而往",贪看剧不愿返家,"时杂剧正盛,金鼓雷鸣,满场喧哄。妇凝睇已久,渐忘形骸,频以一足垂下,民知其无备,仰而企之,竟褫其只履",失履之妇归家,遭到丈夫诘问怒骂而悬梁自缢。② 官府行案,一桩少年杀僧劫妇、觅鞋被捕的凶案方浮出水面。这则故事并非虚构,而是一桩广为流传、事有所本(直隶定州当地村民严阿大受不了酷刑终于招供)的民间公案。初读此段,觉是风流加公案套路,却没想到演戏观剧成为故事的重要介入因素。岳家村演戏侑神,新婚少妇有风姿,盛装归宁,贪恋观剧。丈夫潜行戏场廊庑下,趁少妇凝睇观剧,伺机拽下一只绣花鞋拟以羞辱泄愤。不曾想到这只戏场里失窃的绣花鞋,引发一连串蹊跷怪事,酿成悬疑大案。少妇失履,以为是轻狂荡子调戏,情急中佯告父母遣仆牵驴送回,以免妇节大失。鱼龙混杂的戏场,给女性观剧带来不测和风险,已将少妇推入险境,更加返家遭丈夫喝问谩骂,无地自容至悬梁自尽。可悲的是,妻子悬梁的一刹那,丈夫竟想到移尸投井、要挟岳父、反控县衙。更其意外的是,助救少年竟

---

① 宋良翰修、杨光祚等纂:《乐平县志》卷九,康熙二十年(1681)刻本。
② 浩歌子:《萤窗异草》二编卷三,清光绪中申报馆排印本。

色胆包天,以巨石砸死老僧,威逼诱拐少妇。人算不如天算,寻履少年中计被捕方真相大白。

此段记述后有"外史氏"评论:"一履之微,遗祸至此,要皆欢场,实阶之厉也。盖妇不贪欢,则夫不至于窃屦;夫不窃屦,则妇亦不至于投缳;妇不投缳,则僧与少年皆可以无死。然非贤宰官得此一钩,则僧以救溺而死,妇且背夫而逋,狱将不可解矣。卒以履之故,破此疑团,古人有绣履传奇,犹不若此事之诡异。"①一只绣花鞋引发的大案,虽然对乡人庶众戏场贪欢起到儆戒作用,但岳家村演戏祭神,小媳妇看戏贪欢,村丈夫戏场施计,奸恶人夺命连环,都因乡间演剧活动引起,可见戏场对庶众生活的影响。有意思的是,定州大狱,一方面作为礼俗禁戏的失控案例,看上去强化了演戏致祸的礼法规约;另一方面,也作为观剧逸乐的民间生活和戏场活动的另类趣闻,形成从民间传闻到奇事公案的书写序列和传播效应。

道德教化作为家国同构的隐性社会机制发挥的一种作用,是在礼乐下行的过程中建构覆盖民间的意识形态。然而,礼乐下行的过程,在民间社会很大程度上存在礼乐分离的现象。强调和推行礼制,成为族训乡规当然的伦理支撑。而当乐溢出了礼与法的藩篱,甚至在上层看来与礼法背道而驰时,以祭祖、合社、睦邻、息讼等禁戏措施教化族众、维持基层社会的秩序,即成为士绅阶层在地方社会谋求乡邦和谐、族群永续的次权力选择。然而传播前点和接受后点的管控失效,礼大于法、公权私权的借位混淆,不仅带来次权力话语的应力减弱;治生预防与道德追惩的逻辑悖论,案例新出与旧规重申的隐性困局,亦并未造成演剧活动的传播禁止,反而使得礼俗禁戏舆论传而不播、禁而自止。而演戏观剧,作为乐的一种独特形式,寄生于民间社会,不仅在礼乐下行中明显分野,而且在礼乐、礼法、礼俗之间不断迁移剥离,游走在家国意识形态的边缘,生成族群活动的流动景观和移风易俗的鲜活镜像。演观风从、越礼逾制、群聚狂欢、游艺逸乐、玩日闹夜、嬉谑无

---

① 浩歌子:《萤窗异草》二编卷三,清光绪中申报馆排印本。

度,形成特定的民间演剧传统,虽受到来自上层的禁毁、地方教化的贬抑,却依然在民间广播生息、禁而不止。而不断从禁戏语境中溢出的基层社会生动丰富的世情面相与日常愿景,则从另一层面显示了闲暇逸乐之于庶众生活的意义、并缔结了乡社文化的某种精神纽带。

(原载《戏剧艺术》2018年第6期)

双红堂藏清末民初的京调折子禁戏与礼俗下行

——以《庆顶珠》《虮蜡庙》《小上坟》为例

双红堂文库①为日本东京大学东洋文化研究所汉籍善本全文影像资料库,其中藏有近千种清末民初木刻、石印、排印唱本。这些唱本有很大一部分是早期京剧折子戏,选刊成集的 6 种列在双红堂—戏曲 170、171、172、175、176、179 目中,分别为清刊本《真正京调四十二种》、光绪中北京响遏行云楼石印本《绘图京调十七集》62 种、上海图书集成公司石印本《绘图京都三庆班京调十二集》56 种、民国元年石印本《绘图京都三庆班京调脚本十集》50 种、民国三年上海改良小说书局石印本《中华第一等共和班戏曲脚本十二集》46 种、民国十五年上海世界书局石印本《绘图京调大观初集二集》二卷 104 种、归入双红堂 188、189、190 目之集部南北曲杂曲类所属杂腔唱本合刻本之"民国初年(约 1915—1928 年间)北京铅字排印唱本八帙六十六札 652 册"②,亦有不少京调折子戏。在这些京调折子戏藏本中,据笔者统计,涉及禁戏的剧目有 91 种之多,重出剧目亦不少同名异事者;这些剧目颇为流行,并未因禁毁而湮灭不存。讨论以《庆顶珠》《虮蜡庙》《小上坟》为代表的京调折子禁戏在存本风貌、传播效应、程式结构及

---

① 双红堂文库系日本法政大学长泽规矩也藏中国明清戏曲小说,后归东京大学东洋文化研究所。"双红堂"书斋之称名,缘于长泽先生大正十四年购得宣德十年刊《新编金童玉女娇红记》及觅购崇祯本《娇红记》。东大双红堂文库虽已无"双红"之所在,但文库存明清戏曲小说文献丰富,多为世罕见。
② 黄仕忠:《双红堂文库藏清末四川"唱本"目录》,日本《东洋文化研究所纪要》第 148 册,2005 年 12 月。

题旨趣味上的独特性,有助于我们进一步了解清末民初京剧的发展、传播及影响。

一、存本形制与禁戏举要

从选本合集刊刻时间及堂号看,双红堂藏六种京调选本合集大致出现在清光绪年间至民国十九年间。关于刊刻印书堂,据目前所知不完全信息,清末民初标有"京调"的戏曲刊本与选本有:《绘图京调》、《三庆班戏曲全集》十二集、《绘图京都三庆班真正京调全集》九集、《绘图三庆班京调全集》十集、《绘图京都三庆班京调》十二集(观澜阁石印本)、《绘图京都义顺和班京调脚本》、《校正京调》、《绘图京调全部》79册8种①,还有《绘图京调六十二种》、光绪元年至光绪三十四年(1875—1908)北京响遏行云楼刊本、《绘图京都三庆班京调脚本十集》,不著辑人,1910年北京响遏行云楼刊本,《真正京都头等名角曲本》9册78卷,闻声馆主编选,清末文宜书局石印本等。双红堂藏京调选本中,光绪中石印本《绘图京调十七集》62种,其剧本前均标有响遏行云楼原稿,应与光绪元年至光绪三十四年(1875—1908)所刊《绘图京调六十二种》为同一种刊本。上海集成图书公司刊《绘图京都三庆班京调》十二集应与观澜阁为同一刊本。而国内藏本不全,双红堂藏本保存完整。民国元年刊《绘图京都三庆班京调脚本》十集与清末文宜书局本为同一刊本。而《真正京调四十二种》,据剧目比对,很可能与清末石印本《校正京调》30册为同一刊本。

在双红堂藏清末民初京调选本合集与单出折子戏中,涉及禁戏的

---

① 《绘图京调》不著辑人,民国年间上海听音馆铅印本22册;《三庆班戏曲全集》十二集,不著辑人,民国年间上海锦章图书局石印本(据郗志群《北京史百年论著资料索引》,北京燕山出版社2000年版,第205页);《绘图京都三庆班真正京调全集》九集,不著编者,光绪丙午(1906)铸记书局石印本;《绘图三庆班京调全集》十集(存四集),三庆班编选,清末文宜书局铅印本;《绘图京都三庆班京调》十二集(存六集),清末观澜阁石印本,《绘图京都义顺和班京调脚本》,义顺和班编选,清末文宜书局石印本(原卷数不详,现存一册),《校正京调》30册,清佚名编选,清末石印本(据田根胜《近代戏曲的传承与开拓》,上海三联书店2005年版,第291—292页);《绘图京调全部》79册,清杨月楼等真本,石印袖珍本(据王灿炽《北京史地风物书录》,北京出版社1985年版)。

剧目,《真正京调四十二种》有《庆顶珠》《绘图小上坟》2 种,《绘图京调十七集》有《乌龙院》《买胭脂》《关王庙》等 5 种,《绘图京都三庆班京调十二集》有《乌龙院》《玉堂春》《打金枝》等 4 种,《绘图京都三庆班京调脚本十集》有《讨鱼税》《晋阳宫》《打严嵩》(上下本)《雷峰塔》《拾玉镯》《翠屏山》等 9 种,《中华第一等共和班戏曲脚本十二集》有《绘图打金枝》等 3 种,《绘图京调大观初集二集》有《请宋灵》《目连救母》《玉堂春》《庆顶珠》《狮子楼》等 11 种。双红堂 188、189、190 目之北京唱本 195 册、652 册中有《打渔杀家》《蚆蜡庙》《海潮珠》《大劈棺》《小上坟》《游湖借伞》《铁冠图》《乌龙院》《双珠凤》《打花鼓》《天齐庙》《梵王宫》《翠屏山》等 57 种,共计 91 种。这些多以白蛇故事、水浒故事、目连故事、隋唐故事、施公案故事、西游记故事为系列的折子戏,及《打花鼓》《荡湖船》等偏于玩笑戏的折子戏中,《庆顶珠》《蚆蜡庙》《小上坟》几种藏本较多,刊本及内容倾向具有一定代表性。其刊刻书局与堂号,除中华印刷局晚出外,有二酉堂、泰山堂、致文堂[①],此三堂与中华印刷等局刊刻的曲本、抄本、石印和排印本都有,泰山堂排印较精良考究,致文堂稍逊,二酉堂虽是老字号,但双红堂其藏本印制粗简,中华印刷局本较清晰整饬。

此三种剧目清后期都曾遭到禁毁,《庆顶珠》又名《打渔杀家》,最早出现在同治八年(1869)余治禁戏文字中,称"《打渔杀家》,以小忿而杀及全家,《血溅鸳鸯楼》等剧,皆足使观者称快,然其主人固有可杀之,而其合家中数十余口何罪,诸如此类,皆作者欲图快人意,信笔写去,未及究其流弊耳。蔑法纪而炽杀心,更适足开武夫滥杀之风,破坏王法,端在于此"[②]。《蚆蜡庙》作为《英会审员蔡太守奉到苏藩司黄方伯禁演淫戏告示》的禁戏目,首次登于光绪十六年《申报》,以"演唱淫戏易启邪思,演唱武戏尤近诲盗"、"亵神侮圣之戏亦不准演"等理由,

---

① 此三堂均为北京打磨厂附近刻书堂,二酉堂清光绪年间已有。彼时印刷技术改进,使得书籍简便易行地大量印行,图书销售、流通和阅读更为经济迅速,集中建在打磨厂附近的印书堂看到了印行通俗读物的巨大市场,刊印了大量时曲、戏文唱本和通俗文艺读本。
② 余治:《得一录·翼化堂条约》卷一一,同治己巳(1869)刻本。

计开包括《蚆蜡庙》在内的强梁戏十二目,《卖胭脂》《小上坟》等淫戏十八目①。《小上坟》作为禁戏第一次出现在同治八年(1869)余治所开《永禁淫戏目单》②中,此后在光绪十一年(1885)12 月上海租界会审官颁布禁戏告示所列淫戏目 20 种中以《荣归祭祖》③出现,光绪十六年《申报》载《禁演淫戏告示》④再次列出;至光绪二十七年(1902)《申报》载《诲淫重罚》一文,依然强调"扮演淫戏与歌唱淫词,同干例禁……前日英界山东路会仙髦儿戏馆女伶,搬演《小上坟》,易其名曰《小荣归》,雨意云情,描摹尽致",包探张才宝即报捕房,捕头令传掌班人朱锡臣之英美租界公堂,虽然朱辩称"《小上坟》一剧,并无淫秽关目,且今各戏馆演者甚多,叩求明鉴",最终还是判罚洋银 100 元⑤。宣统元年,成都戏园演出"官长之示禁者屡矣"的淫戏、凶戏,并巧改名目,如"《杀子报》改为《天齐庙》,《翠屏山》改为《双投山》,《小上坟》改为《荣归祭祖》,又名《游虎邱》之类,难更仆数,公然仍复活原名,毫无顾忌"⑥。从剧情内容看,此剧并未涉及所谓"淫秽"细节,很可能是表演上出了"问题"。因《杀子报》被禁,《小上坟》被控,掌班还可以《小上坟》并无淫秽关目、各戏馆演者甚多之申诉,以罚银了事,已见沪上淫戏之禁的松动和变通。可见,官方禁毁并未能遏制民间演剧的热盛,以这三本戏为代表的众多强梁戏、武打凶戏、风情戏,在各种地方戏中都有或易其名、或改其事、或翻其唱的改编脚本搬演,双红堂藏京调折子禁戏的域外流向亦示此一端。

双藏京调折子禁戏《庆顶珠》8 种及一单曲,中华印刷局排印本重出,实 7 种。其一《真正京调四十二种·庆顶珠》为清刊本,时间较早。内页题"校正京调庆顶珠全本",人物直接上场,后方标出"末"、"旦"、"生"、"付"、"净"等角色字样。唱腔只有"西皮"、"倒板"之标明,白多

---

① 《申报》1890 年 6 月 14 日第 3 版,《申报》缩印本第 36 册,上海书店 1983 年版,第 967 页。
② 余治:《得一录·翼化堂条约》卷一一,同治己巳(1869)刻本。
③ 《申报》1902 年 1 月 21 日第 3 版,《申报》缩印本第 70 册,上海书店 1983 年版,第 122 页。
④ 《申报》1890 年 6 月 14 日第 3 版,《申报》缩印本第 36 册,上海书店 1983 年版,第 967 页。
⑤ 《申报》1902 年 1 月 16 日第 2 版,《申报》缩印本第 70 册,上海书店 1983 年版,第 92 页。
⑥ 傅崇榘:《成都通览》,巴蜀书社 1987 年版,第 277 页。

唱少,科白戏份大,语言浅碎,有错讹文。其二《绘图京都三庆班京调脚本十集·讨鱼税》为民国元年石印本,与《真正京调四十二种》属同一底本系统。其三《绘图京调大观二集·庆顶珠》又名《打渔杀家》,上海世界书局民国十五年11版,属生部唱做并重戏,剧前有一段剧情说明。与前两本萧恩父女出场不同,此剧李俊、倪荣先上场,无角色标示,唱腔标"西皮",板眼节奏标示如"摇板"、"倒板"、"快板"等。其四至八种①与《绘图京调大观二集》属于同一底本系统。以《庆顶珠》泰山堂排印本与《绘图京调大观二集》本相较,一是人物上场顺序及情节稍有变化;二是唱腔板眼节奏更为丰富,如"摇板"、"快板"、"倒板"、"哭板"、"摇快"等;三是次要人物白口改唱,如"郭先生上唱摇板"。而《高庆奎演庆顶珠》单曲,属唱本652册之北京二酉堂石印本,惟原板西皮"昨夜晚吃酒醉和衣而卧,架上鸡惊醒了梦里南柯……"一单曲,是高庆奎保留曲目。双藏京调折子禁戏《蚍蜡庙》五种,两种重出,实三种,均为民国九年至十八年(1920—1929)刊印,北京唱本652册所属,底本相同,内容首尾开阖一致。此剧作为武打戏的突出特点,一是身段表演做多唱少,开场唱腔富于变化,如净上吹场,有曲牌【点绛唇】,唱倒板西皮转快板,老旦唱摇板西皮,二付净唱摇板,有分唱,有同唱,有排子。语言俚俗,如"长的勾勾又丢丢","大家喽喽嚇"等。二是上场人物多,故事线索复杂。以费得功一线、被打杀良民一线与黄天霸一线形成集群式人物阵营,虽以男性人物集群为主,但女性角色如天霸妻张桂兰、费得功家仆春妈的情节引线与集群出入贯穿作用不可小觑,人物关系场饱满而有张力。三是科介动作繁复,如四下手,四龙套,扫头②,如抢、撞、碰、绑、打、拦、逃、杀等诸多武艺做场,应接不暇。双藏京调折子禁戏《小上坟》3种及一单曲,仅开场稍异。其一《真正京调四十二种·绘图小上坟》为清刊本③,无标点,唱处无角色

---

① 为唱本652册所属五种,刊于民国九年至十八年间(1920—1929),分别为北京打磨厂泰山堂排印本、北京二酉堂石印本、致文堂排印本、中华印刷局排印本(重出一种)。
② 为展示剧情紧张激烈减去末句唱词而替以动作,配合动作的锣鼓经称扫头。
③ 剧前有插图一幅,内题"校正京调小上坟全本"。开场付上、丑上引白,以二、三、四、五、七、九字句断开排印,尾有"完全"字样。

提示,白处标"旦白"或"丑白",是重白口的戏。另两本为北京唱本652册所属,泰山堂本内有"付"、"占"角色标示,唱段无曲牌、无板眼,属对口唱之二小戏;致文堂排印本第"廿八"本①,与泰山堂本开场人物声口稍异,由两青袍引刘禄敬上,道白朴素,不显官威。单曲《小上坟》②截取素贞唱"正走之间……想起了古人蔡伯喈……正走之间抬头看又只见刘家新坟台"止,显系时兴名段。

从存本形制与禁戏举要看,双红堂藏京调折子禁戏存目丰富,同一题材戏本版刻形态各异,重本亦多。以《庆顶珠》《蚂蜡庙》《小上坟》为代表,有的折子采自同一底本,形成了相对完整独立的故事系统,而有的折子则形成了层次错落的不同底本系统,不同底本系统在故事脉络与情节设置、人物出场与角色关系、唱腔繁简与语言声口、整本戏与名段析出等方面,都呈现出同中见异、异中出新的样貌。

二、图像叙事与名伶效应

双藏京调折子禁戏大多配有插图剧照,或一集数图,或一剧一图,封面大多标出名伶或名班脚本。围绕着舞台演出"打本子"和注重戏址戏路传承的剧本编演实践,应和了读者阅读、观众接受心理以及市场消费期待,其刊行的策略预期了折子戏本良好的传播效应。

从刊行策略上看,双红堂藏京调折子禁戏的部分剧目配有封面及剧首插图,有些剧名即为《绘图……》,绘图一般居于集首或折首,以线描人物角色和名伶扮相剧照为主。这些"绘图"以先入为主、夺人眼目的图像叙事,重在渲染舞台搬演的鲜活神气、名伶扮相的风仪姿容与剧情最富张力的矛盾场。如《绘图京都三庆班京调脚本丙集》所收《讨鱼税》,图题"庆顶珠",图绘正面二角色,生角萧恩竖眉愤怒,裹老人巾,挂满髯,披蓑衣,穿碎花裤,着裹腿方口布鞋,斜半蹲马步,右手执刀,左手撩腰垂带,一副决绝复仇的样子;右立旦角桂英,盘高髻,侧身

---

① 与《钓金龟》《滑油山》《目连救母》《柳林池》合刻。
② 与《马前泼水》《捉放曹代宿店》《乌盆计》合刻。

背剑,着及踝元宝纹长裙,身形纤长娇小,低首含忧。而《绘图京调大观二集》之《打渔杀家》,则图绘正反二角色——即生角萧恩与丑角教师爷搏打的场面。萧恩居左,穿无纹布衣,挂满髯,单脚立地,左脚及膝提起,左手按左膝,右手执教师爷左臂,脸侧向教师爷,一脸愤懑与刚毅。教师爷则亦步亦趋,着素色长褂,绑花腰带,戴头盔,左手如提线木偶一样被提起,着碎点裤的两腿弯曲发抖,满脸沮丧与惊恐。在唱本652册所属三种《庆顶珠》中,泰山堂排印本封面之绘图又很不同,乃萧恩父女渔家扮相的演员剧照亮相,萧恩居右,戴布衬笠,怒目圆睁,挂满髯,着长袍,左手抬起与桂英右手相擎,右手折过胸前,与桂英左右相握,前襟下摆处绘有"义虎"绣字,左脚撩襟前迈,斜纹裹腿及膝。桂英居右,戴冠,穿素色镶边斜襟短褂,半裙及踝,仇恨填胸的神情与其父的决绝相应。二酉堂石印抄本,封面只标"打渔杀家"一剧字样,花纹底衬,中图亦绘萧恩父女渔家扮相亮相姿态,与泰山堂同幅。这些封面插图与名伶剧照,从不同层面刻画了剧中主角萧恩在被逼之下,为争取个人基本生存权铤而走险、义无反顾雪耻复仇的姿态;以及老生与旦对应衬托、老生与丑对立互补的人物关系场。

《真正京调四十二种》之《绘图小上坟》,绘图为四人,萧素贞左立,穿旗装,花裤子,做侧身苦诉状,一臂前伸抖帕,斜肩扭腰;中间轿上坐刘禄敬,戴乌纱,跷二郎腿,低首掩面,似有羞惭;旁二轿夫,其一"付"持杖向前半跪,二"付"拱手后立。画面描绘的是祭坟相遇之瞬间场景,但小媳妇稍显夸张的动作身段却暗含着夫妻相认之喜。而唱本652册之《小上坟》,绘图只有萧素贞一角,裹头,长辫垂至前膝,穿暗纹戏服,上身斜襟边叉长褂,下裹没脚裙,手提祭品,旁边立有花盆,背后有大树及栅栏,一脸苍茫悲戚,暗示郊外祭坟之苦行。两幅插图一为线描角色画,一为名伶扮相图,风格情调迥然有别,一着眼于夫妻邂逅与情思传递的流动感,一重在呈示小媳妇多年来独守困顿的悲苦辛酸。唱本652册所属《虮蜡庙》三种,因与其他折子合刻,与此相关的绘图仅泰山堂排印本一幅:封面绘图亦为名伶扮相——天霸妻子武旦装束,乔装打扮女英豪,头戴三层珠凤冠,半甲着身,右手端定胸前,左手执刀，刀尖向上，弓步亮相，腰间垂带长穗落地，眉宇间流露出慧捷与勇武，英姿飒爽。《蚂蜡庙》本是一出上场人物繁多、故事线索复杂多变的武打戏，但此幅插图却只选取了武旦一角戎装亮相，意在凸显此剧以女性人物为引线、巧设关窍与恶霸费得功周旋交手的意味。

此三种剧目不仅通过图像叙事直观展示场上搬演的生动场景，还通过名伶标榜达到耸观耸听、迅速传播的效应。如选刊之集名都标有"真正京调""京调大观"等字样，剧名前多标"校正京调""校正全京调"字样，抑或标出脚本所属戏馆及主唱名伶。如《真正京调四十二种》之《绘图小上坟》，标"云樵主人听音馆，真真京都头等名角曲本"；泰山堂《庆顶珠》封面下框排"名角真正准词"，中图左右竖排"京调名伶真词"；《绘图京都三庆班京调脚本丙集》之《讨鱼税》标"真正京都头等名角景四宝曲本，闻盛馆主题"，内页剧名为"校正京调庆顶珠全本"；《绘图京调大观二集》则冠以"增补校正绘图京调大观第二集"，并将《庆顶珠》归入生部唱做并重戏。致文堂刊《蚂蜡庙》则标"校对无讹、名伶真词"。此外，其他禁戏如《绘图京调十七集》第五集之《乌龙院》、乙集之《买胭脂》均标"京都头等名角万盏灯曲本、京都响遏行云楼原稿"；又如《乌龙院(绘图坐楼杀惜)》《玉堂春(绘图)》收入《绘图京都三庆班京调十二集》子集，标为"改良京调秘本全部"等。

这些刻本刊记值得注意，其一，这些折子脚本来源、所属名伶与戏班信息丰富，立体地展现了彼时名伶名班联手串演、打造京调名折与戏班推出保留剧目的情形。三庆班最早是乾隆五十五年(1790)以高朗亭为首的第一个徽班——三庆班进京寿诞贡演时出现的；随后形成"三庆"、"四喜"、"春台"、"和春"等戏班，并称四大徽班。双藏京调折子戏标明"京都三庆班"，是打出名班旗号，以示其"京调"之渊脉沉厚与正宗。而共和班，与传统戏班不同，最早产自上海，后在京剧、秦腔等各种地方戏中都有类似组织，是一种剧院与戏班联合以谋求演出市场和赢得戏曲消费观众的经营形式。其表演或不及三庆等老班精雕细琢，但多跟进时事，排演新戏，社会反响较大。景四宝、万盏灯都是彼时京剧名伶之艺名，都有自己的拿手功夫和保留剧目。景四宝，生行演员,曾入永盛奎班、阜城班,与武生行鼻祖之一杨隆寿①有合作演出。万盏灯,原名李紫珊,又名李子山,四喜班名角,是徽班青衣中仅列梅巧玲、杨贵云后的第三号人物,擅扮刀马旦、花旦,曾入天福班、小鸿奎班,光绪二十六年(1900)曾列选进宫表演②,其拿手戏有《虹霓关》《小上坟》等;其演《小上坟》步法走起来轻盈曼妙,冠绝一时,有"旦角孝、一身俏"之誉。其二,这些选本和合刻本折子均明确标出之"京调",是京剧发展初期皮黄、京腔、京戏并称时的一种称名,但特示"京调",有凸显京剧调式独立性与侧重点之用意。从双红堂所藏京调折子禁戏的声腔大多只标"西皮",而少见"二黄"、具体调式曲牌标出不多情形看,这些剧目应该是在京剧形成过程中,西皮与二黄尚未完全结合、以西皮为重、表情达意更为自由热烈、活泼健朗的曲本。双藏京调折子禁戏在选本及合刻折子戏本封面及剧目内页多处题识的所谓改良、校正、增补、准词、全本、秘本等说法,显示出"京调"由起初粗糙无序、腔调随意串合到唱腔板式逐渐固定、艺术表演逐步提升的过程。双红堂藏京调折子禁戏使用的西皮板式有原板、慢板、快板、导板、散板、摇板等,虽不完备,但已灵活地展示了人物角色情感起伏隐现的内在节奏,使得抒情与叙事、论理与摹物富有了装饰性和艺术性。从双红堂所收清末民初唱本,与京调并存的还有大量梆子、大鼓书、乐亭调、徽调唱本看,亦可见当时板腔体唱腔体系形成背后地方声腔交汇、京剧酝酿成熟的情景。

三、套层戏谑与底里温情

双红堂藏京调折子禁戏,作为京剧形成期的剧本遗存,从特定层面生动反映了彼时戏曲折子戏创作的观念形态和审美取向。《庆顶珠》《蚁蜡庙》《小上坟》三剧在情节措置、程式结构及故事呈现方式上,

---

① 杨隆寿是杨小楼的老师,梅兰芳外祖父,武生行鼻祖之一,另一人为姚增禄,京剧早期代表剧目"八大拿"的本子都出自姚手。
② 苏移:《京剧二百年观概》,北京燕山出版社 1989 年版,第 70 页。

透示出京调折子戏虽截取故事碎片、却能利用情节关目、科介动作设置冲突线,以问与讨、打与杀、告与审的套层戏谑翻出波澜、在动作的叠与断、程式的往与复中开阖叙事,衬以底里温情,表达民间正义的趣味。

先从问与讨的三复情节说起。《庆顶珠》又名《打渔杀家》,此剧最早的演出记录,见于嘉庆十五年(1810)成书的《听春新咏》。其本事源于陈忱《水浒后传》第九、十两回,原写李俊惩戒豪绅丁子燮和贪官吕志球的故事,是京剧经典剧目。双红堂藏本《绘图京调大观》收录《庆顶珠》有剧前说明,故事背景是梁山起义失败后,好汉李俊、倪荣流落江湖,但故事主线却是围绕萧恩父女河下谋生展开的:"宋梁山伯者氏阮萧恩,字小五,捕鱼为业,生一女取名桂英,年方及笄,已字花荣之子逢春,以庆顶珠为聘。阮父女二人,以舟为家,烟蓑雨笠,潇洒自乐。有土豪丁员外向阮需索鱼税,漏规,阮坚不承认。丁遣教师率家丁捕阮,阮怒举手一挥,众皆倾跌,员痛而窜,丁告县逮阮,笞杖四十下,阮出大愤,率女至丁府,残其全家。父女二人逃隐梁山也。"①此剧情节措置,以双藏北京唱本 652 册之泰山堂本《庆顶珠》所设两起"三讨三问"的程式化往复引线最有特色。一起三讨三问,是郭先生借问路趁机打探萧恩父女舟所准备讨税。原本被萧恩以天旱水浅、鱼不上网、改日送还为由支回的讨税丁郎,紧接着被李俊倪荣追来两次发问——讨鱼税"可有圣上的旨意"、"可有六部的公文"、"凭着何来"逼出"本县的太爷所断",随后李俊以"大街撞见有些不便"扬言告免、倪荣更以剜眼剥皮恫吓拒缴。这三问的情势蓄发,等于是一步步向官府盘剥良民的不公激言宣战。二起三讨二问,是丁郎回府后,与员外与郭先生诉说讨税遭拒的经过,模仿李俊倪荣声口,复述对话,言来语去,绘声绘色,中间穿插员外与郭先生的打探与递问,尤其是复述到李俊倪荣追问讨税依据——可有圣旨、六部公文、凭何断来时,员外应声回答——"无有"、"也无有"、"本县的太爷",这种套层迭出的程式化做功表演,

---

① 双红堂藏《绘图京调大观二集》,上海世界书局民国十五年(1926)石印本,第 1 页。

在交代前情时抖落出员外被"激怒"的强横跋扈,且牵出后事——发动教师爷实施武力追讨的动作链。像这样的三复情节还有很多,如教师爷带领家丁来至河下,一问谁识萧恩、二诳家中无人、三议谁去开门,把这一群窝囊废凑胆子走路、未接招先惧的滑稽丑态暴露无遗;动武之间,教师爷一撞三羊头、二耍扁担、三抢茶壶,活画出狗腿子变泥腿子、黔驴技穷、告饶败逃的嘴脸。需要提及的是,双红堂藏《庆顶珠》的多个本子,都未续写在官兵追捕下萧恩被迫自刎、女儿流落江湖的悲剧性故事结局,而是戛然止于远退梁山。在整个剧情推展中,此剧一方面着意敷演萧恩性格转变的动因——一身武艺、身怀绝技、起初迫于生计不敢招惹势豪的萧恩,在丁吕勾结、官匪沆瀣、肆意蹂躏盘剥小民之际,无法忍受羞辱、县衙遭受毒打后决然奋起反抗的心路;一方面又在矛盾激化的一些关节点上特意穿插不少插科打诨的段子,痛快淋漓地嘲弄了丁府爪牙——丑角教师爷,以武艺的较量凸显了人格的较量,以反讽的笔法解构了所谓的王法,显示了民间的生理、民间的正义。除此之外,此剧的人物关系场营造,还具有对比和增衬意味,如李俊、倪荣的江湖,是英雄与恶霸对峙的民间好汉社会,好汉们总是在急难中能够时时周济、回护像萧恩父女这样的良民。而在萧恩父女之间,隐忍世事与不谙世事、相依为命与自保心理、反抗与犹疑、不舍与追随,都透露出底层的温情与人性的复杂真实。

《蚰蜡庙》一名《招贤镇》《拿费得功》,自《莲花院》至此,有"八大拿"之称,事见《施公案》第五集17至22回,是京剧做功戏的代表剧目。剧叙淮安招贤镇土豪费得功依仗削铁如泥的宝剑和触人即亡的毒箭,杀人放火,残害良民,逼索梁大刚之妹成亲不成,嗜杀满门;又路遇张氏逼抢其女兰英为妾,无恶不作,独霸一方。黄天霸等人意欲除之,借游蚰蜡庙之机侦得费得功行迹。施大人召集众义士询问庙中访案情由,金大力引见张家院公告冤,众义士动议计擒费得功。褚彪、天霸妻桂兰与贺仁杰假扮父女爷孙与费得功门前诱之,被抢入费府的桂兰以允亲赚得宝剑和毒箭,不想天霸与桂兰却被费得功擒获,危急中众义士兵围费府,擒拿了费得功。此剧情节铺展中,有两条三问三讨的引线,恶霸费得功这一条线上的三问三讨是:一问梁大刚讨妹不成,残杀满门成冤;二问张氏讨女儿兰英,不允强抢,不从乱棍打死;三问褚彪讨桂兰不成,率兵横夺。众义士这一条线上的三问三讨是:黄天霸为侦查梁大刚案一问老道讨疑犯踪迹;施大人为打探强人情况二问众义士讨费得功家底,并议计捉拿凶犯;贺仁杰装扮的桂兰子三问费得功家丁讨桂兰回府,被拒斩丑。此剧虽然人物众多,武打身段繁复,场上表演热闹非凡,剧本恰恰在着眼于场上之搬演的同时强化了其民间文学的趣味性,这体现在一些独具匠心的细节撰构上。如施大人派黄天霸微服私访,这是民间期望清官主持公道的路数;黄天霸访案、金大人送冤,各路英雄议计巧扮父女爷孙擒贼,则是民间集体智慧的展示;故事结尾,黄天霸夫妇被擒,差点葬身荒郊,各路英雄出击搭救,费得功被拿,这也完全是民间演绎故事的波折与团圆套路。而《小上坟》又名《小荣归》《丑荣归》《飞飞飞》,是二小戏的名折,各种花部地方戏都有改编本表演。剧演刘禄敬进京赶考多年未归,托娘舅李大公捎书信及纹银三百两于家中,不想李大公昧银藏信,并唆使公婆逼萧氏改嫁,萧氏不肯,针黹度日,誓守柏舟。后家况萧条,萧氏于荒冢累累间祭扫刘家祖坟,得遇刘禄敬得官奉旨回乡祭祖,夫妻经过一番陈冤告白、怀疑试探、对问相认,证信物诉离衷,携手同归。双红堂藏《小上坟》亦有三问三讨场面的设计:三问一是刘禄敬问祭坟妇为何啼哭,二是萧素贞问老爷为何来刘家新坟,三是刘禄敬问素贞困顿中谁人照应;三讨是夫妻相认中萧素贞一讨四方乌纱、二讨菱花宝镜、三讨手绣布鞋来验明丈夫真身。与前两剧不同,这三问三讨并非有前因后果串联,而是各自独立的片段。三问是外层故事线上清官的一疑与冤妇的反问并续以内层故事线上丈夫的回问,三讨是内层故事线上妻子对丈夫身份的三疑与婚姻信物的三问,外层故事线和内层故事线套层递进、真假交集而成戏中戏,而收以内层故事线——嘲弄了清官的不自清,回护了民间的真情。

再说打与杀、告与审的动作线措置。《庆顶珠》一折中有二打一杀、一告一审。二打是萧恩赤手空拳痛打教师爷,县太爷施淫威大板罚打萧恩,一杀是萧恩勇闯丁员外府,以献宝为名,愤杀豪强,斩恶除霸;中间穿插着萧恩往县衙抢原告之"告",与吕子秋动用酷刑的不审之"审"。《蚜蜡庙》一折亦有二杀一打,一告一审。二杀是费得功杀梁氏全家、杀张兰英,一打是众义士擒打费得功的收场戏;一告是张家院公向施大人告冤,一审是施大人巡访议事厅与众义士合议"计判"之审。两剧之打与杀、告与审的不同动作线,自然形成了故事的叠与断,关目的开与阖。《小上坟》作为二小戏,则只有告审而无打杀;其三告三审的动作线,巧妙地构成了清官与冤妇、丈夫与妻子的套层叙事空间:冤妇萧素贞一告公婆打骂虐待之苦,二告娘舅逼索改嫁之难,三告丈夫赶考为官、忘家丧身之悲;佯装清官的刘禄敬,一审不准告父母不是之状,二审不信娘舅逼嫁之事,三审则审出自家隐情,原来是李太公昧银欺亲,假传死讯,害他夫妻成异路人。清官和冤妇的三告三审,妻子和丈夫的三疑三认,使得故事层叠套进,如果说公婆的打骂置媳妇于不公;娘舅的折磨实为小人作乱,那么,儿夫为功名丧亲弃妻,就不仅是人情暗昧,已是王法不容了。《小上坟》一折开篇借萧素贞之口吟唱了南戏刘文龙菱花镜的曲词,将负面主题潜转,衍出了故事的开放性和多种可能性,号称清官审民女冤情,却怎料自陷不义,接到这样的官,难保不是百姓民女的晦气,好在刘禄敬不是一个负心汉,夫妻终得欢喜相认。倒是小媳妇理直气壮较着劲怀疑面前人的认妻之举,表现出底层女性勇于回护真情与持守道义之举。这本戏既无"诲淫"之内容,夫妻相认也无调戏之举,何以成为禁戏实在叫人有些不解。或许是祭祖坟的悲戚与夫妻相认的欢言不称?或许是扮演小媳妇的旦角在做工上刻意于姿态妖媚的风趣?抑或是优伶即兴添加了插科打诨、调笑风情的段子?显然被列入风情戏的《小上坟》,内容恰恰是提倡贤孝节义的教化戏,将它和《秋胡戏妻》《小寡妇上坟》视为同一类"有伤风化"的禁戏,看来是不对题的。三剧共同设置的打与杀、告与审的故事套层,在王法与民情之间,形成了内在的故事节奏与情节顿挫。如果说打与杀反映的是官衙昏昧、势豪肆恶下顺民难寻活路起而武力对抗的话,那么,告与审则以戏谑化的方式,颠覆了官堂威势,揭露了王法无道,伸张了处于弱势的小民的生存权利。

萧恩抢了原告,却意外成为被告;黄天霸夫妇行侠,却也为恶霸所掣;素贞贤孝,却无端遭受公婆打骂。教师爷原本是打手,在萧恩面前变成了"抄手";原本胆怯怕事的桂英,最后却出其不意助父杀家;意气洋洋奉旨回乡的刘禄敬,邂逅患难持守的发妻而羞愧难当;原本朝着痴心女子负心汉方向发展的故事,最终夫妻相认欢心团圆。在这些善恶交缠的琐碎人情背后,故事的套层戏谑与程式往复营造了富有张力的戏剧表现空间:问与讨讨问的是小民的生理,打与杀打杀的是贼官的淫威,告与审审告的是王法与人情之孰轻孰重。或许,费得功杀了梁家满门,萧恩杀了丁府满门,虽一样血腥,一样牵及无辜,似也有一报还一报的民间集体无意识寄寓;或许恶霸已除,萧恩父女远退梁山,民间自有民间的活法;土豪镇法,黄天霸夫妇行走江湖,民间自有民间的逻辑;小人受惩,刘禄敬夫妻苦尽甘来,民间自有民间的真情,这恰恰昭示了民间生活的温情与太平念想。

双红堂藏清末民初京调折子戏选集与和合刻折子存本与国内藏本互见重出,可以做进一步的比勘清理,以见出早期京剧发展和域外传播的更多细节。作为早期京调折子禁戏的代表剧目,《庆顶珠》《蚂蜡庙》《小上坟》三剧以对故事发展方向和场面措置的创意设计,独特的刊行策略与传播效应,还原了舞台扮演的现场感,为京剧演出史提供了生动丰富的动态图景;其从民间叙事的套路汲取养分,以戏中戏的套层结构传递出戏谑与温情相交织的故事趣味,绕开并滤去了官方对强梁戏、武打戏、风情戏的指罪,从一个特定侧面,呈现了民间的智慧、民间的生理与民间的趣味,带动和开掘了早期京剧创编与搬演的艺术潜质与发展内力。

(原载《甘肃社会科学》2013年第6期)

晚清民间戏曲中的"皇权隐退"

——以楚曲本与小腔戏本《龙凤阁》为例

《龙凤阁》一般被认为是京剧《大·探·二》的别称。其实京剧《大保国》《探皇陵》《二进宫》只是《龙凤阁》主要剧情的选段,全本故事还包括"赵飞搬兵"、"杨波登基"等主要情节。全剧梗概为:明穆宗死后,太子年幼,国太李燕妃欲将江山暂让与其父李良。定国公徐彦昭、兵部侍郎杨波谏阻未果。李良密谋封宫,太后遂向杨波求救。后杨波领兵,诛斩李良。本文要讨论的第一个本子,是汉口会文堂刊楚曲本《龙凤阁全部》(以下简称"楚曲本")。据丘慧莹的研究,这批"楚曲"最晚的出现年代应当在嘉庆末叶①。第二个本子为咸丰十年万安小腔戏本《龙凤阁全本》(以下简称"小腔戏本"),是1983年《中国戏曲志·福建卷》编辑部在福建省龙岩市万安镇②等地进行田野调查而搜集到的195个清朝咸丰前后抄写的小腔戏③(当地又称"乱弹"④)剧本中的一种,为福建龙岩民间艺人罗忠秀手抄本。出现在清代由盛转衰之际的楚曲本与小腔戏本,因历史条件和传播区域不同而对伦理人情及权力关系产生的认识差异,是值得关注的话题。

---

① 丘慧莹:《清代楚曲剧本概说》,《戏曲研究》2007年第1期。
② 万安镇清代为溪口社,民国初年改称万安社,1965年称万安公社,1984年7月改设万安乡,1995年建镇。
③ 王远廷:《闽西戏剧纵横》,鹭江出版社2010年版,第14—19页。
④ 王远廷:《闽西戏剧史纲》,中国文联出版社1999年版,第46页。

一、"家""国"之辨：礼与情的消长

从细节来看，楚曲本对君臣伦理更为注重，而小腔戏本则更多地提及父子(女)关系。"李良封宫"这一段，是李燕妃(二本剧中又称"龙国太")和李良的父女冲突的集中体现。小腔戏本的李妃在得知李良封宫的消息及其后给杨波的求救信中都说："哀家金屏错主意，不该听残让乾坤。李良他把良心昧，全然不念父女情。"[①]遭遇亲生父亲的谋害而生发的感叹，这是正常人物应有的自然反应。楚曲本的李妃在同一情节中却说："只为哀家做事差。不该金殿让九华。徐杨曾把本奏下。哀家不准要让他。封锁宫门囚儿驾，要夺太子锦邦家。"[②]在父亲要谋害亲生女儿和孙子时，居然没有在"虎毒食子"这一违反伦常的戏剧冲突上做文章。李妃在这里怨恨的，似乎不太像是自己的亲生父亲，而仅是一个谋逆的奸臣。

君臣和父子关系是纲常伦理中重要的两层关系。君臣是"大家"，"君君臣臣"关系着的是君权统治的秩序和有效性；父子是"小家"，"父父子子"更多地联系着的是构成君权社会的个体，乃至家族的情感与命运。在徐彦昭(臣)大闹龙凤阁、与龙国太(君)发生冲突时，楚曲本的杨波劝道："千岁息怒。那有臣打君之礼。有欺君之罪。还要上殿请罪才是。"动的乃是君臣大义之理。小腔戏本却不怎么看重："千岁，让是让他的江山。看这父女怎么发落。"晓的却是父女、家庭之情，对于正统观念反而看得很轻。

不同剧本表现出的家与国之间的差异，是否反映了剧本的创作者及其受众对于皇权认识的差异？从作品细节上看，楚曲本对于君权统

[①] 见《龙凤阁全本》，清咸丰十年(1860)罗纪藩抄本，现藏于福建省艺术研究院。本文所引小腔戏本《龙凤阁全本》内容皆出于此，后不再出注。又：楚曲本与小腔戏本引文标点系笔者所加，此二本原仅有小部分简单句读；引文中多有俗字，括号内文字为笔者所校，下同。

[②] 见台北"中央研究院"历史语言研究所俗文学丛刊编辑小组《俗文学丛刊》111册，台北新文丰出版股份有限公司2002年版，第105—190页。本文所引楚曲本《龙凤阁全部》内容皆出自此书，后不再出注。

治的考虑要远甚于小腔戏本。李妃遭遇个人安危,首先考虑的是江山的归属:"封锁宫门囚儿驾、要夺太子锦邦家。"小腔戏本念及的则更多的是自身的安危:"前后宫门皆封锁,困死哀家在宫庭。"前者强调君权,后者看重命运。而徐杨君权意识与个人情感的此消彼长,也在剧本中呈现出两极化的趋势:楚曲本是君权意识覆盖下个人自然心理与情绪的淡化。在徐杨二人被斥为"奸党"后:"(净)计就月中擒玉兔。(生)谋成日里捉金乌。"心心念念的仍是如何捉拿奸臣,未有丝毫感愤之意。小腔戏本则是个人情绪太过鲜明:"(争)霸王空有重童(瞳)目。(老)有眼何曾识好人。"——敢以"霸王"比君王,乃是大不敬之罪。

又如杨波看信后的反应。楚曲本:"(外)……看罢密书怒气生……只因国母差了主意,将江山付与李良执掌,又将昭阳封锁,要害国母困宫而亡。"怒的是奸臣作祟。小腔戏本:"(老)……看罢谕旨心头恼……当日国太要将江山让与李良执掌,家爷与徐千岁保本苦苦不准。今日密旨到来,要家爷颁兵取救,家爷不理朝纲的事了。"恼的是君之不察。从礼法上说,忠臣在收到君主的求救后,自当精忠报国;然而从个人情感上讲,被斥为"奸党"的志士在"保本苦苦不准"后,发出不平之鸣也未尝不可。重点在于,前者为了勾勒一个毫无怨言的忠臣形象,而选择忽略了人面对应急事件时正常的心理机制和自然反应;而后者为了符合观众预期的情感和心理,却宁愿塑造"屈原式"的忠臣。

人类学家华英德(Barbara Ward)认为,"戏剧是中国文化和价值观的具体表现"和"非常成功的老师"[①]。在乾道时期,"风化观在历史剧理论中占据了主导地位"。[②] 社会的安定、教化的推行反映在戏曲

---

① Barbara Ward, "Regional Operas and Their Audiences: Evidence from Hong Kong", in Johnson, Nathan and Rawski, Popular Culture in Late Imperial China, Oakland: SMC/Univ. of California Press, 1985: 187.
② 朱夏君:《晚清以前明清传奇历史剧批评》,《剧作家》2008年第6期。

中,是清代历史题材剧作的大量产生①。楚曲《龙凤阁》所在的同一批楚曲中,历史剧的题材占了一半。其中明显体现君主权威或表现"忠君"意识的,占了该批楚曲的绝大多数②。清代推行教化的初始动机本就与"皇权"有关——入主中原的满族统治者积极提倡伦理道德,其目的之一正在于以"忠君"的思想维护刚建立的王朝。标有"时尚"、"不惜工资精选名班戏本发客不娱"的楚曲在中原重镇的大量刊行,容易引起统治者的关注,会在戏曲的创作上更小心地斟酌词句。楚曲本角色对君权统治的尊崇,其背后是清朝鼎盛时期的教化推行在民间戏曲的反映。而随着清朝统治的由盛转衰,清政府对于地方的控制也逐渐衰弱。晚清发生的鸦片战争、太平天国运动、列强入侵等一系列重大事件,又对民族心理产生冲击。然而,此种冲击又是不均衡的:条约的签订、列强权力在沿海边境的确立,确实"引起了人心向背的变化"③;但在靠近内陆的闽西,情况却更为特殊:一方面,地处偏僻的乡邦社会依然固守着传统教化;另一方面,因时代浪潮之使然,其民众心理亦有着微妙的转变④。由于执政者已无法维持全国范围内文化政策的高压,民间教化的推行也因之流于形式。教化在清末的推行,逐渐依靠地方乡约与家规的自治。流行于乡邦社会的民间戏剧,便开始侧重家庭伦理和日常人情关系的书写。

二、政统与道统:从君臣之争到忠奸斗争

从戏剧冲突来说,《龙凤阁》的故事虽是以"忠奸斗争"为主题,却

---

① "自明嘉靖年间至清道光二十年(1840),有历史剧作品传世且具姓名的作家有一百一十余人,占现存已知清明传奇作家四分之一;现存历史剧作品数量近三百种,约占现存明清传奇作品的三分之一,其中清代作品又几乎是明代作品的两倍。"欧阳光主编:《元明清戏剧分类选讲》,高等教育出版社 2007 年版,第 90 页。
② 这些剧目是《鱼藏剑》《斩李广》《上天台》《新词临潼山》《闹金阶》《杀四门》《洪洋洞》《四郎探母》《杨令婆辞朝》《李密降唐》《龙凤阁》《青石岭》《探五阳》。
③ [美]费正清:《剑桥中国晚清史(1800—1911)》(上卷),中国社会科学出版社 1985 年版,第 253 页。
④ 如:"且查前志修于道光十五年。距今已八十余年矣。其间政教之沿革,习俗之隆污,人才之兴替,有待于记载者,不知凡几。"见杜翰生等修纂:《龙岩县志(民国九年)》"修志序"部分,台北成文出版社 1967 年版,第 1 页。

又不单纯是"忠"与"奸"两者的正面对决：作为该剧的主要角色，李燕妃在庭辩、求救、悔叹、求情等剧情中都起着重要的作用；作为"奸臣"的李良，其戏份反而远没有李妃多。《龙凤阁》的戏剧矛盾，不仅是忠奸之争，同时也是君臣之争。二本对待上述这两种矛盾，存在表现重心上的差异。典型的例子是"庭辩"进入高潮的部分①。楚曲本为："（旦唱）地欺天来苗根小。（净唱）天欺地来苗不生。"小腔戏本则是："（正）嗳！地欺天来。（大）天倒运。（争）天欺地来。（老）地不灵。"

剧情由"是否让江山"的争论发展到了角色间的相互指责。如引文所示，楚曲本的冲突发生在"旦"（李妃）与"净"（徐彦昭）之间；而小腔戏本除了"正（旦）"（李妃）、"争"（徐彦昭）外，还加入了"大（花）"（李良）、"老（生）"（杨波）作为帮腔。国太是君王的代表，徐、杨和李良是臣子。楚曲本的争论，是君与臣的冲突；小腔戏本则因加入了杨波和奸臣的帮腔而使矛盾冲突发生了变化。从观剧体验上说，奸臣的帮腔更突显了其蒙蔽君上、小人得志的气焰，因此李氏父女与徐、杨的冲突就不是单纯的君臣之争，在更大程度上它更暗示了忠臣与奸臣的矛盾。又如在其后"叹皇灵"的这一部分情节中，两个本子对徐彦昭的表现也各有侧重：楚曲本感叹的重点是国太的"一心要让龙楼"、忠臣的"苦苦保奏"，以"理或当言，死无所避"②的谏臣形象表现君臣伦理。而小腔戏本却将李良作为感叹的重点，恨不得"拿住奸臣问典刑"，展现的是想要击破阴谋的忠臣形象，凸显的则是忠奸斗争。

君臣之争与忠奸斗争，争的虽然都是"不可让奸臣掌国"，但楚曲本维护的是幼主的皇位。李妃在杨波勤王后被宣召说："皇儿登社稷、哀家放愁眉、新君有何旨下。"对江山的正统性得以延续表示欣慰——"江山"还是她家的江山。而小腔戏本则说："忠臣为国安社稷，今朝重展旧华夷。驾坐宫闱无挂虑，为何金屏闹是非。"在凸显忠臣的定国安邦的同时，也在开始暗示李妃放弃了统治权。

接下来李妃为父求情的这一段更将这种"放权"推向了极端。对

---

① 二本以下引文后皆还有五句"A 欺 B, B 欺 A"格式的句子，篇幅所限，故不全引。
② 范仲淹：《睦州谢上表》，《范仲淹全集》，凤凰出版社2004年版。

比楚曲本杨波说:"本该碎尸万段,看在国太分情,老贼有言在先,发立高墙。"小腔戏本却说:

> "(争)国太敢是与令尊讲情?(正)不敢!无非是乞恩。(争)杨大人将太子坠下金鸾。(正)呀!皇兄令出惊天地,唬得哀家魄散飞。从今国事求不理,落得清闲守宫围。"

《龙凤阁》中的太子,是一个襁褓中的婴儿。要将一个婴儿从高处摔死,以此来威胁一位年轻的母亲,这几乎是一件无法想象的事情。而这个婴儿,是已经登基的"新君",被威胁的母亲,则是垂帘听政的太后。她请求放过孩儿的条件,却是让出自己的权力。

皇权关乎王朝的统治及其血脉延续,是政统;两个本子中的徐杨作为忠臣的象征,坚守儒家的价值理念,代表道统。道统是作为政统的维护者而存在的,但讲求"君为臣纲"的楚曲本更突出了封建统治应有的秩序。忠臣在君臣之争中虽然是正义和最终胜利的一方,却依然恪守着"君君臣臣"的本分,其所表现的"忠"更突出"苦苦保本"的谏臣之道与毫无怨言的"搬兵"、"救国"。君与臣、政与道发生了冲突,但道统依然是被动的,它服从于政统的延续。而以忠奸斗争为主要矛盾的小腔戏本,却更突出道统的地位。侧重忠奸斗争的剧本原就意在通过对"奸臣"的痛恨来凸显卫道者的形象,因为观众对于宽恕坏人的做法总是无法容忍的,而戏剧的重心又在于凸显忠臣和惩治坏人。卫道者敢威胁把皇权的继承者"坠下金鸾"、把皇权的实际拥有者逼入冷宫,是忠奸斗争矛盾剧烈演化的结果,也是晚清政治权力与知识权力关系变化、民间戏曲凸显道统的表现。

三、从士绅到乡绅:民间意识在戏曲中的加强

剧本对于李妃的描写,在二本中存在差别。楚曲本的国太在一登

场时就带着更明显的女性特称:"君恩宠爱紫金玉,荷莲花下自称奇。"对比小腔戏本"珍珠帘内称龙太,乾元为数定华夷"的"唯我独尊",楚曲本强调"恩宠"、以"荷花"象喻的李妃更具有传统女性柔美娇弱的气质。另外,楚曲本的李妃在面对徐彦昭时也更为忌惮:"铜锤不该赐徐家。上殿带着朝王驾,哀家三分也惧他。"除此之外,最典型的是这一段:

> (正旦唱)……我本当把话对他讲,由(犹)恐取笑脸无光。我只得脚踏地、手捶胸,哭的是先王。

李妃是一位象征帝王的皇家女性。小腔戏本在表现李妃懊悔的此处说"有句话儿不好讲,怨天恨地还加愁肠",语颇含蓄。而注重君臣伦理的楚曲本,在塑造太后时,居然出现了"捶胸顿足"的形象描写,似乎颇为怪异:它不符合我们传统上对于太后乃至君主的印象,有损皇家的威严。后文的对比似乎让我们得出了答案。在表现国太的懊悔误把江山让与奸臣时,小腔戏本说:"哀家金屏错主意。"——这是君王的态度。楚曲本却说:

> "只为哀家见识浅。"又:"只为哀家做事差。"

与楚曲本不同,小腔戏本对国太的认知,却更多地从"龙凤相配"的角度理解。人物登场时说"丹凤配龙飞,裙钗镇帝基"、"老王宴驾龙归西,大明江山凤来仪",可见国太在剧中虽然自称"裙钗镇国事不宜",但剧本对于这位女性的定位却是帝王。"龙"与"凤"、"乾"与"坤",只是性别上的差异,女性皇权与男性皇权并无差别。楚曲本则否,它对于国太的定位更倾向于清代男权社会对于一般女性的传统认知:娇弱,甚至"见识浅"、"做事差"。

对女性的态度可以看出二本对于传统男性皇权的态度。在杨波搬兵后,小腔戏本徐彦昭说的是"进寒宫见一见苦命娘娘",楚曲本却是"进寒宫看一看受困蛟龙"。似乎在楚曲本的作者眼中,保住无行为能力却象征皇家正统的男性皇权,比保住"坐位"却并非"真主"(该木李良语)的女性皇权更为重要。

楚曲本对于国太形象带有在今天看来"偏见性"的描写,是否有作者主观的故意,我们不得而知。但剧中对于女性皇权的偏见和歧视,更像是乾嘉时期固守宋明理学的士绅阶层对待一般女性的俯视。结合剧中对君臣伦理的推重,该本反映的皇权意识似乎更接近士绅阶层。相较而言,小腔戏本对国太的描述,似乎小腔戏本与其传播的区域——闽西客家地区的一般情况不符①。然而,该本中对于"国太"的定位,却并非是民间妇女,而是被仰视的女王。不论是写合同对单时的"扶起哀家为帝主。裙钗镇国事不宜",懊悔时的"哀家金屏错主意,不该听残让乾坤",还是让权时的"从今国事求不理",她总是以君王的面目在剧中发生作用。小腔戏本中对戏曲中国太与实际生活女性的不同态度,恰恰反映了处于乡邦社会的民众对于皇权的模糊认知——它只是高高在上的,至于皇权的拥有者是男性还是女性,对于民众而言,并不十分关心。

另外,有关杨波登基的变化也值得注意。楚曲本说:"昔日打马游戏城市,偶遇星士把命推。算我后来有王位,五十三岁坐华夷。"杨波封的是王,却始终不敢称自己登上了帝位。小腔戏本却说:"神机妙算古来稀,算我日后有帝位,果然今日把紫薇(微)。溴(虽)然未登九五,抱着太子坐洪基。"又代太子宣布"龙登九五,寿命如天"。可见,该本中的杨波明是并肩王,暗地里却做了皇帝。

从《龙凤阁》中"观看江山么(没)下落"、"判着牛判着死进了朝阳",以及同年他人抄本中的部分带有当地客家方言的词句②,可以判定在咸丰十年抄写剧本的剧目在闽西已经地方化。闽西一带

---

① 明清之际,"客家山村大男子主义很严重","客家妇女守寡后……大多任由宗族摆布,在社会上备受歧视的实质则一样,她们往往过着非人的生活"。见谢重光:《客家文化与妇女生活:12—20世纪客家妇女研究》,上海古籍出版社2005年版,第191、160页。
② 王远廷:《闽西汉剧史》,海潮摄影艺术出版社1996年版,第39页。

的民风"信鬼神,好戏剧"①,戏班的演出,往往是为大型的迎神活动助兴②。在与万安小腔戏起源密切相关的楚南戏(祁剧)中,有将《龙凤阁》归为"吉利戏"的风俗③。从剧名来看,又名《二进宫》的祁剧《龙凤阁》,重点在于剧情的后半部分。而全剧最为"吉利"的,应该是结尾杨波的"登基团圆"。正如该本赵飞说:"只(这)椿(桩)事儿出得奇(奇),兵部侍郎扬波登了基。"曾经蒙受冤屈、如今取得胜利的忠臣,其蒙恩受赏、位极人臣,应是意料之中的。然而王侯将相不过是寻常本事,位尊九五方是佳话传奇。从体验的角度看,这样的人物经历才更具有传奇性,同时也更加具有吉庆色彩。它更加满足乡邦社会的民众"一朝登上君王殿,两班大臣皆封侯"的心理。所以,杨波的"登基",是满足乡民心理需要的使然。而原本有关皇权争斗的故事《龙凤阁》,在传播的过程中逐渐演变为满足乡邦社会民众节庆需要和精神想象、渲染节日氛围的"吉利戏",也从侧面说明了皇权意识在清末民间戏曲的逐渐消退。

综上,我们认为《龙凤阁》故事在清末乡邦社会的流传过程中,由于清朝统治的衰弱,戏曲中有关皇权的观念和意识在逐渐隐退减弱,而反映乡民意识和心理的细节在逐渐突入加强。而小腔戏本有关皇权的意识,是在原剧表达的士绅观念的基础上因戏曲本土化而融入的代表乡邦社会民众意识的"乡绅意识"。两本剧作对于伦理人情和权力关系的认识差异,亦因中原与边裔不同地域社会阶层意识变化而产生差异。《龙凤阁》两种传达的伦理观念、政道关系、阶层意识的变化

---

① 彭衍堂修、陈文衡纂:《龙岩州志》,台北成文出版社1966年版,第141页。
② 如(道光)《永定县志》卷一六《风俗志》记载:"祈年、报赛、迎神、申敬,演戏为欢,亦不可三五日而止。"(民国)《上杭县志》卷二三《名宦传》载:"杭城每六年迎神,演戏连月,谓之大当年。"此类记载散见于龙岩各县志中,篇幅所限,兹录二条,其余可参见福建省戏曲研究所编:《福建戏史录》,福建人民出版社1983年版,第100—104页。
③ 邓文钦《田头乡的庙会与墟场经济》:"田头每年定时、定点演祁剧,共有五次:第一次,俗称'唱新年戏'……这是城隍庙、东岳庙、七仙庙、老官庙、汉帝庙联合的庙会戏,规定第一天演吉利戏《龙凤阁》,又名《二进宫》。"载刘劲峰主编《宁都县的宗族、庙会与经济》,国际客家学会2002年版,第363页。一般认为,万安小腔戏的形成主要与道光时期开始的祁剧(楚南戏)在闽西一带的演出活动有关,而其中的部分戏班来自江西赣南。在龙岩市永定县高陂镇西陂村天后宫墙壁上的题记中可见咸丰十一年(1861)三月江右(江西)□□班演出的日程和剧目,其中载有"龙凤阁"的剧名。

及其隐伏的皇权逐步隐退、士绅话语消长,透露了道咸以来"王朝虚位"、动乱频发的衰世,王朝政府统治逐渐衰弱、乡绅力量进一步崛起之时政治权力话语与知识权力话语潜转的信息。

(原载《江淮论坛》2016 年第 6 期)

戏曲展演与传播禁止

禁约装扮竞演与唐代的演剧生态

唐代演剧活动在宫廷和民间都非常活跃,百戏散乐、俳优戏弄、外番杂戏不断碰撞淬炼,戏弄、叙事成分的增殖与故事表演社会内容的丰富,带来了演剧活动的繁盛与戏剧的成熟定型。伴随着高潮迭起并逐步走向成熟的戏剧搬演活动,一些谏禁、奏禁、旨禁等禁戏言论渐渐瞄准了演剧活动的现场环境、演出方式以及与演出相关的具体细节。考察这些禁戏言论和举措的作用,可以让我们从一个独特的角度审视唐代的演剧生态。

一、谏禁分朋竞演

唐代戏剧演出的新动向,即分朋、分市竞演活动不断高涨。这是秦汉以来百戏竞技、戏剧母体的各种艺术要素融聚到一定阶段的产物。"上元元年(674),高宗御含元殿东翔鸾阁观大酺。时京城四县及太常音乐分为东西两朋,帝令雍王贤为东朋,周王讳为西朋,务以角胜为乐。处俊谏曰:'伏以二王春秋尚少……今忽分为二朋,递相夸竞。且俳优小人,言辞无度,酣乐之后,难为禁止,恐其交争胜负,讥诮失礼。非所以导仁义,示和睦也。'……遽令止之。"①此次享神赐福之宫廷大宴,不仅动用宫廷太常礼乐,且聚京城四县民间俗乐。高宗复令雍王、周王为两朋主,伶人成伙、组成对演阵营,"务以角胜为乐",可见其赐宴节目之精彩、竞演场面之热烈。中书侍郎郝处俊以夸竞角胜、

---

① 刘昫等:《旧唐书》卷八四,中华书局1975年版,第2799页。

俳优肆谑、有伤王政而申禁,虽获诏准并得升迁,但这种分朋竞演方式却并未被阻断。

作为唐代典型的搬演活动,分朋、分曹、分市竞演不但在角抵击鞠、丸剑步打等百戏表演中流行,在玄宗以后梨园内教坊的俳优戏弄表演中更热盛一时。而关于禁止分朋竞演的记载,亦最突出地反映在俳优戏弄活动中。这是戏剧艺术发展到定型阶段的标志性事件。《明皇杂录》卷下载:"玄宗在东洛,大酺于五凤楼下,命三百里内县令、刺史率其声乐来赴阙者,或谓令较其胜负而赏罚焉。时河内郡守令乐工数百人于车上,皆衣以锦绣,伏厢之牛,蒙以虎皮,及为犀象形状,观者骇目……每赐宴设酺会,则上御勤政楼……太常陈乐,卫尉张幕后,诸蕃酋长就食。府县教坊,大陈山车旱船,寻橦走索,丸剑角抵,戏马斗鸡……又引大象、犀牛入场……贵臣戚里,官设看楼。"①玄宗亲征洛阳附近三百里以内各州县所属地方民间声乐,与太常音声、破阵军乐,云集竞秀,竞演竞胜。《教坊记序》云:"玄宗之在蕃邸,有散乐一部,戡定妖氛,颇借其力。及膺大位,且羁縻之,常于九曲阅太常乐。卿姜晦,嬖人楚公皎之弟也,押乐以进。凡戏辄分两朋,以判优劣,则人心竞勇,谓之热戏……又诏宁王主蕃邸之乐以敌之。一伎戴百尺幢,鼓舞而进,太常所戴即百余尺,比彼一出,则往复矣,长欲半之,疾仍兼倍。太常群乐鼓噪,自负其胜。上不悦,命内养五六十人,各执一物,皆铁马鞭、骨檛之属也,潜匿袖中,杂于声儿后立,复候鼓噪,当乱捶之。皎、晦及左右初怪内养麇至,窃见袖中有物,于是夺气褫魄。而戴幢者方振摇其幢,南北不已,上顾谓内人者曰:'其竿即自当折。'斯须中断,上抚掌大笑,内伎咸称庆,于是罢遣。翌日诏曰:'太常礼司,不宜典俳优杂伎。'乃置教坊,分为左右而隶焉。"②玄宗好乐,立政前后经常组织、观赏分朋竞演活动,这促动了宫廷雅乐和民间俗乐分朋竞演、互动交流的热潮。而太常乐自为热戏,已不能满足玄宗的兴趣,诏

---

① 郑处诲:《明皇杂录》,《西京杂记(外二十一种)》,上海古籍出版社1991年版,第514页。
② 崔令钦:《教坊记序》,《中国古典戏曲论著集成》(第1册),中国戏剧出版社1959年版,第21页。

宁王府乐工对垒竞胜的预谋虽欢喜收场,翌日却诏太常礼司不再典理俳优杂技。这种矛盾行为的背后,实际上隐藏着将俳优戏弄别储自专、与太常分庭对抗的心理。"散乐",亦称俗乐,是与宫廷雅乐相对的民间表演艺术的泛称。散乐在唐前是百戏的同义语,唐时则"非部武之声",主要指"俳优歌舞杂奏"。① 唐代散乐虽如《唐音癸签》所云,包罗四十三种百戏伎艺,但却是以"大面、钵头、踏摇娘、苏中郎、傀儡子、参军戏、假妇人、弄贾大猎儿、排闼戏"等俳优戏弄为首、为主的。② 因来自民间的俳优戏弄,不属于宫廷雅乐部系,开元二年(714),"元宗以其非正声,置教坊于禁以处之"。③ 这说明散乐初入宫廷时,曾与雅乐产生过一定冲突,分置教坊,使得散乐在宫廷得到宠遇,与雅乐各立门庭、相峙共存。

高宗后期一度被谏禁的分朋竞演活动,在梨园教坊、诸王私教坊经常性地分朋热戏中,还在不断延续。景龙三年(709)前后,"后宴两仪殿,帝命后兄光禄少卿婴监酒,婴滑稽敏给,诏学士嘲之,婴能抗数人……始自王公,稍及闾巷,妖伎胡人、街童市子,或言妃主情貌,或列王公名质,咏歌蹈舞,号曰'合生'"。④ 考功员外郎谏止俳戏无度、胡人唱合生歌而未纳。大历年间,太原节度辛云京葬,各路节度使纷纷献祭竞艺,范阳节度使修祭盘硕大无比,盘上演出尉迟鄂公与突厥斗将之傀儡戏,机关动作,几同真人。灵车祭罢,又驱车为项羽与汉祖会鸿门之戏,"缞绖者皆手擘布幕,辍哭观戏",⑤ 可见民间丧戏竞演之效果。据《旧唐书·敬宗本纪》,宝历二年(826),"上御三殿观两军教坊内园分朋蹴鞠角抵,戏酣,有碎首折臂者,至一更二更方罢"。⑥ 两军教坊的角抵百戏,依然分朋竞技,竟半夜不散以至伤残骨肉亦不顾,可见势盛。《太平广记》亦载:"懿宗一日召乐工,上方奏乐为道调弄,上

---

① 刘昫等:《旧唐书》卷二九,中华书局 1975 年版,第 1072 页。
② 胡震亨:《唐音癸签》卷一四,上海古籍出版社 1981 年版,第 158 页。
③ 王溥:《唐会要》卷三三,中华书局 1955 年版,第 611 页。
④ 欧阳修等:《新唐书》卷一一九,中华书局 1975 年版,第 4295 页。
⑤ 王谠:《唐语林》卷八,上海古籍出版社 1978 年版,第 272 页。
⑥ 刘昫等:《旧唐书》卷一七,中华书局 1975 年版,第 520 页。

遂拍之,故乐工依其节,奏曲子,名道调子。十室诸王,多解音声,倡优杂戏皆有之,以备上幸其院,迎驾作乐,禁中呼为音声郎君。"①懿宗好乐,自定拍板、自创曲调,风气所及,十室诸王,多备有倡优杂戏争幸之,以至争为音声郎君,可见诸王好乐角胜之风影响所及。

不仅梨园教坊、诸王私教坊经常分朋热戏,民间竞演之风亦盛。《乐府杂录》云:"始遇长安大旱,诏移两市祈雨。及至天门街,市人广较胜负,及斗声乐。即街东有康昆仑琵琶最上,必谓街西无以敌也,遂请昆仑登彩楼,弹一曲新翻羽调录要。其街西亦建一楼,东市大消之。及昆仑度曲,西市楼上出一女郎,抱乐器,先云:'我亦弹此曲,兼移在枫香调中。'及下拨,声如雷,其妙入神,昆仑即惊骇,乃拜请为师。女郎遂更衣出见,乃僧也。盖西市豪族,厚赂庄严寺僧善本,以定东厘之胜。翊日,德宗召入,令陈本艺,异常嘉奖,乃令教授昆仑。"②比之于宫廷分朋竞演,民间街市的竞演规模更大。这次长安祈雨的声乐大赛,东市与西市即自发打擂。东市聘琵琶高手、宫廷音乐家康昆仑,欲以难度极高的羽调六幺争胜。西市则邀豪族输财,请出身怀绝技的僧人善本,女妆亮相,声震街市、一举夺魁。元稹《哭女樊四十韵》说:"腾踏游江舫,攀援看乐棚。"③"乐棚"已是民间有搭台作棚演戏角胜的热闹场所。明代海盐人张宁《唐人勾栏图》诗中曰:"天宝年中乐声伎,歌舞排场逞新戏。教坊内外揭牌名,锦绣勾栏如鼎沸。初看散乐起家门,衣袖郎当骨格存。咬文嚼字澜翻舌,勾引春风入座温。"④这都展示了开元至中唐年间歌舞排场竞声伎、教坊内外夺锦标以及散乐百戏、俳优戏弄争番较量的热闹场景。

可见,高宗时臣子请禁太常分朋的一番谏言、帝王嘉赏晋爵的一纸禁书,并未起到应有的作用。虽然太常被剥夺了典理俳优杂技的权力,从官方乐制上看似对分朋竞演活动有所限制;但左右教坊、诸王好

---

① 李昉等:《太平广记》卷二〇四,中华书局1961年版,第1547页。
② 段安节:《乐府杂录》,《中国古典戏曲论著集成》(第1册),中国戏剧出版社1959年版,第50页。
③ 彭定求等:《全唐诗》卷四〇四,中华书局1999年版,第4525页。
④ 张宁:《方洲集》卷六,《文渊阁四库全书》本,台北商务印书馆1986年版,第254页。

戏竞演之风影响所及,民间街市、僧道诸院、军中教坊,竞相效仿,宫廷乐制的改革反而解放了散乐百戏,使之在内教坊和民间土壤中不断成长。

二、约禁演出场合、仪规

随着演剧活动的兴盛,与演出具体环境、表演场合、搬演仪规、参与者等层面相联系,搬演带来的社会影响越来越复杂,这引起了上至皇帝、下至一些司职官员的注意。从限制宫廷伎乐等级到禁戒诸王借俳优乔权,从控制宫廷演剧仪规到规范民间演出环境,对演剧活动的具体细节的禁制,通过诏令、奏议、疏谏等形式逐渐推衍开来。

《中宗即位赦文》有"乐府之设,国风所系,岂惟易俗,抑且和神。至若丝竹繁声,倡优杂伎,深乖礼则,并宜量事减省"[①]令。神龙元年(705)敕:"三品以上,听有女乐一部,五品以上,女乐不过三人……乐师凡教乐,淫声、过声、凶声、慢声皆禁之。"[②]神龙二年(706)中书令李峤疏:"太常乐户已多,复求访散乐,独持大鼓者已两万员。愿量留之,余勒还籍,以杜妄费。"[③]这种对宫廷散乐倡优过奢过滥的禁戒,终于演化为对具体演剧活动的细节限制。永隆二年(618),太常博士袁利贞奏:"伏以恩旨,于宣政殿上,兼设命妇坐位,奏九部伎及散乐,并从宣政门入。臣以为,前殿正寝,非命妇宴会之处;象阙路门,非倡优进御之所。今请命妇会于别殿,九部伎从东入,散乐一色请停省……"[④]此年正月十日太子初立,王公献食,帝于宣政殿设乐赐宴。太常博士袁利贞以宣政殿乃百官朝奉、建言兴政的正殿、宣政门乃国务政要出入之地而谏止,宴乐移向麟德殿、散乐杂戏停省。这是目前所见唐代对散乐俳优出演场合作出明确禁限的最早记载。延和末,睿宗御延喜

---

① 宋敏求:《唐大诏令集》卷二,中华书局 2008 年版,第 6 页。
② 王溥:《唐会要》卷三四,中华书局 1955 年版,第 628 页。
③ 欧阳修等:《新唐书》卷一二三,中华书局 1975 年版,第 4370 页。
④ 杜佑:《通典》卷七〇《礼》,中华书局 1984 年版,第 387 页。

门观乐,追作大酺,右拾遗严挺之谏曰:"夫酺者,因人所利,合醵为欢,无相夺伦,不至糜弊……今乃暴衣冠于上路,罗妓乐于中宵。杂郑卫之音,纵倡优之乐……吁嗟道路,贸易家产,损万人之力,营百戏之资。适欲同其欢,而乃遗其患,复令兼夜,人何以堪?"①酺乐以演剧延时继夜、坏风俗、扰农事而诏罢。与宫廷规范演出场合相类,民间祭祀、社聚赛戏活动亦受到管制。光宅元年(684),麟台正字陈子昂疏曰:"珠玉锦绣、雕琢伎巧之饰,非益于治者,悉去之;巫鬼淫祀,诬惑良人者,悉禁之,天人之际既洽,鬼神之望允塞,然后作雅乐。"②陈子昂倡雅乐,务祛"珠玉锦绣、雕琢伎巧之饰",即装扮神像的巫鬼淫祀活动。唐代不少官吏意识到民间杂祠扮像巡演之害,一再奏闻除毁淫祠、禁断淫祀。如江南巡抚使狄仁杰痛感"吴楚之俗多淫祠",果断奏毁一千七百所。③ 浙江观察使李德裕以"欲变其风,择乡人之识者,谕之以言,绳之以法……四郡之内,除淫祠一千一十所"。④ 然唐代许多诗人都曾描述过这种祀神赛戏活动。王维《凉州郊外游望》描写凉州百姓箫鼓赛戏、女巫婆娑的情景云:"野老才三户,边村少四邻。婆娑依里社,箫鼓赛田神。洒酒浇刍狗,焚香拜木人。女巫纷屡舞,罗袜自生尘。"⑤杜甫《南池》表现了汉中一带巫祝歌舞、终日赛戏的日常生活:"南有汉王池,终朝走巫祝。歌舞散灵衣,荒哉旧风俗……淫祀自古昔,非为一川渎。"⑥元稹《赛神》记述了楚俗好巫、湖南岳阳人人参与、家家社戏以至贻误农时的情状:"楚俗不事事,巫风事妖神。事妖结妖社,不问疏与亲。年年十月暮,珠稻欲垂新。家家不敛获,赛妖无富贫。"⑦皇甫冉《杂言迎神词序》称"吴楚之俗与巴渝同风,日见歌舞祀者"。⑧ 这些描述透露了社戏祭赛风俗日久,民间百姓随处参与、狂热

---

① 刘昫等:《旧唐书》卷九九,中华书局1975年版,第3103页。
② 王溥:《唐会要》卷一一,中华书局1955年版,第276页。
③ 刘昫等:《旧唐书》卷八九,中华书局1975年版,第2887页。
④ 刘昫等:《旧唐书》卷一七四,中华书局1975年版,第4511页。
⑤ 彭定求等:《全唐诗》卷一二六,中华书局1999年版,第1278页。
⑥ 彭定求等:《全唐诗》卷二二〇,中华书局1999年版,第2327页。
⑦ 彭定求等:《全唐诗》卷三九八,中华书局1999年版,第4478页。
⑧ 彭定求等:《全唐诗》卷二四九,中华书局1999年版,第2791页。

以至痴迷不改的事实。刘禹锡贬官郎州(今湖南常德)、夔州(今四川奉节)时,因"蛮俗好巫,每淫祠鼓舞,必歌俚辞",①因自创新辞以教巫祝,遂有竹枝词流传于武陵溪洞夷歌之间。从这个角度看,禹锡《竹枝词》或许是文人作巴渝歌、参与民间祭祀仪式性戏剧表演的见证呢! 民间淫祀搬演活动的频繁和影响力的扩大,引起了上层的关注和禁断。咸亨五年(674)诏禁民间义社:"春秋二社,本以祈农,比闻除此之外,别立当宗及邑义诸色等社,远集人众,别有聚敛……在于百姓,非无劳扰,自今以后,宜令官司禁断。"②两月后,高宗再次下令严禁聚社邑会,③不仅严禁别立社祭,到了武宗朝连原来不禁的民间蜡祭古俗也开始限制。④可见彼时民间赛戏之腾涌不已。这种城乡民间报赛庆丰的狂欢仪式,从娱神向娱人转变,显示了宗教意味逐步褪色、戏剧功能不断增殖的过程。

贞观七年(633),工部尚书段纶因荐造傀儡戏具巧人,被诏削其阶级。⑤ 贞观九年(635),太宗怒杀狎惑东宫俳儿,并坐死数人,太子承干"又使户奴数十百人习音声,学胡人椎髻,剪彩为舞衣,寻橦跳剑……被以羊裘,辫发,五人建一落,张毡舍,造五狼头纛,分戟为阵",⑥后有诏废为庶人。此后诸王太子、宫廷贵戚、朝中官吏因好乐竞戏,"倡优杂伎,不息于前;鼓吹繁声,亟闻于外"⑦而受到禁戒事不在少数。宣宗时,万寿公主因驸马郑尚书之弟重疾不往视,而在长安东侧戏场林立的慈恩寺看戏,上大怒,立遣归宅。据《东观奏记》卷下载,大中十一年(857),"职方郎裴谂、虞部郎中韩瞻,俱声绩不立,诙谐取容,谂改太子中允,瞻改凤州刺史"。⑧《云溪友议·温裴谂》还述

---

① 刘昫等:《旧唐书》卷一六〇,中华书局1975年版,第4210页。
② 王溥:《唐会要》卷二二,中华书局1955年版,第421页。
③ 刘昫等:《旧唐书》卷五,中华书局1975年版,第98页。
④ 王溥:《唐会要》卷八三,中华书局1955年版,第1530页。
⑤ 吴兢:《贞观政要·慎所好》,上海古籍出版社1978年版,第197页。
⑥ 欧阳修等:《新唐书》卷八〇,中华书局1975年版,第3564页。
⑦ 韦承庆:《重上直言谏东宫启》卷一八八,董诰等《全唐文》,中华书局1983年版,第2417页。
⑧ 裴庭裕:《东观奏记》,中华书局1994年版,第128页。

及:"裴君既入台,而为三院所谑曰:'能为淫艳之歌,有异清洁之士也。'"①又据《唐才子传》卷八载,咸通年间膳部员外郎李昌符作奴婢诗五十首,"为御史劾奏以为轻薄为文,多妨政务,亏严重之德,唱俳戏之风,谪去匏系终身"。② 这些官员因善谈谐,好作淫艳歌曲,被非议改职。元和十年(815),"韦绶好谐戏,兼通人间小说,太子因侍上,或以绶所能言之,上谓宰臣曰:'侍读者,当以经术传道太子,使知父子君臣之教,今或闻韦绶谈论,有异于是,岂所以传道太子者?'因此罢其职,寻出为虔州刺史"。③ 太子侍读、谏议大夫韦绶所好"谐戏",即参军戏的初级形式。有研究认为唐代杂剧有四种基本形态:歌舞戏、杂伎、博戏、谐戏,④其中的谐戏,从参军苍鹘的滑稽谐笑到唱诨戏弄,是发展的最充分、最接近后来唐杂剧成熟形态的戏剧形式。韦绶还颇通与贞元元和年间兴起的传奇小说有关的"人间小说"。这"人间小说"与"谐戏"并列,与曹植所诵"俳优小说"、段成式《酉阳杂俎》之"市人小说"相关联,即包括坊间说讲传奇小说的市井俗艺,或亦包括李商隐所述"忽复学参军,按声唤苍鹘"⑤的参军戏。宪宗以俳优戏弄、世俗小说传道太子为非,罢贬韦绶。上层对参与演剧活动的诸王、官员、军士等社会人群的制约,正说明俳优戏弄的搬演活动流行宫廷、为官贵所好尚的程度。

宫廷所尚如此,民间实更盛。"(会昌)三年十二月,京兆府奏:'近日坊市聚会,或动音乐,皆被台府及军司所由恐动,每有申闻,自今以后,请皆禁断。'从之。"⑥京兆府请旨禁断坊市音乐动扰军司,显然仅出于军事管理的考虑。这些演出场合、环境方面的"逾制悖理"虽受到上层一定管制,当时京城的坊间街市,如宫廷乐手康昆仑与僧人善本竞艺角逐之事,大概时时有之,轰动异常。

---

① 范摅:《云溪友议》,古典文学出版社 1957 年版,第 66 页。
② 辛文房:《唐才子传》卷八,辽宁教育出版社 1998 年版,第 105 页。
③ 王溥:《唐会要》卷四,中华书局 1955 年版,第 47 页。
④ 刘晓明等:《论唐代的杂剧形态》,《广州大学学报》2004 年第 3 期。
⑤ 冯浩:《玉溪生诗集笺注》,上海古籍出版社 1979 年版,第 413 页。
⑥ 王溥:《唐会要》卷五,中华书局 1955 年版,第 632 页。

三、禁限服装道具

　　唐代禁戏言论对服装道具的禁限虽不多,但已开始对演剧服装的来源、样式、质料、装饰以及搬演道具、行业行为进行规范和管制,这透露了一些不可忽略的信息。《文献通考》说:"冕服,先王之盛礼也,非郊庙祭祀之大事不服之……唐人乃以平冕为舞郎之服,则是乐工可以服王公之服矣。窃意古人舞者,必自有其服……然遂谓祭祀之牵牲割牲者,养老之执酱执爵者,虽贱有司皆服人君之服可乎?君亲耕借田,则冕而朱纮躬秉耒,亦岂凡秉耒者,皆可冕服乎?后世不明其义,而以平冕为舞郎之服,误矣。流传既久,南唐之时,优伶遂有乞取大殿皇帝平天冠为戏以资笑噱者,盖后世之视舞,同乎戏剧,而又因其误以平冕为舞服,遂亦以戏衫视冕矣。"①此段话在讨论冕服穿戴的演变历史时,认为唐人以平冕为舞郎之服,不合先王盛礼,犹乐工贱役服王公之服,完全违背了古人祭祀敬事之礼。至南唐优伶直以大殿皇帝平天冠为戏服,更是有乖圣典。

　　武德元年(618),万年县法曹孙伏伽以"太常官司于人间借妇女裙襦五百余具,以充散妓之服,云拟五月五日于玄武门游戏",②有违闺训、怪谲不伦而请废散乐。贞观七年(633),工部尚书段纶荐巧人杨思齐造傀儡戏具。太宗谓纶曰:"所进巧匠,将供国事,卿令先造此物,是岂百工相戒无作奇巧之意耶?"乃诏削纶阶级,并禁断此戏。③高宗初年,佛教大律师道宣曾禁止寺院存放诸杂乐具:包括石磬竹匏等八音之乐;"傀儡戏、面竿、桃影、舞师子、白马、俳优、传述众像变现之像"之所用戏具;"花冠、帕索、裙帔、袍袄、缠束、杂彩、众宝绮错"之服饰之具;"樗博、棋弈、投壶、牵道"等杂剧戏具。《量处轻重仪本》曰:"已上四件并是荡逸之具。正乖念慧之本宜从重收。然僧非贮畜之家。执

---

① 马端临:《文献通考》卷一四四《乐考·舞衣》,中华书局1986年版,第1269页。
② 刘昫等:《旧唐书》卷七五,中华书局1975年版,第2635页。
③ 吴兢:《贞观政要·慎所好》,上海古籍出版社1978年版,第197页。

捉非无过咎。宜准论出卖得钱……伎乐荡逸之器……今便亲自鼓持。理由耽醉故。有涕零垂泪解体移神。俗士号为俳优。良有以也。既道禁弥塞过滥特深。理宜焚毁用旌惩革。然俗生欢美释怒。除纷微有供福之缘。薄展归依之相。必有宜将出卖便顺正论通文。"①据道宣所述,寺院里不仅存有傀儡戏、面竿、桡影、舞师子、白马、俳优等表演戏具,还存有花冠、帕索、裙帔、袍楦、缠束、杂彩等服饰装扮之具。据《全唐文·陆羽传》卷四三三之"弄木人"、《旧唐书·崔慎由传》卷一七七之歌舞戏"窟礧子等"、《北梦琐言》卷三之"倡卒弄傀儡"看,寺院存傀儡戏具已很普遍,其搬演当已合木偶杂技、歌舞装扮、俳优滑稽为一体。舞师子、白马,据《乐府杂录》所言,"弄贾大猎儿"(清乐部)、"九头狮子、弄白马"(鼓架部)、"五方狮子戏"伴有红衣装扮的列狮子郎,奏太平舞曲(龟兹部),②或是出于西凉伎的一种杂戏,亦有杂技、戏弄、歌舞之结合。至于"面竿"、"桡影",似与装扮脸谱、制作影像、伴以吹竽铙钹等表演有关,隐约透露了影戏的源头与佛教讲变"立铺"之间的内在联系。道宣禁止寺庙存放戏剧道具,并采取了准论出卖、以净佛地的处理办法,这是佛教内部的戒律,并非官方制度订立的清规。寺院乃宗教领地,原与"耽醉伎乐"、"俗生欢美释怒"不近相侔;而唐代寺院不仅设有专供民间艺人表演散乐百戏的戏场,而且祭祀乐中"有涕零垂泪、解体移神,俗士号为俳优"者,演说充满世俗色彩和娱乐众生的俳优杂戏,其间还穿插了人间情感故事的淋漓渲染。任半塘说:"两京戏场多在大寺院中。戏场外仍有歌场、变场及寺内之道场,同为仕女流连娱乐之地。"③道场流入歌场,变场演为戏场,原来只是寄席表演的各种世俗伎乐杂戏在此不断扩大领地;不但自身从搬演、服饰、道具、舞台装置上获得演出精进,而且那些原以歌舞弹奏为中心的伎乐,那些原以机关巧变为中心的傀儡杂技,那些原以谐谑对话为中心

---

① 道宣:《量处轻重仪》,《大正新修大藏经》卷四五,大正一切经刊行会1927年版,第841页。
② 段安节:《乐府杂录》,《中国古典戏曲论著集成》(第1册),中国戏剧出版社1959年版,第42—45页。
③ 任半塘:《唐戏弄》(下册),上海古籍出版社1984年版,第980页。

的俳优戏弄,与那些原以宗教说唱为中心的各种变文俗讲,平行发展,互相吸收,自由交流,逐渐融合起来,营造了唐代寺院戏剧演出的热闹局面。佛家宣讲经义之地,日渐成为一种世俗伎艺、演剧活动的竞技场,这是中唐以后非常引人注目的文化现象。

玄宗初年常观酺宴,宴乐所制,戏乐所用,诸如山车旱船、结彩楼阁宝车①等巨型装饰,都很繁复,随后却下敕禁断,斥之为无用之物。但实际上唐代宫廷和民间搬演活动使用的服装、道具及舞台装置却越来越华丽精致。太宗初所禁傀儡戏具及傀儡戏,中唐后更流行:"洛州殷文亮曾为县令,性巧好酒,刻木为人,衣以缯彩,酌酒行觞,皆有次第。又作妓女,唱歌吹笙,皆能应节。饮不尽,即木小儿不肯把;饮未竟,则木妓女歌管连理催。此亦莫测其神妙也。""匠作大匠杨务廉甚有巧思,常于沁州市内刻木作僧,手执一碗,自能行乞。碗中钱满,关键忽发,自然作声云'布施'。市人竞观,欲其作声,施者日盈数千矣。""郴州刺史王琚刻木为獭,沉于水中,取鱼引首而出。盖獭口中安饵,为转关,以石缒之则沉。鱼取其饵,关即发,口合则衔鱼,石发则浮出矣。"②大中末,崔侍郎安潜镇西川三年,后"于使宅堂前,寻傀儡子,军人百姓,穿宅观看,一无禁止"。③可见民间好造傀儡戏具者大有人在,善制精湛的傀儡戏具、善演傀儡戏者颇受欢迎。《杜阳杂编》还记载了一桩傀儡戏具吓坏帝王的轶事:"飞龙卫士韩志和,本倭国人也,善雕木作鸾鹤喜鹊之状,饮啄动静,与真无异。以关戾置于腹中,发之则凌云奋飞,可高百尺,至二百步外,方始却下……飞龙使异其机巧,遂以事奏,上睹而悦之。志和更雕踏床,高数尺。其上饰之以金银彩绘,谓之见龙床。置之则不见龙形,踏之则鳞鬣爪牙俱出。始进,上以足履之,而龙天矫若得云雨。上怖畏,遂令撤去。"④穆宗即位之初,即好观倡优杂,手搏杂技,史多所载,如"二月丁丑,幸丹凤门,观俳优。

---

① 王溥:《唐会要》卷二九,中华书局1955年版,第541页。
② 张鷟:《朝野佥载》卷六,《西京杂记(外二十一种)》,上海古籍出版社1991年版,第282页。
③ 王谠:《唐语林》卷七,上海古籍出版社1978年版,第248页。
④ 苏鹗:《杜阳杂编》,《山海经(外二十六种)》,上海古籍出版社1991年版,第611页。

丁亥,幸左神策军,观角抵、倡戏"等①。长庆年间,来自日本的巧匠善制傀儡戏具,能被荐入宫,为帝造彩绘龙床,登踏则鳞鬣爪牙俱出、龙形毕现,看来"盛陈倡优杂戏"的情形有增无减。

这些散乐戏弄搬演所用的装扮服饰、演出戏具、傀儡道具遭到禁限,使我们看到了散乐回归民间的智慧和力量,见识了唐代戏剧的另一面相:唐代戏剧表演中的服装、道具制作和表演技巧已经具备了相当的规模、高超的技艺和惊人的水平,这也是唐代戏剧成熟在经济和技术条件上的明证。

四、禁逐聚伙戏班

一方面,梨园教坊分朋竞演的推助,唐代演剧不断掀起高潮,已出现了伶人自组搭台、聚伙竞戏的初级戏班形态。另一方面,正如白居易诗中所述"怨女三千放出宫",唐代对宫廷乐官乐人及演剧活动的裁减,自贞元年间始至中唐社会危机出现以后不断加剧。如《唐会要》所云贞元二十一年(647)三月"出后宫及教坊女妓六百人,听其亲戚迎于九仙门。百姓莫不叫呼大喜";②《唐会要》卷三三所录贞观二十三年(649)十二月"诏诸州散乐,太常上者,留二百人,徐并放还";③及《旧唐书·文宗本纪》卷一七诏"教坊乐官、翰林待诏、伎术官并总监诸色职掌内冗员者共一千二百七十人,并宜停废……今年已来诸道所进音声女人,各赐束帛放还"等④。或许,正是这种"放还"和对宫廷优伶的驱逐,造就了唐代后期艺人流动献艺及民间戏班的活动空间,产生了石火胡戏班、刘交戏班、千满川戏班等民间小型戏班及家庭戏班。

唐代民间的戏剧演出流动性很大,中唐以后已出现了一家习艺、三五成群的家庭戏班形态。唐代《茶经》作者陆羽即曾寄居民间戏班

---

① 欧阳修等:《新唐书》卷八,中华书局1975年版,第222页。
② 王溥:《唐会要》卷三,中华书局1955年版,第36页。
③ 王溥:《唐会要》卷三三,中华书局1955年版,第612页。
④ 刘昫等:《旧唐书》卷一七,中华书局1975年版,第524页。

学戏,唐代《木人赋》记有掌中弄巧的李家傀儡戏班。范摅《云溪友议》云"长庆四年,俳优周季南及妻刘采春自淮甸至浙东,弄陆参军戏",记述了诗人元稹到浙东,刘采春家班善弄陆参军的情形,元诗曰:"言词雅措风流足,举止低回秀媚多。更有恼人肠断处,选词能唱望夫歌。"①其诗从表情扮相、舞姿步态、白口唱功诸方面,夸赞了采春容华四射、动听耸观的演技;尤其是她所演唱的《望夫歌》,更是令人流连忘返,倾倒众多妇女观众。可见,这个小型家庭戏班是靠采春这个"角儿"支撑的。中唐以后,民间散乐戏弄演出已出现了聚伙戏班,家庭戏班因血缘关系世操此业,易于组织聚集,成为其中最突出的一类。竿伎是唐代家庭戏班中常见的女性群体表演节目,顾况《险竿歌》云"宛陵女儿擘手飞,长竿横空上下走。已能轻险若平地,岂肯身为一家妇",描述的就是女性表演矫若飞猱的竿伎舞。《教坊记》载有数名女爬杆家。敦煌莫高窟第156窟北壁的《宋国河北郡太夫人宋氏出行图》,为九世纪下半叶的作品。此幅图绘有舞女长袖飘飘、清乐缭绕、爬竿鼎立的表演。唐末还有"幽州人刘交,戴长竿高七十尺,自擎上下。有女十二,甚端正,于竿上置定,跨盘独立。见者不忍,女无惧色。后竟为扑杀"。②为了维持生存,这个戏班以竿技为主打,结果却因技险遭难,由此可见民间戏班食于伎而困辱于伎、活于伎而就死于伎的情形时有发生。随着这种一家从艺、三五成群的流动戏班辗转江湖、四方献艺的活动不断涌现,对民间聚伙戏班的勒禁也开始出现。

开元二年(714)十月六日敕:"散乐巡村,特宜禁断。如有犯者,并容止主人及村正,决三十,所由官府考奏,其散乐人仍递送本贯入重役。"③然散乐一度受到宫廷青睐、输入禁庭,民间艺人的流动演出却多所禁限。那些路歧、流浪、赶趁的散乐艺人,还成了官府追捕的流民、逃犯,往往被递解原籍、罚做苦役。约会昌元年(841),成都有千满

---

① 范摅:《云溪友议》,古典文学出版社1957年版,第63页。
② 张鷟:《朝野佥载》卷九,《西京杂记(外二十一种)》,上海古籍出版社1991年版,第281页。
③ 王溥:《唐会要》卷三四,中华书局1955年版,第629页。

川等五人戏班演戏求衣食,为成都监军少师杖逐:"成都乞儿严七师,幽陋凡贱,涂垢臭秽,不可近。言语无度,往往应于未兆。居西市悲田坊,常有贴衙俳儿千满川、白迦、叶圭、张美、张翱等五人为伙。七师遇于途,各与十五文,勤勤若相别为赠之意。后数日,监军院宴,满川等为戏,以求衣粮。少师相怒,各杖十五,递出境。"①严七师亦丐亦神,太和年间居成都西市悲田坊,以预卜神算行乞。据其"折寺之兆"言,联系几年后"武宗灭佛"事,千满川等人被逐,约在会昌初。人以其秽臭而轻侮,他的疯癫呓语却预卜满川戏班的悲剧命运。贴衙俳儿,即常为地方官府演戏的杂剧演员,如前文郝处俊谏止分朋竞演所称"俳儿优子,言词无度",即指供役杂剧者戏弄失度。所谓"贴衙俳儿"、"杂剧丈夫"、"子女锦锦",应该是唐代有文献记载的最早流动献艺的家庭戏班成员。《唐戏弄》引《刘攽诗话》云晚唐千满川等所谓"五人为火……一火犹一部也。按'火'即'伙'之省"。② 大者为班,小者为伙,此应为小型聚伙戏班。千满川五人戏班,本享有常为官府应召的殊荣,此次演戏索粮不当而遭杖逐。在官府淫威之下,民间自发的小型戏班因表演内容有碍时事,抑或演戏之举冒渎官长而被惩禁事,时有发生。聚伙流动演艺的频繁、戏班的出现,已示唐代戏剧角色体制阶段性演进的端倪。

曾为敬宗祝寿表演节目的一个女性戏班,亦在文宗初遭到勒禁:"上降诞之日,大张音乐,集天下百戏于殿前。时有妓女石火胡,本幽州人,挈养女五人,才八九岁。于百尺竿上张弓弦五条,令五女各居一条之上,衣五色衣,执戟持戈,舞《破阵乐》曲。俯仰来去,赴节如飞,是时观者目眩心怯。大胡立于十重朱画床子上,令诸女迭踏,以至半空,手中皆执五彩小帜。床子大者始一尺余,俄而手足齐举,为之踏浑脱,歌呼抑扬,若履平地。上赐物甚厚。文宗即位,恶其太险伤神,遂不复作。"③这是一个由边地少数民族女性组成的家庭戏班,能表演险竿

---

① 段成式:《酉阳杂俎续集》卷三《支诺皋》,中华书局1981年版,第225页。
② 任半塘:《唐戏弄》(下册),上海古籍出版社1984年版,第1059页。
③ 苏鹗:《杜阳杂编》,《山海经(外二十六种)》,上海古籍出版社1991年版,第612页。

伎、破阵舞、床子叠伎踏浑脱等多种杂戏及综合性戏剧节目。这种杂技百戏、歌舞浑脱相结合的综合戏剧表演，完全由类似于家庭戏班的一群女子完成，实属难能可贵。文宗恶其技险强拆戏班是表，民间俗乐谐谑过度、违背礼乐中和之制遭到禁断则是里。本来，民间自发的聚伙戏班生存环境就很艰难，自谋衣食还得仰仗官府，并没有肆行不法、触犯权尊之处，但还是往往被诬为不务本业的流民、身怀异术的狂徒、造乱不轨的匪棍之类，而不断遭到统治者的禁绝、摧残甚至剿灭。

唐代在太常之外设置梨园与东西二教坊，促动了宫廷演剧走向专门化，为民间戏剧演出提供了活动空间。唐代演剧走向高潮的突出标志，即分朋、分市竞演活动的产生。竞演活动虽一度遭到禁断，但制度性禁戏的指令和行动还未渗透进来，禁戏的言论和举措并未发挥实际的效果，却从反面显示了唐代演剧活动在表演形态、场景装置、服装道具、戏班体制等方面不断成熟繁荣的盛况。如《旱税》《麦秀两歧》《刘辟责买》等民间剧目的出现，《苏莫遮》衍为泼寒胡戏、《义阳曲》转为《合生歌》，特别是《苏中郎》、"胡饮酒"与《踏摇娘》之间的内在关联，锻造着以歌舞演绎故事的戏剧要素，将歌舞的丰富性、搬演道具的多样性、俳优谐谑的故事性、情节冲突的戏剧性不断融聚，诞生了有歌、有舞、有科白叙事的综合性戏剧表演形态。正是这种对阵竞演、俳优竞谑、聚伙搭班的风气，促成了唐代演剧生态丰富生动的递嬗。

（原载《鲁东大学学报》2010年第6期）

明代士大夫：戏剧肇祸与道德救赎

在明代戏剧史上，随着戏剧撰演活动的波澜兴起，官方对它的禁毁也逐步加紧了。明初以来官方一系列正典正乐、禁撰禁演禁观赏的强制性戏剧文化政策，的确对戏剧发展的整体态势产生了钳制和影响。这种撰演与禁毁替续的过程，到后期出现了一些新的变化：从禁毁史事上看，文人戏祸频发，士大夫因为好乐演剧而肇祸罹难的不在少数；从禁毁言论上看，后期官方的诏令、律令相对减少，而文人士大夫参议、官箴俗训、功过格等社会舆论的禁忌却大大增多。这种看上去奇怪而又矛盾的现象，以及它对与明代戏剧史的发展造成的影响，值得仔细地探讨。

一、文人好乐与戏剧肇祸

明代中期以后，因为禁毁戏剧的愈演愈烈，加之时事政治斗争的复杂，文人士大夫因戏剧肇祸的事件频频发生。文人因之去官赋闲、遭弹劾、诬谋反，甚至文人之间因此产生矛盾纠纷、指摘攻讦、剧作被禁毁的事件很多。

正德、嘉靖年间，王九思因《杜甫游春》杂剧影射当朝权贵而被弃用："敬夫有隽才，尤长于词曲，而傲睨多脱疏。人或逸之李文正，谓敬夫曾讥其诗。御史追论敬夫，褫其官。敬夫编《杜少陵游春》传奇剧骂。李闻之，益大恚。虽馆阁诸公，亦谓敬夫轻薄，遂不复用。"[①]可见

---

① 中国戏曲研究院编：《中国古典戏曲论著集成》，中国戏剧出版社1959年版，第34页。

正德年间王九思已因作剧刺时为物议所伤,仕途蹭蹬数年。从剧中【朝天子】"他狠心似虎牢。潜身在凤阁,几曾去正纲纪,明天道。风流才子显文学,一个个走不出漫天套。暗里编排,人前谈笑,把英雄都送了"的曲词中,也能深深感受到作者为权贵所抑、寄情词曲、发愤抒情的隐衷。虽然王九思以才情奇隽为时人称赏,也完全有资格和能力参与官修实录的文化工程。但因其杂剧影射当朝三相,于是就被弃用。"渼陂好为词曲,客有规之者曰:'闻之太上立德,其次立功,其次立言,公何不留意经世文章',渼陂应声曰:'子不闻其次致曲乎?'"①如此看来,九思之境遇不单是才为世忌,而且也是致曲立言、傲视权贵、愤世嫉俗的个性精神与禁戏的政治权力碰撞与交锋的结果。

万历二十一年(1593),王世贞子王士骕以反诗被诬谋反:"往年癸巳,吴中诸公子习武,为江南抚臣朱鉴塘所讦,谓诸公子且反,以其赠客诗云'君实有心追季布,蓬门无计托朱家'为谋反证据。给事中赵完璧因据以上闻。时三相皆吴、越人,恐上遂信为真,急疏请行抚、按会勘虚实。会朱已去任,有代为解者曰:'此《拜月亭》曲中陀满兴福投蒋世隆,蒋因有此剧答赠,非创作者。'因取坊间刻本证,果然。诸公子狱始渐解。于房仲亦诸公子中一人也。今细阅新旧刻本,俱无此一联,岂大狱兴时,憎其连累,削去此二句耶? 或云:'《拜月亭》初无是诗,特解纷者诡为此说,以代聊城矢耳。'岂其然乎?"②此谋反罪可能有复杂的官场纠纷和时事斗争牵扯其间。因为前此三四年,王世贞赴任南京刑部尚书不久即遭到弹劾,愤而乞休。作为一代文宗,王世贞才高望显,其官场升迁会牵动上下许多社会关系。托名王世贞门人作的《鸣凤记》又是刺时骂奸之作,其在朝廷勾心斗角的复杂政治斗争中受到排挤,致仕数月后故去。世贞最后岁月中的这些经历,不会不对世家子士骕产生一些影响,这是其一。因倭事纷起、边患不断,诸公子误交奸人以豪放贾祸,这是其二。据《中国戏曲编年·元明卷》考证,这二句反诗并非《拜月亭》中曲词,而是明人传奇小说《兰会龙池录》卷首诗

---

① 中国戏曲研究院编:《中国古典戏曲论著集成》,中国戏剧出版社1959年版,第178页。
② 沈德符:《万历野获编》,中华书局1959年版,第646页。

中之一联,仅有数字不同。此诗云:"水萍相逢自天涯,文武峥嵘兴莫赊。仇国有心追季布,蓬门无胆作朱家。蛟龙岂是池中物,珠翠终成锦上花。此去从伊携手处,相联奎璧耀江华。"①这虽然证明了沈德符以《拜月亭》刻本无谋反诗,是忌大狱连累删削的怀疑没有根据,但因词曲小说文句广泛流传,社会上随意引用,不加详勘即起大狱的例子,于明代并不在少数和偶然,这是其三。所以,从王世贞次子被诬谋反一事看,明代的许多戏祸都与政治斗争和时事动向大有关系,打击和惩处也格外严厉。

万历二十六年(1598),郑之文、吴兆作《白练裙》敷衍名妓风流而遭毁版之事在《列朝诗集小传》《板桥杂记》《顾曲杂言》都有记述。文人的风流韵事,被用作相互指摘弹劾的口实,这种轻薄习气本无什么值得肯定的地方。问题是李九我追肆毁版的做法,是为了维护友人王稚登的声誉,还是视屠隆、王稚登狎妓为丑行,因此剧演士妓风流伤风化,为维护其封建利益而禁黜《白练裙》?《远山堂曲品》曰:"豹先为孝廉时,游秦淮曲中,遂构此记,备写当时诸名妓。而已仍作生,且以刺马姬湘兰,并讽及王山人百谷。俄为大中丞所诃,仅半本而止云。"②万历二十七年(1599),"己亥,南京国子监司业傅新德追究《白练裙》案,责郑之文,勒令毁板"③。如此看来,禁毁《白练裙》,不止李九我一人而已。以《白练裙》在一片禁毁声中而传播远近无算,一时为之纸贵,恐怕此剧并非出于恩怨报复而作。其遭到禁毁,盖肇因于作品表现了文人放诞不羁,蔑视礼法的狂放叛逆精神,对于虚伪的封建道德造成了冲击。

除此之外,万历十三年(1585)春,辑《元曲选》一百种的臧晋叔在南京国子监,因不守礼法而被罢官,夺职还居杭州。汤显祖还作诗《送臧晋叔谪归湖上,时唐仁卿宜谈道贬,并寄屠长卿江外》"深灯夜雨宜

---

① 王永宽、王钢:《中国戏曲史编年》(元明卷),中州古籍出版社1994年版,第388页。
② 祁彪佳著、黄裳校录:《远山堂明曲品剧品校录》,上海出版公司1955年版,第13页。
③ 邓长风:《明清戏曲家考略三编》,上海古籍出版社1999年版,第375页。

残局,浅草春风恣蹴毬"、"兴剧书成舞笑人,狂来画出挑心女"①为其饯行,赞其度曲作剧才情,并提到及前不久亦被劾罢官的屠隆,二人被黜的原因大概都与登场度曲、与优伶同场敷演伎艺而"肆筵曲宴,男女杂坐"有关。而汤显祖所作《紫箫记》,后来之所以改为《紫钗记》,亦因祁彪佳《曲品》所言"有所讽刺,是非顿起"、"指当时秉国首揆,编成其半,即为人所议,因改为紫钗"②。天启三年(1623),王翃作《纨扇记》被诬以诋毁里绅而讼官③,从此家计衰落,作品佚失。以上所述,有的以曲词"有所影射"而剧家遭难,有的以剧作"牵扯时事"、"诋毁当道"而兴起讼狱;有的因剧情有碍风化而剧本毁版,有的因曲文"有所讽刺"而被迫改篡;有的剧作家因以剧写心而心情零落,有的撰演者因好乐观剧而黜职隐居。这些散布于明代戏剧史上的大大小小的戏祸,看来并不是偶然的意气纷争和文人恩怨造成的,其背后起作用的即是官方的禁毁戏剧对士大夫阶层所形成的精神震慑与思想控制。

二、禁戏劝惩与道德救赎

明代官方将戏剧视为"风化""载道"的政教工具,肯定和高扬了戏曲的文学价值。如《留青日札》卷一九载:"高皇帝微时,尝奇此戏(即《琵琶记》),及登极,召则诚,以疾辞,使者以记上进,上览之曰:'《五经》《四书》,在民间譬之五谷;《琵琶记》乃珍馐之属,俎豆之间不可少也。'"④在明代的笔记资料中多有记述。朱元璋以帝王之尊,肯定和称赏《琵琶记》维系封建伦理道德的作用,从维护封建统治的目的出发关心戏剧的社会价值,认为教化民众,《琵琶记》的艺术感染力要远远大于儒家经书。这一定程度上影响了明初王室和文人士大夫对戏曲特别是传奇剧本的爱好和创作热情。但是也要注意到,他虽然称赏

---

① 徐朔方笺校:《汤显祖全集》(第1册),北京古籍出版社1999年版,第219页。
② 陆林:《宋元明清家训禁毁小说戏曲史料辑补》,《明清小说研究》1997年第2期。
③ 邓长风:《明清戏曲家考略三编》,上海古籍出版社1999年版,第96页。
④ 田艺蘅:《留青日札》,上海古籍出版社1985年版,第643页。

《琵琶记》"全忠全孝、有贞有烈"的道德主题,却又发出"惜哉,以宫锦而制鞋也"①的憾叹。以高扬道德的好题材作了南曲戏文实在可惜,说到底还是贬损和鄙视这种由南戏而来的表达庶民情趣的戏曲创作的。另据《古典戏曲存目汇考》:"此剧(《王鼎臣风雪渔樵记》)将覆水结果加以变更,开脱朱妻,以再团圆终局。按'王鼎臣',实系朱买臣之替名,明太祖朱元璋晚年肆意诛谬臣民,附会挑剔,无所不及。'朱买臣'三字实有影射讽刺意味,以故明初凡内府本戏文中,俱改朱为王,藉避禁忌。"②

在官方通过教化和戏祸打击文人参与戏剧撰演活动的同时,明代出现了不少官箴俗训、功过格一类文人禁戏言论,反复抨击戏剧活动。以禁戏而行善的一部分文人士大夫,表现出对于戏剧的一种禁戒与憎恨的态度。指斥文人作剧和优伶演剧带来的种种"恶俗浊行"的禁戏言论,似乎将戏剧看作一切罪恶的渊薮,尤其是道德堕落的罪魁祸首。

弘治十三年(1550)左右,官兵部给事中的浙江海昌人许云村立家训曰:"歌舞俳优,鹰犬虫豸,戏剧烟火、一切禁毁。虽乐宾、怡老、娱病,亦永勿用,以杜赌博、奸盗、争讼、娈荡之隙;且防小子眩惑耳目、蛊荡志习,荒废学业,后患未易弹言。"③正德十二年(1517)广东揭阳县进士薛侃立《乡约》:"家中又不得搬演乡谭杂戏,荡情败俗,莫此为甚,俱宜痛革。"④隆庆时进士管志道亦云:"唯今之鼓弄淫曲,搬演戏文,不问贵游子弟,庠序名流,甘与俳优下贱为伍,群饮酗歌,俾昼作夜,此吴、越间极浇极陋之俗也。……因戒后昆,匪从别墅宴宾,不得用梨园子弟,端为戏乐诲淫故也。"⑤万历三十四年(1606)浙江乌程理学名儒姚舜牧有《药言》曰:"凡燕会,期于成礼,切不可搬演戏剧。诲盗启淫,皆由于此,慎防之、守之!"⑥联系明代中后期家乐家班兴起,衙府游艺

---

① 徐渭著,李复波、熊澄宇注释:《南词叙录注释》,中国戏剧出版社1989年版,第6页。
② 庄一拂:《古典戏曲存目汇考》,上海古籍出版社1982年版,第548—549页。
③ 陆林:《宋元明清家训禁毁小说戏曲史料辑补》,《明清小说研究》1997年第2期。
④ 薛侃:《乡约》,《揭阳县志》卷七,清乾隆四十四年(1779)刊本。
⑤ 管志道:《从先维俗议》卷五,民国七年(1918)太仓俞氏世德堂本。
⑥ 姚舜牧:《药言》,姚觐元校《咫近斋丛书·姚氏药言》,清光绪九年(1883)刊本,第7页。

戏剧盛行,一部分文人狎妓冶游、奢靡逸乐成风的现象看,这些抹杀一切戏剧功能的"梨园诲淫"极端之论,正是对因戏剧撰演而生的道德堕落、世风侈靡社会现象的禁绝和摒弃。与这些禁戏言论一致的是,明代后期盛行的功过格思想对戏剧作出了种种罪过的量化禁劾。

如"著撰脂粉词章传记等,一篇为一过,传布一人为二过,自己记诵一篇一过。解:一篇,谓诗一首、文一段,戏一出之类"、"做造野史小说戏文歌曲诬污善良者,一事为二十过",①又如"毁一部淫书板,三百功。造一部戒淫书,百功。蓄戏子妓女俊仆在家,致启邪淫,一日为十过。纵妻女听弹淫词,一次三十过。蓄淫书淫画,一日为十过。作淫书,写淫画,流传天下后世,坏男女心术节操,无量过。卖淫书淫画及春药射利,俱无量过"。②

功过格,"初指道士逐日登记行为善恶以自勉自省的簿格,及后流行于民间,泛指用分数来表现行为善恶程度、使行善戒恶得到具体指导的一类善书"。③宋代以来出现的功过格思想,逐渐融合了道教积善观念、儒家伦理道德和佛教因果报应的三教理念,经过明代袁黄、袾宏等人的倡导而盛行于世。这种现象并非偶然。一方面,明代中叶以后皇权政治腐败不堪,宦官夺权干政、选官混乱、法纪振荡。豪绅与权宦勾结侵剥民财,底层自耕农沦为佃民、流民,造成社会秩序混乱和瓦解。另一方面,江南城市商业经济的迅速发展,使得商人地位提升,商业社会的价值观逐步确立。固有的里甲制作为社会契约形态不能再有效地约束人们的行为。不断增长的商业文化的负面影响对于社会的腐蚀和道德秩序的倾覆,作为重大的社会症结摆在人们面前。在人文渊薮、富甲天下的江南一隅,戏剧传统的发达成为士人和民众日常生活必要的组成部分。在经历了深刻的社会政治与经济变迁的东南地区,日盛一日的戏剧撰演活动又的确和赌博、奸盗、奢靡、繁讼等诸多的社会问题纠缠在一起。晚明一部分致力于挽救世道人心、社会福

---

① 王利器:《元明清三代禁毁小说戏曲史料》,上海古籍出版社1981年版,第184页。
② 同上书,第301页。
③ 游子安:《善与人同——明清以来的慈善与教化》,中华书局2005年版,第42页。

祉的文人士大夫,开始将功德自省、入世修行的功过格思想,作为自己修身立业的箴规加以奉行,与此同时,通过自己的身体力行将这种约定俗成的道德自律意识推向庶民社会。造"淫书"、撰脂粉文章、作淫词艳曲、蓄养招揽优人演剧观戏,就成为功过格思想可以利用的一个切口。袁黄的功过格思想就是"建立在崇拜佛陀和其他佛教神的基础上"①的一种世俗信仰,"功德积累是人掌握自己的命运的首要方法,而不是神防止人们作恶的方法"。② 这种用行善的道德积累来改变命运的道德实践,因为不排斥为一己之私而行善,详细地推求功过细行以趋善避恶;通过因果报应的超自然信仰建立一种人与神之间的契约,从而获得个人的现世生活利益和物质财富,这对于士人阶层和普通庶民同样具有巨大的诱惑力,所以借生前记过、死后恶报的民间信仰禁戒戏剧"道德之祸"、自救而济民,就成为晚明士大夫文人恢复和重建社会道德秩序的一种选择。

明初以来官方颁布的禁撰禁演禁观赏的戏剧文化政策,产生了一种强大的道德人心钳束力,不仅对于一般民众,而且通过戏祸影响了文人士大夫,形成了某种思想控制与精神操纵。文人士大夫通过禁戏而重构社会道德秩序的这种努力,说起来就是这种思想控制的具体表现。

三、官方的不禁之禁与文人舆论的妥协

明代开国,朱元璋为避免胡人大坏纲常礼义的政治秩序震荡,确立了以程朱理学的价值标准一统天下的官方意识形态。严禁作为儒家教义接受主体的士人对程朱理学的质疑和颠覆:"永乐三年,饶州府儒士朱友季著书,专攻周、程、张、朱,献之朝,上命行人押回原籍,杖遣

---

① [美]包筠雅:《功过格:明清社会的道德秩序》,杜正贞、张林泽,浙江人民出版社1999年版,第76页。
② 同上书,第108页。

之,焚其书。"①《典故纪闻》卷六还记述了其驳斥濂、洛、关、闽之理学诸派,而激怒燕王、被游行笞罚的过程②。最后燕王君臣一致认为对此惑世诬民的逆书要除恶务尽,并定以谤先贤、毁正道非常之罪,押解其人游行乡里而儆戒士人,明论其罪而笞以重罚,搜检其家而会众焚书。洪武二十三年(1390)三月,奉圣旨"但有军官军人学唱的割了舌头"③,洪武六年二月壬午,"诏礼部申禁教坊司及天下乐人,毋得以古圣贤帝王、忠臣义士为优戏,违者罪之"④。作为明代禁戏第一令,这项诏令被载入大明律,并在洪武二十二年、三十年,永乐九年等年间,分别以榜文谕令、条文律法等形式一再重申、强化⑤。其中,洪武二十二年(1389)更定《大明律》时云:"凡乐人搬作杂剧戏文,不许装扮历代帝王后妃忠臣烈士先圣先贤神像,违者杖一百;官民之家,容令装扮者与同罪;其神仙道扮义及夫节妇孝子顺孙劝人为善者,不在禁限。"⑥将统治者鄙弃戏剧、禁扮禁演禁观赏的强制性文化政策通过法律的形式固定下来。此后明代禁戏以永乐九年(1411)刑科奉旨下法司的榜禁词曲为代表,不断扩及优戏、杂剧、词曲、戏文等多种戏剧种类,逐步规定了对装孔子、神像、驾头等装扮表演者,军民、官吏等参与学唱包容者,收藏、传诵、印卖剧本者的惩处细则。

明初官方以戏剧为道德教化工具的做法,强制性的禁毁戏剧律令的颁布,对于戏剧创作观念造成了极大的束缚。何良俊曾说:"祖宗开国,尊崇儒术,士大夫耻留心词曲,杂剧与旧戏文本皆不传。"⑦就道出了禁戏带来的戏剧文本流失与创作形态失衡的状况。明初推行的戏剧教化论,至中叶以后逐渐成为一种隐性的观念束缚,渗透在戏剧创作的禁忌中。即以丘浚作《五伦全备记》而言,已经招致了不少责议。

---

① 沈德符:《万历野获编》,中华书局1959年版,第633页。
② 余继登:《典故纪闻》卷六,中华书局1959年版,第111页。
③ 沈德符:《万历野获编》,中华书局1959年版,第880页。
④ 姚广孝等:《明实录》卷七十九《太祖实录》,江苏国学图书馆传抄本。
⑤ 王利器:《元明清三代禁毁小说戏曲史料》,上海古籍出版社1981年版,第11—15页。
⑥ 王利器:《元明清三代禁毁小说戏曲史料》,上海古籍出版社1981年版,第11页。
⑦ 何良俊:《四友斋丛说》卷三七《词曲》,中华书局1959年版,第337页。

许多文人以《剪灯新话》《剪灯余话》遭禁毁、其作者或被请出乡贤祠的事实,指责丘浚作为理学大儒而染指戏剧创作:"闻近时一名公作《五伦全备》戏文印行,不知其何所见,亦不知清议何如也。"①还有将剪灯一事与五伦之记作对比,引申朱元璋评价《琵琶记》"宫锦而制鞋"②的叹惜之语,讥刺名公不以高才博学发扬正大典雅之制,而去作传奇寓言,自堕庸贱、自取其辱。有人从肯定《五伦全备记》追配八风之舞、振立风俗之功的角度,谴责书肆中有卖《钟情丽集》者伪托玉峰丘先生名,"郑声淫放"、害及君子③之事,但由此引起的理学家和文人对于《五伦》之作的两种批评,其目标却都指向理学大儒不宜留心词曲、名公作剧有碍清名上,由此可见戏剧创作在一部分文人眼里仍然被视为闾里末技,难登大雅之堂。永乐初年,曲家杨讷与汤式同受成祖宠遇,但《西湖游览志余》云:"古之所谓庾词,即今之隐语也……永乐初,钱塘杨景言以善谜名。成祖时重语禁,召景言入直,以备顾问。"④二人因善作隐语猜谜受宠于成帝,但成祖用之,却并非仅仅喜爱谜语,也并非爱其才,而是出于"重语禁"的政治需要,辨识隐语滑稽是否含有影射时政的词句。这种政治利用可能有朱棣篡位后对社会舆论的敏感因素,但未尝不是明初以来官方文化专制一以贯之的表现。

明代文人徐霖精于辞赋、妙解音律,是一位"活跃于明初南戏向传奇过渡时期的弘治、正德至嘉靖初三朝的重要作家"⑤。正德南游,徐霖为教坊奉銮臧贤推荐,被召见行在,后来武宗两幸其家,赐以斗牛袭衣,对歌欢宴,甚为相得。谈迁《枣林杂俎》曰:"武宗在临清,召江宁徐霖,授教坊司官,不拜,乃授锦衣卫镇覆。久益幸,至呼其字子仁。进必敝袍,遂赐斗牛袭衣。"据《明史》,武宗驻跸山东林清,为正德十四年(1519)。帝授教坊官时,58岁的徐霖却泣谢曰:"臣虽不才,世家清

---

① 陆容:《菽园杂记》卷一三,中华书局1985年版,第124页。
② 何良俊:《四友斋丛说》卷三十七《词曲》,中华书局1959年版,第6页。
③ 王利器:《元明清三代禁毁小说戏曲史料》,上海古籍出版社1981年版,第266页。
④ 田汝成:《西湖游览志余》卷二十五,上海古籍出版社1994年版,第361页。
⑤ 邓长风:《明清戏曲家考略》,上海古籍出版社1994年版,第40页。

白。教坊者倡优之司,臣死不敢拜。"① 精通音律、以"弄曲"得宠的徐霖,仍然视倡优为下贱,怕一入教坊毁了自家清白而固辞。这种曲家文人断然与优伶划清界限的做法,实际上揭示了明代官方禁戏对于文人造成的思想束缚和观念控制、使得戏剧撰演分离的个中因由。

明中叶后,一些戏剧作家对于戏剧创作的种种禁忌颇不理解,沈自晋在《重订南词全谱凡例》即说:"词家作曲,而每讳之。或曰'无名氏',或称别号某以当之。嗟乎!曲则何罪而讳之若是?试思新声一传,群响百和,维时授以清歌,则娇喉吐珠,协比丝竹,飞花逗月,震坐侧怀,更令习而登毯,则磕绫在握,递笑传颦,骨节寸灵,雅俗心醉……曲何负于我,而蔑忽视之也哉?"② 殊不知,这种署名的避讳,这种主体的隐遁,这种创作意识的妥协,就是禁戏造成的观念控制在隐性地发挥作用。而另一些戏剧理论家却大张戏剧教化论,如祁彪佳说:"天下之可兴可观可群可怨者,其孰过于曲哉!……曲之中有言夫忠孝节义、可亲可敬之事者焉,则虽骏童愚妇见之,无不击节而忻舞;有言夫奸邪淫慝可怨可杀之事者焉,则虽骏童愚妇见之,无不耻笑而唾骂。自古感人之深,而动人之切者,无过于曲者也。……以先生之五曲作五经读亦无不可也。"③ 这种从戏剧承担道德教化的观点追溯曲体的正统性,将戏曲等同于儒家经典,又从文体的经典比附中一再为戏剧存在的合理性寻找理论依据的说法,是包括祁彪佳在内的不少明代曲论家为戏剧正名所做的努力。这种努力本身既是官方"不禁之禁"的舆论威慑所迫,又是对于官方禁戏观念控制的一种反拨。

一方面,文人撰演剧作,往往受到各种各样的指摘、告讦,至剧本被毁、作者被黜、以身系狱;另一方面,不少文人又挥戈而起,对"戏剧戕人之恶"口诛笔伐,并通过官箴俗训、功过格等道德救赎言论和行动参与禁戏,这种文人作剧被禁与文人禁戒戏剧的悖论循环,说明戏剧

---

① 李诩:《戒庵老人漫笔》卷四,中华书局1982年版,第133页。
② 沈自晋:《重订南词全谱凡例》,蔡毅《中国古典戏曲序跋汇编》,齐鲁书社1989年版,第41页。
③ 祁彪佳:《孟子塞五种曲序》,吴毓华《中国古代戏曲序跋集》,中国戏剧出版社1990年版,第290—291页。

作为一种文化活动对于社会的影响越来越复杂。明代士大夫好乐与禁戏,对待戏剧既沉迷又禁毁的暧昧复杂的心态,正反映着明初以来官方禁撰禁演禁观赏的戏剧文化管理政策,已经形成了惯性延续的舆论禁忌和强势社会控制。或许,正是官方的禁毁,销蚀了戏剧对于社会的积极影响与正面质素,而被舆论谴责的戏剧活动的混杂、淫靡乃至"罪恶",恰恰是大规模的清汰造成的戏剧活动中负面杂质的泛滥;正是官方的禁毁,一定程度上造成了明代戏剧生态环境的芜杂和恶化。

(原载《贵州社会科学》2009 年第 3 期)

禁断剧类声腔与明代曲腔的雅俗分野

明代以后,中国古代戏剧固有的地域性特征,在曲调声腔方面进一步加强。南戏传奇等大戏的发展,依托一定地域音声形成了以昆山、海盐、余姚、弋阳四大声腔为代表的多姿多彩的剧类唱腔,其他剧类,尤其是一些民间小戏,更以唱腔标示自己的存在身份。出于种种原因,明代官方和一些文人对于南戏传奇四大声腔多所禁限,对那些依托特定声腔生存的民间小戏更鄙薄有加,这一现象对明代戏剧史发展的潜在影响值得注意。

一、禁断剧类声腔——雅俗上下

据目前所知文献,明代最早出现的曲腔之禁,可以说始于永乐年间。永乐四年(1406)丙戌,"淮安乡民演香火戏,官府指为聚众谋不轨,捕杀数十人"。① 淮安即明代江苏扬州以北的淮安府,其首治在山阳,据光绪《淮安府志》云:"丁珏,山阳人。永乐四年,里社赛神诬以聚众谋不轨,死者数十人。擢珏刑部给事中。"② 地方戏曲腔萌芽于官方禁治的"非法"赛神活动中,此次禁戏指罪"聚众不轨",拉开了明代禁断剧类唱腔的序幕,也同时预示了明代剧类曲腔屡遭官方打击是与"神戏"牵连的一大症结。香火戏为淮剧的前身。此戏起源于傩,唱腔由流行于淮安的香火调,淮阴、宝应等地的淮蹦子组成。它的腔调源于巫师(香火)请神调,与花鼓戏为并蒂莲。因为这种巫傩祝祷的神异

---

① 张慧剑:《明清江苏文人年表》,上海古籍出版社1986年版,第46页。
② 孙云锦修、吴昆田等纂:《淮安府志》卷一四《杂记》,清光绪十年(1884)刻本。

氛围、庶众沉迷,加之其腔调怪咤高扬,锣鼓雄劲震天,被官府视为造乱之端镇压。此次被杀数十人,大部分为参与半职业演出的普通乡民。一九五七年扬州曾发现乾隆甲辰年(1784)手抄神书《张郎休妻》的演出提纲,其内容还弥漫着浓厚的巫傩遗迹。据《庸庵笔记》载:道光末年,扬州香火戏伶人曾"扮王灵官、温元帅、赵元坛、周将军",为扬州某盐商家"驱魅"①。由此可知淮安扬州一带香火戏演化缓慢,至清晚期尚停留在简单装扮神像的神戏附庸阶段。香火戏没有成长发展的空间,长期处于萌芽、非职业草演境地,与官方严厉惩禁神戏坏俗不无关系。

除了对香火戏的禁绝,明代地方政府颁布的曲腔禁令,还有不少。如其一,正德十六年(1521)魏校谕民禁演戏曲告示云:

> 为父兄者,有宴会,如元宵俗节,皆不许用淫乐琵琶、三弦、喉管、番笛等音,以导子弟未萌之欲,致乖正教。府县官各行禁革,违者治罪,其习琴瑟笙箫古乐器听。②

广东提刑按擦司副使魏校,为兴社学以正风俗,禁习琵琶、三弦等淫乐。明代杨慎以三弦始于元时,当指北曲。金元以来常称用琵琶、三弦等弦乐伴奏的戏曲为弦索,亦乃北曲清唱的代称。为什么魏校会禁止年节宴乐用北曲呢?《弦索辨讹》引魏良辅"南曲不可杂北腔,北曲不可杂南字"③的话,以示弦索与南曲两立,可见魏校任职之广东,古来习琴瑟笙箫之乐,忽杂以琵琶三弦,尤其是"哀靡淫谑"的乐声,易于引动少年情思,才是官长禁戏之所从来。谢肇淛评论戏曲曰:"今人间所用之乐,则觱篥也、笙也、箫也、筝也、钟鼓也。觱篥多南曲,而笙、筝多北曲也。其他琴瑟箜篌之属,徒自赏心,不谐众耳矣。又有所谓

---

① 薛福成:《庸庵笔记》卷六《鬼魅现形》,大达图书供应社 1935 年版,第 166 页。
② 归有光:《庄渠遗书集》卷九《公移》,《四库全书》本。
③ 沈宠绥:《弦索辨讹》,《中国古典戏曲论著集成》(第 5 册),中国戏剧出版社 1959 年版,第 23 页。

三弦者,常合箫而鼓之,然多淫哇之词,倡优之所习耳。"①谢氏论南北曲各自的伴奏乐器,指出琴瑟笙箎乃阳春雅奏,往往曲高和寡;三弦以箫鼓随之,更谐里耳,但多"淫哇之词",乃倡优所习。这种看法也明显带有对北曲清唱不能登大雅之堂的鄙薄。明代因为城市商业活动的繁兴,戏曲演出过去拘于一隅赖以生息的曲腔歌调,出现了大跨度的南北流移,曲腔之间的互动交融是前所未有的,而出于对南北曲音律体系的不同认识,明代形成了所谓南曲音雅、北曲声俗的习见,并以南拒北、以雅绳俗,才会发生禁革以琵琶、三弦伴奏的北曲清唱南流的事。

其二,嘉靖十四年(1535),广东御史戴璟颁《正风俗条约》禁淫戏:

> 访得潮俗,多乡音搬演戏文,挑动男女淫心,故一夜而奔者不下数女。富家大族恬不为耻,且又蓄养戏子,致生他丑。此俗诚为鄙俚,伤化实甚。虽节行禁约,而有司阻于权势,卒不能着实奉行。今后凡蓄养戏子者,悉令逐出外居。其各乡搬演淫戏者,许各乡邻里首官惩治,仍将戏子各问以应得罪名;外访者递回原籍;本土者发令归农。其有妇女因此淫奔者,事发到官,仍书其门曰:淫奔之家。则人知所畏,而薄俗或可少变矣。②

这里所禁的"乡音搬演戏文",当是南戏向传奇递变过程中,流传到广东潮汕一带以后,与当地"潮音戏"结合,搬演爱情故事,致使观戏妇女有感于婚姻不幸、大胆私奔逃婚之事。看来这种乡音搬演戏文深受当地百姓喜爱,虽有禁令,但因当地富家大族的支持而盛演不衰。

其三,万历中,福建泉州曾禁土腔:

> 优童媚趣者,不吝高价,豪奢家骧而有之。蝉鬓傅粉,日以为

---

① 谢肇淛:《五杂组》卷一二之"物部"四,上海书店出版社2001年版,第253页。
② 戴璟辑:《广东通志初稿》卷一八,嘉靖十四年(1535)刻本。

常。然皆"土腔",不晓所谓,余常戏译之而不存也。先是一彪党,举此以为伤风败俗,建白当事据行之,然而此种蓄于有力之家,虽禁弗戢,第长彪党之风。则曰:吾言足以取信当事,从而伺察人过,动欲检举,设机吓诈,卑官黔细,为之不安。余虽白府,竟不我信。已而果验余言。故凡建白须出更老,要亦事可施行,假公济私,所当深察也。①

陈懋仁,字无功,浙江嘉兴人,明万历中官泉州府经历。其说当地豪门蓄养优童,高价赁购,攀比成风。但"蝉鬓傅粉",日日装扮,此正是家庭戏班的培植土壤。其所唱"土腔",即泉腔七子班。前虽有地位显赫的族党以"有伤风化"建议当局禁断,但终不能绝。作者亦以为当禁,但"彪党"借此"设诈"、以声张其豪横势力,事遂不能谐。作者认为应当由地方长老出面,取信查明,缜密施行,方能既打击优童索价之风,又禁止土腔鄙俚淫谑。

此类事件,明显以崇雅黜俗的倾向禁断剧类曲腔的地域性流移和发展,正体现了明初以来以程朱理学一统天下的修礼制乐、立国执政的官方思想,对民间戏剧的一贯文化管制。如洪武八年(1375)三月,《洪武正韵》成。"初上以旧韵起于江左,多失正音,乃命翰林侍讲学士乐韶凤与廷臣以中原雅音校正之。至是书成,赐名《洪武正韵》,诏刊行之。"②作为一部谕旨敕纂的韵书,可以说《洪武正韵》的刊行具有官方法定的权威性,而从文字声韵等形式上规范语音字声,以官方定法管理和限制诗词曲的写作用韵,"字厘南北"、"尽反《中原》之音,而一祖《洪武正韵》"③,这也是明帝的一大"创造"。洪武十七年(1384),太祖谕礼部曰:"朕思古人之乐,所以防民之欲。后世之乐,所以纵民欲。……天时与地气不审,人声与乐声不比……乖戾而不合,陵犯而

---

① 陈懋仁:《泉南杂志》卷下,曹溶辑《学海类编》,上海涵芬楼民国九年(1920)影印清巢氏本,第11页。
② 姚广孝等:《明实录·太祖实录》卷九八,江苏国学书馆传抄本。
③ 沈宠绥:《度曲须知》,《中国古典戏曲论著集成》(第5册),中国戏剧出版社1959年版,第237页。

不伦矣。"①太祖所论以古乐和正、时歌淫夸巧私而贬抑之。嘉靖九年(1530)廖道南奏:"自元入中国,胡乐盛行。我圣祖扫除洗濯,悉崇古雅。……新声代变,俗声杂雅,胡乐杂俗。而怗滞噍杀之音,沉溺怪妄之伎作矣。……凡淫哇之声,妖冶之技,有乱正者,禁之不复用。"②言官所奏以古雅禁新声,以俗乐淫哇妖冶而罢斥之。官方即如此站在雅文化立场上,通过谕旨、奏议、告示、俗训等渠道,不断传达着对闾里歌词、俗调曲腔的禁制声音。

二、南戏声乐大乱——南北之衡

在这些由地方官府和各地官员发布的禁习曲腔令之外,明代文人士大夫站在雅文化视野和立场上,常常发表一些对于剧类唱腔的看法,其中有许多持论存在偏见,反映了明代士人对于民间地方俗曲唱腔的厌感和鄙弃。如嘉靖初年,祝允明在《猥谈》中指责南戏盛行、声乐大乱:

> 今人间用乐皆苟简错乱……自国初来,公私尚用优伶供事,数十年来,所谓南戏盛行,更为无端,于是声乐大乱。南戏出于宣和之后,南渡之际,谓之温州杂剧。予见旧牒,其时有赵闳夫榜禁,颇述名目,如赵贞女、蔡二郎等,亦不甚多。以后日增,今遍满四方,转转改益,又不如旧,而歌唱愈缪,极厌观听,盖已略无音律腔调(音者七音,律者十二律吕,腔者章句字数长短高下疾徐抑扬之节,各有部位,调者旧八十四调,后七七宫调,今十一调,正宫不可为中吕之类,此四者九一个具)。愚人蠢工,徇意更变,妄名余姚腔、海盐腔、弋阳腔、昆山腔之类,交易喉舌,趁逐抑扬,杜撰百端,真胡说耳。若以被之管弦,必至失笑,而昧士倾喜之,互为自

---

① 龙文彬:《明会要·乐上》卷二一,中华书局1956年版,第359页。
② 同上书,第363页。

谩尔。①

与魏校在广东禁北曲不同,祝氏从声腔音律的角度,对南戏大乱声乐予以呵责。作者对南戏在各地"转转改益"而成的余姚腔、海盐腔、弋阳腔、昆山腔,更是觉得拗折音律、乖戾错乱。祝氏精通音律,主张严守雅乐音声、不犯宫调,但他感慨"今不如旧"的腔调,竟然也包括魏良辅等人革新的昆腔,有点让人不解。祝氏在《重刻中原音韵序》中说"今日事惟乐为大坏、未论雅部,只日用十七宫调,识其美劣是非者,土数十年前尚有之,今殆绝矣。不幸又有南宋温、浙戏文之调,殆禽噪耳,其调果在何处?"②再对照其"浙东戏文乱道不堪污视者当烧"③的言论看,不止是他,明代一些深谙曲律者,也对南戏、对包括昆腔在内的南曲抱有某种偏见。如沈德符即言"北杂剧已为金、元大手擅盛场,今人不复能措手"④。臧懋循说明代戏剧"乃元人所唾弃而戾家蓄之者也"⑤,王骥德甚至认为:"数十年来,又有弋阳、义乌、青阳、徽州、乐平诸腔之出。……其声淫哇妖靡,不分调名,亦无板眼,又有错出其间流而为'两头蛮'者。"⑥对照何良俊《四友斋丛说》论曲亦有重北轻南、贵元贱明的倾向,可以看出这是明代一部分文人的音声否尚。除了个人的审美趣味之外,这恐怕与南戏不合雅乐古体,"本无宫调,亦罕节奏,徒取其畸农、士女顺口而歌"⑦的俗腔俚调有关;也与属于广场勾栏、平民艺术的杂剧进入明代以后,为早期统治者一再御用,从而影响

---

① 祝允明:《猥谈》,《古今说部丛书》(第 5 集),上海国学扶轮社宣统至民国间排印本,第 4 页。
② 祝允明:《怀星堂集·重刻中原音韵序》卷二四,《文渊阁四库全书》第 1260 册,商务印书馆 1986 年版,第 704 页。
③ 祝允明:《烧书论》,《怀星堂集》卷十,《文渊阁四库全书》第 1260 册,商务印书馆 1986 年版,第 509 页。
④ 沈德符:《顾曲杂言·杂剧》,《中国古典戏曲论著集成》(第 4 册),中国戏剧出版社 1959 年版,第 214 页。
⑤ 臧懋循:《元曲选》(序二),中华书局 1989 年版,第 4 页。
⑥ 王骥德:《曲律》卷二之论腔调,《中国古典戏曲论著集成》(第 4 册),中国戏剧出版社 1959 年版,第 117 页。
⑦ 徐渭:《南词叙录》,《中国古典戏曲论著集成》(第 3 册),中国戏剧出版社 1959 年版,第 240 页。

了审美接受有关系。据说朱元璋欲以《琵琶记》为教化之"山珍",就曾命人将其改为北调搬诸场上。燕王朱棣身边的御用文人以贾仲明、汤舜民、杨景贤等人为代表还形成了一个杂剧创演中心。朱权、朱有燉还以藩王身份参与杂剧创作与研究。"武宗、世宗末年,犹尚北调,杂剧、院本,教坊司所长"①,以至北曲四大套成了官方默许的一种既定的创演模式。这种北剧南曲厚此薄彼的现象,颇有点像唐代燕乐十部伎中坐部伎与立部伎的情形。坐部伎虽贵为雅乐,但曲高和寡,往往退入堂上,束之高阁;立部伎虽隶领俗乐,却登台亮相、哗然喧众。北杂剧入明以后虽然地位提高、被奉为宫廷艺术,走向雅的极致,但最终渐成绝伎、在深宫狭壁间断送了生机。南曲戏文虽然一直寄居陋巷鄙野,加之其流传中地域性的声腔分化,以粗鄙俚俗为统治者不齿,却在这种十分不利的境遇中顽强生存、获得了大众的青睐。

据都穆《都公谈纂》,英宗末年(1461—1464),"吴优有为南戏于京师者,锦衣门达奏其以男装女,惑乱风俗。英宗亲逮问之,优具陈劝化风俗状,上命解缚,面令演之,一优前云'国正天心顺,官清民自安'云云。上大悦曰:'此格言也,奈何罪之。'遂籍群优于教坊,群优耻之。驾崩,遁归于吴"。②吴优女装为南戏于京师,以惑乱风俗为逮系、以优词巧解危难,另一面,吴优耻于被宫廷收编,为教坊供役,仍然回到土生土长的民间。明宪宗成化末,"嘉兴之海盐,绍兴之余姚,宁波之慈溪,台州之黄岩,温州之永嘉,皆有习为倡优者,名曰戏文子弟,虽良家子不耻为之。其扮演传奇,无一事无妇人,无一事不哭,令人闻之,易生凄惨,此盖南宋亡国之音也。……士大夫有志于正家者,宜峻拒而痛绝之"。③这里提到的江浙一带海盐、余姚、慈溪、黄岩、永嘉,已几乎连成一片戏曲热演之地。明代传奇四大声腔之二——海盐腔、余姚腔,正是从这样一些早期南戏的播演之地酝酿发生的。那里随处都有良家子弟熟习戏文,当地民众并没有鄙视戏文、以倡优为耻的社会

---

① 潘之恒:《鸾啸小品》卷二,《潘之恒曲话》,中国戏剧出版社1988年版,第51页。
② 都穆:《都公谈纂》,《明代笔记小说大观》,上海古籍出版社2005年版,第584页。
③ 陆容:《菽园杂记》卷一〇,中华书局1985年版,第124页。

偏见,但作者却以此类唱腔以旦角演唱女性故事,缠绵悱恻、哀怨凄绝,而大为不快;并追踪到早期南戏"亡国之音"的根本上,禁戒士大夫之家"峻拒而痛绝之"。这里对倡优从艺、鄙下不文存有贱视,对于这些在南戏基础上产生的、出于畸农市女之口的柔靡悲切、忧嗟惨苦的南音也是嗤之以鼻的。

《留青日札》曰:"郑声淫,今考,郑诗非淫。郑声则淫,淫指声之过也,犹雨之过者曰淫雨,雨水之过者曰淫水,故曰溢也。礼曰'流辟邪散,狄成涤滥之音作,而民淫乱',即郑声类也。……如今之时曲俚戏未必皆其词之鄙悖亵狎而谓之淫也,至使以弋阳之倡优为之,则演者其形淫,唱者其声淫,而人之观者因而惑其心荡其思,则君子不得不禁而绝之矣。故郑声在所当放也。何晏有曰:'鄱阳恶戏难与曹也。'左太冲亦曰:'鄱阳暴谑,中酒而作。'鄱阳即豫章其人,俗性躁急,今弋阳,即鄱阳地,则其恶戏有之来矣。"①所谓"演者其形淫,唱者其声淫"的郑声诲淫论,对弋阳诸腔俚曲"恶戏"的大加挞伐,明中叶以后逐步匡定了诸腔生息的地域散化之路。虽然四大声腔在官方的文化围剿中能够得以脱颖而出,其他地方唱腔的生存则更加艰难。如明末弋阳腔传入安徽,分化出青阳调(池州调)、太平腔,不仅盛行皖南一隅,而且流布极广。1954年,山西万荣县百帝村发现了明代《三元记》《黄金印》等四个青阳腔完整剧本和两个残出,说明此腔流传极广,还曾流向北方。然而,诸腔之间的互动,还是受到官方的文化管制和文人舆论的无形阻隔,甚至昆腔艺人亦对青阳调充满鄙视:"数十年间,不知从何出有青阳调,布满天下。衣冠之会,翰墨之场,俳优侏儒,杂进其俗恶,使人掩耳壳,哕而逐臭,嗜痂之夫,顾溺而不返。"②明末,昆腔在家乐环境中渐趋渐雅,诸腔则在士大夫"鄙俚俗恶"的攻击下流散民间。

明代依托于特定地域音声生存的剧类唱腔,在官方严厉禁断和文人排抑下开始出现很大的分化。曲腔一路向柔婉靡慢、幽眇沉漾的家

---

① 田艺蘅:《留青日札》卷一九,上海古籍出版社1985年版,第630页。
② 李维桢:《饮和社诗跋》,《大泌山房集》卷一三一,《四库存目丛书》集部第153册,万历三十九年(1611)刻本,第3页。

乐雅声靠拢，一路则在民间时调俚曲的俗熟野拙、短歌清唱中找到了发展的生机。这些质朴淳美的时调小曲，在传唱过程中会发生转调、增衬"数落"、"滚词"夹白说唱、主辅调相从、入引子、缀尾声、曲牌联套成章的变化，经常片断性地融入民间社戏演出之中，演为分角色对问对唱、说故事、绘人物的戏曲形式，蕴蓄着明清地方戏曲腔的"合法"生长空间。明中叶后期文人豢养家班，家乐盛极一时，为剧坛一大景观。而曲腔的后一路分化，即向民歌时调的挺进还未得到更多的关注，而这是与本论相牵涉的需另文展开的话题了。

明代禁演禁习剧类唱腔，实际上是受制于明初以来钦定雅乐、崇雅斥俗的文化政策和古今乐之争这样一个大的抑制性文化环境的。由古今乐之争引发的雅俗之辨，遍及戏剧史角角落落。就禁断习学演唱的剧类声腔来看，以两京和江浙为中心，辐射所及江浙之淮安、扬州、苏州长洲县、松江、嘉兴之海盐、绍兴之余姚、宁波之慈溪、台州之黄岩、温州之永嘉、广东之南雄潮汕、福建之长乐泉州、徽州青阳等东南大部分戏剧活动频繁兴盛的地区，不仅包括北曲南戏这些大的剧类，也包括传奇四大声腔之海盐、余姚、弋阳这些与古制不合的新腔；还包括以琵琶三弦伴奏的新乐北曲；更波及了一些正在酝酿和刚刚萌芽的地方小戏，诸如淮剧的前身香火戏、泉腔七子班的前身土腔、徽剧的一支青阳调等。我们看到，一方面，由于官方的禁断，剧类互动被阻隔，声腔交融被阻断，宋元以来撰演合一的戏剧生态出现了某种断裂；另一方面，随着所禁诸腔向民间流散，明代曲腔却在向时调俚曲一路的挺进中转变了求生策略，催生了京师小唱、淞沪小调、苏州歌谣、吴中山歌、南北时令等绚烂多彩的各种地域腔格，而这种小曲与戏曲的互动，恰恰是培植清代以后花部地方戏剧剧种流派、地域唱腔的最直接、最鲜活的介质材料。

（原载《民族艺术研究》2008年第2期）

禁毁演剧与明代戏曲搬演形态分层

中国古代戏曲的历时形态变迁与共时分层衍化，在不同历史阶段会出现平衡与失衡的交替变化现象。明初以来官方推行的强制性戏曲文化管制政策，破坏了戏曲艺术赖以生存与平衡发展的社会条件，书会隐匿、瓦舍勾栏消歇、家乐兴起，宋元以来蓬勃发展的戏曲搬演活动受到打击，在南戏向传奇定型、杂剧发展低缓的同时，戏曲史的历时形态变迁凝滞，共时的搬演形态出现多层分化。考察明代官方禁戏背景下演剧活动场阈的不同层面及阶段性变化，有助于我们思考明代戏曲史发展的一些内在问题。

一、礼典规范——宫廷燕飨演剧之禁

明初教坊司承应宴乐，例有小令杂剧演出，且多用俗乐杂技方言。"殿中韶乐，其词出于教坊俳优，多乖雅道。十二月乐歌，按乐律以奏，及进膳、迎膳等曲，皆用小令杂剧为娱戏，流俗喧浇，淫哇不逞。太祖所欲屏者，顾反设之殿陛间不为怪也。"[1]这种现象不断出现，引起修史述政者注意，且很快带来官方文化政策的调整。洪武六年（1373），"诏礼部申禁教坊司及天下乐人，毋得以古先圣帝明王、忠臣义士为优戏，违者罪之"[2]，"渎慢燕乐"令被载入大明律，并在此后数十年间，分别以榜文谕令、条文律法等形式一再重申强化。景泰元年（1450），曾

---

[1] 张廷玉等：《明史》，中华书局1974年版，第1507页。
[2] 龙文彬：《明会要》，中华书局1956年版，第341页。

因"教坊司乐工所奏中和韶乐,且多不谐"①,奏改祭祀乐章未成,权以教坊司所奏约取。"弘治元年(1488),帝耕籍田,教坊司以杂剧承应,间出狎语。都御史马文升厉色斥去。"②前以"喧浇淫哇",概多指乐声杂乱不雅,此言"间出狎语",又指谐谑失度。帝王籍田礼意在重农桑以劝化民本,在朝廷官员看来自当辅以肃穆威严之雅乐。看来,教坊司承应杂剧演出原本是宫廷燕飨礼仪上的重要节目,但戏谑杂以猥亵狎语,在都御史看来,大失宫廷体统,有辱皇典庄严,更渎犯天威,演员被挥斥下场。嘉靖元年(1522),"御史汪珊请屏绝玩好,令教坊司毋得以新声巧伎进。世宗嘉纳之"③;嘉靖九年(1530),廖道南再奏"新声代变,俗声杂雅,胡乐杂俗。而怗滞噍杀之音,沉溺怪妄之伎作……凡淫哇之声,妖冶之技,有乱正者,禁之不复用"④。由此可见,明代戏曲声腔的发展和民间俗曲的兴盛对宫廷乐舞产生了一定影响;不断掺入教坊司乐舞表演的民间流行的淫哇新声、妖冶巧伎,因为过度串演"俗声狎语",一再受到责难。嘉靖元年(1522),"礼科给事中李锡言:'南郊耕籍田之大礼,而教坊司承应,哄然喧笑,殊为亵渎。古者伶官贱工,亦得因事纳忠。请自今凡遇庆成等宴,例用教坊者,皆预行演习,必使事关国体,可为鉴戒,庶于戏谑之中亦寓箴规之意。'下所司知之……本月初九日,上耕籍田,去教坊杂戏"⑤。亲耕大典事关国体,教坊司承应乐事"喧笑亵渎"、种种违礼之处备受指责。大典用教坊杂剧要求先排练预演,"庶于戏谑之中亦寓箴规之意"的提法,并未有完全禁绝谑剧演出的意思,但此请下所司数日后,却有追诏将教坊杂戏尽行屏除在耕田礼之外。

可见,进入宫廷的戏曲表演,已经不是被看作艺术,而是被作为文化仪典的组成部分而加以规范。作为皇家庆典的点缀,演剧须合官方礼仪规范。作为宫廷游艺的重要节目,杂剧更不可涉淫谑狎

---

① 张廷玉等:《明史》,中华书局1974年版,第1508页。
② 龙文彬:《明会要》,中华书局1956年版,第343页。
③ 张廷玉等:《明史》,中华书局1974年版,第1509页。
④ 龙文彬:《明会要》,中华书局1956年版,第363页。
⑤ 姚广孝等:《明世宗实录》卷二〇,江苏国学图书馆传抄本。

玩。它要么被雅化为片断的清唱曲词,如:"有院本,如盛世新声、雍熙乐府、词林摘艳等词。又有玉娥儿词,京师人尚能歌之,名御制四景玉娥郎。严分宜听歌玉娥儿词诗:'玉娥不是世间词,龙舰春湖捧御卮。闾巷教坊齐学得,一声声出凤凰池。'"①要么被改羼为纯粹的玩笑戏,如"过锦之戏,约有百回,每回十余人不拘,浓淡相间、雅俗并陈,全在结局有趣,如说笑话之类",又如"水傀儡戏,用轻木雕成海外四夷蛮王及仙圣将军士卒之像,五色油漆,彩画如生,娱方木池,添水七分满。水内用活鱼虾蟹、螺蛙鳅鳝、萍藻之类浮水上,游斗玩耍,鼓乐喧哄。另有一人执锣在旁宣白题目,替傀儡登答赞道喝彩。或英国公三败黎王故事,或孔明七擒七纵,或三宝太监下西洋、八仙过海、孙行者大闹龙宫之类"②。明代宫廷所禁戏剧演出,以杂剧最多。神宗时一度盛行的"杂剧故事之类,各有引旗一对,锣鼓送上,所扮备极世间骗局丑态,并闺阃拙妇骏男,及市井商匠刁赖词讼,杂要把戏等项"③,即被责以乐亵曲,猥杂谑语而剔除出宫廷。在"御戏"表演中,"院本皆作傀儡舞,杂剧即金元北九宫,每将进花及时物,教坊作曲四折,送史官校订,当御前致词呈伎,数日后,复有别呈,旧本更不复进。南九宫亦演之内廷,至战争处,两队相角,旗杖数千,别有女伎,亦几千人,特设内侍领其职。傅朱粉人,虽司礼亦时加厚犒,恐于至尊前有所讽刺也。然辞辈多行无礼,上时毙之杖下,闻亦间及朝事,宫中秘密。侍臣休沐,不敢齿温树也"④。倡优戏乐,九宫北曲,傀儡扬威,旗杖耀武,在成为赖以支撑宫廷礼仪活动的必备节目时,也遭到"时毙之杖下"的惩罚。一直占据宫廷演出主要地位的以谐谑为主的杂剧表演,在籍田、迎神、祭祖等宫廷重大祭仪活动中被不断申令禁止了。

---

① 高士奇:《金鳌退食笔记》,北京古籍出版社1980年版,第145页。
② 刘若愚:《明宫史》,北京古籍出版社1980年版,第39页。
③ 同上。
④ 宋懋澄:《九籥集》,中国社会科学出版社1984年版,第218页。

二、职事整顿——衙府游艺演剧之禁

与宫廷燕飨禁杂戏杂剧有所不同,以官吏文人参与为主的衙府游艺演剧活动中,家乐渐兴,女装戏和家伎盛行。官方针对由此而来的社会问题,禁止朝官文人筵宴挟歌伎,禁妨害职事、有伤伦德的优戏院本和女装戏演出。

洪武年间颁布了不少禁女乐倡优令,主要针对的即是文人好乐观剧带来的吏治与风俗问题。洪武二十一年(1388),中书庶吉士解缙又上"太常非俗乐之可肄,官妓非人道之所为,禁绝倡优"奏章,官府的娱乐需要,客观上促进了戏曲繁荣,社会风气日渐奢靡,不断腐蚀着整个官僚政体。宣德初左都御史刘观私贿贪纵,朝廷起用都御史顾佐禁用歌伎,纠正百僚,矫禁此弊①。宣德四年(1429)八月,谕礼部尚书胡濙"近闻大小官私家饮酒辄命妓歌唱,沉酣终日,怠废政事……揭榜禁约"②;正统十四年(1449),刑部颁定惩治生员挟妓饮酒、发为斋夫膳夫令③。官方对朝官文人的精神清汰和思想控制,其实也造成对女乐杂戏的贬损和打击。宣德以后,官府宴筵优唱习以为常,以至不少官僚士大夫都蓄养家庭戏班,官府饮宴所用歌妓不止演唱小曲,更搬演杂剧。隆庆年间(1567—1571),朝臣葛守礼曾以缙绅士庶燕会、戏子喧嚣狎谑,导欲长奢,有碍风俗为由议禁倡优。其奏议虽得旨允行而"终不能革"。万历十四至十五年(1586—1587),礼部尚书沈鲤再议禁倡优,一些大臣则认为"两京教坊为祖宗所设,即藩邸分封,亦必设一乐院,以供侑食享庙之用……又入外夷朝贡赐宴、大廷元会,及诸大礼,俱伶官排长承应,岂可尽废"④。这使得禁奢令方行,禁优令则尽废。明代不少官僚士大夫都蓄养家庭戏班,原因就在于明中叶后传奇

---

① 李贤:《古穰杂录》,《纪录汇编》(第七册),上海涵芬楼影印明万历刻本,第3页。
② 余继登:《典故纪闻》卷九,中华书局1981年版,第167页。
③ 余继登:《典故纪闻》卷一一,中华书局1981年版,第213页。
④ 沈德符:《万历野获编》卷一,中华书局1959年版,第16页。

兴盛,四大声腔繁衍日众,戏曲演剧活动繁荣,不但吸引了市井细民和一般社会大众,而且"各省大吏多以优伶为性命。无怪其然"①,官私饮宴对唱曲演剧的娱乐文化需要,作为一种客观存在的文化现象,不仅渗透到宫廷、衙府,还扩及寺观、学堂、祠庙等各种社会场合,成为文人士大夫好尚的一种生活方式。成化年间,"宪宗尝谓礼部臣曰:'京城内外,居民辏集处所,多有内外官员人等增修寺观庙宇,礼部其严加禁约。'尚书姚夔揭榜禁约"②。明代寺观的宗教活动已孵化出更多游艺取乐之场合,至官员不仅以利竞取,且以乐参商,因有旨禁内外官员增修寺观令。景泰四年(1453)八月,工科给事中徐廷帐条陈七事,其第六条禁诏渎云:"京师每节序,男妇杂沓寺观,淫秽败伦,乞悬榜禁约。"③即因官员涉足娱乐辏集之地,有碍朝廷职事。弘治末(1502—1505),泉州府学教授在祀孔子的学宫大殿——明伦堂设宴演剧,"有无名子书一联于学门云:'斯文不幸,明伦堂上除来南海先圣;学校无光,教授馆中搬出《西厢》杂剧。'某出见之,赧然自愧,故态顿除"④。在官府职事重地私聚演戏,观演《西厢》,辱没斯文,只是舆论压力;供奉先圣的学宫之地,不容亵渎,才是官员谨守的则例。"嘉靖初年,议大礼,议孔庙,议分郊,制作纷纷。时郭武定家优人于一贵戚家打院本,作一青衿告饥于阙里,宣尼拒之曰:'近日我所享笾豆,尚被减削,何暇为汝口食谋? 汝需诉之本朝祖宗。'乃入太庙,先谒敬皇帝,曰:'朕已改考为伯,烝尝失所,况汝穷措大,受馁固其宜也,盍控之上苍,庶有感格。'儒生又叩通明殿而陈词,天帝曰:'我老夫妇二人尚遭仳离,饔飧先后不获共歇。下方寒畯且休矣。'盖皆举时事嘲弄也,一座皆惊散。武定故助议礼者,闻之大怒,且惧召祸,痛治其优,有死者。"⑤武定侯协助过嘉靖年间的礼仪改制,痛治家优可见职事禁忌。

---

① 李光地:《榕村全集》卷二一,道光九年(1829)刊本,第 17 页。
② 余继登:《典故纪闻》卷一四,中华书局 1981 年版,第 257 页。
③ 郑晓:《今言》,中华书局 1984 年版,第 125 页。
④ 焦循:《剧说》,《中国古典戏曲论著集成》(第八册),中国戏剧出版社 1960 年版,第 214 页。
⑤ 沈德符:《万历野获编》卷二六,中华书局 1959 年版,第 664 页。

一方面朝官文人蓄养家班、男优女装戏、家伎家乐纷纷出现；另一方面，为官理政乃士人要务、度曲演剧自堕俳优，此类对戏剧活动的舆论偏见，又渐渐成为文人为宦的隐性禁忌。弘治初有官员饮酒听乐，"令优人女装为乐"，从此革去"冠带闲住"①；至有文人士大夫因好乐演剧而肇祸罹难者，如屠隆度曲演剧被革职、臧懋循在南京国子监因与优伶同场演戏被劾夺职②。崇祯十五年(1642)，祁彪佳"内子曾于病中许戏愿，予以道台之禁，乃就外父家演之，令二儿送神入城，从寓山归"③。明代后期仕宦文人蓄养家乐家班之盛，引起不少舆论抨击。私宅堂会演剧的内容、形式被禁戏舆论加以限定，即有娱宾宴客之需，"亦须间宅张筵，以防淫媟"④。明末陈龙正痛言："虽有风流嗜利之士，未尝许娼妓托名。优与娼本无高下，况女旦以优兼娼，乃许之假托名色……蓄家伎以悦人，为宣淫之领袖，念及于斯，立刻碎其招摇，犹云晚矣。"⑤官方禁阻和社会舆论的谴责，一致指向的是朝官文人听曲观剧、狎昵歌伎对整个官僚体制的"污渎"，是男优女装、性别倒错所引起的不伦之感。衙府游艺演剧因为牵连仕宦职事及文人习尚问题，使得家乐的发展遭到禁阻，走向文人听曲清赏、性情把玩的狭窄道路。

三、消费侵剥——市肆消闲演剧之禁

明以来江南市镇商业经济长足发展，需要文化消费的有闲阶层和商人大量涌现，戏曲演出自然步入了市场消闲文化圈。汤式【般涉调·哨遍】《新建勾栏教坊求赞》套曲，就曾经极力渲染过明初勾栏演艺的壮观场景，以及观众携银争睹的热闹局面。消闲戏曲演出的存在和发展，逐渐在某种程度和层面上挣脱了教化束缚，作为一种社会的

---

① 余继登：《典故纪闻》卷九，中华书局1981年版，第292页。
② 张慧剑：《明清江苏文人年表》，上海古籍出版社1986年版，第330—331页。
③ 祁彪佳：《祁忠敏公日记》(第五册)，民国二十六年(1937)绍兴县修志委员会铅印本。
④ 支大纶：《支华平先生集》，《四库全书存目丛书》本，第420页。
⑤ 陈龙正：《几亭全集》卷二二，《四库禁毁书丛刊·集部》(第十一册)，北京出版社2000年版，第155页。

消费形式,在适应市场的需要,走向勾栏酒肆、神祠寺观等公共娱乐场合寻求着生存空间的过程中,也遭到官方的禁制和侵剥。

明代市肆消闲戏曲的演出活动,并没有按照商业交换和市场消费的正常通道运作下来。明代官方从立国之初就打起了以戏曲教化民生的政治牌,对不符合伦理教化的民间戏曲演出不断加以责禁。明初以来强制性的戏曲文化政策,使得宋元以来形成的撰演合一、士优互动的民间活态演剧活动被不断禁缚和拆解。"至明初,严禁歌舞,于是书会解体,不复存在。"①曾经兴盛一时的瓦舍勾栏市肆演剧场所,其随处搭台、通衢作场的权力也被没收,其场所的搭建和管理开始由官方的"御勾栏"把持。不仅如此,明代官方常常利用官府权力的操纵和政治干预,将演剧活动的商业消费资本和利润加以侵剥,造成了市肆演剧市场的娱乐与消费停滞及商业运作空间的狭小蹇促。洪武四年(1371),曾严内城门禁之法,"有以兵器杂乐到门者论如律"②,以禁杂乐防变乱限制乐流动演剧在城市容身。洪武十三年(1380),"太祖立富乐院于乾道桥……专令礼房吏王迪管领,此人熟知音律,又能作乐府。禁文武官及舍人不许入院,止容商人出入院内"③。禁官吏生员携妓饮酒,却允许商人出入输财,是为明代立官妓征收脂粉钱之始。永乐七年(1409),成祖语礼部"元宵给假十日……驰夜禁"④,"永乐间,文皇帝赐灯节假十日……至今循以为例……近年建白,遂有为灯事嬉娱,为臣子堕职业,士民溺声酒张本,请禁绝之"⑤。官方禁官员歌酒,禁军人习曲,却鼓励商人市民好尚戏剧,然而如此余裕、如此风靡的节假消闲和市肆娱乐背后,是"富贵家出金帛,制服饰、器具,列笙歌鼓吹,招致十余人为队,搬演传奇"⑥的财力投入和戏班经营被重税抽利。"皇甫司勋子子循尝语余曰:'小时见林小泉(庭)为太守日,小

---

① 钱南扬:《汉上宧文存》,上海文艺出版社1980年版,第8页。
② 余继登:《典故纪闻》卷三,中华书局1981年版,第40页。
③ 刘辰:《明国初事迹》,胡凤丹《金华丛书》第十函,浙江公立图书馆民国十四年(1925)据胡氏退补斋重印本,第21页。
④ 余继登:《典故纪闻》卷七,中华书局1981年版,第127页。
⑤ 沈德符:《万历野获编》卷一,中华书局1959年版,第16页。
⑥ 张瀚:《松窗梦语》,上海古籍出版社1986年版,第122页。

泉有大才,敏于剖决。公余暇日,好客,喜燕乐,每日有戏子一班,在门上时候呈应,虽无客亦然。'长、吴二县轮日给工食银五钱,戏子既乐于祗候,百姓亦不告病。今处处禁戏乐,百姓贫困日甚,此不可知何故也。"①林庭(约1476—1541),乃弘治十二年(1499)进士,嘉靖初任湖广布政使兼苏州知府,为满足职暇看戏愿望,曾利用长吴二县"轮日给工食"招徕演剧。何良俊认为当时林太守为政,戏班虽祗应演戏,但这还是为戏子和小民谋衣食出路的。其疑惑不解的是,市肆演剧被官府收拢应役,已属不正常,而隆庆初"处处禁戏乐、百姓贫困日甚"的现象,更窒息了市肆演剧得以生息的根基。更令人奇怪的是:"礼部到任、陛升诸公费,俱出教坊司,似乎不雅。此项断宜亟革者。南京礼部堂属,俱轮教坊值茶,无论私寓游宴,日日皆然……兼有弦索等钱粮解内府,如此猥亵,似皆当速罢。"②礼部官房升任公费由教坊司供给,教坊乐人值南京礼部杂役,甚而宫廷北曲杂剧演艺之钱粮也被解往内府夺用,这些对倡优乐人衣食、从艺资用的双重剥夺,连时人沈德符亦觉不雅而提议禁革。

  除了从演出活动、参演者等方面,对祗应官衙的戏班戏子进行禁制、对隶属官府的倡优演艺进行剥夺外,官方还通过对市肆演剧经营活动过桯和细节的管制,对其中缘募聚徒、倡办台戏的人进行严厉惩儆。这些人可能就是一些地方富户、游商、戏头。他们有丰裕的财力支持,有观戏演剧的闲暇和兴趣,有操办组织祠祭台戏的经验和威望。而这些都统统被认为是朝廷行保甲之法"保泰御民"的障碍,是要严防严控的。崇祯七年(1634),浙江嘉善县人陈龙正亦敦止赛会演剧,并认为包头撺掇办会演戏,从中渔利,是禁戏不止的一大症结。"今日迎神赛会一节,乖人晓得借名取乐,呆人尚认作恭敬神明。不知此,即是不安生理,故作非为。试思聪明正直者,谓之神。岂有神明爱出巡游,贪看淫戏。一切奸情劫盗杀人之事,每每从迎会时作出来,缘何人尚不悟。只因其间,有包头数人,常年从中取利,挨家敛分,小民从而风

---

① 何良俊:《四友斋丛说》,中华书局1959年版,第109页。
② 沈德符:《万历野获编》卷一三,中华书局1959年版,第354页。

靡。"可见,明代官方虽然明令允许商人富户看戏、消费、娱乐,却对包头以商业手段参与演剧活动的筹办经营严加禁束。崇祯十年(1637),临海知县到任伊始,即颁布"下车十禁",其"禁酒肆唱妓,以省浪费"一条曰:"照得当今赋紧岁俭,小民十分骏节,尤恐衣食不周,何可浪费,以速冻馁。访知本县酒馆数多,专窝游唱,表里为耗……今行禁约……以凭严拿究治,枷号示儆。"①明代江南的富庶地区风气奢靡,酒肆唱妓侑觞之风非常盛行。临海知县的禁约,虽非单纯禁止演戏唱曲,但将听曲者一律打入"浪子光棍"、朋党小人,且衙门胥役入肆歌饮亦被视为妄行不法,还是有失偏颇的。由此看来,官方禁限观戏演剧消费,其关注的是这种游惰奢靡现象背后更为深层的经济秩序失衡与社会等级混乱。这不但导致了宋元以来遍地繁盛的瓦舍勾栏演剧的消歇隐没;市肆消闲演剧更在官方禁搬禁演禁观赏的强制性戏剧管理政策和对市场文化消费的过度抑制侵剥下难以正常经营运作。

四、治生禁诫——乡野赶趁演剧之禁

在广大的农村乡野,演剧活动往往以巡游赶趁、流动作场的方式献艺,往往与婚娶丧葬、祭祖拜天、禳灾驱邪、年节社火等祈祝活动相连。明代官府对乡野赶趁戏剧演出的禁毁,往往以禁游食流荡、妨农害本为理由进行。嘉靖四十一年(1562),淳安知县海瑞曾以"各地方凡有赶唱到,图里总人等即时锁拿送县,以凭递解回籍"②的禁约。与此类似的地方禁约不断出现,大多以递解驱逐、赐食远拒的办法,将赶趁演剧之戏曲班社绝之于本境之外。

对"居丧不按家礼,丰酒食、具鼓吹,以待吊客。多妆绢亭、广搬彩戏,以相夸诩,而不务哀戚"③、柩前畅饮、道旁剧戏的责怨劝导,在明

---

① 王利器:《元明清三代禁毁小说戏曲史料》,上海古籍出版社1981年版,第94页。
② 海瑞:《海瑞集》,中华书局1981年版,第188页。
③ 廖世昭、张峰、郑复亨纂:《隆庆海州志》卷二,上海古籍书店据宁波天一阁藏明嘉靖本影印,1963年版。

代方志和文人笔记中屡见不鲜。据嘉靖《蕲州志》,嘉靖七年(1528),民间舆论呼吁引发官府禁令,"监察御史刘谦亨等奏,为禁奢侈以正风俗事,内开:丧葬之家,肆筵裂帛,扬幡结彩,崇僧道诵经,聚优伶为戏,恬不为怪,乞要禁革,通行天下"①。万历前期山西巡抚吕坤为管束本地乐户开禁约条例,亦有"祈报祭赛,敬事鬼神,祭奠丧门,哀痛死者,俱不许招集倡优,淫言亵语以乱大礼。违者,招家与应招之人,一体重治"②。其实丧葬聚优演剧,在一般小民不过是借为死人送行而求活的乐趣,在暂时的休息和放松之下,释放穷迫的生活重负和困顿的心灵压抑。统治者却总是指责此类场合借宗教情怀造事乱秩,于人心风俗大有妨害,于理政治民更贻患无穷,所以总是发动管办官员三令五申、务尽拔除。伴随迎春扮像、节序祝祷等演剧活动接踵而至的,不仅是严厉的舆论谴责,更是纷至沓来的严明禁令:"凡正月元夕为岁始,腊月大傩为岁终……须用歌咏劝酬,使人观感。不得酬唱邪曲,演戏杂剧,以导子弟未萌之欲。"③嘉靖九年(1530),广东人黄佐立乡约禁止正月腊月会社酬唱邪曲、演戏杂剧。岁首年终大傩,是乡民祭祀祈报的信仰仪式;唱曲演剧,是乡民借娱神之名欢聚会饮、自娱娱人的民俗活动。其时所唱之曲、所演之剧,除了一部分得自历史故事和民间传说外,大多是百姓口头创作的民歌小调、时新小戏。有些可能就取材于乡民耳闻习见的爱情故事和滑稽可笑的日常生活片段,而这些统统被视为淫亵小曲、猥杂把戏而禁演。崇祯七年(1634),"郡城迎春日,胥役辈赁鬼面,装扮雷神,县拨见年里长供应之。前迎春三日,云试春雷,连群引类,望门屠鸡索赏。又有一种市井为舞小鬼者,正月十起至元宵止,沿街于人家跳舞。明崇祯七年春,张直指应星按厅禁之"④。这种元夕正月迎春祈农、扮神跳鬼的活动,在福建长汀非常流

---

① 甘泽纂修:嘉靖《(湖北)蕲州志》卷一《风俗序》,《天一阁藏明代方志选刊》卷五五,上海古籍书店据宁波天一阁藏明嘉靖本1964年影印,第7页。
② 吕坤:《实政录》卷四《民务・禁谕乐户》,道光丁亥(1827)据开封府属雕版刻本,第61页。
③ 黄佐:《泰泉乡礼》卷五《乡社・有庆则会》,芸香堂藏版道光二十三年(1843)刊本,第12页。
④ 刘国光、谢昌霖、丁上达:《(福建)长汀县志》卷二三,光绪五年(1879)刊本。

行。不仅有里长供应,巡游表演的队伍中大多又都是临时聚集的群众演员。这在乡民不过是敬雷神、拜天官、嬉戏祷祀的意思,而在一地官长看来,则是正业不务、流荡不法、应予严禁的惑乱行径。然而,这种赶趁农闲、流动献艺、搭台演戏的风气,不仅在长汀难禁,在江南一带更盛:"游民四、五月间,二麦登场时,醵人金钱,即通衢设高台,集优人演剧,曰扮台戏。其害,男女纷杂,方三四里内多淫奔,又盗窃乘间;且醵时苛敛,伤及农本,乡镇尤横。近二三年以禁暂息。"①春台戏是流动戏班赶趁农闲之隙,应"里豪市侠"之助,由里正社长组织,乡民按户头出份子,在道路空地上搭台演剧的形式。因其"以祈农祥"、以享农众的目的和表现爱情婚姻题材的通俗故事剧而深受乡民欢迎,以至男女聚观、老幼携来、家家出动、举邑若狂。但此类群聚性的观戏演剧活动,却被指罪为游民敛钱、伤及农本的邪行祸害。张岱《陶庵梦忆》卷七"及时雨"条载里中观看百姓祈雨扮水浒戏事:"壬申(1632)七月,村村祈雨,日日扮潮神海鬼,争唾之。余里中扮《水浒》……分头四出,寻黑矮汉,寻稍长大汉,寻头陀,寻胖大和尚,寻茁壮妇人,寻姣长妇人,寻青面,寻歪头,寻赤须,寻美髯,寻黑大汉,寻赤脸长须,大索城中,无则之郭,之村,之山僻,之邻府州县,用重价聘之,得三十六人。梁山泊好汉个个呵活,臻臻至至。"这里迤逦出场的人物角色,都是乡民颇为熟悉的宋江、鲁智深、吴用、杨志、李逵、一丈青等水浒英雄。这些在统治者看来打家劫舍的强梁盗寇,在老百姓眼里却个个都是生龙活虎、降妖伏魔、为民除害、赐造福祉的豪侠义士。所以乡里禳灾,即分头派人寻索、不惜重价聘出、装扮成百姓爱戴的"三十六天罡"复现人间。由此可见,水浒戏在崇祯十四年(1641)以前,作为禳灾戏是不禁的;而大约十年后,明思宗谕旨下令禁阅《水浒传》,限民间作速自行烧毁②,表现水浒一百单八将的小说毁版被禁,透露了此类民间演出被官府禁断的信息。

据此,明代官方对乡野赶趁演剧的禁毁,波及浙江淳安、奉化、嘉

---

① 张采:《太仓州志》卷五,崇祯十五年(1642)刊本。
② 龚彝:《明清内阁大库史料》,东北图书馆1949年版,第429页。

善、金华,江苏海州、太仓,松江华亭,广东香山,福建长泰、长汀,湖北蕲州,四川成都等地方村镇乡野。当时整个东南大部分村野的崎岖草径、乡间小路、平畴旷野上,大概都留下了路歧艺人、草台戏班的足迹和身影。看起来,乡野赶趁演剧流动传播地域如此之广,但官府对乡野赶趁演剧的一再逐禁,使得职业戏班的生存空间逐渐萎缩乃至丧失;民间乡众自发组织的非职业和半职业、忙时务农、闲时扮戏的临时演戏班子,也在官方打压下丧失了发展提高技艺之长的活动空间,民间演剧长期停留在重热闹、重戏耍、随处作场、应时应节"游食赶唱"的低级粗糙阶段,并在某种意义上泛化为群体性的民间戏乐活动。这些民间口传文化承载的活态演剧被禁毁,实际上取消了演剧作为艺术与民俗活动的合法性。

五、淫祀勒治——赛会禳祭演剧之禁

从明代禁限的演剧活动涉及的活动场合看,赛会禳祭演剧覆盖了更为普遍的社会人群,与市场消闲演剧和乡野赶趁演剧互有出入,赛会祀神演剧因传达了与官方意识形态完全不同的民间话语,而不断遭到禁治。

洪武三十年(1397),更定《大明律》规定:"凡师巫假降邪神,书符咒水,扶鸾祷圣,自号端公、太保、师婆,及妄称弥勒佛、白莲社、明尊教、白云宗等会,一应左道乱政之术,或隐藏图像、烧香集众,夜聚晓散、佯修善事,煽惑人民,为首者绞,为从者各杖一百,流三千里。若军民装扮神像、敲锣击鼓,迎神赛会者,杖一百,罪坐为首之人。里长知而不首者,各笞四十。"①"明初,朱元璋对民间的迎神赛会进行了限制,并制定了一套里社祭祀仪式。所以当时民间只有春秋二社的祭社活动,庙会渐趋沉寂。自中期以后,由于官方的禁令已形同虚设,随之各地庙会重新盛行。"②此类奉一方神明、扮像祠祭的活动在岭北有所

---

① 姚思仁:《大明律附例注解》卷一一,北京大学出版社1993年版,第474页。
② 陈宝良:《飘摇的传统——明代城市生活长卷》,湖南人民出版社2000年版,第173页。

谓"萧王"、"苍王"、"护学佑善大王"①,在河间有所谓"山蘸神之称"、"朱太尉之号"②等,凡此种种,乡间僻壤,名目颇多。虽然明代禁迎神赛会,只强调"不能备其物是为亵,不当行其礼是为渎"的亵神行为,但正如王穉登《吴社编》说:"凡神所栖舍,具威仪箫鼓杂戏迎之曰会。优伶伎乐粉墨绮缟,角抵鱼龙之属,缤纷陆离,靡不毕陈。"赛会必至演剧,或者巡游演剧成为赛会的主要表达形式,在明清以后地方祭赛活动中其实更为普遍和典型。永乐四年(1406),淮安"里社赛神诳以聚众谋不轨,死者数十人"③。明代江苏扬州以北的淮安府,首治在山阳,丁珏时为山阳县令。《明清江苏文人年表》确认此次赛神乃"淮安乡民演香火戏"④。香火戏为淮剧的前身,此戏起源于傩,其腔调源于巫师请神调。这种巫傩祝祷的神异氛围使庶众沉迷,其演出剧目亦很独特。从后来香火戏形成的【斗法调】【水瓶调】【七公调】【娘娘调】等腔调看,其唱法怪咤高扬,锣鼓雄劲震天,官府以造乱之端镇压、捕杀的数十人,大部分为参与半职业演出的普通乡民。1957年扬州曾发现乾隆甲辰年(1784)手抄神书《张郎休妻》的演出提纲,其内容还弥漫着浓厚的巫傩遗迹。据《庸庵笔记》载:道光末年,扬州香火戏伶人曾"扮王灵官、温元帅、赵元坛、周将军",为扬州某盐商家"驱魅"⑤。由此可知淮安扬州一带香火戏演化缓慢,至清晚期尚停留在简单装扮神像的附庸阶段,与官方严厉惩禁赛戏坏俗不无关系。赛会演剧"聚众亵谑"、"诲淫长奢",与统治者提倡的厚人伦、美风化、教忠孝不合,所以为士绅力加规避、地方严加禁断。嘉靖初年,黄佐立乡约云"今有等愚民,自称师长、火居道士及师公、师婆、圣子之类,大开坛场,假画地狱,私造邪书,伪传佛曲,摇惑四民,交通妇女,或烧香而施茶,或降神而跳鬼,修斋则动费银钱,设醮必喧腾闾巷,暗损民财,明违国法……

---

① 叶盛:《水东日记》,中华书局1980年版,第63页。
② 樊深:《河间府志》,上海古籍书店据宁波天一阁藏明嘉靖本影印,1964年版,第4页。
③ 孙云锦、吴昆田等:《淮安府志》卷一四,清光绪十年(1884)刻本。
④ 张慧剑:《明清江苏文人年表》,上海古籍出版社1986年版,第4页。
⑤ 薛福成:《庸庵笔记》卷六《鬼魅现影》,大连图书供应社重印光绪二十四年(1898)版,第166页。

汝四民合行遵守庶人祭先祖之礼,毋得因仍弊习,取罪招刑"①。嘉靖年间,河北广平乡村赛社:"凡遇春祈秋报之时,乡人酬钱谷共具牲醴品物,盛张鼓乐,扮杂剧于各村所。"其《风俗志》撰者陈棐曰:"醵钱鱼谷牲果奠献,犹有古意,但倡优喧剧,绝无歌豳击土之风矣。"②这种"赛会倡优喧剧宜节之以礼"的舆论持议,渐成为明中叶后地方官府治理庶政的一大要务。"(松江)倭乱后,每年乡镇二、三月迎神赛会,地方恶少喜事之人,先期聚众,搬演杂剧故事,如《曹大本收租》《小秦王跳涧》之类,皆野史所载鄙俚可笑者。然初犹仅学戏子装束,且以丰年举之,亦不甚害。至万历庚寅,各镇赁马二三百匹,演剧者皆穿鲜明蟒衣革靴,而幞头纱帽满缀金珠翠花。如扮状元游街,用珠鞭三条,价值百金有余。又增妓女三四十人,扮为《寡妇征西》《昭君出塞》,色名华丽尤甚。其它彩亭旗鼓兵器,种种精奇,不能悉述。街道桥梁,皆用布幔,以防阴雨。郡中士庶,争携家往观,游船马船,拥塞河道,正所谓举国若狂也。每镇或四日、或五日乃止,日费千金。且当历年饥馑而争举,孟浪不经,皆予所不解也。壬辰,按院甘公严革,识者快之。"③看来,乡民赛会在舞台上演出《曹大本收租》《小秦王跳涧》等剧目,在官府看来还无大碍;一旦将舞台与生活置换,衣饰多所僭逆、兵器刀枪林立、扮演故事变成庶民的群体狂欢,变成了非法的会社"运动",即成为官方指罪的"乌合之众"颠覆政治的注解。万历年间,"迎神赛会,莫盛于泉。游闲子弟,每遇神圣诞期,以方丈木板,搭成木台案,索绚绮绘,周翼扶栏,置几于中,加幔于上,而以娇童装扮故事,衣以飞绡,设以古玩,如大士手提筐筥之属,悉以全珠为之,旗鼓杂沓,贵贱混奔,不但靡费钱物,恒有斗奇角胜之祸"④。闽地肉傀儡即童子装演偶戏,常依托

---

① 黄佐:《泰泉乡礼》卷三《谕俗文》,芸香堂藏版道光二十三年(1843)刊本。
② 翁相修、陈棐:《广平府志(河北)》上册卷一六《风俗志》,《天一阁藏明代方志选刊》(五),上海古籍书店据宁波天一阁藏明嘉靖本影印,1963年版,第6页。
③ 范濂:《云间据目钞》卷二,尊闻阁主《申报馆丛书》第31种,光绪年间《申报》馆铅印本,第19页。
④ 陈懋仁:《泉南杂志》卷下,曹溶辑《学海类编》,民国九年(1920)上海涵芬楼据清巢氏本影印本,第11页。

祀神赛会的特定日子举行;弄傀儡者因不务本业而被称为"游闲子弟",其演出因"旗鼓杂沓、贵贱混奔"而被责以斗奇角胜之祸。总之,演戏必以聚众,聚众必以致乱,这是统治者历来禁戏的逻辑。在官方的视野里,他们更关注的是演剧、观剧所带来的社会影响。

宫廷燕飨之禁杂剧、禁渎弄,强化着演剧的官方仪典功能;衙府游艺之禁家乐、禁诲淫,逼侧出演剧的文人清赏趣味;市肆消闲之禁卖戏、禁奢靡,挤压出演剧的消费娱乐递减;乡野赶趁之禁游唱、禁妨农,剥夺了戏剧演出所依赖的乡野习俗、农事祝祷的存在基础和活动空间;赛会禳祭之禁群体狂欢,禁"淫祀"巡游,取消了演剧活动不可或缺的群体观演合法性。官方禁戏的权力切割与价值分化,不仅拉开了戏曲搬演形态在宫廷与民间、上层与下层、坊市与村镇之间的空间距离,而且造成了戏曲搬演在演剧与观戏、场上与场下、养戏与卖艺之间的功能性扭曲,导致了戏曲接受与消费的混乱芜杂、戏曲观演互动的开放性社会空间的窒息。这种剧坛潜在的共时分层、封闭自守的形态变异,从另一面显示了明代戏曲史历时态发展缓慢凝滞、戏曲搬演的活态聚合机制出现生态断裂的内在症结。

(原载《求是学刊》2010 年第 4 期)

明代禁毁歌谣俚曲与时调小曲的兴起

——兼谈散曲文体特征的分化与解放

明代开国以程朱理学一统天下,其官方意识形态标榜儒家教义的绝对权威性,推行了一系列禁撰禁演禁观赏的强制性戏剧文化管理政策。随着作为俗文学生力军的杂剧传奇、时调小曲的社会影响力越来越大,统治者对其进行的钳制和打击也越来越酷烈。万历以后城市商业经济的勃兴,催发了意识形态领域里专制与反专制的社会思潮之争,主张"百姓日用即道"的王学左派的出现,给戏曲创作注入了新的内容。在这种官方文化和民间文化此消彼长、相峙渗透的态势中,明代禁断歌谣俚曲与散曲创作走向及与剧曲的互动关系,值得再探讨。

一、明代禁毁歌谣俚曲与时调小曲的风靡

自太祖始,明代官方崇雅黜俗的文化政策,就对宫廷宴飨、衙府优艺、民间游堕等不同社会阶层濡染声色之乐,进行重治。洪武二十三年(1390)奉圣旨:"在京但有军官军人学唱的割了舌头,下棋打双陆的断手,蹴圆的卸脚,做买卖的发边远充军。府军卫千户虞让男虞端,故违吹箫唱曲,将上唇连鼻尖割了。又龙江卫指挥伏颙与本卫小旗姚晏保蹴圆,卸了右脚,全家发赴云南。"[①]"朱元璋立法严厉,用刑惨酷,史有明载,其惩唱曲者亦用严刑峻法,当实有其事。"[②]此番京师下旨榜禁军官军人学唱、违者重刑处治的论旨由来,是一些武人与军子弟怠

---

① 沈德符:《万历野获编》补遗卷三《赌博万禁》,中华书局1959年版,第880页。
② 王永宽、王钢:《中国戏曲史编年·元明卷》,中州古籍出版社1994年版,第148页。

惰武艺、唱曲消遣、嬉谑博饮所致。本年"庚午,府军左卫军士告千户虞让子端不习武事,惟日以歌曲饮酒为务。上怒,命逮治之。因诏,凡武臣子弟嗜酒博弈,歌唱词曲,不事武艺,或为市肆与民争利者,皆坐以罪,其袭职依前。比试不中者,与其父并发边境守御,不与俸"。①这条在先的禁令,对虞端歌曲饮酒逮治,对武臣子弟军务之外饮酒唱曲下坐罪诏,并有遣戍减俸之惩罚,月余后即追敕严禁军官军人学唱事,治以割舌去唇刖鼻、断手卸脚等酷刑。《三冈识略》记此事说:"明初立法之酷,何以至此,几于桀、纣矣。"②这些禁令虽然针对的是武臣,但已透露出歌词小曲民间传唱的普遍性。

嘉靖九年(1530),广东人黄佐立乡约禁会社酬唱邪曲:"凡正月元夕,为岁始,腊月大傩为岁终。亦许会饮于社……须用歌咏劝酬,使人观感。不得酬唱邪曲、演戏杂剧,以导子弟未萌之欲。"③岁首年终,会社大傩,是乡民祭祀祈报的信仰仪式;唱曲演剧,是乡民借娱神之名欢聚会饮、自娱娱人的民俗活动。其时所唱之曲、所演之剧,除了一部分得自历史故事和民间传说外,还有就是百姓口头创作的歌谣、小曲、时调;其取材可能就是乡民耳闻习见的爱情故事和滑稽可笑的日常生活细节。将这些统统视为淫亵小曲、猥杂把戏而禁演,从反面印证了歌谣俚曲盛行民间的情景。"京师自宣德顾佐疏后,严禁官妓,缙绅无以为娱,于是小唱盛行。至今日几如西晋太康矣"④,"又向年有小唱恣肆,得罪司城御史,上疏尽数逐去"⑤。此处所言小唱,即在朝廷严禁官妓侑宴演戏之后而盛行的、无装扮、无行头、无作场的清唱。小唱的盛行,散曲小令、道经佛歌、时调小曲的一时风靡,恰恰是明代官方从内容和形式、包括唱腔上整体性禁戏以后造成的歌与演分离、曲与白分离的结果。

---

① 姚广孝:《明实录·太祖实录》卷二〇〇,江苏国学图书馆传抄本。
② 董含:《三冈识略》,辽宁教育出版社 2000 年版,第 24 页。
③ 黄佐:《奉泉乡礼》卷五乡社《有庆则会》,芸香堂藏版,道光二十三年(1843)刊本,第 12 页。
④ 沈德符:《万历野获编》卷二四,中华书局 1959 年版,第 621 页。
⑤ 沈德符:《万历野获编》卷二六,中华书局 1959 年版,第 676 页。

从隆庆到正统以后,官方不断用重臣整治官员挟妓饮酒、废倡优。如隆庆中朝臣葛守礼议禁倡优,万历十四年(1586)礼部尚书沈鲤再议废倡优①;宣德三、四年间(1428—1429),通政使顾佐为都御史,禁官府饮宴用歌妓,纠正百僚,整顿朝纲②,后礼部尚书胡濙重申太祖时"文武官之家不得挟妓饮宴"律条,颁诏:"近闻大小官私家饮酒辄命妓歌唱,沉酣终日,怠废政事,甚者留宿,败礼坏俗。尔礼部揭榜禁约,再犯者必罪之。"③然而,明代官场朝宴乐尚歌妓之风,并没有因顾佐整顿而稍有收敛。所谓"革官妓之始"的榜禁挟妓歌唱令,亦未能煞住"臣僚宴乐以奢相尚,歌妓满前"的风气。正统十四年(1449)刑部颁定了更为严厉的惩治令:"刑部奏定各处生员若受赃纳盗、冒籍科举、挟妓饮酒、居丧娶妻妾等罪者,南、北直隶发充两京国子监膳夫,各布政司发充邻近儒学斋夫膳夫,满日原籍为民。"④看上去,官方的禁阻和社会舆论的谴责,指向的是朝官文人听曲观剧而狎昵歌妓对于整个官僚体制的污渎,是男优女装、性别倒错所引起的不伦之感。但我们却注意到,这种对官僚宴乐歌妓佐唱屡禁不止,正透露了戏曲史发展的新动向——家乐的兴起与时调小曲的风靡。

全民间传演时曲之盛,我们从许多史料笔记、地方禁令中都可获见。正统年间(约1448—1449),"北京满城忽唱《妻上夫坟》曲,有旨命五城兵马司禁捕,不止"。清樊彬《燕都杂咏》注此曰:"英宗京师中忽唱《寡妇上坟》曲。"⑤《寡妇上坟》即《妻上夫坟》之异名。后世民间流传的《小寡妇上坟》小调,即源于此。京城为何忽然传唱此曲?官府又为何要禁捕?据沈德符说:"正统十三年戊辰,京师盛唱妻上夫坟曲,父女童幼俱习之。其声凄婉,静夜听之,疑身在墟墓间。次年八月,车驾陷于土木……此曲实应之。"⑥这支时调小曲,以对明代边患

---

① 沈德符:《万历野获编》卷一,中华书局1959年版,第16页。
② 沈德符:《万历野获编》卷二四,中华书局1959年版,第621页。
③ 余继登:《典故纪闻》卷九,中华书局1981年版,第167页。
④ 余继登:《典故纪闻》卷一一,中华书局1981年版,第213页。
⑤ 王利器:《元明清三代禁毁小说戏曲史料》,上海古籍出版社1981年版,第15页。
⑥ 沈德符:《万历野获编》卷二九,中华书局1959年版,第736页。

纷扰、百姓流离生活的客观反映,捅到了为政者亡国败事的大忌讳处;在统治者看来,时调可能具有神秘的应谶作用,而此曲作为亡国之音的预兆,自然让当朝者心惊肉跳,旋即大肆禁捕。隆庆一年(1569),右佥都御庞尚鹏在《绝薄俗正风俗之疏》中,指责士风薄恶,导民不实:"今天下士风薄恶,日益月甚。自臣所亲见者言之,署丞衔知府而刊飞语,生员毁提学而编戏文。举人构怨于曹郎,辄刻贫女叹,尚书积憾于巡按,乃著猛虎篇。其他或为民谣,或构俚语,诞妄不根,更相传报。出妒妇之利口,骋曲笔之游辞。臧否混淆,是非颠倒。"①庞尚鹏为嘉靖间进士,授江西乐平知县,召为监察御史,累官至右佥都御史。他以京中所见署吏衔仇上司刊布流言、生员编缀戏本、举人尚书刻印小册子等等怪状,陈论流言蜚语、妄肆告讦的官场污浊,以至于造成民谣俚语诞妄不根。庞氏指摘官场污滥是有见识的,但混淆生活现实和艺术理想界限,将文艺创作与社会不正之风扯在一起却显得有些无理。其实,生员作戏文讽政,和民谣传俚语讥时,作为"以虚击实"的艺术创作表达对于现实的态度和对社会黑暗的揭露,与那些无中生有的流言、挟私愤的告讦,绝不可同日而语。万历前期,执政山西的吕坤发布谕民告示禁革淫邪曲词,有三条曰:"时调新曲百姓喜听,但邪语淫声,甚坏民俗……其瞽目教导淫词者重责逐出,习学者永不救济……淫邪曲词,戏骂笑谈,绰名嘲语,皆坏人心术、勾引争端,此皆浮薄淫荡之子所为。各约严行禁革。如违纪恶甚者,呈报重究。"②

明中叶以后,随着心学对世俗文化的张扬,明代文艺生活中掀起了一股主情任真的浪漫主义思潮;李贽提倡童心说、肯定人的感性情欲的合理性,这都为明代时调小曲的高潮奠定了思想基础。③ 其中那些揭露时事弊端和表现男女真情的时调歌谣,颇具尖锐淋漓的勇气和

---

① 庞尚鹏:《百可亭摘稿》第二卷,《四库全书存目丛书》集部第129册,齐鲁书社1997年版,第149页。
② 吕坤:《实政录》卷二《民务·存恤茕独》,开封府属雕版,道光丁亥(1827)刻本,第35页。
③ 有关研究如马积高《宋明理学与文学》(湖南师范大学出版社1989年版)、韩经太《理学文化与文学思想》(中华书局1997年版)、左东岭《李贽语晚明文学思潮》(天津人民出版社1997年版)、杨国荣《心学之思——王阳明哲学的阐释》(三联书店1997年)、许苏民《李贽的真与奇》(南京出版社1998年)等论著多有论及,可以参证。

肆口而歌的真趣。它虽然遭到地方官府的禁遏与正统文人的鄙视,在民间却赢得了广大民众的心灵,具有了广泛流行的社会基础。万历三十年(1602),新江绍兴人祁承爜在《澹生堂文集》第十九卷论苏州府长洲县《厘弊》说:"夫天下之习于薄恶,而为世道人心之害者,其途甚多,惟歌谣为甚。盖鼓其巧言之吻,而恣为快心之语。人且播其解颐之致,而误为变乱之端。或摭经传成语以为文,或指人情暧昧以编曲。或揭无头榜以诮世,或联歇后语以解嘲。此岂纪法严明之日所宜有哉……自今以后,凡有妄指时事,捏造歌谣,或刊刻冤单,漫传里巷者,责令地方严辑。"作者认为民间歌谣最为世道人心之害,这里的摭经之文、暧昧之曲、诮世之无厘头、解嘲之歌后语,在那些以维护世道人心为务的缙绅眼里,都是渎经嘲圣、有害人心,而致世风大坏、亵渎国体的必禁之举。

"歌谣词曲,自古有之,惟吾松近年特甚,凡朋辈谐谑,及府县士夫举措,稍有乖张,即缀成歌谣之类,传播人口,而七字件尤多,至欺诳人处,必曰风云,而里中恶少,燕闲必群唱银绞丝、干荷叶、打枣竿,竟不知此风从何而起也。"①万历初年,松江盛传歌谣俗曲,作者对此谐谑乖张、燕闲群唱的风气大感困惑。他提到【银绞丝】【干荷叶】【打枣竿】等曲名,其中【干荷叶】有元代散曲作家刘秉忠的八首联章组曲,可见元代以来民间已有此曲歌咏风情。冯梦龙《山歌》有《唱》一首云:"姐儿唱支银绞丝,情歌郎也唱支挂枝儿,郎要姐儿弗住介绞,姐要情郎弗住介枝。"②可知,【银绞丝】【干荷叶】【打叶竿】都是表现男女风情的民间时调小曲。那些传唱小曲之人被称为里中恶少,可见作者对良家子弟"游闲无赖"传习小曲、成群结队演唱情歌的行为是极为不满的,《万历野获编》"时尚小令"以惊骇、怨叹的复杂语气,记述了此类曲子风靡南北、举世习颂,刊布成帙的流传过程:"自宣正至成弘后,中原又行

---

① 范濂:《云间据目抄》卷二《记风俗》,尊闻阁主《申报馆丛书》第 31 种,光绪年间申报馆铅印本,第 19 页。
② 冯梦龙、王廷绍、华庆生编述:《明清民歌时调集》(上),上海古籍出版社 1987 年版,第 311 页。

【锁南枝】【傍妆台】【山坡羊】之属……自兹以后,又有【耍孩儿】【驻云飞】【醉太平】诸曲,然不如三曲之盛。嘉隆间乃兴【闹五更】【寄生草】【罗江怨】【哭皇天】【干荷叶】【粉红莲】【桐城歌】【银纽丝】之属……比年以来,又有【打枣竿】【挂枝儿】二曲,其腔调约略相似。则不问南北,不问男女,不问老幼良贱,人人习之,亦人人喜听之,以至刊布成帙,举世传诵,沁人心腑。其谱不知从何来,直可骇叹。"①

赵翼所谓"初以重典为整顿之术,继以忠厚立久远之规"②,可以说概括了明代官方推行文化政策禁戒有辅、武文相续的特点。随着明王朝政权的稳固,城市经济有了较大的发展。资本主义生产关系的萌芽已在东南沿海的一些城市内开始出现,江南市镇商业经济甚至出现了畸形繁荣的现象。整个社会财富的累积、特别是商业活动和商人阶层的频繁流动,奢靡糜费之风在城乡盛行。各种官方和民间的游艺戏乐活动也因为这样一种社会氛围的内在需求而活跃兴盛起来。③ 面对崇本之生息日益减、歌酒之画舫日益增、抑末之识见日益寡、倡优之伎艺日益众的局面,统治者企图通过勘定雅乐、禁用新声来整顿封建纲纪,以奢靡僭逆、淫艳亵媟等口实禁断时调小曲的传唱流行,这只能显示官方文化权力意识的顽固褊狭。明代歌谣俚曲、时调小曲的风靡,正是在官方禁撰演禁观赏的权力话语之外,被迫突出戏曲体制走向民间传唱探掘到的一路生机。

二、明代曲集载录禁曲例析与
时调小曲的衍生

在一部分文人对时调小曲风靡一时感到困惑忧虑的同时,有另外一些文人开始对此颇为好尚,身体力行模仿拟作者有之,竭力搜求整

---

① 沈德符:《万历野获编》卷二五,中华书局1959年版,第647页。
② 赵翼:《廿二史札记》卷三二,辽宁教育出版社2000年版,第599页。
③ 相关研究如谢桃坊《中国市民文学史》(四川人民出版社1997年版)、方志远《明代城市与市民文学》(中华书局2004年版)、葛永海《古代小说与城市文化研究》(复旦大学出版社2004年版)等论著有所论述,可参证。

理成帙者有之。王骥德说:"北人尚余天巧,今所传【打枣竿】诸小曲,有妙入神品者。……以无意得之,犹诸郑卫诗风,修大雅者反不能作也。"①王氏肯定时调小曲出自北里之侠和女性之手,大俗而至大雅之上,评价颇高。这不仅是对李梦阳"今真诗乃在民间"的有力回应,更是对这类抒唱真性情的民歌时调的大力提升。目前可知的明刊小曲集,最早如成化七年(1471)金台鲁氏所刻的四种,包括《四季五更驻云飞》一卷,《题西厢记咏十二月赛驻云飞》一卷,《太平时赛赛驻云飞》一卷,《寡妇烈女诗曲》一卷;正德刊本《盛世新声》,嘉靖刊本《词林摘艳》一卷和《雍熙乐府》一卷,万历间刊本如程万里《大明春》一卷,黄文华《词林一枝》一卷,龚正我《摘锦奇音》一卷,黄文华《八能奏锦》六卷,熊稔寰《徽池雅调》一卷等,都收录了不少小曲,如《汇选时兴罗江怨歌》《精选劈破玉歌》《问答挂枝儿》《汇选倒挂枝儿》《闹五更》《时尚耍曲》等。一些曲谱如蒋孝《旧编南九宫谱》、沈璟《增订南九宫曲谱》等亦录有小曲为调式之范。冯梦龙《叙山歌》曰:"若夫借男女之真情,发名教之伪药,其功于【挂枝儿】等。"②收辑者正是怀着对民间文学精髓的珍视与热爱之情,极力搜求,精心整理了《挂枝儿》《黄莺儿》《山歌》《夹竹桃》等民歌时调集,将这些传唱一时的时调小曲永远地镌刻在历史的记忆里。以这些曲集载录小曲情况为视域,以上文提及遭官方禁毁和文人谴责的几支曲子为例,可以来考察一下明代时调小曲的衍生情况。

先来看【劈破玉】歌。《摘锦奇音》选有《风》一首:"无形无影檐前闹,窗儿外把花枝影乱摇。心惊错认了衣裳,姐妹们戴了它唔,□□引动了才郎。行也一阵香,坐也一阵香,只恐怕戴旧了我唔□□、丢落在衣箱。"③借物起兴,以口语化的语言,自叹儿女私情难久,描影绘情,相思真切。其录《时尚古人劈破玉歌》46首,分咏《琵琶记》《金印记》

---

① 王骥德:《曲律》卷三《杂论》,《中国古典戏曲论著集成》(第四册),中国戏剧出版社1959年,第149页。
② 冯梦龙、王廷绍、华广生编述:《明清民歌时调集》(上),上海古籍出版社1987年版,第269页。
③ 龚正我:《摘锦奇音》,王秋桂主编《善本戏曲丛刊》(第一辑),台北学生书局1983年版,第84页。

《西厢记》《荆钗记》《玉簪记》《破窑记》《跃鲤记》《嫖院记》《鹦哥记》等十九种剧目人物;后还有数首《娘女问答》,也是【劈破玉】歌①。前一组因歌咏戏曲人物故事,语言略显风雅,后一组乃母亲呵斥女儿恍惚相思,风格泼辣,言语伶俐。而《大明春》所载《劈破玉歌》14首,则分咏孝悌忠信、士农工商、渔樵耕读琴棋。如《棋》:"闷来时取过棋来下,棋儿好一似我的冤家。兵行诡道皆虚诈,不学车行直,偏学马行斜,正好将军又被炮来打。"②与《摘锦奇音》比,拟物传情,看得出描画女子愁闷心理细密了许多,借棋路正斜责负心薄幸,强烈的内心冲突,营造出耐人寻味的戏剧性情境。《徽池雅调》收录一组《精选劈破玉歌》,其《耐心》云:"熨斗儿熨不展眉间皱,快剪刀剪不断我的心内愁,绣花针绣不出鸳鸯扣,两下都有意,人前难下手。该是我的姻缘哥,耐下心儿守。"③又《分离》云:"要分离,除非天做了地;要分离,除非东做了西;要分离,除非官做了吏,你要分时分不得我,我要离时离不得你;就死在黄泉也,做不得分离鬼。"④层层喻设,用心坚执;恋念决绝,下笔生脆。其后有《劈破玉歌》分咏棕、木梳、镜子、睡鞋、剪刀、灯笼等,为咏物一组;只《无心》一首非咏物:"闷来时到园中寻取花儿戴,猛抬头见茉莉花见两边排。将手摘一枝儿戴,花虽采到手,花心尚未开,知道无心也,花毕竟不来采。"⑤这一首在冯梦龙的《挂枝儿》怨部收录,在"知道"后加"你","毕竟"前加"我"⑥。《徽池雅调》还有《续选劈破玉歌》分咏比方、十爱、十恨、负心、从良、秋眠、诉苦、檐阁、春夏秋冬月雨等十数首。其《从良》以"铁心肠一连自从良了去"⑦起头,写浪荡客惜歌

---

① 龚正我:《摘锦奇音》,王秋桂主编《善本戏曲丛刊》(第一辑),台北学生书局1983年版,第127、165页。
② 程万里:《大明春》,王秋桂主编《善本戏曲丛刊》(第一辑),台北学生书局1983年版,第117、135页。
③ 熊稔寰:《徽池雅调》,王秋桂主编《善本戏曲丛刊》(第一辑),台北学生书局1983年版,第6页。
④ 同上书,第15页。
⑤ 同上书,第77、84页。
⑥ 冯梦龙、王廷绍、华广生编述:《明清民歌时调集(上)》,上海古籍出版社1987年版,第163页。
⑦ 熊稔寰:《徽池雅调》,王秋桂主编《善本戏曲丛刊》(第一辑),台北学生书局1983年版,第88页。

妓从良。冯梦龙《挂枝儿》录此曲六首①,此首列其第四。六首分演从良心切、心悔、从良后离、惜从良、从后处偏、忆旧等内容。虽然是从客追忆的角度设想从良前后,但却关注了歌妓从良可能面临的种种悲剧性生活境遇,比《徽池雅调》所录单曲平添了容量。《八能奏锦》卷二也有《新调时尚劈破玉歌》21首,分咏春夏秋冬、四季、吹弹歌舞、琴棋书画、渔樵耕读、士农工商。其中《棋》一首末句,衍为"正好叫将军,哥,又把炮来打"②。加了衬字,更显出女子愁闷无聊、怨叹有声的情致。也许所谓"新调",大概就体现在加衬句所带来的代言向叙事的情景转换吧。此四部曲集所录【劈破玉】歌,显示了一些变化。此曲句式较灵活,可随所述内容加衬字衬句,如第一、二、三句后衍为十字以上,也有变为"三三四"十字句的,衬句一般加在第五句之后。曲无定格,句无定数,恰恰给了创作者极大的发挥余地,从而使【劈破玉】歌在传唱中衍生出不少"新声新格"。

次来看【挂枝儿】。《大明春》录有《古今人物挂真儿歌》一组19首,与《摘锦奇音》之《时尚古人劈破玉歌》相类,也分咏《琵琶记》《投笔记》《断发记》《十义记》《正德记》《破窑记》《三元记》《四节记》等十七种剧目的人物故事,看得出移植《摘锦奇音》的痕迹。后附《问答挂枝儿》九首③,即《摘锦奇音》之《娘女问答》。可以看出【挂真儿】是【劈破玉】向【挂枝儿】的过渡形式,如"告娘亲非时是我自轻自贱,娘叫我一时不在眼前,因此上走得我心惊战。搽胭脂红了脸,耍秋千掉了簪,墙头上扳花挂乱了青丝鬓"。后面还有以"俏冤家"、"想冤家"串联的几首诉相思歌,其情景刻绘中含有对问对唱形式,极具表演意味。④ 其后选有《汇选倒挂枝儿》18首,其一曰:"猜白芷写下一封书,寄槟榔倩着刘

---

① 冯梦龙、王廷绍、华广生编述:《明清民歌时调集(上)》,上海古籍出版社1987年版,第164页。
② 黄文华:《八能奏锦》,王秋桂主编《善本戏曲丛刊》(第一辑),台北学生书局1983年版,第26、42页。
③ 程万里:《大明春》,王秋桂主编《善本戏曲丛刊》(第一辑),台北学生书局1983年版,第138、164页。
④ 同上书,第166、176页。

寄奴。想当归不见茴香故,茵陈千里违,常山万里途,使君子不来,真实黄连苦。"①用中药名串起零落的相思,巧妙贴切。后面还有叙五更鸡鸣、抹纸牌咒薄幸、被遗弃遣恨、散相思、姻缘错、负相思、寄书、送亲等内容。到冯梦龙辑的《挂枝儿》里,对问对唱的形式已普遍存在,从题材内容上看,早先曲集多表现的琴棋书画、渔樵耕读,一年四季的内容,于此已少之又少,如【挂枝儿】《荷珠》:"露水荷叶珍珠儿现,是奴家痴心肠把线来穿。谁知你水性儿多更变。这边分散了,又向那边圆。没真性的冤家也,随着风儿转。"②以荷叶上滚动的露珠聚了又散、散了又聚,喻薄幸男子的喜新厌旧。串起露珠拴住恋人的痴举,喻情新鲜可感,曲味纤巧灵动。诸如此类男女私情的心理细节大量铺开,如那些表现女子叮嘱、错认、相骂、陪笑、醉归、泣别、发狠、嗔怨的情思,多以女性口吻暗含角色对答,至于直接问答为题的,如《鸨妓问答》《灯花问答》《妓客问答》都具有了以内心冲突和情感交锋为基础的叙事完整性。那些缀言增饰、极思情之变的灵动抒发,从题材、形式到格调都有一种由风雅到俗谐的全新蜕变。

　　再来看看【罗江怨】。《摘锦奇音》有《汇选时兴罗江怨妙歌》,所录为《时尚浙腔罗江怨歌》一组17首,多以"纱窗外"起头,但也有几首例外,如:"临行时扯着衣裳,问冤家几时回。还要回,只待守桃花。绽一杯酒递与心肝,奴膝儿脆在眼前,临行祝福千遍,逢桥时须下雕鞍,过渡时切莫争先。在外休把闲花恋,得意时急早回还,免得奴受尽熬煎,那是时方称奴心愿。"③特意标明"浙腔",大概是主要流行浙江一代的地方俚曲,具有当地土音腔格。《词林一枝》录有《时尚楚歌罗江怨》一组,以"纱窗外"起头17首,余5首。与《摘锦奇音》略似,惟第三句末句重复。如"纱窗外月正圆,洗手焚香祷告天,对天发下洪誓愿:一不为自己身单,二不为少吃无穿,三来不为家不办;为只为妙人儿我的心

---

① 程万里:《大明春》,王秋桂主编《善本戏曲丛刊》(第一辑),台北学生书局1983年版,第190页。
② 冯梦龙:《黄山谜》,上海文艺出版社1989年版,第144页。
③ 龚正我:《摘锦奇音》,王秋桂主编《善本戏曲丛刊》(第一辑),台北学生书局1983年版,第11、17页。

肝,阻隔在万水千山,万水千山难得见。告苍天早赐一阵神风便,把冤家吹到跟前,那时方显神明现"。① 这里的"楚歌",亦标明腔格的地域品性,且明显比浙腔流行地域要广泛得多。《续罗江怨》十首,亦多以"纱窗外"起首,然篇幅明显拉长,其一首《妾命薄》竟有 44 句之多。②《八能奏锦》载《新增罗江怨歌》十首③,据目录其卷二卷三亦有另两组《罗江怨歌》已佚。【罗江怨】在《南词新谱》中是【南吕】集曲,集【香罗带】【一江风】曲,又名【罗带风】,也可见此曲集众曲之妙而成浙腔楚调变格新腔的过程。

以上几支曲子在不同曲集中的衍生,不但体现在形式上的腔调转饰,字句增衬,向戏曲的渗透;其透发出的情感思致,正体现了明中叶后新思想和旧传统不断混杂消长的时代氛围。王阳明心学和李贽等异端思想家的出现,资本主义萌芽带来的市井生活的繁华,士大夫追求丰屋华服美婢佳肴的享乐情调,市井女性无遮拦的情爱诉求,都对时调小曲的风貌产生了很大影响。以【劈破玉】【挂枝儿】【罗江怨】为代表的时调小曲,由咏古而写风情,由表现孝悌忠信、清赏游兴,到一展民俗伎艺、市井私情、里巷生涯、女性至情,肯定世俗欲望、肯定贱业行伍,等级观念淡漠,平等意识渐生,成为投合市井细民趣味而独放异彩的歌场风景。

三、小曲与剧曲的互动及散曲 文体特征的解放

除了以上曲集载录小曲可见其衍生情况外,小曲在衍生过程中与剧曲的互动关系,一些文人笔记和明以后曲集中还有一些反映。《万历野获编》关于小令与小曲的那段话,值得注意:"元人小令,行于燕

---

① 黄文华:《词林一枝》,王秋桂主编《善本戏曲丛刊》(第一辑),台北学生书局 1983 年版,第 8、9 页。
② 同上书,第 106 页。
③ 黄文华:《八能奏锦》,王秋桂主编《善本戏曲丛刊》(第一辑),台北学生书局 1983 年版,第 10 页。

赵,后浸淫日甚。自宣正至成弘后,中原又行【锁南枝】【傍妆台】【山坡羊】之属……今所传【泥捏人】及【鞋打卦】【熬鬏髻】三阕,为三牌名之冠,故不虚也。自兹以后,又有【耍孩儿】【驻云飞】【醉太平】诸曲,然不如三曲之盛。嘉隆间乃兴【闹五更】【寄生车】【罗江怨】【哭皇天】【干荷叶】【粉红莲】【桐城歌】【银纽丝】之属,自两淮以及江南,渐与词曲相远,不过写淫媟情态,略具抑扬而已。比年以来,又有【打枣竿】【挂枝儿】二曲,其腔调约略相似。则不问南北,不问男女,不问老幼良贱,人人习之,亦人人喜听之,以至刊布成帙,举世传诵,沁人心腑。其谱不知从何来,真可骇叹。又【山坡羊】者,李何二公所喜,今南北俱有此名,但北方惟盛,爱数落【山坡羊】,其曲自宣、大、辽东三镇传来,今京师妓女,惯以此充弦索北调,其语秽亵鄙浅,并桑濮之音亦离去已违,而羁人游婿,嗜之独深,丙夜开蹲,争先招致。而教坊所隶筝蓁等色,及九宫十二,则皆不知为何物矣。俗乐中之雅乐,尚不知谐里耳如此,况真雅乐乎?"①元代小令行燕赵,至明流播中原,已有【傍妆台】等流行牌名,后来更为流行的就是【罗江怨】【挂枝儿】【银纽丝】等曲了。"不过写淫媟情态"点出了其题材倾向,"渐与词曲相远"、"其谱不知从何来"盖言非文人雅作、起于闾巷,燕赵而中原、两淮及江南、宣大辽东三镇传习,"以此充弦索北调"、"俗乐中之雅乐"说明了小曲在南北错动、雅俗交融中"数落"有加、与剧曲互动的事实。不问南北,不问男女,不问老幼良贱,人人习之,人人听之,刊布成帙,举世传诵的情形,足以说明时调小曲强大的生命力和民间受众基础。

对于曲腔转调、添入数落、铺叙成章的衍生趋势及向剧曲的互动,虽然顾起元在《客座赘语》中大为鄙薄:"里巷童孺妇媪之所喜闻者,旧惟有【傍妆台】【驻云飞】【耍孩儿】【皂罗袍】【醉太平】【西江月】诸小令,其后益以【河西六娘子】【闹五更】【罗江怨】【山坡羊】有沉水调,有数落,已为淫靡矣,后又有【桐城歌】【挂枝儿】【干荷叶】【打枣竿】等,虽音节皆仿前谱,而其语益为淫靡,其音亦如之,视桑间、濮上之音,又不啻

---

① 沈德符:《万历野获编》卷二五,中华书局1959年版,第647页。

相去千里,诲淫导欲,亦非盛世所宜有也。"①但官方的禁毁和文人的谴责,却并未能阻遏明清以后时调小曲由只曲向重头复沓、再向集曲转调、曲牌联套增衍的趋势。《在园杂志》卷三云:"小曲者,别于'昆'、'弋'大曲也。在南则始于【挂枝儿】……一变为【劈破玉】,再变为【陈垂调】,再变为【黄鹂调】。始而字少句短,今则累数百字矣。"②《扬州画舫录》卷十亦云:"小唱以琵琶、弦子、月琴、檀板合动而歌。……于小曲中加引子、尾声,如《王大娘》《乡里亲家母》诸曲;又有以传奇中《牡丹亭》《占花魁》之类谱为小曲者,皆土音之善者也"③。这些字句增饰、器乐繁声、引子尾声、传奇土音绾合的小曲衍生现象,不但明代小曲如此,从清代曲集更显而易见,如乾隆十六年刊俗曲总集《霓裳续谱》录曲约30种六百多首,卷五有【银纽丝】两首:其《一更里盼郎》,是一首由正小两角色对唱、诉佳人相思难眠的长篇叙事曲。其《乡里亲家我瞧瞧亲家》,是以四支【银纽丝】为主的联曲体,夹有【秦吹腔】【京调】【数岔】【南锣儿】【秦腔尾】等曲牌缀成,腔格已发生很大衍转,且角色在正小之外增加了第三位"城里亲家",兼有城乡不同格调的对白唱段,将礼亲揣度、顶嘴对骂、互相责怨,到和好如初的一场亲家相会,叙写得淋漓多趣,情致跌宕④。对照《缀白裘》六集的梆子腔《探亲》《相骂》一剧所用曲牌联套结构,除引子和尾声外,均由【银绞丝】曲调多次反复缀成的情况看,只曲抒情渐衍为叙故事、绘人物的说唱形式,而至演唱者扮演不同脚色,增衬加数落,衬句衍文大量添入⑤,这正是小曲延续与剧曲互动的传统中形成的文体张力。

散曲作为一种文体,定型于元代。散曲之谓"词余"、"乐府"、"小令"、"俚歌"、"散套"、"清曲"……称名颇多。散曲的这种指名状况,恰

---

① 顾起元:《客座赘语》,中华书局1987年版,第302页。
② 刘廷玑:《在园杂志》卷三,中华书局2005年版,第94页。
③ 李斗:《扬州画舫录》卷十,中华书局1960年版,第257页。
④ 冯梦龙、王廷绍、华广生编述:《明清民歌时调集》(下),上海古籍出版社1987年版,第238、246页。
⑤ 万花主人、钱德苍:《缀白裘》六编,王秋桂主编:《善本戏曲丛刊》(第五辑),台北学生书局1983年版,第2661、2665页。

恰帮助它的文体意识存在不确定性和无法自觉的某种文类问题。而"乐府"这一元人自我作祖的专称,强调它必经文学之陶冶,与"原为一切诗歌之叶乐者"①的乐府本义也相去甚远,透露出它与民歌谣曲、街市俚调貌合情殊的意味。《唱论》说:"成文章曰乐府,有尾声名套数,时行小令唤作'叶儿'","套数当有乐府气味,乐府不可似套数。街市小令,唱尖歌倩意"。② 这种提法,指认乐府非套数、非叶儿,且须有文饰文采,排除了套数、民间叶儿——街市小令及无文章的俚歌,那么就只有文人小令了。元代文人小令当然不是民歌,用乐府称散曲则走向民歌另一面。正是因为文人这种自我标榜的分门立户意识,使散曲一方面脱离了肆口而歌的粗鄙俚野状态、成为文人大量参与、雅俗共赏的艺术形式,另一方面又在根深蒂固的文学雅化观念影响下,将套数这一来自民间的散曲类型拒之门外,造成散曲文类意识强化与弱化的矛盾。《诚斋乐府》在作品分类标目时用到"散曲"概念,特指与套数相对的零散不成套的只曲。这一说法比小令外延大,但内涵却不甚明确。《太和正音谱》使用散曲专指小令,亦与散套相对,其实,散字之源本为不正规的、不用锣鼓、非粉墨登场综合扮演的清唱,从这一意义上讲,第一次正确使用这一名称的是王骥德。他在《曲律》中将小令与散曲套数都包括进来,使散曲成了一个与剧曲相对的确定性概念③。而时调小曲恰恰在散曲称名得以确认的明代中叶前后崛起,从精神实质、语言形式及艺术风貌上改变了元以来散曲固有的文体特征。

明中叶后散曲创作因有了时调小曲的输入而萌发崭新气象。李开先就曾有《傍妆台》组曲得到康海、王九思赏识,据说九思因羡赏意兴还一气和过一百首。王骥德的散曲则铺排艳情、憨痴绝倒,文字求雅、意趣投俗,形成尖新妥溜而富丽凝重特色。冯梦龙在收辑整理中还参与创作、引领了晚明小曲的新潮流。其【南南吕·一江风】《谱挂

---

① 任讷:《散曲概论》卷一,中华书局聚珍仿宋版,第 14 页。
② 燕南芝庵:《唱论》,《中国古典戏曲论著集成》(第一册),中国戏剧出版社 1959 年版,第 160 页。
③ 王骥德:《曲律》,《中国古典戏曲论著集成》(第四册),中国戏剧出版社 1959 年版,第 132 页。

枝儿》:"恨冤家,写着他名儿卦,对着窗儿骂。怪猫儿,错认鹊儿,抓碎纷纷,就打也全不怕。你心亏做事差,猫儿也恨他,我不合错把猫儿打。"①嘈切不休,流利出巧,全用俗物市话,烘托出一个为情所苦、被弃生憎、借猫鹊遣恨的女子希望尽快与负心人对质的激切心声。怪不得张琦评其曲"生动圆转、领异取新","真传情事之醇味而得小曲之神韵"②。在冯梦龙"借男女之真情,发名教之伪药"的思想感召下,晚明时调小曲以它清新明媚、盈盈耀眼的身姿跃上曲坛,以"我明一绝"成为曲史一大奇观。

"昔二南国风,出乎民俗歌谣,而南风击壤之咏,实章韵濩之治,是乌可以卜里淫艳废哉?"③明代时调小曲多以女性抒情主人公视点,表现中下层女性的爱情婚姻心理,预示了女性对自己所遭过的不公不平,开始了群体性的抗争,一定程度上揭示了女性觉醒和解放的时代新气象。尤其是那些底层女性,对沿袭几千年的婚姻乃至家庭生活中的司空见惯的蹂躏女性的世俗恶习,发起了勇敢挑战。她们不但宣泄着积久的压抑与痛苦,还要讨回女性做人的尊严;更要向男权社会发出愤怒的控诉和义正词严的谴责。时调小曲中这种真诚、无畏、痛彻的呐喊,恰恰显示了一种权力话语的下移——写民间、写艳情、写女性、写真情欢爱,而不写寂寞的退隐、不写沉重的历史、不写男性的权威、不写道德礼法。无论从内容还是形式上,这都是对散曲固有程序的一种突破。它以独特的女性视阈,充满俗情情趣的写生细节呈示,表现了反叛正统、歌唱世情、以情抗礼的人性觉醒意识。其语体风格既保留了诗韵格式,又大量掺入民歌俚调、百姓俗语、市井行话、地域方言,改变了散曲语言深雅单调、千篇一律的格调,扭转了散曲尾随诗词追求意象、意境之美的倾向,宣告了纯文言时代的结束,还散曲以天真状态和童心本色。

---

① 谢伯阳:《全明散曲》,齐鲁书社 1994 年版,第 3584 页。
② 张琦:《衡曲麈谈·作家偶评》,《中国古典戏曲论著集成》(第四册),中国戏剧出版社 1959 年版,第 270 页。
③ 蒋孝:《南词旧谱序》,蔡毅:《中国古典戏曲序跋汇编》,齐鲁书社 1989 年版,第 29 页。

正是时调小曲形式的内在张力,激发和释放了散曲概念不确定性中包孕的文体生机和创造活力,不是内向封闭,而是外向展开地渗透进其他艺术形式如戏曲、说唱、小说之中,改变着散曲文学原有的蕴藉雅致、谨守规范的令章风调,一变而为清新明媚、本色自然,甚至俗艳冶荡、癫狂笑谑。这种民间的格调、世俗的趣味和鲜明的时代印记,以挑战的姿态挣脱了官方禁毁戏曲权利话语的控制,孕育了世俗底层显得有些矫枉过正的叛逆灵魂。与历来官方出于政治需要而随意删削歌谣俚曲的采诗征诗传统不同,冯梦龙等人整集时调小曲,则是完全站在民间立场,将时调小曲视为一种来自底层、具有朴拙生命力的坊间文艺样式加以整理的。虽然,它的很多曲调唱法可能无法复原了,但我们不能不承认,这些质朴淳美的时调小曲,在传唱过程中会发生转调增衬、夹白说唱的衍生变化,经常融入到许多合法的民间戏剧演出之中,使得官方禁毁戏曲造成的歌与演的分离、曲与白的分离走向一种新的融合;这种小曲与说唱、剧曲的互动恰恰是培植明清以后多种戏剧剧种流派、地域唱腔的最直接、最鲜活的介质材料。

(原载《戏曲研究通讯》2010年第6期)

清代禁书目与丁日昌的设局禁书禁戏

丁日昌(1823—1882),字雨生,亦作禹生,广东丰顺人,咸丰九年(1859)由广东琼州府学训导升江西万安知县;曾因太平军克吉安被革职,亦以李鸿章、曾国藩荐,任办松太道、两淮盐运使、江苏巡抚等,曾主持上海炮局、总办江南制造总局、协办潮州英领事进城事。作为洋务运动的重要人物,其在清末的政治、外交活动和改革实务颇受瞩目,而对其在同治七年(1868)江苏巡抚任上设局禁书,并由禁书而禁戏、大举查缴"淫词唱本"的行动,却存在一些争议。从此次禁毁书目的类型变化分析出发,结合舆论的转向及禁毁影响,探讨清廷文化政策的连续性与复杂性,有助于我们对这一事件做进一步思考。

一、禁毁的书目及类型指罪:
从淫词小说到戏文唱本

同治七年(1868)三月,上谕内阁:"丁日昌奏设局刊刻牧令各书一摺。州县为亲民之官,地方之安危系之。丁日昌现拟编刊牧令各书,颁发所属,著即头力奉行,俾各州县得所效法。其小学经史等编,有裨学校者,并著陆续刊刻,广为流布。至邪说传奇,为风俗人心之害,自应严行禁止,着各省督抚饬属一体查禁焚毁,不准坊肆售卖,以端士习而正民心。"①其实,清代禁毁淫词小说、邪说传奇,在清帝常常是以例行繁文敦奖官吏勤政,大多旨意频下而奉行虚乏。此谕明言"着各省

---
① 曹振甫等:《穆宗实录》,《清实录》(第50册),中华书局1987年版,第104页。

督抚饬属一体查禁焚毁",但其他各省官吏并未闻风而动,而只有丁日昌重视、部署并着力实施了查禁淫词小说、"邪说传奇"的行动,将帝王谕旨官员勤政的号令变成了现实。因为此道谕旨是以丁日昌本年二月二十一日"苏省设立书局刊刻《牧令》等书,并请旨饬下各直省严禁淫词小说,以戢人心而维风化"①的奏请而发的。此前在江苏任上不久,丁日昌就曾通饬所属宣讲《圣谕广训》,并颁发《小学》各书,饬令认真劝解;此后5种23卷的《牧令书》即由丁日昌主持、江苏官书局刻印颁行,这是丁日昌尊崇正学、贬黜邪说的莅政之道的具体体现。

同年4月15日,丁日昌饬:"淫词小说,向干例禁,乃近来书贾射利,往往镂板流传,扬波扇焰,水浒、西厢等书,几于家置一编,人怀一箧。原其著造之始,大率少年浮薄,以绮腻为风流,乡曲武豪,借放纵为任侠,而愚民鲜识,遂以犯上作乱之事,视为寻常。地方官漠不经心,方以为盗案奸情,分歧迭出。殊不知忠孝廉节之事,千百人教之而未见为功,奸盗诈伪之书,一二人导之而立萌其祸,风俗与人心,相为表里。近来兵戈浩劫,未尝非此等逾闲荡检之说,默酿其殃。若不严行禁毁,流毒伊于胡底。本部院前在藩司任内,曾通饬所属,宣讲圣谕,并颁发小学各书,饬令认真劝解,俾城乡士民,得以目染耳濡,纳身轨物。惟是尊崇正学,尤须力黜邪言,合亟将应禁书目,粘单札饬,札到该司,即于现在书局,附设销毁淫词小说局,略筹经费,俾可永远经理。并严饬府县,明定限期,谕令各书铺,将已刷陈本,及未印板片,一律赴局呈缴,由局汇齐,分别给价,即由该局亲督销毁,仍严禁书差,毋得向各书肆借端滋扰。此系为风俗人心起见,切勿视为迂阔之言。并由司通饬外府县,一律严禁。本部院将以办理此事之认真与否,辨守令之优绌焉。"②

饬令后开列应禁书122种,加上随后4月21日的续查应禁"淫

---

① 丁日昌:《札饬禁毁淫词小说》,《丁中丞抚吴公牍》卷一,光绪三年(1877)林氏铅印本,第6页。
② 同上书,第5页。

书"目34种,共计156种。考察这些书目,大致有这样几个特点:其一,其中除《情史》《子不语》等少数作品乃文言小说外,大部分为通俗白话小说,如《鸳鸯影》《品花宝鉴》为才子佳人小说和狭邪小说,《龙图公案》等为公案小说,而《女仙外史》《绿野仙踪》等为神魔小说。一些与经典小说有关的作品,如《汉宋奇书》《第五才子书水浒传》《金瓶梅》及其续书、《红楼梦》及其续书都在查禁之列。其中确也有如《绣榻野史》《株林野史》《如意君传》《循环报》(即《肉蒲团》)《灯草和尚》《痴婆子》等几十种不宜大量刊布的"淫秽"小说。从禁目透露的"小说各种(福建板)"这类信息可知,这份禁书目涉及最多的是通过各地市井书坊私家刊刻,并流通到江南的题材类型鱼龙混杂的通俗白话小说读本。

其二,其中有些是戏曲剧本,如《西厢》《牡丹亭》等。但此类名目因与小说一起开列,加之清代小说戏曲题材互动,同名互用现象颇多,一时还不能确认。其中或可涉及戏曲作品、折子戏、小曲唱本的有:《西厢》(即《六才子》)、《何必西厢》、《唱金瓶梅》、《姣红传》、《七美图》、《八美图》、《紫金环》、《牡丹亭》、《载花船》、《闹花丛》、《倭袍》、《摘锦倭袍》、《同拜月》、《皮布袋》、《弁而钗》、《奇团圆》、《清风闸》、《八段锦》、《文武元》、《双珠凤》、《摘锦双珠凤》、《绿牡丹》、《芙蓉洞》(即《玉蜻蜓》)、《碧玉塔》、《碧玉狮》、《锦绣衣》、《乾坤套》、《岂有此理》、《更岂有此理》、《换空箱》、《双凤奇缘》、《白蛇传》等30余种。

其三,考察清代后期官方设局禁戏的历史,与道光十八年(1838)苏郡禁毁"淫书"计116种①、道光二十四(1844)年浙江查禁书目计129种②相比,丁日昌这份应禁书目及续查应毁书目增至156种。这其中,白话小说作为基础书目不断在重复,大部分录自道光二十四年浙江省禁毁书目,而浙江省禁书又基本转录于道光十八年苏郡禁毁"淫书"目录。这一方面说明,丁日昌设局禁书的行动,延续了乾隆、道光以来清廷历次设局禁书的惯例,禁毁小说数量不断增加,说明通俗

---

① 王利器:《元明清三代禁毁小说戏曲史料》,上海古籍出版社,1981年版,第134—136页。
② 同上书,第122—124页。

白话小说依然是官方禁毁的重头。但另一个显见的事实就是,小说以外的戏曲剧本、弹词、时曲唱本不但在禁毁"淫书"列目中逐渐增多,而且至此次丁日昌设局禁书,在 156 种禁目之外,随后又增列《小本淫词唱片目》111 种,这些则全属当时流行的折子戏片断、民间小戏及时曲唱本,如下:

《杨柳青》、《男哭沉香》、《龙舟闹五更》、《五更尼姑》、《十送郎》、《情女哭沉香》、《十二杯酒》、《王文赏月》(即倭袍)、《怨五更》、《端阳现形》、《妓女叹五更》、《如何山歌》、《叹五更》、《西湖遇妖》、《三十六码头》、《夜合思梦全传》、《文鲜花》、《百花名》、《湘江滩头》、《荡河船闹五更》、《活沉香》、《采茶山歌》、《活捉鲜花》、《扬州小调叹十声》、《月正皎》、《妓女滩头》、《戏叔武鲜花》、《王文听琴》、《刘氏思春》(即倭袍)、《叫船》、《书生戏婢》、《西厢待月》、《新刻送新房诗》、《剪剪花》、《窗前自叹》、《十二月花神》、《薛六郎偷阿姨山歌》、《十八摸》、《六花六节》、《小尼姑下山》、《大审梅乌县全传》、《卖草囤》、《四季小郎》、《十双红绣鞋》、《毛龙访兄茶坊》(即倭袍)、《新码头》、《红娘寄书》、《王大娘补缸》、《捉文密拿钦召》(即倭袍)、《娘姨赋》、《寡妇思夫》、《玉堂春妙会》、《送符服毒全传》、《插兰花》、《四季相思》、《王大娘问病》、《杨邱大山歌》、《拷红》、《上海码头》、《赵圣关山歌》、《三戏白牡丹》、《佳期》、《堂名滩头》、《唱说拔兰花》、《大审玉堂春》、《卖橄榄》、《时辰相思》、《文必正卖身》、《庵堂相会》、《跳槽》、《妙常操琴》、《小红郎山歌》、《八美图》、《九连环》、《门倚栏杆》、《来福唱山歌》、《花灯乐》、《巷名》、《半老佳人》、《十二月花名》、《拾玉镯》、《哈哈调》、《三笑姻缘》、《沈七哥山歌》、《玉蜻蜓》、《湘江郎》、《姑嫂谈心》、《小翟冈山歌》、《闹五更》、《卖油郎》、《美人闺怨》、《手巾山歌》、《卖胭脂》、《男相思》、《美女沐浴》、《花魁雪塘》、《南京调》、《女相思》、《偷鞋戏美》、《送花楼会》、《冷打调》、《断私情》、《望郎送郎》、《诊脉通情》、《志诚嫖院》、《小郎儿》、《女凤花劝》、《姑苏滩头》、《琴挑》、《巧连环》、

《一匹绸》、《结私情》①

这些"淫词唱片"涉及了滩簧、花鼓、采茶等地方戏唱本，还包括弹词、五更调、鲜花调、码头调、河船调等民间小调、民间说唱艺术及长短篇叙事山歌。这些流行于江南的戏曲与民间说唱表演伎艺，题材彼此借鉴，文体相互越界，故事穿插对接，形成了丰富的戏曲说唱故事系列，如《小尼姑下山》等思凡故事，《三笑姻缘》等唐伯虎故事，《活捉鲜花》等水浒故事，《活沉香》等宝莲灯故事，《三戏白牡丹》等吕洞宾故事，《戏武叔鲜花》等金瓶梅故事，《妙常操琴》等玉簪记故事，《送花楼会》《文必正卖身》等双珠凤故事，《端阳现形》《西湖遇妖》等白蛇传故事，《捉文密拿钦召》《毛龙访兄茶坊》等倭袍故事，《西厢待月》《拷红》等西厢故事，《庵堂相会》《大审玉堂春》等玉堂春故事，《志诚嫖院》《卖油郎》等花魁故事，《王大娘问病》《王大娘补缸》等王大娘故事，反映江南农事劳动，敷演市井男欢女爱，表现村野日常生活，关注底层的微末艰辛、琐屑世故与人间真情，富有浓郁江南风情，赢得地方百姓欢迎。如《卖胭脂》《卖草囤》《卖橄榄》等滩簧"卖字戏"，本事或起于宋元戏文，渲染市井风情；或取于时事新话，嘲弄佛门禁欲，题材上都涉及了官方禁戏的大忌。又如《来福唱山歌》可能是民间演唱男女风情的俗曲小调，介于评话与弹词之间的叙事作品②。演唱者或扮演者是来福之类的下里巴人，称来福，有求福福来之意思，表达的是底层百姓祈求生活幸福平安的朴素愿望，后来成为一种固定的调式，亦为其他地方剧目所吸收③，如清末绍兴文戏笃班的《双珠凤》第 5 本之《霍定金火烧堂楼来福唱山歌》。凭借这些传承久远、民间耳熟能详的故事系列，更凭借俗人、俗情、俗事、俗艺的滚带串联、翻新出奇，这些唱本在上海、扬

---

① 丁日昌：《札饬禁毁淫词小说》，《丁中丞抚吴公牍》卷一，光绪三年(1877)林氏铅印本，第 7 页。
② 吴藕汀：《书场陶写》，《三人丛书》第七种，浙江嘉兴秀水书局 2001 年印行。
③ 据叶德均《歌谣资料汇录》，同治年间余治及丁日昌禁毁《小本淫词唱片目》收录"山歌"一类，为唱片的叙事山歌(《戏曲小说丛考》下册，中华书局 1979 年版，第 761 页)。而《小本淫词唱片目考述》一文则认为属于滩簧剧目(车锡伦、金煦《小本淫词唱片目考述》，见于徐采石主编《吴文化论坛》，中央民族大学出版社 1999 年版，第 277 页)。

州、杭州、姑苏、南京、湖湘等地域广泛传唱流播。

据随后回复山阳县遵饬查禁淫书呈文看,丁日昌此次禁书禁戏不是只停留在发布文告,而是对具体过程进行了严密监控,对经办官吏也相应进行了奖惩。"该县查禁淫词小说,并不假手书差,遂得收缴应禁各书五十余部,及唱本二百余本,办理尚属认真,应即记功一次,以示奖励⋯⋯前此分檄各属严禁,初时,江北应者寥寥,旋据江、甘二令搜索五百余部,上元等县续报搜索八百余部,并板片等件,今山阳又复继之,苏、常各属,报缴尤多,或数千数百部不等,板片则令解至省城书局,验明焚毁。倘能再接再厉,得一扫而光之,亦世道人心之一转机也。已将焚缴尤多者记大功,余则记功。仍祈尊处通饬所属认真搜查,勿留遗种;庶通力合作,收效较赊也。"①在褒奖山阳县令收缴有功的同时,还对崇明县收缴不力进行责罚:认为其收缴残缺《西厢》各书只有17本,为数甚少却当众焚毁,张皇骇人,属员受到处罚;其申禁早经饬禁之滩簧戏,已属虚伪邀功,且幕友书差办事滋扰,委派门阍端姓地棍于"扫叶山房搜获《珍珠塔》小说一部,罚洋数十元"②,借端勒索洋银,具饬严行驱逐。

如此严排密布,"奖惩相继",遂成"江、甘二令搜索五百余部,上元等县续报搜索八百余部"、山阳县"收缴应禁各书五十余部,及唱本二百余本"、"苏、常各属,报缴尤多,或数千数百部不等"之势。如按这些数字来看,其动辄数百数千的规模实在惊人,其查缴声势之空前更可以想见。由此,两道通饬令所列260多种禁书目,其实只是禁书行动中极其微小的一部分罢了。比之道光十八年、二十四年的苏郡、浙江禁书行动,此次规模更大,其所列禁"淫词"书目内容"大概有关于秘密结社、攻击贪官污吏、怪诞不经以及所谓有关风化的全部在禁之内"③;而戏曲作品尤多,其《小本淫词唱片目》111种加上山阳县收缴

---

① 丁日昌:《山阳县禀遵饬查禁淫书并呈示稿及收买书目由》,《丁中丞抚吴公牍》卷七,光绪三年(1877)林氏铅印本,第5页。
② 丁日昌:《崇明县详奉访查禁收买淫书据董票办议罚各情由》,《丁中丞抚吴公牍》卷一五,光绪三年(1877)林氏铅印本,第8页。
③ 阿英:《小说二谈·关于清代的查禁小说》,上海古籍出版社1985年版,第140页。

"唱本二百余本"粗算就有 300 多种了,若细查那"数千数百不等"的报缴书目,其中戏曲作品当不在少数。

从丁日昌设局禁书的过程看,其禁毁对象出现了从惯例从事的"淫词小说"到邪说传奇、"淫词唱本"的变化。从顺治九年(1652)清廷首次明确禁止刊布"琐语淫词"①,到康熙二年(1663)重申此令,至乾隆十九年(1754)颁禁《水浒传》,再究琐语淫词,可知清廷最初禁毁"琐语淫词"的所指,包括了水浒故事"以凶猛为好汉,以悖逆为奇能"等"教诱犯法之书"②。从康熙二十六年(1687)旨覆刑科给事中刘楷奏议始,清廷禁毁坊间作品换了一种提法——淫词小说"犹流布坊间,有从前曾禁而公然复行者,有刻于禁后而诞妄殊甚者。臣见一_书肆刊单出赁小说,上列一百五十余种,多不经之语,海淫之书"③。此淫词小说禁令在康熙四十、五十三年(1701,1704),雍正二年(1724),乾隆三、五年(1738,1740),嘉庆十五、十八年(1810,1813),同治十一年(1872),光绪十一年(1885)等年间分别以稍有不同的律法成文一再重申时,有淫邪小说、淫词小曲、秧歌淫词、弹唱淫词、淫词艳曲、夜戏淫词等多种说法;康熙四十(1701)、四十八年(1709)的禁令还将淫词小说与聚众鼓乐、私祀赛会④中的演剧活动相提并论;雍正二年(1724)以后的禁令⑤,还不断添设了对违禁文本施以缴书、毁版、闭铺、禁止流通的多种处罚办法,对违禁编撰、刻印刊布、市卖租赁、买看阅读、表演传唱之人的治罪;而丁日昌禁毁的淫词唱片、淫词唱本,作为一种过渡性提法,更显示了清代官方禁毁坊肆作品由小说不断扩及戏曲及民间说唱艺术的趋势。从琐语淫词、淫词小说到淫词唱本,这些提法需要推敲的是"淫词",这种变化的内在关联性也在"淫词"。"淫词"的意涵需要从不同层面来认识。首先,琐语淫词的说法,可以看作是雅俗

---

① 素尔纳等:《钦定学政全书》卷七,《续修四库全书》史部第 828 册,上海古籍出版社 1995 年版,第 584 页。
② 江西按察司衙门刊《定例汇编》卷三《祭祀》,清刻本。
③ 《清实录》第五册卷一二九《圣祖实录》,中华书局 1985 年版,第 385 页。
④ 延煦等:《台规》卷二五《五城》七,光绪十八年(1892)刊愚斋图书馆藏官刊本,第 3 页。
⑤ 同上书,第 5 页。

文化观念的一种对撞,小道末技、难登大雅之堂的苍闾杂说、与经文书传相对的稗闻野记、民间俗伎艺,是官方雅文化视野覆盖下通俗文学文体卑下意识的一种反映。其次,"淫词"指罪最多的,是以《金瓶梅》《红楼梦》《西厢记》《玉簪记》为代表的叙演男欢女爱的小说戏曲作品,所谓偷香绮语、待月情词、"淫词艳曲"宣示的是诲淫的道德论调。再次,美国学者韩森说"事实上,在宋代,'淫'这个字指的就是非官方的或未经官府承认的"①,这个说法同样适用于清代。与元代以来禁白莲教,清代以来禁罗教、清水教等宗教背景相联系,在清代后期,"淫词"的矛头还指那些借助民间通俗文艺形式如坊本小说、戏文唱本、弹词、宝卷等通俗文艺形式在底层迅速传播的非官方的、未经清廷认可的民间集社说唱故事与淫祀演戏活动。

二、舆论的转向与禁毁影响:从劝善挽"俗"到崇正黜"邪"

随着花雅之争兴起,从乾隆中期始,大量涌现的地方戏曲传唱、演出活动对社会产生复杂影响,已引起舆论关注和官方打击。

从当时的舆论氛围来看,清末一些文人士大夫试图通过伦理教导、功过格观念挽救日益衰颓的人心世道,通过儒教劝化、道德布施来拯救内忧外患社会现实。如同治六年(1867)重镌的《汇纂功过格》就有"严禁赌博演戏迎神赛会,百功"、"竟日多浮浪语,未尝发一善言,五过"、"若夫传奇,风化所关,……尽谱淫词,争翻艳曲,唯改语恶而积语善,止在一掉舌援笔间"②的以功抵过思想训导。这种明末清初产生的地方乡绅和传统文人编辑善书、教化民众、劝善立功的功过格思想,在同治以后的末世社会土壤中又异常活跃起来;其中尤以江苏文人余治的活动最为典型。余治(1809—1874),字翼廷,号莲邨,自称晦斋居士,五应乡试不果,因宣讲乡约有功,于咸丰八年(1858)举县学训导,

---

① [美]韩森:《变迁之神——南宋时期的民间信仰》,浙江人民出版社 1999 年版,第 82 页。
② 《汇纂功过格》卷四《修身格言》,同治六年(1867)重镌本。

一生热衷劝善化俗。道光二十九年(1849)始收集善书章程汇成《得一录》,后得同道资助于同治八年(1869)最后辑刻而成。《得一录》中之《收毁淫书局章程》《翼化堂条约》《清节堂章程》《高子宪约》《小学义塾余论》《变通小学义塾章程》等文,禁小说淫书、滩簧花鼓、淫词艳曲、淫邪杂剧的文字随处可见。如《翼化堂条约(勿点淫戏说)》《清节堂章程(禁公堂演剧)》《(宁郡公禀)禁串客淫戏告示》《公禀秘邑尊呈稿(禀禁扮演串客、庙会赌场杂剧)》《各村议规(严禁淫戏夜戏)》《宣讲乡约新定条规(收毁淫书淫画,永禁花鼓滩簧并诲盗诲淫戏)》《删改淫书小说议》《收藏小说四害》《收毁淫书十法及得报》《高子宪约(严惩花鼓淫戏)》《小学义塾余论(去淫书唱本淫邪杂剧)》《奉劝勿点淫戏单俗说》等。在这些禁"淫书小说"、"淫盗诸戏"的文章中,有两篇与丁日昌禁书禁戏关系甚密。

其一,《劝收毁小本淫词唱片启》,余治最恶山歌小唱、滩簧时调演男女苟合事,对于少年子弟、闺门秀媛咸乐闻之之举嗤之以鼻。因为对这类狂夫秽语、灾梨祸枣持有"收一书则杜一书之害,禁一邑即挽一邑之风"的看法,余治不断吁请当道严禁刊刻,雕版销毁,立碑永禁,永绝根株。几乎从乾隆年间滩簧兴起之际,从讲滩头、唱滩头到粉墨登场演滩头,再到滩簧小戏成型过程中,滩簧之禁也如影随形,但禁令虽繁,往往难以落实,余治想到张榜列目予以禁毁。为了说明山歌小唱、滩簧时调之"妖淫毒种"泛滥,也为了有本可收、有版可毁,经过对街头市尾流行唱本的访查,《启》文后附《各种小本淫亵摊头唱片名目单》,计57种:

《新满江红》《倭袍唐诗》《门依栏杆》《王文赏月》《三戏白牡丹》《堂名摊头》《姑嫂开心》《姑苏摊头》《四季相思》《公偷媳妇》《情女望郎》《五更十送》《送花楼会》《小板挦》《十八摸》《闹五更》《湘江浪》《十弗攀》《哈哈调》《杨柳青》《小郎儿》《姨娘叹》《九连环》《长生歌》《男风化》《女风化》《雌赶雄》《武鲜花》《绣荷包》《红绣鞋》《十不许》《白洋洋》《新码头》《买草囤》《暗偷情》《琴挑》《偷

诗》《荡河船前本》《荡河船山歌》《荡河船叫船》《荡河船卖布》《荡河船小板捎》《落庵哈哈调》《十二月花名》《搭脚娘姨摊头》《唱说拔兰花》《来福唱山歌》《男女哭沉香》《情女哭沉香》《绣花绷算命》《好一朵鲜花》《王大娘补缸》《文必正楼会》《赵圣关山歌全传》《王小姐卖胭脂》《小尼姑下山》《文必正送花》》①

这些剧目如《拔兰花》《买胭脂》《荡河船》《闹五更》《卖草囤》《鲜花调》等许多是花鼓戏和滩簧共有的。而这里列出的滩簧剧目,是多受花鼓戏影响、以滑稽风趣的小调杂唱市井故事的浅俗鄙俚的后滩之作。在余治这57种"摊头唱片"目中,有41种出现在丁日昌所禁淫词唱片目中。余治称"此外名目尚多,不能备载",可见当时流行的唱本数量远远不止于此。之所以称为"小本淫亵摊头唱片",概指这些剧目篇幅短小,配有曲谱唱词,有些更为流行的时兴小唱,便于携带传唱,传播极为迅速;演唱的内容大多表现男女私情、市井谐趣,其间也不乏直击社会矛盾、嘲弄佛门禁欲之作。如《卖草囤》叙述尼姑纷纷思凡,突破宗教戒律,与有情人怀孕生子;有一个卖喂养婴儿草囤的小贩原本生意惨淡,破落不堪,不想途经尼庵被尼姑撞见,草囤当即被争购一空。这些戏目在统治者看来当然是大伤风化、败坏人心之剧,必禁无疑。

其二,《(翼化堂条约)立议永禁淫盗诸戏》定议十二条,禁赛社演戏、悬榜碑禁点演淫戏、禁诲淫诲盗戏、举凡梨园演戏皆无不禁;甚而连《缀白裘》这样的折子戏曲集也认为"急宜删定,诚目前要务";尤其罗举各种所谓的淫盗诸戏,包括《西厢记》《玉簪记》《红楼梦》《滚楼》《来福》《爬灰》《卖橄榄》《卖胭脂》《劫监》《劫法场》《盗皇坟》《偷鸡》《打店杀僧》《打渔杀家》《血溅鸳鸯楼》等15种。这还远远不够,以下再开列《永禁淫戏目单》80种:

---

① 余治:《得一录》卷一一之《收毁淫书局章程》,同治己巳年(1869)刊本。

《晋阳宫》《打花鼓》《翠华宫》《卖胭脂》《打连相》《别妻》《服药》《关王庙》《葡萄架》《翠屏山》《困龙船》《捉垃圾》《思春》《倭袍》《荡河船》《卖甲鱼》《前后诱》《拾玉镯》《打樱桃》《思凡》《下山》《打面缸》《闹花灯》《唱山歌》《卖橄榄》《卖青炭》《借茶》《三笑》《卖草囤》《红楼梦》《把斗关》《财星照》《端午门》《游殿》《送束》《请宴》《琴心》《跳墙着棋》《佳期》《拷红》《长亭》《斋饭》《搬家》《吃醋》《挑帘裁衣》《偷诗》《三戏白牡丹》《交账》《送礼》《滚楼》《月下琵琶》《琴挑》《追舟》《私订》《定情》《跌球》《奇箭》《送灯》《嫖院》《梳妆掷戟》《修脚》《捉奸》《爬灰》《摇会》《戏凤》《坠鞭入院》《亭会》《秋江》《吊孝》《肯娃》《吞舟》《醉妃》《扶头》《种情受吐》《劝嫖》《达旦》《上坟》《卖饼》《踏月》《窥醉》》①

这 80 种戏目，又有半数重复出现在丁日昌饬禁《小本淫词唱片目》中，可见二者之间的密切关联。余治殁前数月撰《教化两大敌论》致江苏廉访应公，谓淫书宜毁，淫戏宜禁，称教化两大敌：一曰淫书一曰淫戏。"是二端者，一则登诸梨枣，毒固中于艺林，一则著为声容，害且及于帷薄。在作之者固属丧心病狂，任刊布点演者尤属寡廉鲜耻……此夏廷之洪水也，此成周之猛兽也，此人心之蛊毒，政治之蟊贼也，此圣道之荆榛，师儒之仇寇也。"②将"淫书淫戏"对世道人心的"流毒"影响渲染至极，或宣讲乡约，或功过惩报，或代笔呈公文，或议立禁锢局，或删改抽换戏本，或自编善戏巡演，可谓想尽禁戏招数。"江苏巡抚部院丁奏请严禁淫书，缴版焚毁，沪城又增设安怀局、扶颠局，其规约大抵皆先生所条陈也。"③丁日昌禁书禁戏的章程定议和措施推行多受此启发，其上书当道、假官长行政予以禁制之法，无疑对丁日昌设局禁书、查缴"淫词唱本"的具体措施和展开过程起到了推波助澜的作用。

---

① 余治：《得一录》卷一一之二《冀化堂条约》，同治己巳(1869)刻本，第 6 页。
② 余治：《得一录》卷一一《教化两大敌论》，同治己巳(1869)刻本，第 13 页。
③ 卢冀野：《朱砂痣的作者余治》，《文学》1935 年 7 月第 5 卷第 1 号，第 276—284 页。

从丁日昌禁书禁戏的主观动因看,似乎并未脱出清廷历次禁书所宣扬的理据,即"淫书小说,最为蛊惑人心"。他不但以《水浒》《西厢》等书"扬波扇焰","以绮腻为风流"、"借放纵为任侠"遂致逾闲荡检、祸殃愚民、奸盗诈伪频出,对世道人心产生极大的"不良影响"。丁日昌禁书禁戏持守的封建教化的思想动机,虽来自他早年应试科举所受的传统教育,也同时受到仕后身边社会名流如曾国藩等人"以义理为先"的思想影响,但实际上丁日昌对禁书禁戏与末世时局之关系还有自己的看法和认识,这决定了他禁书禁戏以平息和制止社会动乱的目的。在道咸年间外国入侵和太平天国起义、捻军起义、小刀会起义等农民起义此起彼伏、清廷权分政乱、外辱内困的局面中,丁日昌却通过镇压农民起义而得以步步升迁、获得军功奖赏。他曾用火炮向无锡太平军开火,并助清廷以新式枪炮与山东曹州捻军大战,这些行动一再使其获得洋务大员曾国藩、李鸿章的提拔;而咸丰十一年(1861)在江西吉安府庐陵任上与太平军周旋,最终丢官革职,流落苏扬鲁皖等地的落魄经历,更使他对农民起义的敌视和仇恨铭心刻骨。所以,丁日昌禁书禁戏的治政之心,是以防患民变、禁治暴乱为出发点的。因为在他看来,不仅《水浒》《西厢》等淫书小说惑乱人心,败坏道德,而且以水浒戏、"卖字戏"、"打字戏"、西厢戏为代表的地方戏曲演唱活动,暴露社会丑闻,"怂恿"强梁谋反,绘染荒诞怪异,纠集民众犯上作乱,是导致时局动荡、社会内乱的根本原因。陈益源说:丁日昌大肆禁书的举动"是想要端正太平天国造反后的风俗人心"①,应该说道出了个中一些情由。

从劝善挽"俗"到崇正黜"邪",舆论的转向带来了禁毁对象和范围的转移。所以他不仅张榜列目、查缴毁版、禁戏传播,还禁止几次大规模戏曲演出活动。他在上海禁止妇女烧香扮犯游街②;在江苏藩司任上又通饬苏松、常镇道禁开设戏馆点演淫戏:"无业游民因得纠集资

---

① 陈益源:《丁日昌的刻书与禁书》,《明清小说研究》1997年第2期。
② 丁日昌:《丁禹生政书》,范海泉、刘治安点校,台北海宝全电脑排版植字有限公司1987年版,第174页。

财,开设戏馆,以为利薮……或托词于果报功惩,而借端敛费,或假名于招徕商旅,而引诱愚氓。非特财匮民穷,无暇征歌选色;即使地方日渐饶裕,而四民各有专业,亦当勿荒于嬉;至因此而演唱淫词,男女杂沓,伤风败俗,更无论已。除出示严禁,并饬苏州府勒石永远禁止……嗣后,城厢内外,不得再如从前之开设戏馆,射利营私。倘有重葺园馆,因而纠集脚色演唱者,无论已未盖成,一概将房屋基地入官,仍将创造之人从重究办,地保邻右,知情不首,并予责处。其外府州县城乡,如有点演淫戏,地方官一并严行惩办。庶民知务本,财不虚縻,于以端风化而正人心,本部院实有厚望焉。"①站在崇正学、黜邪言的立场上,他并不赞同通过戏曲形式寓教于乐的教化观念,他举出敛费惑民、匮财荒业、败坏人心等数条,认为一切不良风俗的滋生、一切社会罪恶的酿成,一切兵燹动乱的爆发,开馆演戏都有无可开脱的罪责。结合他同治七年禁开设戏馆演戏、同年禁妇女入茶馆②、又同年连续禁赛会③的饬令来看,丁日昌的禁书禁戏并不是一种走过场的官样文章,他对戏曲小说等通俗文艺形式确实抱有"邪言乱世、流毒祸殃"的认识和态度。虽然年轻时也曾嗜读评赏《红楼》④;虽然其传世诗文⑤并未被其制造实务所掩蔽;虽然拥有善本多备、富甲一方的持静斋,与李盛铎、朱学勤称"咸丰三大藏书家";但日后作为一方大员,作为清廷能吏的丁日昌却一手发动了设局禁书禁戏的行动。如何看待这种矛盾?正如当时的上海英文《北华捷报》对丁日昌查禁淫书的举措予以嘲讽,对他将"淫书"与"叛乱"相结合的观念、与扫空书店以增进社会

---

① 丁日昌:《札行示禁开设戏馆点演淫戏》,《丁中丞抚吴公牍》卷二,光绪三年(1877)林氏铅印本,第3页。
② 丁日昌:《禁妇女上茶馆》:"吴中陋习,通衢僻壤,茗肆纷开,杂沓喧阗,士女混坐,入门者既非邮妇,在坐者岂尽鲁男,即使瓜李无嫌,而履舄交错,亦复成何事体,伤风败俗,莫此为甚……嗣后凡省城内外所有茶馆,均不准招集妇女入内饮茶,有违禁者,即拿该茶保杖责,枷号两月,游街示众,仍出简名告示,责首领中之勒妥者数员,饬令持示……"(《抚吴公牍》卷八,光绪三年林氏铅印本,第6页)
③ 丁日昌:《催饬将示禁迎神赛会由遵办缘由具复》《示禁迎神赛会由》,《丁中丞抚吴公牍》卷三二,光绪三年(1877)林氏铅印本,第7—8页。
④ 杜景华:《丁日昌评〈红楼梦诗〉》,《红楼梦学刊》2001年第3期。
⑤ 左鹏军:《新见黄遵宪、丁日昌集外诗及考订》,《松辽学刊》2000年第2期。

道德的作风,感到十分可笑①的报道所说,早期仕路挫败的切痛经历、镇压农民起义而获得进身之阶的军功荐赏以及导因于此的时务退守立场,决定了他视通俗文艺为"淫书淫戏"并施行围剿和禁毁的态度。而这种禁书禁戏、抱残守缺的文化心态又恰恰与他追求先进的科学意识、激进救国的实务精神形成了对比。丁日昌改革弊政与禁书禁戏表现出的自相矛盾之处,或许来自这种时势氛围的变化和主观动机的掣肘,不过他较少禁毁明代以来大量出现的历史演义小说,并编选刊刻以历代忠勇名将征史补史的历史通俗读物《百将图传》;提出"尊崇正学、力黜邪言"的口号,对封建末世通俗文艺作品中那些宣扬秽说、沉渣泛起的恶浊之作的坚决扫荡,还是多少反映了清末一个改革实干家的清醒和关注国家社稷的热忱。

作为洋务运动的实力派,加之有帝王禁戏的权力背景支撑,比之于道光年间苏郡、浙江两次禁书行动,丁日昌的设局禁书禁戏对江南社会的影响则更为深广;而过分强调通俗文艺对末世时局之影响,反映出清后期江南禁戏从劝善挽俗到崇正黜邪的地域性文化视野转向。丁日昌作为洋务运动的积极参与者,在江南制造局、苏州官书局、福州船政局的一系列洋务实践,拉开了19世纪中期振兴民族工业、富国强兵运动的帷幕。我们在赞赏其投身改革实务的激进精神的同时,也为其镇压农民起义、禁书禁戏的卫道姿态、强化封建机器社会管制权力的保守僵化感到惋惜。丁日昌禁书禁戏,虽对戏曲小说的传播接受形成一定阻遏和破坏,但设局张榜的方式,对于庞大的受众——戏曲小说的观演接受群体而言,反而成为激发性的传播催化剂:"按以上各书(丁日昌禁书目),罗列不可为不广,然其中颇有非淫秽者,且少年子弟,虽嗜阅淫艳小说,奈未知其名,亦无从遍览。今列举如此详备,尽可按图而索,是不啻示读淫书者以提要焉夫! 亦未免多此一举矣。"②作为清廷最后一次大规模禁毁戏曲小说行动的实施者,丁日昌大概不

---

① 吕实强:《丁日昌与自强运动》,台北"中央研究院"近代史研究所1972年版,第137—149页。
② 孔另境编:《中国小说史料》,上海古籍出版社1982年版,第263页。

会想到,他所开列的禁毁书目,恰恰成为民众读书观剧的一种名目提示,刺激了通俗文艺阅读、观赏与传播的速度,从而扩大了小说戏曲的传播范围与影响力。

(原载《陕西师范大学学报》2011年第1期)

明清闺训禁戏与女性的戏场想象

作为民间社会存在方式的戏曲，一直处于官方正统社会的边缘，受到不同时代统治者的贬斥和禁毁，查禁对曲史形态的抑制性影响是显在的，但从某种层面上看，禁毁也带来了隐性的反向力量——从而激发并促进了戏曲的传播。明清时期的一般社会女性，进入社会公共空间参与文化活动的情况越来越普遍，女性观剧群体造就了戏曲传播的一种社会景观。日常观剧品戏与奔走追逐演剧之地痴迷看戏赏剧，成为中下层女性日常生活的一部分；不仅大家闺秀多有参与，市井女子亦热衷于此。然而，明清时期大量的家训乡约、官箴闺则、劝俗文、女教书，则对这种现象进行了约束和禁制。如何解读禁戏语境中女性的戏场想象？处在"禁戏"语境中的人，除了主要由皇帝、官员、一般文人构成的庞大男性群体外，女性观剧者往往为人忽略。女性观剧者的存在之于戏曲的意义何在？禁戏对女性观剧者的生活空间与精神世界究竟带来了怎样的影响？哪些是显性的？哪些是深隐的？那些不同阶层的男性发出的闺训禁戏声音，背后又反映了文人之于禁戏、之于性别话题怎样的矛盾心理？女性观剧者的戏场想象为她们自己带来了什么？又与戏曲本体建构了一种怎样的互动和隐喻关系？这一项课题尚未有人关注并加以研究。在明清戏曲研究、明清女性文学研究、善书研究以及一些专人专书研究如袁黄、石韫玉、石成金、冯小青等研究层面，虽或有涉及这一话题，却未有独立深入地展开讨论。从闺训禁戏与入场观剧的对抗、女性观剧者的身份异动以及由此带来的情感冲击与心灵激变状态，考察女性作为参与戏曲的主体性，有助于进一步理解禁戏之于女性、女性之于戏曲的互动关系。

一、闺训禁戏与入场观剧

从戏场可待、此身可代的角度看,女性观剧与闺训禁戏舆论形成富有意味的对抗何以可能?讨论家训禁戏与社会舆论的次权力话语特征,可以进一步考察各自的立场与社会意识分层。观剧为妇女提供了较为自由开放的想象空间,也同时带来了更多的歧视、非议和责难。在男性文化视野中,更多看到的是后者,认为女性入庙烧香、拜神祈福与看戏赏剧,都是穷奢极欲中的堕落,废女红、罢耕织,玷污个人品德,带来社会混乱,引发诸多社会问题。

在对观赏戏剧参与群体的禁毁中,禁诫妇女看戏、听戏、评戏的言论,颇为引人注目。这些禁诫言论,最多的是族规、家法、母训、闺箴;其次是一些地方官为整顿风俗发布的劝谕;来自官方的法律禁令则相对较少。"案头无淫书。女不垂帘观剧。不呼优人同座。不在席上接优人曲,不以箸并足代为击板。……不教婢子演剧。"[1]这是顺治中期常见的族训。周亮工以行事率纵牵连文祸,其《因树屋书影》于乾隆四十九年(1784)亦被禁毁,然其家训却严格限制自家女眷"垂帘观剧"并与优人交结。"不入庙烧香,不游春观剧"[2]的格言,入寺烧香看戏得谤的母训,"喜看曲本小说,挑动邪心,甚至舞文弄法,做出无耻丑事"[3]的女诫,"优人科诨,无所不至,可令闺中女儿闻见耶"[4]的闺箴,恣性越礼,看戏烧香,出露体面的士族家法,闺阁之教,都将观演戏剧视为摇惑耳目、启人淫荡、污乱心志、伤风败俗之大忌,要求女子远优伶、不观剧,谨从女工中馈,守拙安分、节烈贞孝、无才是德。

观剧看戏是明清以来许多闲暇富有的家庭居家生活的重要娱乐,

---

[1] 周亮工:《因树屋书影》卷一,上海古籍出版社1981年版,第1页。
[2] 祝邦基:《裕后格言》,参见陆林《宋元明清家训禁毁小说戏曲史料辑补》,《明清小说研究》1997年第2期。
[3] 石成金:《家训钞》,《传家宝全集》卷二,上海广益书局民国二十五年(1936)刊本,第78页。
[4] 申涵光:《荆园小语》,《四库全书存目丛书》集部第207册,齐鲁书社1997年版,第540页。

居家女子从便从俗、不可避免地参与进来。然而,闺训禁戏却从齐家修帷薄的角度劝诫居家女子的看戏行为,如田艺蘅《绣花娘插带婆瞎先生》所叙"大家妇女,骄奢之极,无以度日,必招致此辈(弹琵琶盲女艺人),养之深院静室,昼夜狎集饮宴……习以成俗,恬不知怪"①。瞽女演唱生动风趣的世情故事、风花雪月的爱情传奇,被士大夫目为淫词秽语、败坏门风,然而瞽女们已然成为大家妇女的闺中密友,点缀闺门情趣,填补深院寂寞,且通过词曲说唱,使大家妇女获得了别样的艺术熏陶。崇祯末刘宗周警观戏剧时所言"近时所撰院本,多是男女私媟之事,深可痛恨,而世人喜为搬演,聚父子兄弟、并帏其妇人而观之,见其淫谑亵秽,备极丑态,恬不知愧"②、管志道维俗所论"岂知游风煽于外,淫风煽于内,闺门惭德,必从此起,始作俑者,其有帷薄之变乎?愚深有虑于此,则并尊宾之侑觞戏乐而绝之,因戒后昆,匪从别墅宴宾,不得用梨园子弟,端为戏乐诲淫故也"③、周思仁肃闺家教所云"不许览山歌小说。勿学诗画琴棋。常使持经念佛。教以四德三从。家主……不藏戏文小说、美女图像乐器"④,主要都是针对家庭娱乐活动中的女性而言的。戒妇女在家观演戏剧,是为女子防闲;禁藏戏文剧本,是为女子净心;对家庭女性来说,禁戏言论多指斥戏文小说无异毒蛇猛兽,为闺门女子守德之大害。

不仅上层社会的妇女对观戏听曲产生浓厚的兴趣,一般社会的女子更是喜欢结伴出游、奔逐戏场,出现在家庭以外的婚丧嫁娶、赛会社戏等各种社会公共场所,为此引动不少地方官吏和正统文人从维护地方风俗、整顿社会秩序的角度加以禁遏。如明代张邦奇《知奉化县朱侯去思碑》所述"凡婚丧奢靡,置酒作乐,及俳优蛊惑,妇女嬉游,害礼

---

① 田艺蘅:《留青日札》卷二一,上海古籍出版社1985年版,第702页。
② 刘宗周:《人谱类记》卷下,《景印文渊阁四库全书》第717册,台北商务印书馆1986年版,第233页。
③ 管志道:《从先维俗议》卷五《深追先进遗风以垂家训议》,太仓俞氏世德堂民国七年(1918)刊本,第137页。
④ 周思仁:《欲海回狂集》卷二,浙江印刷公司民国十六年(1927)铅印本。

伤政之习,皆严禁必罚"①事,即点明与民间庆典伴生的演剧活动,吸引妇女结伴出游,引起文人"害礼伤政"的禁戒。康熙二十四年(1685)汤斌在江苏巡抚任上颁布《禁赛会演戏告谕》,明示迎神赛会、搭台演戏之种种罪状——"于田间空旷之地高搭戏台,哄动远近,男女群聚往观,举国若狂,废时失业……攘窃荒淫,迷失子女,每每祸端,难以悉数",虽"已屡次谆谆告诫,城市之间稍稍敛迹,而乡村僻处曾未之改,深为民病,合行出示严禁"②,并一度宣称"今寺院无妇女之迹,河下无管弦之声"。乾隆十年(1745)陈宏谋在陕西巡抚任上颁布《巡历乡村兴除事宜檄》,强调"丧中宴饮,已属非礼……哀戚之时,恒舞酣歌,男女聚观,悖理伤化,莫此为甚……夜戏恶习,丁广阔之地,搭台演唱,日唱不足,继以彻夜,聚集人众,男女杂沓,奸良莫辨,一切奸盗匪赌,每由夜戏……果能禁止夜戏,地方可省无数事端也"③。妇女参与更多的,即是这种黏附于民间祭赛社祀的演戏活动,而夜戏招集女性人众以致殴赌奸窃混乱亦成为禁戏由头。然而从禁戏反观看戏,画船箫鼓,燃香放灯,迎神宴饮,入寺瞧戏,却不仅构成了江南社会的繁华景观,亦成就了女性日常生活最精彩的一部分。

  清代以降,一面是女子游会看戏的禁戒言令频出,一面则是女性观剧看戏风靡不止,禁戏与看戏往往形成有意味的对抗。如康熙二十九年(1690)上蔡知县杨廷望《禁戏详文》责清戏啰腔"男女杂沓,举国若狂,风俗之偷"④;乾隆七年(1742)陈宏谋《禁赛会敛钱檄》亦因"男女杂沓,观者如堵,奸盗诈骗,弊端百出"而"止许在于庵观祈禳,不得沿街扎扮;止许男子入庙烧香,不许妇女抛头礼拜"。⑤ 乾隆五十九年(1794)还反复申禁"北之鼓儿词、档子曲,南之弹词、滩簧调,妇人每喜

---

① 张邦奇:《张文定公靡悔轩集》卷四,《续修四库全书》第 1337 册,上海古籍出版社 1995 年版,第 5 页。
② 汤斌:《汤子遗书》,范志亭等辑校《汤斌集》卷九,中州古籍出版社 2003 年版,第 573 页。
③ 陈宏谋:《培远堂偶存稿》卷一九《文檄》,华东师范大学图书馆藏家刻本,第 21 页。
④ 杨廷望编:《上蔡县志》卷一《地舆志》,康熙二十九年(1690)刊本。
⑤ 陈宏谋:《培远堂偶存稿·文檄》卷一四,第 1 页。

听。有子弟唱者,立枷之;有妇女看者听者,罚跪以惩之"①。大体看来,嘉庆以前禁令并不限职官眷属,多罪坐寺庙及家长,如"凡私家告天拜斗、焚烧夜香、然点天镫、告天七镫、拜斗亵渎神明者,杖八十。妇女有犯,罪坐家长"②。但禁令奉行虚乏,妇女游庙观剧屡禁不止,不仅一般市井女性"游荡在外",怠惰女红,而且中上层妇女亦艳妆冶服、大量参与进来,官方不得不动用刑罚、礼律及宗教戒律来禁限,但除了官员命妇、职官眷属,这种限制对于一般市井社会女性很难收到实效。嘉庆年间,汉中地方政府曾颁《禁止妇女游会烧香示》:"为严禁妇女游会烧香,以端风化事……近年以来,每逢城关内各庙宇赛会演戏,老幼妇女,三五相结,饮酒看剧,聚居终日外,或于神圣诞日,焚香祈祷,男女混杂,甚至游棍从旁讥谑,岂非自取其辱?试思妇人无外事,居家则言不出阃;出外必拥被其面。凡以严内外之防,而正男女之分……为此示仰阖属各种庙会首及乡地人等知悉,嗣后每逢会期,即先抄本通告示张贴。凡尔乡地居地人等务须遵奉示谕,夫教其妻,父教其女,兄弟教其姊妹,共守闺训,毋再游会烧香。如有不遵者,一经本道查出,定将该妇女本夫究处;如无本夫者,即惟族亲属、父兄、子弟、伯叔人等是问……自示之后,倘更有似此闲游妇女,定将该管乡地一并责惩,决不宽贷。"③妇女入寺烧香,游庙观剧,或为听信因果,或为娱乐休闲,或为群集交流,作为明清妇女社会公共生活的一种景观,总是有排解苦难、发抒不平的生活目的的,但这种行为却总是被指责为男女混杂、僧俗不分、奢侈靡费、亵渎神明、有伤风化之举而加以严禁。然而,男女分席分座、帷帘布幔、堂厢看楼等戏馆规则和设施的出现,说明在官方有意制造的公共空间隔断里,妇女观剧已经为自己争取了参与社会的权利。

通过对明清方志与地方文献的梳理,可以发现,在赛戏市戏的观演场域中存在一个庞大的女性群体。道光七年(1827)山西"村必有

---

① 参见陆林《宋元明清家训禁毁小说戏曲史料辑补》。
② 《大清会典事例·刑部》卷七六六,中华书局1991年版,第433页。
③ 严如煜主修:《汉中府志》卷二七,嘉庆十八年(1813)刻本。

庙,醵钱岁课息以奉神,享赛必演剧,祭物以首承之而进,拜跪无常仪,飨献无常数,妇女老幼什百为群。虽禁之弗戢"①。道光中期钱泳引江阴李明经之语论赛戏渎鬼神、乱法度、耗财用、误本业、混男女、坏风俗之十大禁,却不意间描述了大江南北赛会雄起、士女拥堵之势,"每当三春无事,疑鬼疑神,名曰出会,咸谓可以驱邪降福,消难除蝗。一时哄动,举邑若狂,乡城士女观者数万人。虽有地方官不时示禁,而一年盛于一年"②。同治七年(1868)江苏巡抚丁日昌严禁赛戏中妇女烧香扮犯游街③,甚至严惩招集妇女入茶馆看戏:"吴中陋习,通衢僻壤,茗肆纷开,杂沓喧阗,士女混坐,入门者既非邮妇,在坐者岂尽鲁男,即使瓜李无嫌,而履舄交错,亦复成何事体,伤风败俗,莫此为甚……嗣后凡省城内外所有茶馆,均不准招集妇女入内饮茶,有违禁者,即拿该茶保杖责,枷号两月,游街示众。"④同治八年(1869)御史锡光奏禁妇女出游入庙观戏,甚至惊动朝廷,获覆上谕"寺院庵观,不准妇女进内烧香,例禁极严,近来奉行不力,以致京城地面,竟有寺院开场演戏,借端敛钱,职官眷属,亦多前往……着步军统领衙门、顺天府五城出示晓谕,严切稽查,遇有前项弊端,即将该庙僧尼人等从重惩办,以挽颓风"⑤。

妇女观剧不仅渐成习尚,甚至频频发生怪谲事件,如"康熙间,孙一士谠令武进,尝禁妇女观剧,丁酉季春演剧皇亭,妇女杂沓,无以禁之,时岁饥,因令里甲持簿一本,向诸妇云'县主欲每人化饥民米一石,请登名于右',众愕然潜散"⑥。与此索米禁戏、近似讹诈的行为相比,有更甚之者,如广陵有醝商女游平山堂,被喝醉的江都令棰笞,怨愤难解,夜梦神语之"汝平日将旧书册夹绣线,且看小说曲文,随于置床褥

---

① 杨廷亮纂修、李慎言增补:《赵城县志》卷一八,道光七年(1827)刻本。
② 钱泳:《履园丛话》卷二一《恶俗》附"出会"条,中华书局1979年版,第575页。
③ 丁日昌:《丁禹生政书》,范海泉、刘治安点校,台北海宝全电脑排版植字有限公司1987年版,第174页。
④ 丁日昌:《抚吴公牍》卷八,光绪三年(1877)林氏铅印本,第6页。
⑤ 《清实录·穆宗实录》卷二七一,中华书局1987年版,第757页。
⑥ 王祖肃修、虞鸣球等纂:《(乾隆)武进县志》卷一四,乾隆三十年(1765)刻本。

间,坐卧其上,阴司以汝福厚,特假醉令手,以示薄惩"①。闺训禁戏无法以纲常道德的紧箍咒限制女性走出闺门,为禁止女性出入剧场戏园,甚至用上了"僧负妇人"与"点妓"怪招:如"张观准知河南某府,俗妇女好看庙戏,禁之不革。张伺某庙演戏时,出不意往坐其大门,使役堵其后门,命男子尽出,因令役谓诸妇女曰:'汝辈来此,定是喜僧人耳,命一僧负一妇女而出'"②;"奏禁妇女至戏园看戏,而大官豪家,犯禁如故。某乃探是日妇女最多之处,携马机入坐楼梯下,令胥吏列两旁,使胥登楼,谓诸妇女曰:'大家宅眷,必知禁令,断不再来,汝辈必是妓女。今本官来此,速下楼听点。'诸家从人咸斥之。某仍使人上言:'如果是宅眷,须一一书明何家,以便参奏。'妇女始惧,各遣人到家设法。乃使各具不再听戏切结,始许其出"③。上层社会女眷观剧,尚不能免于如此侮辱,社会上的一般女性看戏则会招致更多诬蔑和禁限。一旦垂帘观剧,指优伶以品评,聆歌声而击节,就是违德悖礼;一旦艳服出游,群集戏场,搭台看戏,联袂观剧,就是败俗伤风。男人可以祀神,妇女不许入庙;男人可以流连风月、混迹歌场,女性不许出入戏园、抛头露面。这种看戏逻辑,使得许多女性被闺训和女诫圈禁在狭小封闭的闺阁空间里,被门第等级束缚在不道德的婚姻桎梏里,才情被吞噬、痴病夭亡、枯死一生;即使能参与赏剧品戏,亦往往在隐性的私密空间里进行,且不敢公开示人,如康熙间吴吴山三妇以才情妙笔合评牡丹亭,记录了作为女性品读的独特经验。她们对于杜丽娘生死情爱的至深感受,代天下女子一吐心曲,而清凉道人却以"从来妇言不出阃,即使闺中有此韵事,亦仅可于琴瑟在御时,作鉴赏之资,胡可刊版流传,夸耀于世乎?且曲文宾白中,尚有非闺阁所宜言者,尤当谨秘"④为避忌,对三妇评本大加指责,直欲取消女性参与戏剧、展示才情的权力。然"咸丰时,张观准夙以道学自名,尝官河南知府,甫下车,

---

① 钱泳:《履园丛话》卷一七《报应》,中华书局1979年版,第466页。
② 汪康年:《庄谐选录》,中外日报馆1904年版。
③ 徐珂:《清稗类钞》第11册,中华书局1984年版,第5065页。
④ 清凉道人:《听雨轩笔记·赘纪》卷四,《笔记小说大观》,北京商务印书馆1931年版,第92页。

即禁止妇女入庙观剧。虽畏法暂戢,而皆移至城外四郭之祠庙,每演剧,妇女则空巷往观"①,毕竟还是有女性走出闺门,冲破禁毁,僭越闺范,沉迷戏场,体验和享受在现实世界无法表达的理想与激情。

既然地方严令再申、文人切齿痛责,为何女性还不顾禁忌、奔逐戏场、乐此不疲?是被戏曲演出的华丽装扮、热闹场面所吸引?还是被通俗易晓、动人心魄的戏剧情境所打动?如"其前导者为清道旗、金鼓、肃静、回避两牌,与地方官吏无异。有开花面而持枪执棍者,有绊(扮)为兵卒挂刀负弓箭或作鸟枪藤牌者,有伪为六房书吏持签押簿案者,有戴脚镣手靠而为重犯者,有两红衣剑子持一人背插招旗又云斩犯者"②,这种巡衙仪仗、书吏兵丁、押解刽子、镣铐囚犯,伪扮花面的表演,在官长看来是"恶习",在小民反觉殊乐无穷。乡城士女观者数万人,因为民间仪式颠倒了官衙权威,逸乐习尚嘲弄了礼法官训。那些沿街扮鬼、执叉挑刀、鼓吹喧阗、历险超升的戏剧表演,梵音驱邪逐疫、度脱安抚冤魂,形成三教九流、士农工商、成群结队,观演一体、水乳交融的走会排场,身处大众娱乐狂欢场景中的女性渐已淡漠了道德训诫,获得了精神抚慰和情感宣泄。

代表官方的禁戏舆论,作为次权力话语,不仅辅助政治伦理制度,也同时建构了民间意识形态与日常生活的伦理规则。而从禁戏言论中,我们却看到妇女通过品戏观剧介入社会,纾解道德的捆绑,求得被剥夺的分享与参与的权利。如"粤东每于七月中旬,广设盂兰盛会,托言目连救母,实则释氏愚人。旧例相沿,经坛礼忏,互赛新奇;灯彩辉煌,务侈华丽。男女嬉游,为听笙歌彻夜,鱼龙曼衍,争看烟火凌霄……岁以为常,官不知禁"③,"自悬象读法,教化不行,常人耳目倾注而易于感动者,惟观剧时实有其声容情事入于人心而不能忘,而不识字之愚蒙其感尤甚。至通都大邑,菊部鸣盛。男女杂沓,多为靡声

---

① 徐珂:《清稗类钞》第 11 册,中华书局 1984 年版,第 5066 页。
② 钱泳:《履园丛话》卷二一《恶俗》附"出会"条,第 575 页。
③ 郑观应:《论虚费》,夏东元编《郑观应集》之《易言》,上海人民出版社 1982 年版,第 147 页。

妖态以供谑浪,乡村赛社尤而效之"①。因为,戏曲向下一路传播,作为基层社会生活的重要纽带,带来市井乡间的一种集体性公共文化生活,成就了一种社会性痴迷,女性是构成这种社会性痴迷的重要一部分;甚有市肆女子在观看龙舟竞渡、沿江演剧的热闹景象时筛糠却将白米簸扬而去,而船中哺乳妇女竟为观盛景止啼紧抱婴儿,不觉儿已气绝怀中②。贝青乔《演春台》曰:"前村佛会歇还未,后村又唱春台戏。红男绿女杂沓来,万头攒动环当台。台上伶人妙歌舞,台下欢声潮压浦。脚底不知谁氏田,菜踏作齑禾作土。梨园唱罢斜阳天,父老归话村庄前。今年此乐胜去年,里正夜半来索钱。东家五百西家千,明朝灶突寒无烟。"③《戏场记》亦云:"观者方数十里,男女杂沓而至……有黎而老者,童而孺者,有扶杖者,有牵衣裾者,有衣冠甚伟者,有竖褐不完者,有踽步者,有躄足者,有于众中挡拨挨枕以示雄者,约而计之,殆不下数千人焉",女子"有时世装者,有小儿呱呱在抱者,有老而面皱如鸡皮者"(王应奎《柳南文抄》卷四,清刻本)。女性在族群关系中处于等级下层,精神生活极度匮乏,演戏和观剧作为唯一的公共文化生活和集体娱乐活动,把生活空间相互隔绝的女性个体集结在共同的仪式感中,从而使她们获得某种社会认同。

正是戏曲演出的鲜活生动,入于里耳、感人至深,不仅"家有喜,乡有期,会有公禁,无不先以戏者,盖习尚既然。又妇女所好,有平时悭吝不舍一文,而演戏则倾囊以助者"④,而且如戏场诗所云"傀儡由来自昔传,华光作说赛年年。可怜儿女痴呆甚,卖却新丝典却钿"⑤,女性观剧者奔竞赛社、流连戏场,"妇女小儿们听了,句句记得,做的既扬扬得意,唱的自恋恋不舍;所以大班演戏,妇女看的还少,若打听得某处有串客做,则约妯娌、会姊妹、带儿女、邀邻舍,成群结队,你拉我扯,

---

① 郑观应:《〈盛几堂今乐〉序》,夏东元编《郑观应集》,第1163页。
② 姚念杨修、赵裴哲纂:《(同治)益阳县志》卷二,同治十三年(1874)刻本。
③ 贝青乔:《演春台》,参见丁力选《清诗选》,湖南人民出版社1985年版,第556页。
④ 陈梦林纂:《(康熙)诸罗县志》卷八,康熙五十六年(1717)序刊本。
⑤ 高龙光修、朱霖纂:《(乾隆)镇江府志》卷四六,乾隆十五年(1750)增刻本。

都去看到,做一日看一日,做一夜看一夜……"①男女杂沓,士女云集,竟宵达旦,群聚纵观,女性的在场体验和戏曲想象丰富了民间演剧的生动场景,也从中获取了摆脱现实困境的精神通道及社会角色感。

二、被观赏与观赏者的身份异动

传统中国社会,女性一直是男性观赏的对象,女性作为物、作为道具被看、被观赏是性别文化的一个显在特征。而女性参与看戏品剧,却要求作为主动的观看与欣赏者,进入传统上只属于男性的公共文化空间,同性联袂与异性共处,看与被看同在。在看戏品剧的社会氛围里,女性从闺内走向了闺外,拓展了生活空间,在僭越纲常礼教之大防的同时,在看与被看的关系中改变着自我的位置和被观赏者的身份。

不少地方史料记载,黏附于各种民间祭祀与节日庆典的城乡演剧观戏活动,吸引了大量人众聚集奔竞。其中,妇女的联袂出场、席地排坐、环睹聚观,因游观谤伤招致了不少非议和责难。如"广福寺三官神灵异甚著,每岁正月九日,士民演戏前后数日,远近男女拈香礼拜……凡有食牛犬、看妇女、酗酒争斗、乘间缙窃者,至辄晕倒,必自陈罪过,而后能起"②;而"岳帝庙在县治东协镇署前……每岁正月初九日祝诞,火烛辉煌,彻宵如昼,庙前筑台一座,演剧十余日,妇女焚香不绝,观者如堵"③,"三月二十八日俗传东岳帝诞辰,男女烧香,出门且行且拜,直至庙中。巨室妇女或雇人代拜、或扶掖亲拜,市井恶少群窥戏诮为乐,亦不之怪……由暮达旦,曰宿山。近颇严禁,其风稍息"④,"四月十二日为城隍白夫人诞,商贾云集,庙中演戏,小家妇女排坐东西楼观剧,浮荡子弟评头量足,腆不为怪。县署旧有赏花例,妇女至者,插花饮酒,虽意取劝农,实乖政体,前令王其淦详请革除"⑤。反观这些

---

① 余治:《得一录》卷一一之二,苏州得见斋刻同治己巳年(1869)刊本,第18页。
② 陈霁学、郑安仁纂修:《(道光)新津县志》卷三七,道光十九年(1839)增刻本。
③ 周玺纂:《(道光)彰化县志》卷五,道光十六年(1836)刊本。
④ 高登先修、单国骥纂:《(康熙)山阴县志》卷八,民国抄本。
⑤ 金福曾修、张文虎纂:《(光绪)南汇县志》卷二〇,民国十六年(1927)重印本。

禁戏文字,我们会注意到,妇女在公共场合出头露面,无论小家巨室,排座楼头、插花饮酒、十里长拜、入庙宿山、嬉游通衢、暮旦相续,百无禁忌,公然违背了足不出户的古训。而市井乡地人众蜂拥,看妇女肆无忌惮、窥红颜声色喧哗,品小脚津津有味,赏花酒纵乐无忌;女性被公开品头量足,头脸被"恶少"窥看、妆容被"浮荡子弟"戏诮,行止做为被毁誉谤伤而略无在意;过去作为稀有阿睹物的女性容颜与身体被集众瞩目、瞻望围观,于治者风化攸关,于百姓却腆不为怪。

有意味的是,我们从这些方志记载中,看到的是禁戒之下看与被看关系有意味的翻转:"乙未,谕止妇女观优。又谕观优妇女,详明剀切,屡告谆谆"①,"信奉神佛,焚香设供,演剧征歌,费数十缗不惜也,谓之庙会。每乡村妇女联袂接踵,杂沓骈阗,闺阁为空,实为陋俗"②,治者如此谆谆告诫,不意却从反面透露了一种讯息——妇女不仅观优,而且闺阁为之一空,成为戏场声色的观看与欣赏者。"十月十五日,邑城隍庙演戏赛神,凡十昼夜,合城妇女倾观,香舆宝盖,络绎于道,亦名台阁"③,"汀有小圣庙会,妇女游观者,俱以舟,非竞渡也,钗光衫影漾漾水中,沿岸则急管繁弦,俳优演剧……"④,"城市益贪利务诈伪,妇女华饰倍前,日无所畏避,演戏赌博,犹未知止"⑤,"是日沿江演剧,观者如堵,彩船画楫,箫管闲奏,酒馔丰饫,妇女亦盛饰相炫耀,往来杂沓,守土者亦屡设禁,迄不能止"⑥,"台俗演戏,其风甚盛,凡寺庙佛诞,释数人以主其事,名曰头家,敛金于境内作戏以庆。乡间亦然,每遇唱戏,隔乡妇女驾牛车,团集于台之左右以观,子弟之属,代为御车"⑦,"八月于旷野高搭戏台演戏,妇女设棚以观,犹为陋习"⑧,"妇女过从无肩舆,则以伞蒙其首,衣服必丽,簪珥必饰,贫家亦然;稍远则

---

① 张绍棠修、萧穆纂、邑人张瀛分纂:《(光绪)续纂句容县志》卷四,光绪刊本。
② 陈元芳修、沈云尊纂:《(嘉庆)高邑县志》卷二,嘉庆十六年(1811)刻本。
③ 陈通声修、蒋鸿藻纂:《(宣统)诸暨县志》卷一七,宣统二年(1910)刻本。
④ 杨文鼎修、王大本纂:《(光绪)滦州志》卷八,光绪二十四年(1898)刊本。
⑤ 焦云龙修、贺瑞麟纂:《(光绪)三原县新志》卷四,光绪六年(1880)刻本。
⑥ 姚念杨修、赵裴哲纂:《(同治)益阳县志》卷二。
⑦ 陈文达纂:《(康熙)台湾县志》卷一,康熙五十九年(1720)序刻本。
⑧ 王临元纂、陈淯增修:《(康熙)浮梁县志》卷七,康熙十二年(1673)刻增修本。

驾牛车以行。岁时佛诞,相邀入寺烧香,云以祈福,演戏不问昼夜,附近村庄妇女辄驾车往观,三五群坐车中,环台之左右,有至数十里者"①……由观瞻到展观,女性不仅走出闺阁,而且丽饰华服、钗光衫影、香舆宝盖装扮起来自我炫示给人看,坦然领受众人的瞩目,而且联袂接踵、打轿撑伞、驱车驾马、乘舟游舫、环台以坐,"设棚以观",造就"风光佳丽,桃李成蹊,士人携手而遨游,妇女比肩而憩息,盈山遍野,一望无际"②之盛景。看戏品剧,让女性从闺阁中走出来,拓展了生活空间,在看与被看的关系中改换了位置与生活内容;与操劳辛苦、幽闭无聊的闺房生活相照,戏场内外的女性留下了自在活脱、少有顾忌、更为多趣的群体影像,并为街市城乡不同界阈的戏剧观演盛景增添了流光魅影。

  看戏观剧为居于社会边缘的女性提供了一个想象的社会空间,她们不仅停针夜话、炫示美容、群聚游观、闲游遐想,更经由戏场提供的聚落活动,表达着生活诉求与生命祈愿,崭露着至情至性的女性情怀。"十五日为上元节,前后张灯三夜……或祭赛神庙,则架为鳌山,台阁戏剧,滚灯烟火,奇巧相夸……其人家妇女,则召寻姑、箕姑、针姑、苇姑,卜问一岁凶吉。十六夜,则倾城士女交错往来如蚁,谓之过桥,即达旦不休"③,"正月十三至十六,各庙鼓楼悬灯放花炮,其演戏者曰灯戏,男女各游街市观灯,曰走百病,又曰走桥儿"④,"元夕张灯放花,结彩绷,聚歌儿演戏剧,女子邀厕神、戚姑问祸福,十六夜间有拉女伴出游者,谓之走百病"⑤,"上元设灯树彩花高七八尺,妇女度桥投块,谓之度厄,或相携以归谓之宜畜儿童"⑥,"上元……张幕结山棚,演剧提傀儡,相会酒食巷,缚火树银花,彻夜辉煌……乡村妇女相扶入城纵观,延及次日,络绎不绝,曰走百病"⑦,"祈报:每岁二月二日,城南药

---

① 陈梦林纂:《(康熙)诸罗县志》卷八。
② 黄维翰纂、袁传裘续修:《(道光)钜野县志》卷一八,道光二十六年(1846)续修刻本。
③ 栾尚约撰:《(嘉靖)宣府镇志》卷二○,嘉靖四十年(1561)刊本。
④ 高天凤修、金梅纂:《(乾隆)通州志》卷九,乾隆四十八年(1783)刊本。
⑤ 束载修、张可述纂:《(嘉靖)洪雅县志》卷一嘉靖刻本。
⑥ 郭棐撰:《(万历)广东通志》卷三九,万历三十年(1602)刻本。
⑦ 存禄修、刘自立纂:《(同治)曲周县志》,同治八年(1869)刻本。

王庙会,远乡士女毕集,其庙去地阶二百七八十级,妇女有逐步拜以上者"①,"九日观音会,妇女连襟携榼以供大士;三月三日真武祖师会,至期演剧庆祝,男妇求示灵签"。② 妇女不仅成群结队出现在正旦元日、上元灯夕、重阳九日、八九十月的演剧戏场,而且在玉皇诞日、观音大会、真武师会、药王庙会上流连忘返,她们卜吉凶、占旱涝,问祸福、走百病、畜儿童、求子嗣、拜神祈、示灵签,求祛病、延长年、求风调雨顺、求得自我的情感寄托与精神舒张……女性经由戏场想象获得了与闺阁不同的日常生活经验。不仅如此,女性还借剧名打卦,戏目翻新,将戏曲的游戏精神发挥到极致:"俗不尚龟卜,妇人女子有所卜,则撞戏卦,或问毕子卦,或打夜卦。撞戏卦者,术者以古今演剧名目,叠成小折,鳞次拂之,随手向竹筒中抽一签,签上亦书演剧名目,撞着某台戏,就其戏文以占吉凶祸福;毕子卦与戏卦同彼,以人撞此,以鸟卜术者,驯养麻雀,问卜时,随雀所蹴,就其所蹴,开戏文以占俗科,麻雀为禾毕,故曰毕子卦。夜卦即古之镜听,妇人女子常为之,夜分祷于灶前,出门掩耳疾趋,至人门首,窃听一二语,即将其语详之,以为占验,但古时怀镜,此则不怀镜,盖即《曲洧旧闻》所云响卜也。"③女性还借戏场演武,将场上之翻扑跌打演练为自家身手技艺,化身戏外,谋生觅利:"唯迎神赛会最为靡耗,其中演戏剧饮、赌博启衅、掏摸生奸,其大弊者,宿庙跑解二事。每逢庙期妇女辐辏,远者大车以载,近者联袂而来,夜则执香坐卧庙中,男女杂沓,大为风俗之害;而跑马卖解,则以少女而擅战士之能,去端静而学击刺之技,驰马试剑,走险觅利,可丑尤甚,又不徒在靡耗而已,诸弊北省多有,允宜严禁以正风化,罪其夫男,惩及雇觅,自可敛息。"④戏场戏事丰富了女性日常的群体游戏,表演性情境的延伸填充了女性的内心生活;群体观演的参与方式,不仅带来性别的越界,也打破身体与空间的隔断,使得女性在家庭与婚姻生

---

① 陶奕曾撰:《(乾隆)合水县志》下卷,乾隆二十六年(1761)钞本。
② 刘长景修、陈良栋纂:《(同治)会昌县志》卷一一,同治十一年(1872)刻本。
③ 黄钊纂:《(光绪)镇平县志》(又名石窟一征)卷四,光绪六年(1880)刻本。
④ 黄可润纂修:《(乾隆)无极县志》卷一,乾隆二十二年(1757)刻本。

活场域外,获得自我的社会在场地位与新的精神寄所。

而男性对待女性看戏品剧的行为,则显示了异常矛盾的心态。一方面,妇女涌入戏场,成为众人、确切地说主要是男性的观赏对象,许多记载显示了这种津津乐道、一览秀色的心态,另一方面,不少律令乡约却横加惩责,地方舆论、文人话头亦推波助澜、劝告儆戒。如乾隆十六年(1736)贡震《禁淫祠》所叙:"建邑人民好鬼,祠祭纷繁……每至孟夏之月,铺户居民醵钱演戏,多至四五十台,男妇杂沓,晓夜不散,复于是月十三日迎神赛会,扮演丑怪,使村农妇女聚观戏笑,既不遵功令之明肃,复不畏神道之尊严……伏祈宪台给示立石永禁,俾久远凛遵,实卑邑士民百世之利"①,如"俗好演剧……按:演戏一事其弊有六……妇女往观,纷纭杂沓,子衿佻达,乘隙目成,伤败风俗二也"②,又如"况今村里之闲所演者,果皆忠孝之戏乎? 言不衷不足以成笑,事非桑濮不足以当观,日中登场,夜阑未毕,乱男女之别,长淫盗之风,士子以之丧其志,农工以之废其业,非小祸也"③。这些出于男性立场的禁戏言论,不但指责演剧淫靡之伤风,而且发难妇女聚集看戏之败俗,推定剧场弊事之酿乱,指罪妇女冶容私奔之诲淫。戏曲观演活动一直处于一种驳杂的群体性游艺状态,在禁戏语境中圣俗不分、笑谑无节,充满异端色彩;而女性的在场,更被禁戏舆论认为是导致演剧场域冒渎不敬、猥亵不洁的直接原因。

女性在中国古代一直是男性观赏的对象,在看与被看的关系中处于弱势和被动地位。而女性参与品剧观戏,作为主动观看与欣赏者,其实已经改变了被动角色,具有了双重身份,她们不但在场,而且经由女性独特的在场经验拓展了演剧这 场域的社会空间和文化地带。一方面,她们挣脱道德捆绑,走出家庭与婚姻的宿命,崇尚母性又不苦于母命,表达生活诉求与生命祈愿,展现至情至性的日常兴趣;另一方面,女性在出入戏场的过程中,不仅缔结了闺外休憩、姊妹邀约、集会

---

① 胡文铨修、周应业纂:《(乾隆)广德直隶州志》卷四三,乾隆五十九年(1794)刊本。
② 唐荣邦修、杨岳方纂:《(同治)鄮县志》卷七,同治十二年(1874)刊本。
③ 葛振元修、杨巨纂:《(光绪)沔阳州志》卷一一,光绪二十年(1886)刻本。

嬉戏、通衢游观的同性情谊,而且作为群体中的一员,获得与异性同行共处、亲密交往的机缘;更为重要的是,借由身份异动的重要时刻和戏曲观演提供的精神寄所,女性融入又游离于社会,在场上虚构的故事背后自我移情,在场下互动的观演情境里济渡人生。

三、污名自伤与情感补偿

从观剧品戏的激变状态出发,考察女性观剧者在幽闭的生活空间里受到的心灵捆缚与生命悲情,审视入场观剧后强烈的参与意识和情感愿望以极端方式迸发,出现的私奔私合、劫难失身、痴病夭亡、纵情殉情等现象,可以深入讨论女性脱出正统带来的污名自伤,亦可从其生存困境里检视女性寻求情感补偿的孤注一掷。

明清时期的许多禁戏史料里,都涉及了一个触目惊心的话题——这就是女性一旦进入戏场,不是改嫁失节、私奔私逃、堕水焚火,就是被诱拐奸骗。梁恭辰《劝戒录》载:"俗语云:'滩簧小戏演十出,十个寡妇九改节。'浙西某县某乡,于道光二十五年时,曾演此戏八台,一月内,本地寡妇再醮者六人,其中有守节十余年,子已长大,亦一旦改节,欲留不可者一人,又有一官家女儿,年已二十三岁,尚未许配,因此随跟班逃去,此害之显然者也。"①而余治《得一录》记载,"今观于某乡因演滩簧数日,两月内屈指其地寡妇改醮者十四人,多系守节有年,一旦改志者,更有守节十余年,孤子年已近冠,素矢不嫁,而忽焉不安其室,托媒改醮者……更有因此而荡检逾闲,淫奔苟合,因想成病,因奸致杀,暗中受害者,更何可限量耶"②。不断有舆论指罪《西厢记》《玉簪记》《红楼梦》等戏,近人每以为才子佳人风流韵事,与淫戏有别,不知

---

① 王利器:《元明清三代禁毁小说戏曲史料》,上海古籍出版社1981年版,第282页。此书录此段文字出处为梁恭辰《劝戒录五编》卷六及《劝戒录类编》第六章,查《笔记小说大观》一编第一册《北东园笔录》,未见《劝戒录五编》,亦无此条材料;再查《笔记小说大观》第十二编第一册《劝戒录类编》第六章,亦未见这则材料;再查《零玉碎金》第二辑《池上草堂笔记》,亦未见此条材料,以上所见不知是否节本,暂存疑。
② 余治:《得一录》卷一一,同治己巳年(1869)刊本,第19、12、15页。

调情博趣,是何意态,迹其眉来眼去之状,已足使少年人荡魂失魄,暗动春心,是诲淫之最甚者……甚至贞女丧贞,节妇失节,桑濮成风,廉耻丧尽,推原祸始,此实厉阶。上宪禁示,盖以此也"①,如果说看戏改嫁是失节,私奔私合则在禁戏持论中几等于淫乱。然而,禁戏舆论的导向是负面的、抵触的,女性观剧的行动却是决绝的、悲壮的。嘉靖十四年(1535)《正风俗条约》即因"潮俗多以乡音搬演戏文,挑动男女淫心,故一夜而奔者不下数女……其有妇女因此淫奔者,事发到官,仍书其门曰'淫奔之家'"②,崇祯十二年(1639)吴地"扮台戏。其害,男女纷杂,方三四里内多淫奔"③,康熙五年(1666)汤来贺《梨园坏心导恶说》云"妇女未尝读书,瞎传奇,必信为实……近来各乡,从前质朴者,因演戏而习冶容矣;闻某村演戏,席罢之后,妇女逐优人而去矣;又见有嗜戏之家,处子怀孕,淫乱非常矣"④,嘉庆二十年(1815)厦门禁演《荔镜传》,即因此剧演泉州陈三诱潮妇王五娘私奔事,"妇女观者如堵,遂有越礼私逃之案"⑤。禁戏者站在道德制高点上,看到的是女性观剧者背负的道德污点,而事实或许是妇女从自择良偶的戏曲故事中获得了排解现实苦难与不幸的药引。

女性观剧者失去了原有的以闺阁和家庭为屏障的生存庇护,获得了想象和进入剧场作为异在空间的自由,也同时面临着凶险和不测。在剧场内外众多的意外事故中,有不少看戏的女性死于溺水与火焚事件,如道光"十六年九江堡红花庙演剧失火,妇女奔进,桥折坠水,溺毙多人"⑥;咸丰二年"八月十六日,礼义都,帝临堂庙演剧失火,场中焚死男子一百一十余人,妇女九十余人"⑦。这些记载,没有个体挣扎的细节交代,但牵累罹难的女性人数众多,作为一种群像却让人触目惊

---

① 余治:《得一录》卷一一之二《翼化堂条约》,同治己巳年(1869)刊本,第6页。
② 戴璟辑:《广东通志初稿》卷一八《御史戴璟正风俗条约》,《北京图书馆古籍珍本丛刊》第113册,书目文献出版社1998年版,第342页。
③ 张采:《太仓州志》卷五,崇祯十五年(1642)刊本。
④ 汤来贺:《内省斋文集》卷七,《北京图书馆古籍珍本丛刊》第113册,第542页。
⑤ 周凯纂:《(福建)厦门志》卷一五《风俗》,道光十九年(1839)刊本。
⑥ 郑荣修、桂坫纂:《(宣统)南海县志》卷二,宣统二年(1910)刊本。
⑦ 彭君谷修、钟应元纂:《(同治)新会县续志》续卷一〇,同治九年(1870)刻本。

心。而比改嫁失节、私奔私逃、溺毙火焚,更难以洗刷的污名,是女性涉足戏场、沉迷夜戏时被诱拐奸骗。乾隆十四年(1749)陈宏谋示禁夜戏示意"大荔县六月二十八日,堰城村有夜戏场中诱拐幼女之事"①,道光十五年(1835)河南舞阳正堂《厚风俗告示》亦道出"演唱夜戏,为害最甚,匪徒得以趁机掏摸,妇女多被调奸拐逃"②的险象。道光十九年(1839)三角班在乡村彻夜扮演,"有某家媳,年未及笄,观半月神魂飘荡,每于无人处,独自舞蹈,低声效其歌腔,由是戏者渐与苟合"③,后被深夜拐逃,胁迫剃发演戏。道光年间"京师有太平鼓之戏……有结为太平鼓会者,聚百数十人,着大羊皮袍,遇粲者,则群以袍围之,裹而奔,妇女号,则众鼓齐鸣,市人无闻者,远近失妇女无数,抵暮,则挟至城根无人处,迭淫焉,往往至死,其幸生还者,又畏羞不敢告人"④,本为驱邪祈祥的太平鼓表演,被奸邪匪徒掳掠妇女所利用。如此看来,女性因入场看戏身犯奸邪、酿成巨案者不在少数。禁戏言论无视作为制度牺牲品的女性命运,而将一切罪责都归因于开场演剧,归因于女性自身的沉沦与堕落,显然不合基本的伦理逻辑。

看戏观剧所导致的女性出奔私合、劫难失身、纵情殉情,在某种意义上让女性由被整个社会歧视和遗忘,走向被整个社会排斥和抛弃。妇道卑顺,不服被安排的命运就是违背妇德,就是抵制以父与夫为集合的男权话语。当看戏观剧作为女性自己的选择时,她们却发现自我身体与社会空间遥遥隔断,无视道德权威不可避免地会带来自伤自毁。伴随着情感扭曲的心灵补偿,女性观剧者对人情礼欲的颠覆矫枉过正,被男性指罪为"淫"的问题裸露出来。如"百回评说,一曲弹词,艳情演作传奇,杂记仿成迷异,幻虚无之楼阁,魂游弱水三千,摘缥缈之云烟,梦绕巫山十二。遂使芸窗秀彦,兰闺名姝,迷离控鹤之编,缱绻求凰之曲,不待登伽咒食,神已先迷"⑤,将女性观剧的痴迷与对才

---

① 陈宏谋:《培远堂偶存稿》卷二九《文檄》,第19页。
② 王德瑛纂修:《(河南)舞阳县志》卷之六《风土志·风俗》,道光十五年(1835)重修本。
③ 黄启衔:《近事录真》,道光十九年(1839)刊本。
④ 徐珂:《清稗类钞》第11册,中华书局1984年版,第5066页。
⑤ 汪棣香:《劝毁淫书征信录》,道光刻本。

情至爱的追求,看做是"暂一披卷,情不自制,顿忘中冓之羞,遽作巫山之梦"①的淫纵邪行。而什么是"淫"?"如《西厢》《牡丹亭》,淫亵极矣"②的说法,更多指向的看戏者的身份,尤其是年轻妇女观众;所谓教化即善,不善即淫,将《西厢记》《牡丹亭》这样的经典戏曲作品目之为"诲淫",是艳情即淫?言情即淫?还是与淫祀土壤无法剥离的演剧活动本身不被官方认可、非正统、异端即为淫?还是扮演行为带来的扮相妖冶、敷演过度、唱腔淫靡造成的观众耸动、剧场喧闹、人情逸荡,乃至私奔私合是淫?戏曲为附从于家庭的女性提供了开放的生活空间,当观剧看戏的在场体验激发了生命的激情,借助戏曲作为异在的空间想象,女性获得了丰富而暧昧的、逾越礼教闺范的精神寄所。

同治十三年(1874)《申报》刊发的一则《严禁妇女入馆看戏告示》,源于轰动沪上的杨月楼案。杨月楼是清末著名京剧武生,因演技扮相俱佳而名噪一时,同治十二年(1873)应上海坤商礼聘,随三庆班前往上海,在丹桂戏园领衔主演《取洛阳》。在场观众中有位广州富商的女儿韦阿宝,痴迷杨剧并爱上了英武的杨月楼,主动写情书,通过乳母向杨月楼表达爱慕,遭拒后一病不起,后经阿宝母亲韦王氏与来沪的杨母议婚而正式成亲。但这桩婚事却不巧被游手好闲的阿宝叔叔韦天亮纠缠,以"良贱不婚"之礼告官,加之上海县令叶廷春严刑拷打,逼杨月楼屈招,惹出一场诱拐卷逃大案。同治十二年(1873)十一月《申报》曾以《杨月楼诱拐卷逃案发》《拐犯杨月楼送县》《杨月楼拐盗收外监》《记杨月楼事》等三十多篇文章先后报道了此案备受关注的审理过程以及此案作为当时沪上热门话题的种种驳议争论。清代以来沿袭倡优隶卒为贱民的等级制度,良贱之别的界限还是很严格的,如《大清会典》卷一一"区为良贱:四民为良,奴仆及倡优隶卒为贱",贱民不得与良民通婚、不得科考、犯罪重处。雍正朝虽曾开豁为良,除去乐户贱

---

① 佚名:《远色编》卷中,康熙四十八年(1709)刊本。
② 《申报》1879年10月16日第1版,《申报》缩印本第15册,上海书店1983年版,第429页。

籍,但倡优乐人娶良人为妻者杖一百是明文写在大清律里的①。杨月楼作为倡优"贱民"娶富商女儿为妻,违背了"良贱不婚"既定礼法,所以维护旧道德的舆论以杨月楼诱拐卷逃逾礼越分、韦阿宝私自请婚有污贞洁,主张严惩;而受到租界相对自由的社会氛围影响,不大遵从尊卑名分的一些时论,如《公道老人劝息争论》《持平子致本馆论杨月楼事书》等,则提出杨韦婚姻有具婚书、得聘礼、行许配等正当婚姻程序和明媒正娶的合法性,为"诱拐案"辩诬。虽然一时舆论轰动、沸沸扬扬,但最终此案还是以拐罚定罪,杨月楼被判军遣,韦女杖责发善堂择配。一桩因女性观众迷恋名角而产生的合理的情感诉求和正当婚姻,终被钳制问罪。而清末武生戏受到追捧,武生与女性观众结缘亦非个案,这种值得关注的现象,透露了市井女子倾慕武生名角背后,经由武戏想象发抒的追慕阳刚之美与崇拜豪侠英雄的心理。

直至光绪二年(1876)以后,闺训禁戏才受到时论的质疑和辩难,《申报》刊登《论禁戏》云:"人生可以取乐之事,本非一端……观剧一事,其素性不喜者,虽戏在其侧亦不欲观;其素性若喜者,固不论富贵贫贱、知(智)愚贤否、老幼男女,一闻有戏,不拘何地,皆趋之若鹜,赴之恐后,一律往观也。"②此论从观剧个性爱好出发,指出人生行乐各有所取,志在观剧纯属个人嗜好,亦当予以尊重,从而争论演戏之正义、观剧之正当。同治十三年(1874)《申报》又载《与众乐乐老人致本馆书》:"夫看戏一举,原属赏心乐事,本当男女同乐,良贱共观。今妇女仍无厉禁,惟良家独至向隅,故愚谓此论未昭允。试思男子处世,有交游之乐,有登临之乐,有酒食征逐之乐,有纵马田猎之乐,甚至有秦楼楚馆之乐,博钱踢球之乐;而在妇女皆无之。至于看戏一事,可以消愁解闷,可以博古通今,可以劝善惩淫,似应任其观阅无禁,不宜复分男女,复论良贱也……至若生在深闺,毫无乐趣,已属不幸之身;倘再遇不幸之事,或因夫妻反目、子女伤心,难觅排遣之方,闺中良友,邀

---

① 张荣铮、刘勇强、金懋初点校:《大清律例》卷一〇《户律·婚姻》,天津古籍出版社 1993 年版,第 224 页。
② 《申报》1876 年 10 月 18 日第 1 版,《申报》缩印本第 9 册,第 373 页。

赴戏场,以释愤懑,此亦人情之至当,尚非国法所必禁者。今因偶尔妇女二人,看戏被迷,遂累及上海一县妇女,禁止不准看戏,岂非波及无辜乎? 若使向来妇女,一入戏馆,尽行被迷,则此禁万不能停,万不可缓,是戏未有不迷人,而人未有不为戏所迷者。有是理乎? 倘为二人被迷,竟禁一县妇女,是由一人出门赴市而被车马碰伤,遂禁一县之人,不准出门赴乎?……故吾深不愿有此一禁也! 他日者,余将携家属同赴戏馆,不徒愿吾一须眉男子独乐其乐,并欲邀同人妇女与众乐乐,断不因贵馆之论禁止,遂使之大煞风景也。"①这一段议论提倡演戏观剧男女平等、男女同乐,为妇女的文化享有权与社会地位呼吁,是晚清沪上报刊新媒介促动下舆论氛围的可喜变化。

　　禁毁戏剧,在权力话语与次权力话语的共同运作支撑下与剧史共生同构,促进了曲史形态分层、也造就了戏曲向下一路传播的观众。一方面,排斥了女性观众的剧场遮蔽了女性的在场地位;闺训禁戏造成了戏曲观赏的许多禁忌,女性作为戏曲观众资源被剥夺,意味着戏曲本体的残缺和扭曲。另一方面,观演戏曲为依附于社会边缘的女性提供了一个想象的文化空间。中下层女性观剧者延伸到家外与闺外的戏曲观演活动,与女性囿于闺阁的戏曲文学个体阅读行为不同,在其与戏曲互动关系的丰富开拓中,筑成了自我世界的精神寄所,促进了戏曲的接受分层与社会影响。如果能转一个弧度,从处在戏场空间里的女性观剧行为与心理症候去追问禁戏带来的历史断裂感,去体会女性不惧历险污名获得的超验式情感补偿与生命情怀释放,去挖掘女性作为个人的、也同时作为社会的引人注目的在场主体性,或许可以探绎悬置于中国戏曲史的过去和当下的、需要我们共同面对的问题阈?

（原载《文学遗产》2017 年第 1 期）

---

① 《申报》1874 年 1 月 13 日第 1 版,《申报》缩印本第 4 册,第 41 页。

清末唱本与巴蜀戏艺景观

清末四川唱本《花仙剑》的妖与仙

《花仙剑》是川剧传统剧目之一，与《斩花妖》为上下本，叙芙蓉花仙惑书生陈秋林，冒名私奔、为仙人降服事。作为"江湖十八本"之一的大戏，此剧有多种刊本存世，舞台表演亦盛。据目前可见资料，清末民初演述"花仙剑"故事的川剧刊本，包括未见著录的双红堂藏三本及北碚图书馆藏本在内，计有 20 多种本子①。或题"花仙剑"，或题"游扬州"，或题"藕花院"，或题"陈秋林游扬州"，或题"丑花仙剑"。相较而言，此三种《花仙剑》刊刻于咸丰十年（1860）至民国间，其流行时间应早于其他注录的本子。而近日寓目之北碚图书馆藏民国间冉开先《花仙剑》罗中典抄本②，亦是未受关注的较早本子。作为双红堂藏清

---

① 据双红堂藏本、北碚图书馆藏本以及《四川坊刻曲本考略》《中国戏曲志·四川卷》《成都市志·川剧志》《四川省志·图书出版志》《成都市志·图书出版志》等注录：有双红堂藏戏曲 188(39) 咸丰十年（1860）崇庆州高鸿发堂新刻本《藕花院》，双红堂藏戏曲 188(1) 光绪三十二年（1906）邛州三元堂翻刻绵邑东街永兴堂新刻本《斌书剑（附游扬州）》，双红堂藏戏曲 188(45) 民国年间山西会馆世兴堂旧版新刻《花仙剑》，北碚图书馆藏民国间冉开先《花仙剑》罗中典抄本，民国三年（1914）邛崃荣盛堂刻本《游扬州》下册，民国五年（1916）成都福记书坊发兑刻本《丑花仙剑》，民国十六年（1927）年梁山文萃石印馆代印出售《花仙剑》(《梁樵曲本下卷收》，民国十九年（1930）成都黄寿山熙南书社刻本《花仙剑》，民国二十三年（1934）壁邑三合书局刻本《花仙剑》二卷，民国二十四年（1935）成都古卧龙研溴记刻本《花仙剑》后节，民国三十八年（1949）成都文集书林印福记书庄刻本《游扬州》二卷，民国年间成都卧龙研发兑刻本《花仙剑》全本二卷，民国间四册合刻《花仙剑》全本，民国年间成都刻本《陈秋林游扬州》上册，民国年间成都云记书坊刊刻《花仙剑》，民国时期成都仁昌书庄刻本《化仙剑》一册，民国年间刘双合书庄木刻本《花仙剑》等。

② 重庆北碚图书馆藏民国间冉开先编《花仙剑》罗中典抄本一册 6 页，列在川剧剧本目，与《青梅配》《醒妓》合抄。据中国戏曲志编辑委员会《中国戏曲志·四川卷》（中国 ISBN 中心出版社 2000 年版，第 507 页），冉樵子辑《梁樵曲本》上下册，上册为《刀笔误》（川剧聊斋戏出《聊斋志异·张鸿渐》），下册包括《孝妇羹》《舟饯》《花仙剑》《妙嫦拜月》《淫恶报》《夕阳楼》《无鬼论》《金山寺》《青梅配》《醒妓》《琴挑》《杀子告庙》等 17 种，有民国十六年（1927）梁山文萃石印馆代印本，残片存于成都市图书馆，下册藏于成都市川剧院研究室。冉樵子（1889—1927），名正梅，字开先，清末法政学堂学生，曾用梁樵、刀笔误等笔名，以改编川剧高腔聊斋戏见长，是清末与黄吉安一起并称的川剧大家。另，《北平国剧学会图书馆书目》中卷"蜀戏类"著录有《花仙剑》一册，不题撰人，刻本，尚不知于此本异同（北平国剧学会《北平国剧学会图书馆书目》，1935 年版，第 49 页）。

末四川"唱本"六十四册中比较有代表性的剧目,《花仙剑》三种刊本,与川剧剧目发展亦关系密切。从其版刻差异、故事截取、戏剧情境的生发、排场布置等层面对照分析,可以见出作为传统大戏析出段落反映出的不同趣味,有助于我们对早期川剧剧目衍变细节的认知,并可进一步了解清末川剧发展的具体过程。

一、刊本差异与故事截取

双红堂藏《花仙剑》三种,无论版本内容、情节场面、角色重心,都呈现了很大的差异。作为早期川剧的"唱本",这种差异可以看做是随应舞台演出变化而来的,而截取的故事各组独立、又互有串联接续,从不同角度展演了花仙剑故事的丰富面相,体现了川剧剧目选择、融萃的一个自然变化过程。

双红堂藏三种《花仙剑》故事,以《藕花院》刊刻时间确定最早。双红堂藏戏曲188(39)之《藕花院》,封面右列"咸丰十年(1860)新刻"字样,五十册,中书黑体大字"藕花院",左列"崇庆州高鸿发堂"字样,版心刻"藕花院",全剧44页,首页大字黑体书"新刻藕花院",分列标题蔡府祝寿、花园叹亲、秋林会友、游藕花院、才女对答、红面许亲、元虚嫖院、锦兰下山、超化院房、父女相会、度归天台、帽(冒)名顶替、必(毕)纯定计、元虚闹院十四个段落[①]。行当与人物名叠用出场,以白口为主,前半部分唱曲多有牌子,如【柳青娘】【月儿高】【半驻云飞】【驻马听】【黄莺儿】等,后半部分则几乎没有出现,仅有一曲有【驻云飞】牌名。双红堂藏戏曲188(1)之《斌书剑(附游扬州)》,封面右列"丙午"(光绪三十二年,1906),中上横书"邛州",下黑体大字列"斌书剑",左列"三元堂"字样。版心前十四页题为"花仙剑"。首页题"新刻游扬州",分题(别母赴途)、苏府许亲、父女定计、藺亭观花、拐带花妖,末署

---

① 据黄仕忠《双红堂文库藏清末四川"唱本"目录》,日本东京大学《东洋文化研究所纪要》第148册,2005年版;以下两种双红堂藏《花仙剑》刊本信息亦参据此。

"绵邑东街永兴堂新刻";末一节"暑亭题诗"版心刻"游扬州"①。大部分以行当出角色,偶有角色与人物名叠用现象。亦以白口胜,唱词无牌名。双红堂藏戏曲188(45)之《花仙剑》,无封面,首页横排小字"新刻",竖排大字"花仙剑",分题蔡府要亲、吟诗赏花、责贬花妖、台州拜寿、毕纯探信、报仇吃粮,加上开场之"议计讨亲",应为七场。"责贬花妖"末有"山西会馆世兴堂行"字样,应是世兴堂旧版新刻。以行当出角色不多,大部分以人物姓名出场,行文以"介""唱"夹对,曲白相生,完整的唱段不多,亦无牌名。

从刊木差异看,双红堂藏三种"唱本"中,《藕花院》刊于咸丰十年(1860),时间最早;《斌书剑(附游扬州)》刻于光绪三十二年(1889),是为晚出;《花仙剑》刊刻时间不明,至晚在民国间,祖本或可能早于前两种,出于道光间。三本《花仙剑》的刊刻地点和书坊也不同,《藕花院》为崇庆州高鸿发堂刻本,据刊记"新刻""五十册"信息,或与旧有多曲本合刻。鸿发堂是崇庆州书商高鸿发设于崇阳正北街的书坊,光绪十三年(1887)刊有景其浚辑《吴顾赋抄》一种,民国以后或迁至崇阳西街,刻有《重台分别》《金真缘》曲本②。《斌书剑(附游扬州)》为邛州三元堂截取绵邑东街永兴堂新刻部分而成。三元堂,民国年间绵竹与成都都曾有堂号,民国年间汪德九创办的三元堂刻印过一批曲本,但年代晚于此邛州三元堂③。永兴堂以光绪十五年刻过《八仙图》曲本的成都堂号为最早;还有光绪年间重庆永兴堂刊刻过《聊斋志异》④。此本封面标"斌书剑",可能有合刻或异字借用的情况。《四川坊刻曲本考略》录有《兵书剑》,但扫华堂以下六目均为李三娘故事⑤,与此剧不同,或许此剧是与《兵书剑》曲木一起合刻;或是三元堂为避免重版,用

---

① 此本缺一页面,即第十页下和第十一页上,第十页上"园亭观花"半面与第十一页上文字内容衔接不上,当延至第十页下,据《川剧传统剧目汇编》所收全本《花仙剑》可对证。
② 四川省地方志编纂委员会:《四川省志·图书出版志》,四川人民出版社2001年版,第557、630页;刘效民《四川坊刻曲本考略》,中国戏剧出版社2005年版,第21页。
③ 刘效民:《四川坊刻曲本考略》,中国戏剧出版社2005年版,第31、12页。
④ 四川省地方志编纂委员会:《四川省志·图书出版志》,四川人民出版社2001年版,第457页。
⑤ 刘效民:《四川坊刻曲本考略》,中国戏剧出版社2005年版,第85页。

绵邑东街永兴堂新刻的本子,加上最后一节"暑亭题诗",由芙蓉剑花仙引申而异字借用,拟了一个"斌书剑"的新题目刊行。《花仙剑》据版心书"五四六"至"五六四"内页字样看,以及"台州拜寿"末有涂抹痕迹,似与他本合刊,以山西会馆世兴堂行本翻刻而成。世兴堂,据《四川省志·图书出版志》,道光年间成都书坊有世兴堂,道光十六年刊刻过《伴花楼》曲本,而绵竹亦有世兴堂,但开业年代不详①。另据《成都市志·图书出版志》列有道光年间成都世兴堂、民国年间邛州世兴堂②,按目前所见书坊信息排比,此本《花仙剑》或可推测刊于更早的道光年间。从世兴堂与"山西会馆"的关系看,在成都、绵阳、邛州三个地点中,成都可能性较大。

从情节出入与故事截取看,此三剧实有所本。芙蓉花妖的故事,最早见于清代才子佳人小说《铁花仙史》③。小说写钱塘蔡其志与好友王悦联姻,许嫁若兰与汝珍。王汝珍与陈坤化之子陈秋林、知县苏成斋之侄苏紫宸拜为手足。陈王二人于埋剑园中吟诗赏花,引动芙蓉花妖夜来私会陈秋林。责贬扬州时,于苏成斋衙中得会陈秋林,摇身一变为拜苏成斋为义父之前兵部侍郎女夏瑶枝,迷惑陈生。苏紫宸收妖,秋林与瑶枝得成连理。蔡其志因汝珍丧父意悔婚约,若兰不从出走,蔡翁收汝珍为螟蛉子。为苏成斋收养的若兰后终与王汝珍缘定三生。由《铁花仙史》可见《花仙剑》故事的最早源头与完整版本,而双红堂藏三种"唱本",则是以花开几朵、各表其枝的方式,对此故事进行了截取和重组。

《藕花院》剧叙双亲亡殁的王汝珍赴蔡府祝寿遭冷待。虑父欲悔亲的若兰与丫鬟红渠谋议,游园督学赋诗识才。浪荡子弟毕纯来约夏元虚藕花院寻花问柳,路上撞破展看小姐赠诗的王汝珍,话不投机心

---

① 四川省地方志编纂委员会:《四川省志·图书出版志》,四川人民出版社 2001 年版,第 450 页。
② 成都市地方志编纂委员会:《成都市志·图书出版志》,四川辞书出版社 1998 年版,第 48—49 页。
③ 《铁花仙史》题为云封山人编次,一啸居士评点,前有三江钓叟序,二十六回。据小说中避"玄"字、十八回"原来故明制度,凡有本章,俱系内监经收,转呈……"等句,为清人所作。

生恨意,欲设计拆散姻亲。陈秋林为会才女水无声,邀书友王汝珍、侠士苏子辰同游藕花院。贪淫好色的富公子夏元虚以百两银子欲梳拢水无声,院妈收银设春药迷局。不意三书生至,请水无声陪客,秋林与水姐眼来语往、两下生情,苏王从中说和、赋诗随贺。这边秋林花烛求和,元虚闯入嫖院;那边院妈情急调包,请水幺姑应付夏元虚。这边水无声许亲诉身世,那边院妈许亲骗夏公子;这边水无声遭拒被毒打,那边毕纯来吞银押婚书;最后道长入院救女飞仙,元虚闹院被打约架。其实,《藕花院》是川剧高腔传统大幕戏,全剧九场,四川省川剧艺术研究院藏有手抄本,叙宋代西湖藕花院妓女文无声,因父文景南杀人逃亡而卖身藕花院,隐姓更名,只吟诗陪酒,绝不卖笑从淫。富家子夏元虚欲以千金聘娶,院妈贪财逼嫁毒打,无声誓死不从,后为父所救同往天台修道①。如此看来,双红堂藏《藕花院》三线互织,是与川剧高腔大幕戏故事主脉一致却敷演有别的一部戏。这种嫁接,以王汝珍和蔡若兰亲事磋磨为前线,以三书生游院为转关,以陈秋林与水无声定情为后线,牵出鸨儿丑旦与浪荡公子之群丑戏;又牵出苏子辰拜师学艺、文家父女入道之修仙戏。

《藕花院》中并未涉及的瑶枝一线故事,在《斌书剑(附游扬州)》中被敷演为故事主线,成为主角。《游扬州》叙钱塘陈秋林父亡阻试,除孝后辞别母亲,游学父亲生前好友苏成斋府。从前误戏秋林的花仙责贬扬州途中思念陈生,追至苏府,欲成就三生姻缘。秋林拜见年伯,成斋劝勉力学。瑶枝若兰互诉衷肠,原来夏瑶枝因父夏映在兵部侍郎任上遭谗被斩,被过继堂兄夏元虚献画入宫,船行遇难;而武林蔡其志之女蔡若兰,自幼许与王汝珍为妻,因父亲悔亲另许而深夜出逃,二人被扬州知府苏成斋搭救收为螟蛉。秋林于园亭观花,引动芙蓉花仙。苏成斋相中秋林才貌议亲而遭拒。秋林夜梦美人打架,思妖魅蛊惑,欲求脱身决定辞行。成斋定计与秋林辞行日安排酒宴,命瑶枝署亭题诗,二人"邂逅",秋林为瑶枝才貌倾倒,欲陈情告悔却被苏成斋以双关

---

① 四川省川剧艺术研究院、四川省川剧学校、四川省川剧院:《川剧剧目辞典》,四川辞书出版社 1999 年版,第 1032 页。

语宕开话题。此剧以陈秋林和瑶枝议亲之事为明场,以花妖求爱秋林为暗场,虽以苏成斋牵出两个不幸女子的复线,但若兰一线隐去,专从瑶枝一线生发。花妖的爱是隔世影行的执念,暗喻着陈秋林自我选择的内在合理性;瑶枝的才貌是现世姻缘的依凭,成为陈秋林拒绝叔父代父母之命的反证。

而《花仙剑》则以王汝珍的讨亲苦恼递入,将逃走之后生死未卜的若兰一线作为伏脉,以陈王二人苏府要亲、蔡翁认义子为前场,以陈秋林与芙蓉花妖的情缘为转关,接续三书生与夏元虚、毕纯来的斗打后场,带出瑶枝的才气与苏子辰的豪侠。故事从王汝珍因家道中落、蔡翁悔亲、若兰逃亡、不幸落拓,而与陈秋林议计讨亲开场。陈王二人怒气冲冲蔡府要亲,蔡翁念女生死未卜,回心欲招义子,汝珍改姓立志勤学。蔡翁设宴传酒,秋林赏花赋诗,引动芙蓉花仙。秋林花亭醉后,花仙入梦,欲与秋林共偕连理,被风雨二神捉拿于圣母面前问罪,被责贬扬州看守野苑。秋林回想梦境,守候花园门外得见梦中佳人,却是冒犯天庭被贬的花仙前来道别,共赴阳台之梦又被二神撞破。陈生于书亭会友汝珍,欲解吉凶不得。故事于此转关,倒叙苏子辰赴台州拜寿,放神箭射杀了盗库银的水贼,此际回来访友,恰遇撺掇打手报仇的夏元虚,武戏文唱,斗打旁叙,直教败北蛮奴远逃异邦。而作为《藕花院》主线故事的元虚闹院、文家父女飞仙段落,于此剧全部隐去,仅以"台州拜寿"一节由苏子辰出场道出。

如果说《藕花院》是妓女修仙与秋林遇艳两个完全不同的戏本的掺入和重组,那么,《斌书剑》即是《花仙剑》某些部分的放大和展开,而《花仙剑》又可看作《藕花院》另一版的抽绎和改写。据《川剧传统剧本汇编》整理的《全本花仙剑》上部有"别家"、"下山"、"收巴"、"路遇"、"进府"、"入衙"、"议婚"、"三许三推"、"装病"、"夜会"、"私奔"十三场戏目[①]看,五场《斌书剑》虽然主线情节大致相同,场次和唱词则迥然

[①] 《川剧传统剧目汇编》第九集(四川人民出版社 1958 年版,第 203 页)之《花仙剑全本》前序称,据四川省川剧院藏刘栋梁抄本校勘,并参考刘双合书庄木刻本、古卧龙桥澡记木刻本及其他单折本增补校正。

有别,全本中出现的芭蕉精和巴世龙故事,则又与北碚图书馆藏民国间冉开先《花仙剑》抄本刻意渲染花仙与蕉精仙战①的故事相合。三剧在场面上,都有祝寿、许亲、宴吟、赋诗、游园、遇仙等重要关目,但主线支线的隐伏、前场后场的调度、明场暗场的措置,递入戏出的转关,都独出机杼、各有理路。三剧故事的发生背景在西湖、扬州和台州之间,经由四川"唱本"的敷演,却打上了浓郁的地域印记和轻艳喜谑的趣味。

二、安排的"偷窥"与艳妖之缘

在双红堂藏《花仙剑》刊本中,不同的故事段落,却有着人物行动、场景布置的共同演绎路数——以安排的"偷窥",作为一种间离手段,预设了角色与角色、角色与观者看与被看、主动与被动的位置关系。旁眼偷窥,表现了角色人物之羡艳、私语、诳言、痴遇的隐秘内心活动,演示了艳妖之缘的欢情美意。只安排邂逅,未刻意计较婚姻,则着意于体贴人情事理,亦假设戏场满足了观者潜在的偷窥念想。作为"唱本",《藕花院》呈现了舞台观演场面的巧妙预设与递换。在王汝珍和蔡若兰亲事磋磨的前场,经由安排的"邂逅"在敞开的空间里,表演了女性主动的"偷窥",和男性的"被偷窥"。女性主动的"偷窥",是若兰通过丫鬟了解汝珍品貌的前提下,自设"偷窥"之局,以一场假意游园安排了一场真心邂逅。有趣的是,在若兰入园的路上,先有暗场出花仙一段唱曲:"满园风飘梨花脂,桃红杂绿色。李花闲似□□□,亭园轻步金莲折,对景自叹息,满园草木飞蝴蝶。"花仙以花色正艳、春光正好的过场影子,暗衬了美人正青春、游园正当时,为汝珍推窗观小姐摘

---

① 与此抄本故事相同的还有书词诙谐、唱腔别致的莲箫传统曲目《花仙剑》(中国曲艺志全国编辑委员会《中国曲艺志·四川卷》,中国ISBN中心2003年版,第105页),以及流行于贵州道真、务川、正安等地的傩堂戏传统剧目《花仙剑》(中国戏曲志编辑委员会《中国戏曲志·贵州卷》,中国ISBN中心2000年版,第98页);重庆巴县阳戏《花仙剑》(王秋桂主编《四川省重庆市巴县接龙区汉族的接龙阳戏——接龙端公戏之一》,财团法人施合郑民俗文化基金会1994年版)等。

花而引动春情埋下伏笔,带出汝珍见花台美女而放胆向前问话的动作线。若兰一见汝珍,即引入轩中叙话,一段叮咛点化,汝珍如梦初醒,已见若兰行事机敏。接着吟诗唱和、当场考校汝珍才情,则更见其慧心。"何不将这柳枝挂绿作诗一首,妾身观看",汝珍作诗,不仅以浓艳之笔写百花争艳,且以绿腰、柔条之缠绵,暗送鸾凤相交之情款。若兰在旁"仔细瞧",接唱"俊美才高,又胜似潘安无双毫,一笔挥成许(疑为诗)稿,笔走龙蛇字迹高"。闺中女子的偷窥因赋诗而成,滤去了初见的羞涩,若兰意会情来,将汝珍作诗念诵一过,曲白相生,方遂了既端详汝珍俊貌、又试探郎君诗才的心愿,"喜眉梢果称了中俊英豪"。这种正场作诗、侧场观看,预设若兰作为偷窥者的表演情境,绝妙地切割了角色活动的舞台空间,通过眼线穿梭传达了才情相赏、芳心暗许。至此,以花仙之艳引领若兰主动偷窥的灵动意趣已臻至,二人的相会戛然而止,而汝珍索诗、小姐赠诗的暗场处理,又成为打开汝珍读诗被偷窥的后场的机窍。担心岳丈悔亲的汝珍,不仅得小姐一念支持,还得小姐一首和诗,只因院公闯入未及观看。妙的是,小姐和诗,原本是汝珍"此间两下无人,不如去处细看"的,却不想被闯入者毕纯来偷听了去。汝珍自顾自"偷窥"小姐赠诗,毕纯来又从旁"偷窥"汝珍读诗的感叹,耳闻汝珍满腹心事、追问不果,两下话不投机,故事才得以扭转,使得秋林会友的关目和才子邀游藕花院的故事得以铺展。

相比于前半故事里"邂逅"是若兰自己安排,"偷窥"是若兰有意主动的"偷窥",《藕花院》后半故事里的"邂逅",则是水无声迫于院妈安排,意欲借姻亲之想,躲过一场被夏元虚强娶的飞来横祸而待时飞仙。水无声虽与秋林"邂逅"私会,"偷窥"却如此仓促,"奴观见陈相公面如美玉,又是个宦家后富贵有余,奴本待与他人面把亲许,怕的是负义男翻落沟渠"。且不说这耽虑搁置了私情,与若兰安排邂逅全为现实姻亲之想不同,这后出里的水无声,毕竟是仙不是妖,注定与人情缘浅,所以其前疑后探、悬下终局,可见并非是为了托付终身,艳缘刚一显露端倪,即向还真修仙戏的另一种趣味转关。

而同为才子佳人的"邂逅",在《斌书剑》里,被苏成斋安排的"偷窥",瑶枝则被动地卷入进来,参与和实现了"邂逅";而"偷窥"的动作发出者,却换成了生角陈秋林。此剧以花妖求爱秋林为暗场在前接引,以瑶枝议亲秋林为明场转后递进,而苏成斋牵出的两个不幸女子的故事线,隐去若兰一角,又从瑶枝一线生发,榫卯脱合,多线穿行。

瑶枝议亲的明场,作为故事的主线,自议亲、许亲至拒配、缓配而成。前兵部侍郎夏映之女瑶枝,相貌娉婷,能诗善赋,家变遭陷成苏府养女。苏成斋为义女姻亲思虑,欲将瑶枝许配才如子建、貌如潘安的秋林。岂料秋林以"孝服未满,母命在身"拒配,苏成斋"回二堂与瑶枝用个主见,管叫他狂生辈自求姻缘",戏弄秋林欲挽回颜面。秋林辞行,于被安排的送别宴上,"无意"撞见暑亭题诗的瑶枝,为其才貌倾倒,悔不迭求亲,却为苏成斋缓配之计所阻。扬州知府苏成斋,作为才子佳人邂逅的安排者;具有双重身份,既要为义女择良门姻缘,同时作为秋林好友苏子辰叔父,秋林的年伯,又担负着父兄代友择亲的"权威"角色。他一面让夏瑶枝"避暑亭书案上挥洒诗篇",一面"略备酒宴与贤侄",这种刻意安排,提供了"邂逅"可能性。而"邂逅"之后的"偷窥",方是一段艳缘展开的正场戏。秋林"进书房见姣娘连忙转步",夏瑶枝"羞得奴裙钗女低头而出",才子佳人的慌乱,造成了情感的断点,为接下来的"偷窥"留足了空档。只见秋林唱道:"偷眼看小姐姐恰似花蕊,赛得过广寒宫月里嫦娥。青丝发挽并头金簪插住,小金莲穿高底分外姑苏,观形容必是个才貌之妇。藕香腮恰好似荷花初出,小金莲慢慢移进了后府,看得人浑身上骨肉皆酥。"如果说花蕊、嫦娥以喻秋林初见瑶枝美貌之艳,那么,接下来细细端详发式、脸颊、小脚,从头看到脚,则将"无意"邂逅递转入艳情之缘。其实从"父女定计"一场自述,瑶枝在家难自危之间"修本章去把君见"的胆识,奇女子的不凡,早已为二人"邂逅"的荒乱和惊叹做足了铺垫。秋林的"偷窥"之举与"骨肉皆酥"、神魂颠倒的痴相,与此前开口闭口服孝未满、母命在身的自律之言形成了对位调侃。这一拒一痴,一忧愁一骨酥,一"君子"一"无赖",让人忍俊不禁的同时,也拂开了秋林此前"又未曾把他的女儿瞧见,若依允又恐怕丑陋不堪"的过虑、"婚姻大事不敢自作主张"的假意,更显此后醉倒席前极力自择良偶、挽回才貌双全姻缘的"钟情至诚"。

富有意味的是,在秋林与瑶枝议亲的明场戏进展过程中,花仙求爱秋林,作为暗场穿插,却在开场秋林别母之际、苏府拜见成斋之地、园亭观花之时、秋林拒亲之后、夜梦美人相争之刻,作为特定场景不断接入牵引,使得艳妖之缘在故事暗层里不断翻出嵌入。花仙的爱,作为"形而上的永生追随",其光彩甚至在某些段落压过了瑶枝的现实姻亲之想。游扬州时,"误戏"秋林而责贬扬州的花仙即已暗中追随,忆昔赏花叹艳、引动花心,如今酬恩负罪,一心不舍。"远观那边来了一个人,好似恩兄陈生",不免站在云端眺望,期待"金风玉露"之逢。因不知秋林去向,遂驾动祥云跟赶,一意成就宿世姻缘。入苏府时,在瑶枝、若兰二旦上场互诉衷肠之前,"奴爱他风流稚俊"、直盼望"银河有信遂奴心"的花仙,再一次驾动祥云,尾随美郎君,飞身潜入府内花亭,要"太湖石上定三生",与恩兄成就百年之好。如果说,路上、亭间的花仙是暗中出场,角色是正面表唱心声的,是以实化虚;那么,以秋林拒亲之后,芙蓉花仙的过场暗上,"方才间变芙蓉亲眼看见,苏老爷将瑶枝许配良缘,陈秋林不允亲连推数遍。……细思量这件事凑奴机变,倒不如变瑶枝去配良缘。将身儿权且在二堂打探,看一看苏老爷是何机关",于此虽是尾声带出的一个过场戏,却不可小觑。因为一变而为芙蓉以观动静,引出二变欲为瑶枝伺机凑缘,或许此际花仙求爱的幻觉替身与瑶枝许亲的现实姻缘才真正接榫。在秋林观花、夜梦之时,花仙则幻为影子,场面转为以虚带实。在园亭观花一处,拜见年伯之后,秋林信步入园,"抬起头用目观看,又只见满园花开得甚鲜。这一旁牡丹花犹如血染,那一旁芙蓉花妖艳含鲜。观此花在哪里会过一面,恰好比埋剑园芙蓉一般",心下思忖,"这朵花好茂盛真果妖艳,不由我这一阵喜上心间"。从芙蓉花鲜艳夺目、秋林观之不尽的对面着笔,也从年伯以草花不堪入目、责备观花秋林意痴情迷、"贤侄然何这般容颜"的侧面抑扬,渲染了由春意盎然引逗而出的艳缘。而为缓亲之计所困,秋林羞悔决定辞行的前夜,却又梦得蹊跷,"适才打睡,梦寐之间见两个美女相争,穿红衣女子将那著玄女子推倒在地,将我惊醒,二女不见,这是何故?"在现实的艳缘邂逅之前,一红一黑以"妖邪相戏",秋林对自我内心情感诉求的窥探,抑或为将要展开的"偷窥"之艳事,做了某种梦兆式的铺排和映衬?花妖的爱,带携或者"引诱"秋林与艳妖芙蓉所在的春天接近,及至懵懂书生注目生情、酿情成深,悬在秋林心上这一盏润色情感的明灯作用已尽,瑶枝成为父女定计的同谋,并绽放才华、暗许芳心,秋林则在父兄之命以外解开了情感的自我束缚。恰证了花妖的爱是隔世影行的执念,瑶枝才貌方是现世姻缘的依凭。艳妖之缘如此映衬,反证了陈秋林前拒叔父之命、后而自我选择的行动一致性。

而双红堂藏《花仙剑》的中段,则凭空撰出以花妖为主角的一段人鬼之恋。花仙一出场就以"妖"的身份示人,此后二度入梦,欢会辞行,都以花妖现身。秋林与王生蔡府要亲、认子设宴时,秋林陈诗"青铜镜里遇芙蓉,遇见花枝月更浓",突然插入"杀妖走一场"打戏,可见"春情太露"引动妖艳花心。一度入梦欢会,花仙于花荫下偷窥"芙蓉满面"的陈生,埋剑修炼储灵气,只为巫山会楚君。秋林醉后花亭小憩,惊醒悠悠梦魂,夜会秀色花神。一边是花妖冒名邻家女孩剑花,吟诗爱才求聘;一边是秋林心猿意马魂飞,笙歌难稳春情;当此欲结连理之际,却被风雨二神撞破。秋林并未因"一夜梦相思,鬼魅也相逢"而感到恐惧,不但且自宽心释怀:"莫非是鬼?如不是鬼,他也便是花月之妖",而且期待明日请兄解梦"再来觅形影",可见其心意相许,缠绵不舍。而春心已动、迷惑秋林的花妖,被四季花仙簇拥的百花圣母捉拿问罪,责贬扬州看守野苑,二度入梦辞别。这边是,良宵欢会不成,惹下一场灾祸,冒犯圣母发贬、还望共赴阳台的幻想奢念,已是在陈明真身、以夫妻相称之际;那边是,秋林梦醒忆梦、打定主意夜卧花园门外,"纵是妖纵是怪我不惧害,与美人再会合死也快哉"的痴念招引。这待兄诉说的异梦奇情,或许是秋林对自我内心欲望的一番斟酌与窥探?这形影相随的酬恩深情,或许是花妖瞩望红尘、恋恋人间的历劫甘愿?在双红堂藏三种《花仙剑》中,"邂逅"与"偷窥"不仅成为故事推进、场面转接的重要关目；角色之间这种富有情趣的看与被看，还盘活了人物位置身份的转换与可能的表演互动。自家安排的偷窥，机关触发，引起了一连串的看与被看，与打背拱带来的动作情理形成意外的呼应；被安排的偷窥，不仅让才子佳人的被动邂逅转变为相知相恋，而且将生角单向的偷窥延展为生旦对看互望，使得艳妖之缘与现实姻亲得以随所截断、缀合、展开、幻化，而繁枝茂叶、自成一格。

三、丑世之谑与斗打之趣

双红堂藏三种《花仙剑》以精魅与人的艳妖之缘为主调，穿插了不少市井之间的人情喜谑，通过不断的故事转关，衍展并戏弄了与神仙戏相对出的恶行乖张与漓俗浇薄；以有意偏离主调和放大丑行的纡徐之法，形成机关撒动、连环解套的丑世之谑与武戏文唱、反角集体表演的斗打之趣。

《藕花院》在三书生游院、秋林与水无声定情的故事中，牵出了浪荡公子与鸨儿丑旦的一场群丑戏。如果说元虚嫖院与毕纯定计是两个看点，院妈食利与幺姑顶包是喜谑的重要关目，那么，嫖院也只是作了机关发动的引子，而食利者反成了渔利者玩弄的骰子。而以幺姑偷欢、一对色鬼缠身，与秋林求亲、一对璧人心许打对台，方解了丑世与念世的扣。"只恋嫖淫两门"的富家子夏元虚，为梳拢水无声，与院妈议较一百两银子以求"快活一夜、歇宿一晚"。被院妈设计支开的元虚，转头进了会场游荡，一观《偷笋》二看《裁衣》，都是"粉戏"不说，又去药店买了春药吞服，足见色中恶鬼之丑。及至进院书房躲避，被安排"颠鸾倒凤"，还不知中了院妈调包计，抬价强娶不成，恼羞成怒而只好打戏凑手。院妈自以为诓得夏公子一百两银子再加一千两银子逼女另嫁，却不想节外生枝，银子被夺去六百两却栽赃不成，"女儿"又被借机入院、使动法力的道长"拐去"，真可谓毒打禁闭唯利是图、食利贪狠反被操弄。相比于夏元虚的无赖流荡，毕纯来则惯熟市井之间皮条客的深心机诈。从偷窥汝珍读诗话不对板而含恨结怨开始，毕纯来就不仅是一个拆散姻缘的小人。他不断挑唆秋林难娶之意，说动院妈嫁女元虚，说破嘴皮子费尽心机，似乎是为兄弟出头、成人之美之举。及至婚书画押，一千两银子吞了四百，卖身契假手中人弄鬼，方现出其欺骗玩弄的伎俩和贪心渔利的嘴脸。一场闹院私念披纷、鬼胎各显，正是因为有了这样的丑世之谑，最后道长假以受毕纯来、夏公子之托说服水小姐，却金蝉脱壳父女归仙的剧情反转，才给人以魔高一尺、道高一丈的快意。

《斌书剑》中的秋林，抱定"蓝衫换紫袍"、蟾宫折桂的梦想，却因守孝三年而顿挫了人生际遇。看上去，穷书生上行的人生路似乎与喜剧故事无缘，但怕丑拒亲的"怪念头"，却出其不意地与才貌相当的美姻缘形成了错位怪谲的喜谑性。"蒙年伯许姻亲推却有错，误下了一着棋满盘皆输"，羞悔辞行之际，秋林还能为自己打回圆场吗？有意思的是，"唱本"以巧妙的言语迤逗，生发出了"做文章"的趣味。且看他如何言语回转——一边是秋林的小心试探和急切追问："年伯昨日在此亭所言的姻亲一事……""不是那样，是年伯昨日花园中言说的一个香闺"；另一边是苏成斋的三推六问、佯装糊涂——"哦，贤侄你问的那姻亲，亲者是贤侄思亲甚急，姻是昨日天阴"，"贤侄问那香闺？香是贤侄思乡，闺是贤侄要归家甚急"。这一递一接形成了"姻亲"与"天阴思亲"，"香闺"与"思乡归家"这样饶有趣味的文不对题、谐音错语。故事在尾声部分出现这一调谑打趣的小场面，将这一场以浪漫邂逅始、以"偷窥"为悔亲转关的才子佳人团圆之趣有意中断，以"我昨日许亲你不允，这下你忙我不忙"收提顿住，打开了缓亲结局的可能性，带来跌宕惊奇、意犹未尽的谐世喜幸。与《斌书剑》在结尾运笔出奇不同，《花仙剑》则于夏元虚上场诗中，即以"摇摇摆摆摆摆摇摇过鹊桥，是人打从桥上过，唯有学生摆的高"，抖落了其终日游荡花街柳巷的丑态。接着在自报家门中，唠唠叨叨诉说身世——前日游院与小姐"和诗"，被苏子辰暴打；回家喊妹子报仇，遭妹子责难；二次去蔡府求亲，出妹子黑莓诗对海棠诗，被秋林"凌辱"；回家诉苦求助，再遭妹子耻笑。这一丑谑，虽说是恶人自揭其丑常见的套路，但在外被打、回家被责，二次三番遭"凌辱"的尴尬,不仅活画出这个窝囊废、拙才鬼、浪荡子的愚妄无知、廉耻丧尽,而且引出"请了四个打手,藏在书坊,天天东打西打"的另一丑谑,为下一场的武戏文唱做了水到渠成的铺垫。

双红堂藏不同刊本的《花仙剑》故事,表里出入而相互关涉,不仅常常偏离主调、从反面发挥借以丑世,还多以反派人物集体表演、武戏文唱,凸显另类的斗打之趣。《藕花院》于父女飞仙之后,以王生"我本得要打你心中胆战,怕的是打不赢被人笑谈"做蓄势,在夏毕二丑与陈王苏三生之间展开一段斗打之戏。苏子辰开打"向前来抓住了两个丑汉,两个头拚几拚全当做完",以抓住背肩提点、打一个"黄龙滚"了断;以头顶撞断威胁,让帮凶丢手讨饶。本该有的一场武斗,看上去像一场"假打"的动作游戏,"鸡毛凤胆"之嘲令人忍俊不禁;以俗语行话抖包袱,"生铁嘴豆腐脚杆"像提线木偶般"装烟倒茶",活现出恶人胆虚与侠士威仪。如果说《花仙剑》开篇的"蔡府要亲",以文生反智为勇、斗口夺妻,形成了富有意味的身份反转和武戏文唱,那么收场的"毕纯探信"则以夏毕二人与二丑四打手的对白接唱,虚武弄文,让恶人卖乖露怯,出尽洋相。"蔡府要亲"之际,原本文弱的二书生,怒汹汹恼恨蔡其志"欺压穷秀才另选才郎",撞上喜盈盈款待贵客的岳丈。秋林为王生抱打不平,二人理直气壮进府,虎视昂昂坐堂,"嫌贫悔亲另许名望","移花接木哄骗婿郎","好好献出来免遭魔障""若不然休想太平安康",这一递一声口,声声不饶人,逼出蔡翁回心认子之举,使得无戏处生戏,开场就掀起波澜。而收尾"毕纯探信"斗打之戏,由二丑四净接续《藕花院》结尾的准备复仇。夏毕二人打听到苏子辰去台州拜寿,陈王去蔡府要亲被收为义子,今早去西湖边游玩,请出四位打手伺机斗打。如此一来,原本苏子辰行侠镇恶的打戏方向,却让位于二丑四打手的反角集体表演与武戏文唱。一介"性情刚一生好勇"赛过伍员,静候公子吩咐;二介"性情暴气贯长虹"黑飞熊,接令火速奉行;三介"铁金刚无人敢动"如铁背牛,明言不可迟误;看似强蛮之下必有一场恶战;然而,在四打手的轮番接唱中,四介"铜罗汉肚内虚空"比望山猴,恰好比三句半,临了刚强中落了懦软。四打手接活计时,一逞强

"孺子辈只要我动一根指动",二恃勇"打他个半条命不受惊恐",三吆喝"先打他血道处拳头要重",四歪缠"他纵然不得死也要吐红",看起来个个趾高气扬、雄威耀武。而转过场苏子辰一到,"二丑鬼因甚事摩拳挽袖?在哪里带来了一干死囚",这声口分明激怒了四打手,一净叫嚣"说大话言语太陡",二净愠怒"把我们比成了草豆木猴",三净大呼"叫一声众兄弟一起动手",四净"把狗子先剥皮后把筋抽"。如此形容之下,似乎难免一场恶斗;然而来势汹汹、摆谱太甚,未交手却分明泄了元气,抱头逃窜、花落水流的"打一场"遂带过处理。而尾声中续出的"报仇吃粮"一节,正好借二丑四净的窝里斗,从反面补足了"苏子辰汉子我不够斗","打得我背带砖肿烂额头""不是我跑得快险遭恶手""把鞋子都跑烂踢破指头"的真相。夸下海口"又吃铁又吃火又咬骨头"的四个打手,到头来现原形"水泡胀几条犇牛",而二丑耍奸猾躲过了近身挨到,不得已也只好一不做二不休与四净落荒而逃。二丑四打手你一句我一句的"自我贬损",虽说抢了文弱书生豪侠士的戏份,却在转口接唱的热闹中让造恶者自证了多行不义必自毙的正题逻辑。

而民国间冉开先改编《花仙剑》抄本,则于短折中翻出变化,在花仙追赶秋林赴扬州途中,演绎了不一样的花仙与芭蕉精的仙战斗打之趣。与双红堂本《斌书剑》借吟诗赏花之局,《花仙剑》借夜梦寤寐之兆,虚落实出,写瑶枝的情与花仙的爱不同,民国间冉开先改编《花仙剑》抄本隐去了秋林的内心戏,截取花仙责贬扬州路的一段插曲,以花仙为主角敷演鬼情仙趣。以擅编川剧高腔聊斋戏著称的冉樵子,以遭遇芭蕉精而展开的神仙大战为前场,以花仙日夜相随、偷窥秋林上路为后场,着意放大了花妖的英气与痴情,专一宣叙精魅加害之苦与仙家相思之惑。千年得道芭蕉巴世龙洞中占课,算得芙蓉仙子凡心已动,欲抢回做压洞夫人,并喝令喽啰们带好法宝准备一场恶战。而悟道修真的芙蓉花仙,原本是一股"千锤百炼出红炉,真个削铁如泥土"的清风剑,于临朝之际为蔡翁爷玩不释手,后获御赐回府,因夜射寒光引人恐怖,埋于后园以芙蓉镇之。与因秋林滴酒惜花而引动凡心一念、欲成红袖添香之想、受圣母责贬仍念念不能释怀的芙蓉痴爱相对照,算得巴世龙欲栖凤梧,"尘尾化作剑一股,待他来时断他的头颅"的"芙蓉剑仙",却表露了花仙恩怨分明、除恶务尽的决断与强横。只见腾云驾雾、净旦交战,一回合净败;芭蕉精执扇,二回合旦败;芙蓉执剑,三回合巴世龙被斩。好一场花仙与蕉精的仙妖征战,先有神应算课之卦象互占,后有芭蕉扇与芙蓉剑的法器较量;剑气横扫的斗打之趣,快爽利落而了无俗情气息。

此四种《花仙剑》戏本,可以说将风情戏、妖鬼戏、神仙戏、武打戏的段落各自沿着不同的方向演绎发挥,又意外提顿拚合,在艳缘主调之中,上下左右挪移,打开了世情变幻的"戏场"和轻艳喜谑的转关。

在川剧剧目的发展中,以芙蓉花仙为扭结点敷演的故事,既连接着传统,又在后来的川剧振兴改革中掀起了新的编演热潮。考察双红堂藏《花仙剑》"唱本"的存世面貌,并兼及新发现的北碚图书馆藏冉开先改编《花仙剑》民国抄本,可见其在故事的截取接续、关目的选择安排、风情主线与喜剧性重心的迁移、神仙生活与市井习俗交织等方面显示出的戏事缀连和明显差异。对川剧大戏同一代表剧目的析出段落、故事缘起、多重演绎路向展开个案研究,或许有助于进一步发掘早期川剧剧目故事性与戏剧性因素的酝酿绾合,为川剧的编演过程与受众互动产生的社会影响提供一些思考。

(原载《文化遗产》2017 年第 5 期)

清末四川唱本《钹罗当游江南》与地域图景的融合

双红堂文库①收录近千种清末民初木刻、石印、排印之唱本,分录戏曲 188、189、190 子目中,归入集部南北曲杂曲类。除北京唱本外,在戏曲 188 目中,专门收录了清末民初四川地方戏曲本 64 册,除 9 册录俗曲唱本外,有 55 册收录了清末民初四川地方折子戏曲本 64 种,其中重本 2 种,残本 9 种,同题异本 3 种。这些唱本虽经黄仕忠先生整理目录,②但尚未引起研究者关注。这些曲本,包括《斌书剑》《收劳虫》《度牡丹》《鱼鳞剑》《狐凤配》《华容挡曹》《锦江楼》等。唱本内容涉及历史故事、佛道度脱、聊斋鬼戏、侠义公案、才子佳人等题材。其《钹锣当游江南》一种,与其他同题材的戏曲剧本和《乾隆游江南》小说不同,将乾隆南巡的故事置于独特的川地文化趣味和浓郁的地方民俗活动中,置于民间的视野和江湖游弋中,表达了底层生活的复杂面相,呈现出江南文化迁移与川地风俗相交织的生动社会图景。

一、版刻样貌与故事源流

双红堂藏《钹罗当游江南》,封面用边框和黑线分割为四个框区,

---

① 双红堂文库系日本法政大学长泽规矩也藏中国明清戏曲小说,后归东京大学东洋文化研究所。"双红堂"书斋之称名,缘于长泽先生大正十四年购得宣德十年刊《新编金童玉女娇红记》及觅购崇祯本《娇红记》。东大双红堂文库虽已无"双红"之所在,但文库存明清戏曲小说文献丰富,许多为世罕见。
② 黄仕忠:《双红堂文库藏清末四川"唱本"目录》,《东洋文化研究所纪要》第 148 册,2005 年。

封面上方横书"新刻",正中竖刻黑体大字"皱锣当",右边竖排"乙酉年琢成六十五册",左边竖排"邛州双发堂刻"字样。"乙酉年",是道光五年(1825)还是光绪十一年(1885)尚不能确证,光绪年份较为接近这批四川唱本遗留信息总体刊播的时段。在刊本内页的《林君爱界牌献金》一场尾部有"邛州堂"字样,《陈娘娘游御花园》尾有"邛州堂刊刻",《西瓜宝北京下书》《陈总爷围困当铺》两场尾部有"邛州堂刊"字样,从这些刊记信息可见这本双发堂刻本《皱罗当游江南》,是依据旧刻本新刊的,旧堂号已被挖去,无法辨认。邛州,是清末成都府下辖诸州县中除崇庆州外毗邻成都较近的地区,其行政中心是邛崃。双发堂,是清末邛州的刻书堂,崇庆亦有同号书堂,说明双发堂在当时的川西南地区是有分号、有规模、有名气的书坊。双发堂光绪三十四年(1908)还刊刻过俗曲唱本《和气歌》。① 此外,邛州尚有万顺堂、长发堂、万发堂于光绪七年(1881)、十三年(1887)、十九年(1893)、二十一年(1895),宣统三年(1911)先后刻有与戏曲、俗曲相关的本子《啸原谱中原音韵》《古怪新文》《盗灵芝》《双报恩》《湖广孝歌》《活捉王魁》等,②可见邛州书坊清末出版戏曲刊本的情形。

双红堂藏《皱罗当游江南》一剧共 15 场,分为江南皱锣当、后宰门文武候驾、界牌关龙虎聚会、君臣们大战双雄、刘彭将三闯康贼、端阳节龙舡大会、乾隆王大闹龙舡、土地爷大变乌鸦、陈总爷围困当铺、李君奇监内诉苦、西瓜宝北京下书、林君爱红面许亲、陈娘娘游御花园、林君爱界牌献金、九龙口候旨封官。剧叙江南武举孝廉刘正邦偕妹祭扫祖坟,其妹被国舅康子真强掳并打死,刘正邦进京告御状。乾隆路遇正邦邀其同行,山中遇双雄镇牛羊、马角打劫,得刘小宝相救,邀刘小宝同行。四人至茶铺暂歇,彭成耀及二刘进城寻客栈,与康家冲突被掳。乾隆骑骡进城投宿一有富恒题字的旅店,收店家李君奇小儿"西瓜宝"为义子。乾隆游端阳节龙舟大会与康发生口角,为义子相救。乾隆将皮罗典当,李君奇告知当铺为康子真所开,内中有诈,以私

---

① 四川省地方志编纂委员会:《四川省志·出版志》,四川人民出版社 2001 年版,第 560 页。
② 同上书,第 556—558 页。

钱兑官钱;乾隆前去赎衣,反被吊在西廊鞭打。此际土地化乌鸦报信,李君奇前去相救,康却诬告李带人盗物,借江南知府之势将乾隆等人收押在监。西瓜宝探监,乾隆表明身份,义子往京城搬兵。随西瓜宝上京的陈忠误上贼船,被丢入江心。西瓜宝为王星喜救下并保其上路,入林君爱家,为林相中许亲赠银。李君奇之友安邦日夜兼程,递金鞭与总督下书,力竭殒命。总督得令救驾。陈娘娘后花园遇西瓜宝骑黑骡,得知圣上有难,命富恒为帅前去接驾回朝。两路兵马将恶人一并打尽。牛羊、马角被关押,知府自缢,康子真满门抄斩。林君爱前往见驾,界牌献金。乾隆闻言,下旨完婚,回京封赠。

此剧本事出于《清史·高宗本纪》所载乾隆南巡事。民间通俗文学作品中多有此类故事的演绎,如光绪十九年(1893)的上海五彩公司最早印行的清代著名侠义小说《乾隆游江南》(又名《万年青奇才新传》《圣朝鼎盛万年青》和《乾隆巡幸江南记》),写乾隆梦得江南才子,微服私访,却见赃官恶僧鱼肉百姓,遂借助绿林豪杰除贪惩霸;其中以戏曲作品编演传唱最众。据《俗文学丛刊》第108册戏剧类川戏总目,收录有成都学道街文集书林民国十七年(1928)刻本《乾隆王游江南》。版心题"皮罗当"。剧首有两幅人物线描插图,第一幅绘有乾隆王、李君奇、刘金莲,第二幅绘有刘小宝、西瓜宝、康子真。文字更多简体字和俗字,且更粗糙。两种版本内容十之八九相同,剧有15场,文集书林本曲目中多"取衣惹祸",少"界牌献金",《江南西瓜宝》一场首页有"民国十七年刊、成都学道街文集书林印"字样,在剧尾有"全卷完了、成都学道街文集书林印、戊辰岁秋九月校讹成韵"字样。① 开头第一场先曾体仁出场,然后是上四臣排朝,富恒、彭成耀、曾体仁、子良四人分唱,接着才是乾隆皇上唱。第二场以彭成耀妻子与丈夫告别开场,刘正邦与妹妹刘金莲上坟引出故事主线及其与当铺主管康子真、康子成的正面冲突。第三场康子成遇见刘金莲硬娶不成,一脚踹死,矛盾激化。至此,刘正邦告御状,皇上与彭叙话,黑骡子撞碎刘正邦一车碗,

---

① "中央"研究院历史语言研究所:《俗文学丛刊》第108册,新文丰出版股份有限公司2002年版,第37、69页。

与双红堂故事接上意脉。但最后几场情节展开不及双红堂藏本详细。相较而言,双红堂藏本更完整。

乾隆下江南的故事在各大剧种中均有演绎,以京剧和川剧为多。《京剧剧目辞典》录有许多关于这一故事的剧目,如《打乾隆》《甘凤池》《下江南》《皇帝充军》《乾隆下江南》①等。这些剧目中,乾隆作为反角人物的较多;唯有《六飞南游》塑造了乾隆于杏花楼、舟船边遇难成祥、除恶救民的形象。《秦腔剧目初考》《中国梆子腔剧目大辞典·甲编明清剧目》录有陕西省艺术研究所藏李长青口述抄录本、正生唱做并重戏《游江南》,②又名《圣王访贤》。《俗文学丛刊》第364册录有民国三年(1914)会文堂刊闽南歌仔戏《乾隆游苏州》一剧③,与双红堂藏本川剧有脉络相同之处,即私访良民,当铺购物,贪官横蛮,而川剧情节更为曲折,人物更多,事件更为密集;各行各业各色人等纷纷登场,如落魄武举,身怀绝技的樵夫,豪侠仗义的客店主人,天真又不失世故的少年,讲江湖义气的狱卒等。而据《四川坊刻曲本考略》和《川剧剧目摭编》,《钵罗当》折子戏,有《皮锣当江南钹锣当》民国六年(1917)重庆张金山刻本;《江南钹锣当》民国十九年(1930)成都学道街文集书林重印森隆堂刻本,首图二帧;《江南钹锣当》民国年间文集书林印本四册;《游江南》四川省图书馆藏民国年间邛崃双发堂刻本;④高腔大幕戏《乾隆皇帝游江南》,成都学道街文集书林民国十九年(1930)木刻本。⑤ 从《钹罗当游江南》的版刻面貌和故事源流铺展开来,讨论其在通俗文学创作领域里的叙述改编和故事扮演,可以看出戏曲与小说关注面向的不同,而在不同剧种的移植演绎中,以京剧和川剧为多,反而江南的戏曲剧种择取表现的很少。这种现象,不知是因为帝王游江南

---

① 曾白融:《京剧剧目辞典》,中国戏剧出版社1989年版,第1036、1038页。
② 陕西省艺术研究所:《秦腔剧目初考》,陕西人民出版社1984年版,第545页;山西、陕西等省艺术(戏剧)研究所合编:《中国梆子腔剧目大辞典》,山西人民出版社1991年版,第558页。
③ "中央研究院"历史语言研究所:《俗文学丛刊》第364册,新文丰出版股份有限公司2002年版。
④ 刘效民:《四川坊刻曲本考略》,中国戏剧出版社2005年版,第172—174页。
⑤ 何得君、段明:《川剧剧目摭编》,西南师范大学出版社1997年版,第481页。

的故事限阈在清末的江南戏曲剧种演艺中成了一种禁忌?还是因为与京剧的接受面相不同,川剧因地域与文化上较远离文化统治中心地带而有了对故事发挥更大的自由度?总之,川剧形成了对这一剧目持续的关注热度,并以带有浓郁地方文化色彩的江南视野对这一故事进行了别具一格的改编和传扬。

二、在权力与游戏之间

作为风靡民间的帝王故事,乾隆游江南被赋予了浓郁的民间色彩和民间理念,也同时呈现了民间对权力的再造与想象空间。此剧开场,乾隆夜梦一人手捧西瓜献之,并言"不自北来不自东,虽是西瓜长江中,无火得暖终何用,识者为宝万福同"。富恒解之为"江南有贤人",乾隆遂起访贤之意,次日便与九门提督彭成耀南游。有意思的是,为了隐匿身份,堂堂皇帝变成了一个贩运珠宝的行脚商人,此后又成了被打劫的旅客、当客、游客、与江湖侠士为伍的无名旅人行者,访贤受难、遭劫被困、倚侠除恶。也正是因为失去了帝王的至尊,无论是自己遭难,还是他人蒙冤,庙堂之上的权力都已无法掌控和制衡其在市井和江湖边缘的游走。

乾隆扮作贩卖珠宝的游行商人,骑着黑骡子微服私访,不小心黑骡子踢坏了刘正邦的一车碗,从而牵出了一幅豪强势恶、草寇横行、知府贪赃、国舅爷倚势欺良、高人侠士义勇除恶的江湖乱象。且不说江南武举刘正邦的妹妹金莲在祭扫祖坟的路上被当铺主管康子真强抢强娶不成、一脚踢死,无处告冤;乾隆自己也多次遭遇江湖的凶险:先是与受乡邻接济上京告状的刘正邦相遇结伴行走,遭遇山中盗贼牛羊、马角,被打劫一空;接着彭成耀等人进城寻觅寄宿的客栈,却因挡了刚从知府内宴上大醉回家的康子真的道而起了冲突、反被势豪强掳,继而是端阳节龙舟大会与康子真发生口角;最凶险不测的是,乾隆典当皮罗却被以私钱兑官钱讹诈,欲赎回皮衣反被吊在西廊鞭打;最后竟被贪赃枉法的知府不问青红皂白收押在监。在江湖的游戏规则面前,在依靠金钱和蛮力谋衣食的掠地皮生意中,帝王的光环完全失去了魔力,庙堂的权力也根本无法操控岌岌可危的局势。堂堂帝王眼看着遍地的冤情惨案、满地的恶霸盗寇,却根本无法措手;眼看着身边的大臣被押、仆从失踪、臣子落难更是无法回护保全,甚至连自己也一而再、再而三地被劫掠侮慢、坑蒙诈骗、私刑折磨而不能自保,不能自救。

然而,在庙堂之外,却有一股力量形成了与江湖恶势力的对峙与较量。打柴的刘小宝侠义出手,力战山中大盗牛羊、马角,义勇救主,并暗中一路相送;店主李君奇周济"受难"者,打抱不平、率领民众捣毁当铺;更有义友陈忠、安邦拔刀护主,渡河遇难、力竭殒命;而隐士林君爱则相中上朝报信的西瓜宝,许亲赠银并界牌献金。最有趣的是,乾隆因久候彭成耀等三人不至,心急骑骡进城,见一旅店有富恒的题字,便入店投宿。见店家李君奇小儿"西瓜宝"聪明伶俐,遂收为义子。却不想,神童西瓜宝不仅慧结干亲,还在龙舟会上出其不意地平息了一场处于劣势的"帝王"和豪横"地方恶霸"之间发生的纷争,勇救陷入危境的义父。小孩童还一人只身前往大牢探监,当乾隆表白身份,命义子前去京城搬讨救兵,西瓜宝则不辞辛苦,千里跋涉,以黑骡为信,历经曲折,终于后花园巧遇得知圣上有难、命富恒为帅前去接驾回朝的陈娘娘,以一黄毛小儿赢得搬兵救主之胜。再加上当坊土地、城隍化为乌鸦前去报信,江上大侠王星喜护西瓜宝进京,至尊的皇帝真是反过来借助了民间的智慧、高人的神力,依靠侠士的信义和群体力量,最终遇难成祥,逢凶化吉。

正如唱词所叙"我乾隆称南面,江南城中来访贤。彭卿保驾来游转,钹锣当内受了冤。快命皇儿回宫院",乾隆微服私访,混迹山林,与江洋大盗周旋,与绿林好汉为伍,放低姿态、潜入民间,为告状之人解疑,与市井小儿打趣;乾隆还混迹市井与一方霸主交手,为庶民营生慨叹;南巡的皇家盛典,变成了民间"狂欢"的群体仪式。在这个狂欢的仪式上,市井众生成了喧嚷的主角,而作为一个外部闯入者,站在观看立场上的乾隆的自我角色感几乎无法介入其中,以至于变成了市井生活的配角和注脚。于是,在庙堂与江湖、市井与山林的交叉地带,帝王的游弋受到异质权力的掣肘,不仅被江湖游戏极尽耍弄,而且路遇劫匪、游闲遭难、当衣被骗、赎衣被打,身家性命多担凶险、几遭不测。过去在朝堂之上呼风唤雨、招之即来的搬兵圣旨,在南巡途中屡受磋磨;过去皇帝随口喝令的封赠、许亲、赐婚的"权力授予仪式",在南巡路上也先后被延宕、搁置。乾隆一旦卸下"帝王"的面具,权力神威即不复再现,在御林与绿林汇聚之地,江洋大盗、都头地棍,与宫廷大臣、御前钦差,在权力、游戏与娱乐中展开了博弈和较量,尤其是出没其间的侠士、侠盗、义友、神人斡旋权变,用江湖道行了断江湖中事,用市井行规化解市井迷局,用民间的智慧解决"民间问题",完全没有了上层政治统治所能施展的机局和社会规范的制约。乾隆形象的下移与帝王权力的丧失,呈现了民间对庙堂的拆解和对权力的臆想。

三、江南图景与川地民俗事相

应该说,从乾隆说梦、富恒解梦开始此剧就展开了一幅色彩斑斓的江南社会全景图,并用各种各样的书写符号,将庶民社会的日常生活理念、民俗事相融入其中,特别是一些富有特征性的细节场景的呈现,加之蜀中方言趣话的唱叙数落,更使此剧打上了浓郁的蜀中风味和川地生活印记。

剧中一些人物的命名,带有明显的教化倾向和伦理评价的意义,这也是民间惯用的书写符号。如那些总是在危难之际出手救难的侠士,都有正邦、兴邦、陈忠、君奇、君爱等具有治政安邦、忠君报国意味的响当当的名字;而拦路打劫的两个匪人则名为"牛羊、马角",充满了动物图像书写的符号,让皇帝的南巡变成了一场遭遇动物凶猛的历险。尤其是当铺管账康隆拙,人人称他"黄蜡丁",以背脊有刺、食肉凶猛、昼伏夜出的鱼类黄蜡丁,来比附其外强中干、贪馋懒恶、投机钻营、欺行霸市,助纣为虐的个性,简直一语中的、形神兼备。而在朝堂上理政的君臣戏谑解梦、梦兆托贤;邂逅相遇、通灵神异的童子被认领义子;恶霸路遇民女、抢亲夺命,哀哀无告的小民绕开地方势豪投奔京城去告御状;赴京送信的西瓜宝投宿店家,不想却被林君爱纳亲招婿,还有乌鸦报凶、土地替鞭、城隍显灵、骡子搬兵、误上贼船、神人搭救、满门封赠等等,这一连串的情节埋伏和叙事套路,也完全是市井之间喜闻乐见的民间故事以"妖怪学"来拆解官方政教、宣扬民间智慧的习见路数。当然,此剧用带有川地风味的语言,对一些特定场景加以渲染和呈示,更使故事唱叙趣味横生。如《三闯康贼》一场,当前去探路的彭成耀几人被绑在当铺,乾隆对店家唱道:"(生上,唱)这三人进城去不见来到,等得我这一阵心内好焦。行几步出店门往城内照,望不见他三人何处去瞧,进店来尊长贵(掌柜)你快来道",这里的"不见来到"、"心内好焦"、"往城内照"、"何处去瞧"、"你快来道",都明显带有蜀中方言加入修饰缀语、提升动作情态、声口毕肖的特征。又如《文武候驾》一场,借当铺杂役丑上场的打油诗"出城来抬起头四下观看,见一个鱼老翁站立江边,农夫们在田中长呼短叹,读书人口儿里诵咏诗篇,樵夫们那背上尽担柴担",带有蜀中方言独有的韵味和节奏,不仅为我们描绘了一幅四民从业的渔樵耕读图,字里行间也隐约透露了民间的疾苦和底层的贫寒。

又如在《三闯康贼》一场,乾隆等待前去寻找客栈久不见回的刘彭诸将,自己步入街衢:"辞掌柜进城来街道幽秀,不由人在马上细观从头,户户门家家店真来(乃)锦绣。大街上三市口齐结彩楼。店铺内摆珊瑚马老(玛瑙)纽扣,山海行卖海菜美味珍馐,药材堂人参封牛黄豆蔻,珍珠铺金满斗又挂银钩,丹青铺书人物又画走兽,描花铺扎龙凤又扎绣球,这沿街好美景观之不透。"这一段唱词,用唱加数落的方式,借助"细观从头"的倒装说法、"乃"、"(来)"二音的讹音混读、"玛瑙"、"(马老)"的别字口语,将一派琳琅满目的货殖景象、繁华热闹的行业景观,市井社会的纷繁万象,爽快伶俐地抖落而出,充分勾勒了江南民间社会的世俗商业图景和庶民生活方式。

在《龙串大会》一场,当乾隆王被鼓乐惊醒,"出店来又只见人声吼响。吹的吹打的打鼓乐非常。问干儿因何事齐捞(闹)街上。江南城莫不是有大会场"。西瓜宝回说:"乃是端阳会河下喜幸。数十只龙船会河内耍灯。父爱走儿陪你睹睹美景。有班子在演戏又唱花灯。"接着生角乾隆唱道:"这河下论男女难以分数,鼓乐声与笙箫声不住长呼,卖汤圆白如雪还卖李果,卖酒饭若无菜又有汤锅,河坎上红丝鲤还卖晋醋。有卖鸭有卖羊有卖鸡鹅。一时间观不尽所卖之物,龙船儿上上下尽漂在河。头一只龙船儿办(扮)得不错,王家女见六郎估住招夫;二只龙船来诗词歌舞,却原来办(扮)的是天宝开科;三只船付氏女子劝夫诉苦,胡正明说的话笑杀(煞)满河;四只船办(扮)的是渔樵耕读,看起来又老气又还姑示(古式);五只船装(妆)的是宋赵太祖,雷雄观救金娘路遇贼徒,想太祖走关东关西闯过,用红拳打出了锦绣山河。数十只龙船会力前全古,为王的观河下越看越多,奈此时西瓜宝未存(曾)一路,又恐怕我干儿未存(曾)看着……"这一段虽渲染唱叙的是江南大赛龙舟,但街市借景、河内耍灯、花灯戏班、小吃名目、坝坝会场却神似蜀中风物,而"齐捞(闹)"、"长呼"、"汤锅"、"观不尽"、"估住"、"古式"、"未存"等具有浓郁川地风味的方言俗语的信笔拈用,更把带有蜀中地域文化印记的端阳节川江龙舟灯会人潮涌动、商贾云集、鼓乐齐鸣、千帆竞发、龙舟搭台、水中演戏的盛况,描绘得风光无限、妙趣横生。

《钹罗当游江南》将"游江南"的文化图景作为轮廓背景,而将蜀中风俗和川地民生书写容涵其间,不仅让读者和观众仿佛置身于江南与蜀中的交相辉映、次第叠影中,再造了一幅幅移动的、流走的"江南";而且将我们带到了"江南图景"迁移中的延伸地带,敞开了蜀中作为域外"小江南"的生动画面。

《钹罗当游江南》为双红堂藏清末四川唱本 64 册之一种,与其他"乾隆游江南"的小说刊本不同,与其他地方戏的改编亦大异其趣,将乾隆南巡的故事,置于独特的川地文化趣味和浓郁的地方民俗活动中,以民间的视野解构权力角色,在江湖游弋中表达了底层的淳朴和市井生活的复杂面相。其版刻独具样貌,故事独具风味,对"游江南"的主题和题材进行了民间的别解和延展,角色及群像塑造生动而富有个性,曲词对白因方言俗语的拈用,而显得诙谐多趣,呈现出江南文化迁移与川地风俗相交织的生动社会图景,对于了解清末四川地方戏创演及风俗民情具有极高的价值。

(原载《民族艺术研究》2014 年第 6 期)

双红堂藏《三匣剑》与清末四川唱本的关目趣味

日本东京大学东洋文化研究所汉籍善本全文影像资料库在其双红堂文库①之戏曲188目中，专门收录了清末民初四川地方戏曲本64册，除9册录俗曲唱本外，有55册收录了清末民初四川地方折子戏曲本64种，其中残本9种，同题异本3种，重本2种。这批剧目经黄仕忠先生整辑目录，但尚未引起研究者关注。这些曲本包括《斌书剑》《收劳虫》《斩单童》《度牡丹》《鱼鳞剑》《碧玉簪》《狐凤配》《华容挡曹》《锦江楼》等，内容涉及三国历史剧、隋唐故事剧、水浒故事剧、佛道度脱剧、聊斋鬼戏、侠义公案剧、才子佳人剧等；其中《三匣剑铁球山》一种，将才子佳人与武打、剑侠、公案诸情节线索相糅合，与通俗小说《争春园》(又称《剑侠奇中奇全传》)以剑侠穿起才子佳人故事的框架不同，在十七场故事中，通过复沓、跌宕、悬置、巧合与误会等多种手法措置关目，以武孝廉与车二姑的姻缘故事为主线，点缀剑侠行踪与清官断狱，叙写重心有别，角色颇具个性，曲词对白诙谐风趣，呈现出独特的川地故事趣味和浓郁的地方民俗色彩。考察这一早期川剧的稀见剧目②，

---

① 双红堂文库为日本东京大学东洋文化研究所汉籍善本全文影像资料库收藏之孤本和稀见戏曲小说，原为日本法政大学长泽规矩也先生旧藏之中国明清戏曲小说，后归东京大学东洋文化研究所。"双红堂"书斋之称名，缘于长泽先生大正十四年购得宣德十年刊《新编金童玉女娇红记》及觅购崇祯本《娇红记》。东大双红堂文库虽已无"双红"之所在，但文库存明清戏曲小说文献丰富，许多为世罕见。其戏曲188、189、190子目中，收录近千种清末民初木刻、石印、排印之唱本，归入集部南北曲杂曲类，除北京唱本外，唯有188目所收为四川唱本64册。
② 《川剧剧目辞典》未收，目前国内未见藏本。惟《俗文学丛刊》第92册于昆曲之朝代不明故事中收入戴思望本两种，其中一种可能为残本"中央"研究院历史语言研究所《俗文学丛刊》，台湾新文丰出版股份有限公司2001年版）。

也同时是清末牵连教案而遭到地方政府禁毁的一种禁戏,对于了解清末地方戏创演活动及四川社会风俗民情具有极高的价值。

一、版刻形态与故事源流

《三匣剑》一剧,封面右侧竖排刊刻"咸丰九年(1859)四十九册"字样,上横书"三匣剑"小字,正中书黑体大字"铁球山",左下角书"邛州刊"小字。卷末有牌记"长盛堂刊"字样。从封面刊记看,此剧刊刻于清末,"四十九册",说明此剧与其他曲本合集刊印,应该是一部大型的川剧剧本选集,惜其他本子情况不详。刊刻的地点——邛州。看来在清末戏曲编演活动繁盛,双红堂藏64册四川唱本中,有15种是刊刻于邛州的,数量不少;刊刻堂号亦多,其中双发堂5种、万顺堂4种、三元堂2种、兴发堂1种、敦化堂1种、堂号不详1种,此本为长盛堂所刊之1种。据《四川省志·出版志》,民国时期邛崃冉场有《三匣剑铁球山》一册,成都坊刻本《三匣剑铁球山》一册[①],未见藏本。另据《四川坊刻曲本考略》,民国年间绵竹文运堂有刻本《三霞剑》,藏四川省图书馆,因迁馆未见藏本。《川剧剧目辞典》失收此剧目。查《俗文学丛刊》第101—108册川戏类未收此剧,第92册昆曲类有两种朝代不明故事《三侠剑》抄本,作者为戴思望:一种是清传奇《三侠剑(马俊脚本)》两页,内页书"三侠剑三本马俊",仅叙马俊与郝鸾会面事,应是残本;另一种为《三侠剑》二本。

此戏曲本正文为手抄字体,每页十列,每场题目竖排黑体大字,占页幅之半,角色、科介、曲牌用小字(间或斜体)标出,从字迹看,应为数人穿插抄印,1—4、5—12、13—16、17—41、42—70、71—86页字迹的书写方式、笔画粗细、笔势方向略有差异。字迹刊落不多,整体刊版形态较为整饬,但出现不少错字、别字和异体字、自造字。如第一场吕学

---

① 据《四川坊刻曲本考略》载《四川坊刻曲本书坊名录》,成都冉场(地址不详)民国年间刻印过《三匣剑铁球山》,应即此种邛州刻本(刘效民《四川坊刻曲本考略》,中国戏剧出版社2005年版,第15页)。

言"日后若得衣冠(一官)半职,也不枉我二老抚养一场","叔父把儿来训淘(熏陶)",二姑唱"观春风吹柳枝如全(同)戏耍(耍),见燕儿占(站)梁上闹喳喳,移金莲观见了棊(琴)棋书西(画),挂的是丒(丑)女图伍娘剪发";第二场武志云"我去心已定,休得扯衣当(挡)儿耍手",清官详验一场旦唱"女儿家羞达々(答答)怎敢向前,上堂来奴只得双夕(膝)跪见,叩贺了大老爷转去不年(言)";冯氏剪花一场有丑唱"老鸡婆把我的艮(银)河气断,好叫我这一阵心内不安"。还有如一刑房武(件)作、亲身遇(寓)目、全(权)且、筋禾(酥)骨软、真(贞)节、逃(逃)、孤(辜)负、今来(乃)是、梁詹(檐)、打郊(搅)、柴非(扉)、垂(捶)胸樰(顿)足、衙工(役)自候(祗候)等等。这可能是因为抄工识丁能力有限、知识水平不高造成的。曲本中掺入的大量方言俗语,熟语典故,如耍手、恻忍、招承、莫有、上阕、雄相、须然、疑乎、叙话、弯转、坐到、柱骗、走烂、搭尸场、挖凹凹、用目一眇、打嗝熬夜、头水姻缘、走人户、美娇娇、有才有量等,显示了抄本故事摄入蜀地方言带来的语面趣味和地域情采。全剧除上下场诗、坐场诗外,主要以大段大段的科白戏串场,角色表演情态和动作颇多,除用"介"标识表演动作外,还有如过场、吹打、口传、坐轿、下马、动屋梁、咳、吼、叹、转、睡、打等特定的动作提示。而点缀唱段多无曲牌,有吹唱、坐唱、叹唱、擂鼓上唱、捡炭唱、一唱、二唱等唱作连理表演,零星可见有曲牌的唱段,只有回衙细审一场有旦唱【驻马听】、花园散闷一场有丑唱【扑灯蛾】两支曲子。这种种面貌,显示了此剧中的抒情性曲唱已退居次位,作为一本不重唱功而重白口做工的戏,对话、叙事以及动作表演主宰了故事的趣味。

此剧分引子、花园散闷、冯氏剪花、过车家庄、凤仪祝寿、伍志杀奸、清官祥验、回衙细审、大审二姑、吕举进监、郝鸾伐木、马俊下山、马俊要剑、冯氏偷情、捉拿伍志、知府判断、吕举出监、配合团圆十八场,但冯氏偷情一场有题目而实无内容,情节展开是马俊向伍志要剑不得,而至官府与雷正堂对话的后半场,所以实际上是十七场。此剧从武孝廉吕三官校场操演途中邂逅车二姑,一见倾心,两下生情叙起。接着以冯氏偷觑的旁叙,转入伍志杀人一线:无赖子听母亲说道此事,冒三官之名来会二姑未果,二次带剑再闯车家,误杀大姑与丈夫辉安,将两颗人头去害仇家打饼郎七。继以人头为设伏,叙及捡炭赵大被郎七诱埋坑下的另一凶案。故事的后半部分,以问剑寻剑为转关,将公案与侠义故事合围:开封府正堂雷上京审狱收剑,提审二姑,招出三官为凶犯。伍志梦话杀人,被玉蝴蝶马俊听闻,因郝鸾伐木问剑,下山寻剑的马俊直奔县衙取剑,并供出真凶伍志。经赵正寻侄、三官对质,二姑辨凶,审出武志罪行,解开赵大疑案。最后宝剑取回,二姑断配孝廉,三官及第,回家祭祖。

考此剧情节与故事源流,有两种小说与两种戏文与之相关。两种小说是《剑侠奇中奇全传》《大汉三和明珠宝剑全传》;两种戏文是《俗文学丛刊》第 92 册昆曲类所收戴思望《三侠剑》二抄本。开清代侠义小说之先声的《剑侠奇中奇全传》,又名《争春园》《奇中奇》《三侠记新编》《剑侠佩凤缘全传》。全书四十八回,不提撰人,或谓卷首序者寄生(即《五美缘》作者)为该书作者。前署《绣像争春园》,有镌刻年代及梓行书坊名。此书最早刊本为嘉庆二十四年(1819)文德堂本,后有多种刊本传世①,可见其流行之盛。小说叙述汉平帝时以郝鸾为首的鲍刚、马俊等侠客与以米中立为首的奸党进行斗争、除奸报国的故事。世宦之子郝鸾得道士司马傲所赠三口宝剑,并寻访二英雄。后因救凤竹、孙佩,与宰相米中立结怨,得义士鲍刚相助,遇义侠"玉蝴蝶"马俊,结拜赠剑。马俊杀奸救友,至铁球山与众人聚义,并率兵勘平米中立篡位叛乱,班师回朝。小说以侠义情节为主干,塑造了马俊作为千古第一侠客的形象,并揉进才子佳人的轻艳故事,在第三十一至三十六回,以居二姑冶容惹祸、武大汉妒奸行凶、狠上狠杀人灭口、误中误认假为真、三进开封索宝剑、两案人命审真情为回目,叙述了伍志母亲毛氏与居奉玉二女儿二姑搭讪,见二姑与南门外李员外儿子花马三官一

---

① 如道光元年(1821)三元堂本、道光五年(1825)、道光八年(1828)刊本、道光十八年(1838)四照堂本、道光十九年(1839)长兴堂刊本、道光二十六年(1846)刊本、道光二十九年(1849)一也轩本、同治二年(1863)集经堂本、光绪十五年(1889)重刻本等。由胡云富点校、北京师范大学出版社 1993 年出版的《争春园》,即根据北京师范大学图书馆藏道光五年刊本为底本,参以光绪十五年(1889)重刻道光丙午年(1846)刻本点校而成。

笑失态,传语提亲不成、怀恨在心的武志,因而酿成起意冒闯,带剑威吓,强奸杀人的命案。正是这一段轻艳插曲与公案故事,成为后来四川唱本着力改编的故事蓝本,只是唱本摒弃了小说这一段风月故事刻意渲染的猎艳风骚、多了几分轻俏谐趣,叙事取向和趣味已迥然有别。另有道光二十八年(1848)经纶堂刊本、佚名所撰"绣像第十才子书"《大汉三合明珠宝剑全传》六卷四十二回,袭用此故事框架而成,所不同的是,故事背景移至汉武帝时代,故事结尾众侠客均结佳缘。

而《俗文学丛刊》昆剧类列此剧两种为朝代不明故事,可见其故事在不同剧种中移植流播的痕迹。第一种为《三侠剑(马俊脚本抄本)》,仅一页半,用"马俊道",略叙郝鸾奉命去浙江寻奇人,马俊于舟中见郝鸾不凡,打听后知其为洛阳小孟尝,英雄相惜,决定翌晚会面事。这个残本结尾有一些字迹,如"铁球山焦灼、王常、张奎、两天王"等字比较模糊,难以辨认清楚,不知后面是否还有续文。第二种《三侠剑》二本,头本有称庆、赠剑、踏青、豪劫、焚救、闹园五场,二本有结盟、审问、遇师、计迫、路劫、空救六场。两本戏都以书生孙佩与开封凤家小姐栖霞的姻缘磋磨为引线,演述了两路英豪邂逅结盟、仗义行侠、惩治强抢民妻的恶霸的故事。 路英豪是善轻功、劫富济贫的司马傲之徒马俊,在嘉兴劫富济贫,惩治了伪造借据、强夺孙佩妻子凤栖霞的马自英,烧毁了马府。另一路英豪是名门之后郝鸾得司马傲赠剑三把,并嘱往河南寻英雄转赠;郝鸾与鲍刚一同在河南争春园观赏把戏,路见不平,拔刀相助,救下了被宰相之子朱斌彝强抢的凤栖霞;而朱家仆石敢当率众劫抢,郝鲍二人怒取朱府三十六条人命,在逃往松林途中遇司马傲,救凤栖霞于湖广道上。凤竹送女儿投亲,被朱斌彝扮成强盗再次强夺,鲍刚前来赶走恶人,却与匿于佛龛中的凤栖霞错过。故事收束于司马傲命铁球山头目樊冲捎信凤竹,言孙佩凤栖霞此劫会化险为夷,邀凤竹回山寨等待消息,而这并不是侠义故事最终的了局。

与这些作为故事前史呈现的"侠客上山"的情节不同的是,双红堂藏《三匣剑》以吕学三官与居二姑邂逅生情引出两桩人头案中案,而以寻剑为故事线索,延展出"马俊下山"的故事后史。截取的故事段落不同,不仅在故事的"转向",亦呈现出题旨的大异其趣。如果说,侠客上山是因为行侠除恶、触犯权豪而难以容身,侠义行为与龌龊官府形成了势难两立的对峙,那么,"马俊下山"则主要不是为了直接行侠,而是暗中帮助清官解开谜案,义侠之举与公衙断案反而达成了同道合力。倒叙争春园故事的铺垫,显然并不是为了弥补马俊下山的动机,而是为了交代雷正堂何以如此相信一个不速"刺客",又何以依赖江湖的力量方能斩恶除奸。对照之下,双红堂藏《三匣剑》显然更具故事的完整性和机局转关,那么,此剧是如何完成颇具意味的故事"转向"的呢?

二、关目措置与叙事趣味

《三匣剑》一剧以车二姑与吕三官的姻缘故事为主线,以雷上京审案、马俊寻剑为两条复线,通过角色行当的突转与递换、关目排场的跌宕与悬置、道具的复沓与绾合等措置手法,形成了错综复杂的人物关系和叙事趣味。

首先,剧本在依循传统戏曲生旦净丑行当体制的同时,又打破了行当框架,不只由演员扮演角色来阐释人物,而是让其中的一些人物在不同场合亮明身份、转换声口上场,从而形成了人物动作线的突转和角色系列的递换。就剧中的角色行当系列而言,旦角有小旦(二姑、大姑及土地婆魂)、老旦(婶娘、车夫人)丑旦(冯氏、薛婆);生角有小生(吕学)、老生(叔父、车凤仪);丑角有武志、王和尚、金辉安及土地爷魂、捡炭赵大、打饼郎七、王乡约、官差一二等;净角有郝鸾、四大王豹刚、孙配、常让、马俊等。除此之外,还有直接以身份或人名出场的人物如官正堂雷上京、二院公、众邻、赵正等。在主角吕学出场的不同关目中,一直以小生出场的吕学,有两次身份突转。一次是在《大审二姑》一场,当差役来提捕,吕学上场,先是以"吕介"骂差役胆大妄为、拿错案犯,又以"吕唱"声称:"每日里在夹道掺弓演箭,我何曾杀了人与谁通奸",愤激自辩;当见到雷大人在堂,则恢复了"小生"口吻自叙身世、陈辩事实,语气稍显缓和。另一次是在《知府判断》一场,当雷正堂命二姑摸人认凶,"上吕唱"则表现出被提上堂来的吕学担心动刑披冤的神态,接下来两次"吕介",一是期望二姑不要攀诬错认,发话关切犹疑;二是责骂武志狗才害人,出语掷地有声,尤其是随后的"吕唱"——"见狗奴恨不得举拳便打,你杀人害得我好受刑法,论理来你狗奴要问杀剐,方知我吕三官肺腑心花",对武志行凶栽赃事恨恨不平,显出定要审出虚实、洗刷冤屈的坚执。当雷正堂要断配二姑与他时,其又恢复了"生"之应答。与吕学的身份突转不大一样,此剧在处置两条复线主干人物雷上京和马俊时,则是在开头或某些段落点出人物角色,而在更多的场合径将人物置换角色登场,出现行当递换和人物声口断续。如雷上京在《凤仪祝寿》一场第一次出现,即以职位"官"上场,自言开封府正堂,此后要么以"官"断案,要么以"雷"问审,在马俊口里,他是雷知府,在武志口中他是雷老大爷,在百姓眼中他是雷正堂。按角色形象,应该将其归入老生一角,但全剧却未给这个人物行当定位。显然,如果置其在老生这一角色系列里,与叔父、车凤仪同角,轻重是难以措置的。马俊作为第二条复线的主干人物,在《吕举进监》一场登台,身份只是"四大王"之一,其他大王随后都是"众"角色,只有马俊,标明"马",直陈其姓以示玉蝴蝶身份特别。此后在马俊下山、马俊耍剑等重场戏中,这个人物始终都是以"马"自我亮相。在其粗豪爽快、雷厉风行的剑侠个性之外,飞檐走壁、偷窥梦话、套问案底、稳住凶犯、周旋正堂、问剑助勘的种种行事作为,倒多了几分精细审慎、智巧灵隽与诙谐风趣,其声口、眉眼、动作在生、丑、净之间递转变换,显然比将其归入净行表演要生动得多。

其次,整个故事的脉络起伏与关目排场的空间延展,还有赖于丑旦和丑角人物动作线的跌宕与悬置。如三官遇艳的情事铺排,因为有了丑旦戏冯氏偷情、薛婆验贞的映带,而显出风情摇漾、意韵骀荡。如开场引子叙武孝廉吕三官立志考中武榜光耀门庭,在去校场操演途中邂逅美艳女子车二姑,为之动容,盘桓中苦于无法表达心迹。车二姑见到相貌堂堂的英雄汉,也顿生爱慕之情。这一场两下生情的旖旎故事在花园门首刚刚拉开帷幕,"眼送情手在比又把头点",惊艳互赏、打量试探、羞怯躲闪、眉眼传情,俊生婧女之间初次相遇的复杂心理状态,却被东门外开站房、看惯偷情手段的寡妇冯氏曲解为邀约私会。当吕学遇艳的主线故事在此被悬置,武志冒闯、二姑错认、冯氏偷情、大姑留宿等复线故事却接二连三地排比关目、推衍情节:耍钱好赌的伍志听母亲说道此事,冒名来会二姑。二姑误会门外人为吕学而翌日邀约,武志误会床上人为吕学而起意杀人;撞破母亲与王和尚偷情的武志临时起意带剑再闯车家,金辉安夫妇因酒醉而偶然留宿小房,所有这些巧合与跌宕最终酿成错杀凶案,似乎将故事引向了公案的另一路;但当二姑受审、吕学对质,才又续上才子佳人的主线故事。在《大审二姑》一场,当二姑错中错招认吕学时,雷正堂传薛婆附耳低语,要将二姑女儿身验贞。让"恨薛婆做的事实在不堪"的二姑没想到的是,雷正堂正是想通过此举查明吕学二姑之间只有邂逅而无私会"奸情",才好替这一对才子佳人洗刷罪名。这看似节外生枝的尴尬之举,实是主线故事草蛇灰线般的隐伏。而金辉安夫妇、郎七赵大、王和尚王乡约三组丑角过场戏的空间延展,不仅将主线故事有意味地悬置、延宕,而且提携了排场风趣和戏剧性。如金辉安夫妇的丑旦过场戏份设置别有意味。第十二场《马俊下山》金辉安夫妇鬼魂扮丑旦上场,作为这一场故事的引子,是为引出武志杀人不祥、见鬼心慌的张皇。而土地爷婆先后从前门和后门挡住武志出门赌博的去路,则巧妙地借鬼魂的力量和禁戒,限制了武志的行动,让他只能躺在床上白日梦呓,从而让马俊得以从旁窥见武志不意抖落的实情,如此,方与第四场《过车家庄》金辉安夫妇以丑旦出场为岳父上寿对唱过场戏的有意悬置,形成了遥遥呼应;并以三匣剑为引线顺藤摸瓜,引得武志供出凶案,为下场马俊官衙索剑作了铺垫,显出两处丑旦过场戏的排场落脚。第四场《过车家庄》的后半部分,武志行凶落荒而逃,发现错杀而仓促带出的两颗人头无处支消,遂起意投在南关打饼炉内、去害仇家郎七。不想人头却被捡炭赵大搂出,两下私了不成,赵大被郎七诱埋义冢坑。不是南瓜、不是冬瓜,而是"带毛"的人头,将两个丑角扭结在一起,一个不明就里,害怕栽赃陷害,讨口无心;一个狠心锄打,担心祸事惹身,有意灭口。由此,故事牵出一案两凶。而第三场《冯氏剪花》以冯氏偷情辅线故事开场。武志回家,撞破了原本认作干儿子的王和尚竟与干妈同窗歇卧,王和尚情急之下跳墙逃走。母亲的偷情触发了武志的欲望之火,才促发了武志再闯车家带剑求欢的行事动机。在《武志杀奸》一场,王乡约先是因不肯配合调查案情,被差役打板子,后又因油嘴滑舌闹官堂、不肯"搭就尸场"而被强行叉出。这两段丑角戏作为引子,一落一起,方衬托出了清官详验的重要关目——雷正堂会解民情、实地勘断的办案情节。

最后,此剧的叙事趣味,还体现在通过特定道具形成的排场复沓与场阈绾合上。构成故事要素的两个重要的道具——三匣剑的失得与人头的失得,勾连起民间、江湖与庙堂三种场阈,将活动在这一场阈中的小民、侠盗、官役聚合在一起。三匣剑这一道具,起初在主线故事上并未显现其重要性。当武志带剑再闯车家时,虽武志有言"不免把马大爷三匣剑带起",对宝剑的来龙去脉有所交代,但它也仅仅是赌徒恶棍的一件防身之物而已。当武志用剑杀人、落剑逃亡时,宝剑又变成了一件遗失在作案现场的凶器。从防身到行凶,器用的突变,使宝剑不但成了不祥、血腥和杀戮的代码,而且就此隐匿搁置,在随后的六场戏里没有再出现。直到第十一场,郝鸾为修缮中军帐倒柱而问剑伐木,逼出当年曾因打抱不平大闹曾春园、劫法场救孙配、斩杀祥符县令、落草为寇的侠客玉蝴蝶马俊下山寻剑,才又引出武志家寄剑、开封府要剑的话头;而宝剑的真正身价与来路方才于此揭晓,三匣剑乃司马仙翁赐予郝鸾的宝物,龙泉、朱虎、赞禄,各个锋利无比、削铁如泥。从武志杀人的凶器、雷正堂审案的物证,到仙人遗世的宝物,马俊行侠的兵器,宝剑几经易主;随着道具的复现、隐匿、失得,案情最终水落石出。民间、江湖、庙堂的不同故事场阈被巧妙无垠地绾合在一起,从而使回旋在儿女、英雄、仕宦人群之间的戏剧排场产生了沓转的张力。而戏剧中的另一道具——人头的失复,时而与宝剑一同隐没,时而又牵出故事在市井延伸地带的另一层波澜——武志斩头、郎七埋头与赵正寻子。作为底层游民的武志不务正业,嫖赌成性,终日游手好闲,不择手段寻找一切可以钻营得利的机会,也包括对美色的垂涎和占有。当他冒名翻墙入二姑闺房,见床上二人同眠,以为是三官先他而来偷情,一怒之下就挥剑砍了二人头颅;接着又临时起意设计陷害仇人。当被他慌乱中带出的两颗人头,被捡炭赵大于打饼炉内捡出,作为道具的人头,以这样的方式怪谲地出现在不该出现的地方,不仅揭示了站房游民的贪淫无赖,而且意外牵连出更为驳杂的市井真实——原本与人头案无关的小商贩郎七,先是为了自保避祸,不顾其中蹊跷,与赵大讨价还价企图私了。面对乞丐的纠缠和索要无度,郎七终于暴露了市井匪气,在去南关义冢地埋头时趁机将赵大推埋坑下。在此,人头案两命变成三命,一凶变成两凶。这不仅直接造成了雷正堂暗地寻访人头不果,而且又翻出赵正因失踪儿子托梦告冤、上堂告状侄子杀叔一案。直至郎七到案起出两头一尸,连环套叠的案中案才真相大白。武志斩头与郎七埋头,是关于民间社会书写的重要关目,以通过恶棍贪淫杀人、小贩避祸杀人、乞丐捡炭殒命,展示了底层生活图景的混杂无序、肆无忌惮的人欲乱象,以及市井人性触目惊心的恶浊与阴暗。

由风月姻缘的阴差阳错,牵出人头凶案和清官断狱;得益于侠客的智取,盗寇与清官以"信言"易剑的交易,一案两凶三命的悬疑最终得到开解。由此看来,此剧是通过主线与两条复线的交错互见,以角色递换、排场延宕,道具复现,贯穿起连环往复的场景示现,在减弱戏曲代言的多重功能的同时,着眼于故事的内在套层,巧妙地完成了人物与故事在江湖、庙堂与民间的游走和转向。

三、剑侠除恶与禁戏防邪

此剧在姻缘故事的主线之外,有清官断狱与剑客行侠两条辅线。有意思的是,辅线上的故事在庙堂与江湖之间展开的过程,显然出现了"戏份"的不平衡和倒置意味的"代偿"。

在庙堂这一条线上,此剧塑造了一位颇富亲民色彩的清官雷上京。开封府接到行典车凤仪报案而审狱收剑,命王乡约搭救尸场,带仵作起轿去验尸,询邻里勘问案情,设技巧审出口供,可以看得出这是一位精心审案、勤政有为的地方官长。尤其是雷正堂还善于掂量世习人情,洞察三教九流、各色人等行事动机,凭借多年的办案经验猜出待嫁二姑与人有私、凶手起意误杀之细节,并采取了验贞、对质、摸人等非同寻常的审案策略,来赏识才子、怜爱佳人,回护被冤屈的"嫌犯",智斗顽凶,惩治无赖,并断配姻缘,资助武孝廉考中状元,扶助了地方正义。但庙堂之上的清廉与一个人上下奔走、内外交困的"孤独",却难抵江湖社会的风生水起,庙堂的清政远比不上江湖的侠行。

在江湖这一条线上,此剧自第十一场始,排场为之一变,叙写和塑造了一干以马俊为代表的生龙活虎的英雄侠客。郝鸾因父亲郝春曾为明廷股肱、为奸臣所害而四处流落,得遇司马仙翁赐龙泉、朱虎、赞禄(三匣)三把宝剑,为焦代王接上铁球山为王,并与太岁头鲍刚、玉面孙配、云先常让、玉蝴蝶马俊拜坛结义。描绘这一幅聚义英雄的群像图,是为了烘托焦点人物——玉蝴蝶马俊的出场。当年曾因打抱不平大闹曾春园、劫法场救孙配、怒杀祥符县令、落草为寇的玉蝴蝶马俊,因郝鸾伐木修中帐倒柱,问剑之去处,不得已下山寻找三匣剑。从这一段倒叙中,我们已经领略到一位曾经沧海、扶良救弱、敢做敢当、性情快爽的侠客的江湖辉煌。及至马俊找到寄剑的武志店中,不仅于月黑风高夜潜行街巷,而且能使轻功大白日"遁形",飞檐走壁中听到武志因金辉安夫妇鬼魂索命而梦话杀人,套问之间方知武志杀人实情,宝剑已为雷正堂收缴入库,遂设计稳住武志,奔县衙会雷正堂,揭明案底收回宝剑,这数场戏的敷演,才显出玉蝴蝶惯走江湖、善于审时度势、足智多谋、更深于周旋权变的机警敏捷。

当然,故事饶有兴味的地方,远不止此。当马俊不请自来,闯入官衙,匿于梁间,正思量疑案难决的雷正堂听到响动,深恐当初因祥符命案拿住又逃脱的马俊"刺客夜发",又来寻衅滋事,未曾料到马俊开口与正堂对话,却道明索剑之意,并供出了疑案真凶武志。至此,飞檐走壁的刺客为夺剑而来,却意外变身为侠客,不是与官府分庭抗礼,而成为官府解决纠纷、料理刑事所依赖的重要力量。而清官断案遭遇死结,衙役唯诺,顽民刁蛮、凶案连发,势恶难治,不得不仰仗昔日"盗寇"的另类侦破、独行侠的暗访取证提供信息、解难释疑。刺客作案——侠客智识的动作转换,清官追凶——"盗匪"送凶的明暗纠合,世俗政权虚弱无力与江湖世界强势张大的倒置与代偿,不仅完成了公案向侠义借力、侠义向公案合轨的故事结局,而且表现出英雄侠客性格的丰富面相和精神生活的完整性。

此剧是"三匣剑"故事书写中非常独特的一种。它的独特,不仅在其以角色声口、排场情节、道具运用上呈现的叙事表达之巧妙,更在其内容旨趣上所寄托的民间趣味和江湖精神。正是因为戏剧编演活动中渲染江湖世界对政事刑法的介入,独行侠的行事取则对于世俗政治与伦理格局的冲决与悖逆,使得此剧引起了地方社会的关注,成为早期川剧被地方政府严厉禁毁的一种剧目。光绪末年崇庆知州柴作舟曾察报四川总督奏章曰:"敬禀者,窃维盗贼为四民主害,故捕诛首贵从严。治法有一得之愚,冀推行乃能尽善。卑州夙称盗薮,掳掠频仍,藐官玩法,毫无忌惮,固由教养无术,亦缘姑息而成。团保稽查既虚应故事,兵差缉捕又视同具文。而开盗之智者,有邪说诸书,坐盗之源者,有赌博等事,销盗赃而张盗胆者,则有小押当铺,启盗萌而藏盗迹,增盗党而益盗焰者,则又莫如烟馆与演戏为最。以故盗风日炽,民困难苏。卑职今春调任斯邑,访悉情形,当即整窃团保,讲求缉捕,倍赏必罚,以劝以惩,拿获首要多名,悉论如法。顾急则治标,在诛戮之不宥缓,而图本贵防杜之维严。一面出示严禁买卖邪术诸书及赌博、小押当、烟馆,演戏等事,以冀盗氛稍缉,去杀胜贼。而其所以必禁此类之故,敢为我宪台亲缕陈之。缘邪说如《水浒》《三匣剑》《绿牡丹》等书,所言皆好勇斗狠,犯上作乱之事,茶馆所讲评书亦无非比等类事。读者、听者尤而效之,遂目无法纪,故开盗智,即今之拳匪,亦此等书有以惑之也……"①崇庆州,清末属四川成都府路,但距成都

---

① 四川省档案馆:《四川教案与义和拳档案》,四川人民出版社1985年版,第777页。

较远,如此偏远一隅演戏活动尚如此活跃,可见成都一府民间演剧之盛炽。

我们从后来四川总督岑春煊发布的政令中,可以看到对这一奏议的回复,以及随即展开的查禁说唱评书、小说戏曲的行动:"缘邪说如《水浒》《三匣剑》《绿牡丹》等书,所言皆好勇斗狠、犯上作乱之事;茶馆所讲评书亦无非此等事。读者、听者尤而效之,遂目无法纪,故开盗智;即今之拳匪,亦此等书有以惑之也……至于治盗而禁及演戏,似属迂阔,言谈不近情理。不知川省戏价本贱,无论城乡会戏一开,经旬累月,百里内之来观者盈千累百,良匪混杂,皆以看戏为名,兵差无从稽查,团保亦难盘诘,盗匪成群,结党混迹其间,同谋不法,比比皆是。其盗薮州县,则戏场内匪类麇集,刀枪林立,更无人敢于过问。因此而匪党日多,匪风日炽,其传染迄无休息,以故戏场近处,或城或乡之被抢劫被捉赎者不知凡几!至若观戏者废时失业,有碍生计,演唱淫戏败坏风俗,犹其害之尤大者耳。"①从清末铺及京畿以及江南、江北的戏曲扮演活动遭到禁毁的情形看,四川成都评书说唱、民间演戏活动被禁,并非只是在上官员偶一为之的行为。在统治者看来,民间演剧总是与匪盗、赌博、失业、动乱、民变等社会群体性事件相伴生,甚至就是这些社会问题的导火索、发酵素。观演戏曲邀集人众、藏污纳垢,滋生刑案、扰害风俗,是一种官方无法掌控的文化丛林地带,因而成为官方禁毁民间文化的矢的。需要注意的是,牵连四川义和拳教案和"拳匪"作乱,的确是《三匣剑》遭到禁毁的特殊背景。

双红堂藏本《三匣剑铁球山》是清末四川唱本64册中抄本独特、本事稀见的一种。此剧以风月姻缘为主线,以清官断狱与剑客行侠为复线,通过角色突转、关目措置、道具复现等手法,形成了民间、庙堂、江湖三线互动的人物关系和错综复杂的叙事趣味,声张民间正义,宣示江湖精神、倡扬权力下移,呈现出浓郁的川戏风味和地方民俗色彩。考察这一域外流播的早期川剧稀见剧目,也同时是清末牵连教案而遭

---

① 四川省档案馆:《四川教案与义和拳档案》,四川人民出版社1985年版,第777页。

到地方政府禁毁的禁戏,对于了解清末地方戏创演活动及四川社会风俗民情具有极高的价值。

(原载《学术论坛》2014年第7期)

散出连缀的排场与在场角色的位移

——论双红堂藏清末四川唱本《一台戏他四种》

双红堂文库存于日本东京大学东洋文化研究所的汉籍全文影像资料库①,所藏近千种清末民初唱本,列在双红堂—戏曲 188、189、190 子目之集部南北曲杂曲类中,其 188 目中收录清末民初四川唱本 64 册。其中俗曲唱本有 9 册,清末民初四川地方折子戏曲本 55 册计 64 种。这些唱本已经黄仕忠整理目录②,然尚未引起研究者更多关注。光绪三十年(1904)崇阳正北街鸿发堂新刻的《一台戏他四种》是其中非常独特的一种。③ 与其他戏曲唱本单折独出不同,《一台戏他四种》以吉庆戏《大贺寿》开场,以公案剧《金钗钿》、历史剧《贺氏骂殿》、世情剧《草坪自叹》为正戏,以玩笑戏《假阎罗》收场,完整呈现了舞台搬演的"一台戏"。从故事样貌、角色关联性以及表演着力点,来考察其散出连缀的表演情境,有助于进一步认识和理解清末四川戏曲唱本的特色和价值。

---

① 双红堂文库系日本法政大学长泽规矩也收藏之明清小说戏曲,后归东京大学东洋文化研究所。长泽先生先后购得宣德十年刊《新编金童玉女娇红记》及崇祯本《娇红记》,遂名书斋为"双红堂"。双红堂文库链接日本东京大学东洋文化研究所所藏汉籍全文影像资料库网址为:http://shanben.ioc.u-tokyo.ac.jp。
② 黄仕忠:《双红堂文库藏清末四川"唱本"目录》,日本《东洋文化研究所纪要》第 148 册, 2005 年。
③ 崇阳正北街鸿发堂:《一台戏他四种》,双红堂文库藏光绪三十年(1904)新刻本。此刻本合刻封面标"一台戏"三字,但实际包括五种剧目;东京大学东洋文化研究所所藏汉籍全文影像资料库索引著录题名为"一台戏他四种",符合《一台戏》包括五种剧目(即第一种后还有其他四种剧目)的实际情况,以此遵从文库题名标注。

一、版本流衍与散出连缀的排场格局

双红堂藏四川唱本《一台戏他四种》，封面板框四周单边，竖排三栏，右题"光绪三十年新刻"，中间黑体大字题"一台戏"，左题"崇阳正北街鸿发堂刻"。内容包括《大贺寿》《金钗钿（按院判明）》[①]《贺氏骂殿（恩赐如意）》《草坪自叹》《假阎罗》五部折子戏，纸页中缝逐一暗钤"东洋文化研究所"藏书章，书口均有戏目题名。《大贺寿》剧名右下、《金钗钿（按院判明）》剧名左题"四册"，《假阎罗》剧名左下题"六册"字样，《草坪自叹》《假阎罗》折戏结束有"唱完了""完了"字样刊记。以"四册"、"六册"字样，结合《贺氏骂殿》《草坪自叹》两折尾页上的黑色涂块看，唱本抄刻字体笔锋、圆润度前后不一，非出一人一时之手，其间剧目或曾与他本合刻，新刻时，曾刊刻"四册"、"六册"唱本的旧堂号存在被挖去的可能。崇阳鸿发堂属清末四川崇庆州，在成都西界温江与大邑间，康熙六十年（1721）崇庆知州邱纪创建江源书院，于乾隆十八年（1753）更名为崇阳书院，是崇阳非常有影响的文化胜迹，嘉庆以后还不断扩建，在授经讲学、传播文化等方面颇具规模，可见当地文教传统之一斑。鸿发堂在崇阳正北街，《四川省志·出版志》著录两条材料：其一为光绪十三年（1887）重阳鸿发堂书局刊刻景其浚辑《吴顾赋抄》一种；其二为民国时期崇阳高鸿发堂刻有《金真缘》曲本1册[②]；另据《四川坊刻曲本名录》，宣统二年（1910）至民国间，崇阳西街业主高鸿发以"鸿发堂"号刊刻《重台分别》《金真缘》两种曲本。[③] 如这些信息中"鸿发堂"乃同一书坊，则由当地书商高鸿发开立的"鸿发堂"，至少在光绪十三年（1887）即已存在，并刻有文学书籍；宣统年间至民国时期，书坊由崇阳正北街迁至崇阳西街，存世书籍中有刊刻曲本信息。

[①] "（按院判明）"是《金钗钿》的第二个小段落，下"（恩赐如意）"亦是《贺氏骂殿》的第二个小段落。
[②] 四川省地方志编纂委员会：《四川省志·出版志》，四川人民出版社2001年版，第557、630页。
[③] 刘效民：《四川坊刻曲本考略》，中国戏剧出版社2005年版，第21页。

《一台戏他四种》所收五个剧目,故事来源与版刻样貌不一。《大贺寿》是一出天官赐福的吉祥热闹戏,演述天官奉旨巡察人间善恶,至福地见人人行善、个个积德,心下欢喜,遂邀南极寿星、文昌帝君、送子天仙及增福财神诸位仙君前来赐福,各赋贺词以享善众,事毕回天庭复命。《古典戏曲存目汇考》在《天官赐福》(杂剧)条目下曰:"此戏未见著录。《缀白裘》本,《遏云阁曲谱》所收本。此剧未见其他戏曲书簿著录。惟《顾曲杂言》一及之,谓但宜教坊及钟鼓司肄业之云。"①可见此剧曾收入非常有影响的花部戏曲选本,曲词选入《曲谱》,在清代民间较盛行,常是宫廷演剧的必备例戏。《俗文学丛刊》收此剧有四种曲本:高腔类《赐福》(一、二)②,昆曲类《天官赐福》(一、二)③。《一台戏他四种》之《大贺寿》,与昆曲类《天官赐福》(一)中内容略近,文字有别。据《四川坊刻曲本考略》,中国艺术研究院藏《川剧三集》收有四川合州崇兴楼刻本《天官赐福》,刊刻年代不详,包括天官赐福、总降吉祥两段,与坊刻说唱本《新文创修铁路》《劝戒贪淫》合订一册④。

《贺氏骂殿》事出《北宋杨家将演义》,剧叙太祖赵匡胤驾崩,弟光义承位太宗,登宝朝会大赦天下,潘仁美杨继业起冲突。贺后使德元上殿骂君,德元经不住捆绑恫吓撞阶而亡。贺后闻了死讯,携四子德芳上殿,历数光义不义之过,光义埋屈情忍,赐贺后龙凤宝剑,封太后国母,入寿星宫院,封德芳八贤王。据《川剧剧目辞典》,《贺氏骂殿》是胡琴中型传统戏,四川省川剧艺术研究院有藏本⑤,剧情与《贺后骂殿》略同,贺后性格底色与此本稍异。《骂殿》是京剧《烛影计》之一折,传统木偶戏亦有之,亦有此剧来源于汉剧,道光四年(1824)《庆升平班戏目》即有此剧的不同说法。在言菊朋、程砚秋联袂出品前,有不少名角演过,此后这出旦角单挑的开锣戏才成为青衣、老生并重的经典剧

---

① 庄一拂:《古典戏曲存目汇考》,上海古籍出版社1982年版,第549页。
② 台北"中央研究院"历史语言研究所:《俗文学丛刊》(第57册),新文丰出版有限公司2002年版,第103—112页,第113—120页。
③ 台北"中央研究院"历史语言研究所:《俗文学丛刊》(第93册),新文丰出版有限公司2002年版,第155—170页,第171—176页。
④ 刘效民:《四川坊刻曲本考略》,中国戏剧出版社2005年版,第208页。
⑤ 四川省川剧艺术研究院等:《川剧剧目辞典》,四川辞书出版社1999年版,第755页。

目。此剧与惯常视野中的历史事实有不少出入：如匡胤之死非弟所为；匡胤死时宋皇后在位，贺后前已殒命、《宋史》所载德昭死于征辽后；奸臣潘仁美、德芳八贤王的杜撰于史无征。有意思的是，戏曲家的想象与历史叙述越走越远，甚至背道而驰，史实真相很长时间无人细究，关于杨家将的戏曲故事却广为流传①。

《草坪自叹》依冯梦龙《醒世恒言·卖油郎独占花魁》故事演化而来，写花魁被吴八公子抛掷荒郊回想苦难身世事，泪眼婆娑，咽喉哭断，恰逢秦重路过回护救魁回院的故事。清代李玉有传奇《占花魁》演此事。《俗文学丛刊》载有三种剧目，分别是昆曲类《卖油·独占》②和川剧类《独占花魁》《卖油郎抱茶壶》③，此剧与《俗文学丛刊》第105册所收木刻本川剧《独占花魁》之《救魁回院》《院房留秦》所述内容略为接近。《川剧剧目辞典》收有据曾广云口述的一种高腔传统大幕戏《独占花魁》剧目词条④，又名《秦钟抱瓶》《西湖镜》，虽有金酋入侵、家人失散的背景，以及与秦重同病相怜而委身的故事，但也只提到了花魁被富家接去，并未涉及花魁被抢救回的故事段落。《四川坊刻曲本考略》录有三种花魁故事，分别是四川省图书馆藏光绪十二年(1886)成都文义堂刻本《独占花魁》、《川剧七集》收清崇兴堂刻本、《川剧三集》收民国年间刻上下本《独占花魁》，后两种均有救魁回院的故事。⑤

相比以上三剧，余下两剧版刻信息较少。公案剧《金钗钿》亦自《喻世明言·陈御史巧勘金钗钿》故事脱胎而来，故事框架虽大致相同，但演述倾向却很不同。剧叙督察院巡察御史陈琏奉旨到河南地界察访民情，假扮卖布商人调查赚得证据，勘得一桩疑案实情，还书生以清白的故事。《川剧剧目辞典》收有一种高腔传统大幕戏《金钗佃》⑥，

---

① 此剧与史实的关系，可参考赵兴勤《京剧贺后骂殿的史实依据》一文细致清晰的梳理，见《寻根》2011年第1期。
② 台北"中央研究院"历史语言研究所：《俗文学丛刊》(第80册)，新文丰出版有限公司2002年版，第73—170页。
③ 台北"中央研究院"历史语言研究所：《俗文学丛刊》(第105册)，新文丰出版有限公司2002年版，第215—286页，第287—349页。
④ 四川省川剧艺术研究院等：《川剧剧目辞典》，四川辞书出版社1999年版，第729页。
⑤ 刘效民：《四川坊刻曲本考略》，中国戏剧出版社2005年版，第108页。
⑥ 四川省川剧艺术研究院等：《川剧剧目辞典》，四川辞书出版社1999年版，第611页。

上本与此剧故事大略相同，下本梁尚宾妻子杜美秀揭发丈夫罪恶，并被阿秀鬼魂附体，而阿秀借尸还魂的故事结局，则与此剧大异其趣。《假阎罗》剧叙阎王朝贺玉帝，命殿前掌簿判官代管阴司。穷困潦倒、缺衣少食的掌簿，在年关之际万般无奈上大雄宝殿向城隍借贷；因城隍朝贺玉帝而留守驾前的烟茶房，厌弃掌簿懒赌成性，故意不予借贷。判官与烟茶房恶言相向，互发阴私，最后由土地神出面调停方作罢。此剧未见有其他刻本，亦未有故事祖述蓝本，是为这"一台戏"独创的孤本。

《一台戏他四种》实际上是由前后相续、有所勾连的一次舞台演出的五个剧目。开场戏《大贺寿》虽短小，场面却宏大，角色绚丽亮相，虽没有多少故事趣味，它所起的作用，即开锣讨恭图吉利，招徕观众入戏场，仙人指路、劝善去恶，为演戏定场。一番热闹后，公案剧《金钗钿》借官员审案，发扬民间智慧，扬善惩恶，引人入胜；历史剧《贺氏骂殿》于叫骂背后施宫廷权谋，忠奸对立、强弱反转、宫斗连环；世情剧《草坪自叹》以弱女不幸显公子跋扈，衬托秦郎救难义气，妍媸对比、美丑自现。三出正台大戏让观众过足戏瘾后，玩笑戏《假阎罗》让小鬼打趣，科诨逗乐，在纾解悬疑、紧张、悲苦的看戏情绪后以喜乐收场，将观众带回平凡卑微的俗世生活。这种市井乡间常见的散出连缀演剧形式，看上去似乎没有深刻的精神起点，也没有贯穿始终的思想题旨，却成就了最能赢得百姓欢迎的、最能满足底层百姓生活愿望的"一台戏"。

二、神圣虚位与丑角的在场性复活

其实，如果从提供舞台演出实际过程的、为特定观众排演的"一台戏"角度看，这五出剧目还是有着内在的一致性和趣味投合性的。正戏自不必说，即便是吉庆戏、玩笑戏，也在讨喜、打耍背后积存着下层社会最朴素的生活愿景与世情习俗。

先来说《大贺寿》。据同治《大邑县志》与民国《崇庆州志》，天官赐福，作为一种与戏曲搬演活动黏附紧密的社会习俗，在崇阳当地及毗邻的四川地域非常盛行。《大邑县志》"岁时"条云："初九日城东岱宗出巡，西关外里许法相寺演剧三日，十二日回跸，复演剧四日，名曰东岳胜会。十五日为天官赐福辰，预于初八九日，城乡各竖二丈余灯竿，悬橘树灯三十三盏，亦有五七盏者，点于田间，曰'五谷灯'；或独竖一灯于家，曰'天灯'。拜献惟谨，复扎龙灯狮子、扮演杂剧、逐户盘绕、钲鼓喧阗，过元宵始止。"①《崇庆县志》曰："巫祝民闲亦盛，疾病则延巫祷祈……兼奉坛神，位堂西北隅，席地而祀，题曰'赵侯圣主郭十三郎'。故老云：'赵为嘉阳守，有功于民，故人恒祀之也。'（按：赵名昱，隋人，入水斩蛟……明皇封沈城王，蜀人亦称川主）堂外则祀三官，道书谓'周幽王谏臣唐宏、葛雍、周实'，《梁元帝旨要》云'上元为天官赐福之辰，中元为地官赦罪之辰，下元为水官解厄之辰'，今之所祀殆谓是也。"②据成都地方文献出版资料，"川戏一天四至五场：上午早台、午台叫做整本，午晌后叫做下本，还有垫台或花戏……正会期（清明）早台一定是《大贺寿》"③，"此剧（《大贺寿》）是一出亮角色、亮行头、集式口、摆画面的贺戏，旧时常作戏班跑码头的开场式"。④《大贺寿》作为喜庆热闹的开场例戏，与传统剧目《天官赐福》相似；虽是上元日天官赐福之辰的必备之戏，演出频率却极高，一般在神诞、斋戒或节日都会上演，诸神登场、戏班打开台锣鼓，还伴有烧纸钱、拜神位的祭祀仪式。亮台即戏班展示自己的角色和台面，往往刻意炫耀行头服饰，一展演员唱腔功夫，活跃剧场气氛，也为戏班打广告，更契合了观众求福福多的心理，满足人们求吉祥、好热闹、得富贵、冀功名的世俗愿望，而成为一种广泛流传并打上不同地域印记的演戏习俗。作为开锣戏的一种，天官奉玉帝旨意，邀请福禄寿星、财神、麻姑、魁星、合和二仙等到福地赐福，这种扮仙戏看似走过场，实际却是神仙羡艳人间好，屈尊降金身。云之上是天际蟠桃会：八仙白猿、魁星财神、牛郎织女、王母

---

① 赵霨纂修：《大邑县志》卷七，同治六年（1867）刻本，第5页。
② 谢汝霖等监修、罗元黼纂修：《崇庆县志》礼俗卷五，民国15年（1926）铅印本，第10页。
③ 成都市政协文史学习委员会：《成都文史资料选编·蓉城杂俎卷》，四川人民出版社2007年版，第444页。
④ 四川省地方志编纂委员会：《四川省志·出版志》，四川人民出版社2001年版，第108页。

娘娘、刘海戏蟾、甚至二十八宿都来凑足热闹,看来神仙各归其位。天官意兴未尽,还邀上南极寿星、文昌帝君、送子天仙、增福财神,往人间赐万寿图、爵禄图、送子簿、金银宝。云之下却是"山清水秀难画描。见几个人儿在垂钓,几个人儿在打樵。牧牛童儿歌音好,茅蓬书声渐渐高。士农工商该多少,利名都想逞富豪。也有削发去修道,也有贪恋美色娇。行善的龙门高跳,作恶的多受煎熬"①。虽然神仙们表白万寿图赐予行善家、爵禄图赐予积善家②,强调的是善恶因缘,但风光好出才郎,渔樵牧读、士农工商、奉佛信道、贪恋美娇,好一幅自在自得的世间行乐图! 连神仙也不得不由衷地为改换门墙、齐立庙廊、治买田庄、积善修德的红尘气象喝彩,为云之下的五谷丰登、风调雨顺、人寿年丰、魁星高照叹赏。人与神的关系竟这样发生了反转:并不是赐福天官奉旨巡游人间、俯察善恶;而是神仙下凡虚位以待、受邀云游红尘人间,沾染人世间清气而随缘入俗。

这种神圣虚位的表达,在其后剧目里亦有映带。如《金钗佃》中鲁生父亲鲁仲莲曾为"天官"。此"鲁天官"虽非彼天官,但在"天朝"为吏部尚书之官的讪用,既暗合了《大贺寿》里的赐福天官,又交代了鲁生的书生清名和家世背景,影射了鲁天官的荏弱无力,也赋予身为"天朝"之官的陈斑关切"下世"苦难,体察民生恶弊,"天断"冤案,惩奸除恶的"天责"。而《贺氏骂殿》中的"圣天子"赵匡义,却既缺乏帝王尊严,又故作姿态,机心欲藏还露。看他闻谗臣进言,不是问欺君罪斩刑,就是去官诰一顿暴打;听德昭叫骂,忽而低头无言对答,忽而动王法金殿捆绑,其行事作为倒像是暴戾无常的俗人怨念。再看他见贺后骂殿,先是坐卧不安,表面封赐赔礼,暗中却咬牙发狠,又心悸做道场超荐亡灵,更像是一个左摇右摆、受奸臣玩弄的权力傀儡。此故事虽为尊者讳,将所有祸患归潘仁美唆使,而皇天无能无错之昭昭,又一次隆重上演了神圣虚位。既然皇天辜负,神圣缺位,《草坪自叹》里歌妓的卑微与屈辱,也只有指望卖油郎的情义护持,市井只有依靠市井

---

① 崇阳正北街鸿发堂:《一台戏他四种·大贺寿》,双红堂文库藏光绪三十年(1904)新刻本。
② 同上。

情怀相濡以沫;而《假阎罗》里的神灵悄然让位隐去,阎罗城隍的随从们自我嘲弄的假扮闹剧,或许可以抚慰不幸的众生与底层挣扎的灵魂。

有意思的是,在神圣虚位的同时,伴着蜀地民俗、夹着俗语川言,"一台戏"中的丑角却异常活跃地登台抢位了。如果没有与陈琏演对手戏的丑角梁尚宾,《金钗佃》就缺了不少看点。看他一上场独白:

> (唱)从早间饮罢酒醉而复醒,人不去贪花酒色不迷人。落一个好便宜喜之不尽,又快活又得了许多金银。(白)为人不做亏心事,枉在阳间走一巡。在下梁尚宾。非怪我道这两句言词——想我姑爹鲁仲莲在朝曾为吏部,与顾迁仕指腹为婚。不幸我姑爹中年丧命,家业凋零。顾迁仕起下不良之意,要悔表弟那门姻亲。他岳母修书前来,叫他三更时分去,在花园赐他金银。是我瞒了表弟前去冒名顶姓。(唱)那一晚在顾府冒名顶姓,幸喜得顾小姐不知其情。他赐我金钗钿喜之不尽,正欢娱又赠我二百雪银。①

这一段唱叙曲白相生,自报家门,将自己见色起意、计留鲁仲莲、冒名顾府、酿成冤案的前情重叙,且反话正说自揭其丑,抖落出为非作歹、恶上加恶的声口,更引出案件的重要道具——错赠的金钗钿。还有其与假扮卖布商人的陈琏做生意讨价还价一段对白,更将游手好闲、好赌贪利的流荡子弟习性活脱脱呈现出来,甚至受审质证,还百般狡赖,说"这金银家家有如何招认,念小人只晓得务农锄耕"②,足见梁上君子的负隅顽抗、跳梁小丑的无耻嘴脸。

《贺氏骂殿》中的潘仁美被封掌朝太师,成为兄王晏驾、弟承兄位的宫廷巨变中最大的得利者。这个权力操盘手虽以本角而非丑角出场,但"丑角"声口嘴脸却历历毕现,且极富竹筒倒豆子般的蜀语节奏。

---

① 崇阳正北街鸿发堂:《一台戏他四种·金钗钿》,双红堂文库藏光绪三十年(1904)新刻本。
② 同上。

他先离间君臣关系,扯着"打臣即如欺君"①幌子加害对手杨继业,既而在德元撞阶后要挟皇帝暗中弄权:

> (潘)有潘洪听此言低头盘算,这才是倒叫人有些胆寒。弟夺兄臣弑君人伦大变,论国法我潘洪尸骨难全。倒不如在金殿论舌巧辩,尊一声万岁爷请听臣言。又道是君无旨臣怎敢斩,昨夜晚下病房臣听君言。一来是太祖爷洪福不现,到如今埋怨臣也是枉然。②

这一番如簧巧舌,吓得皇帝怕奸贼又起祸端,不得不软话头赔笑脸,又赐银交椅,又官上加官。皇帝被贼臣玩弄股掌,尊卑上下,一显一隐,显者自拙,隐者自贼,真可具观。

从穿戴、对话和动作效果看,《一台戏》中丑角复活最成功的表演当属《假阎罗》。夹杂着蜀风俗语的丑角调弄,拉扯着蜀地古风衫袍和汤口小吃,可以说戏神谑鬼谐趣横生。"头戴着乌纱帽奚笆舞烂,身穿着滚龙袍少了半边。拴一根白玉带尽是麻线,穿一双皂朝靴无有靴尖。白日里我吃的米汤泡饭,到晚来我盖的尽是秋毡。冷来时冷得我浑身打战,饿来时饿得我口吐清泉"③,掌簿判官的穿戴吃食,因没有人还愿,而"衣裳裤子尽当完"。年关难过,不得不上大雄宝殿与城隍借贷。相比阴司判官的困窘,城隍跟前的烟茶房虽也有烦恼,但"早晨间腿精肉灌汤吃饭,到晌午又玩的五碗四盘。凉白舰蘸酱油不咸不淡,到晚来大曲酒又加惠泉。有雄鸡和刀头吃得太厌,羊杂碎猪耳朵拿来打尖。论衣服也不多一天三换,穿绫罗和缎匹浑身丝绵"④,日子过得似乎比判官强多了。因为去年当了衫子蟒袍、酒肉猪头,还没还上账,烟茶房不肯借贷,于是两个小鬼互发阴私,一个说对方是好酒赌

---

① 崇阳正北街鸿发堂:《一台戏他四种·贺氏骂殿》,双红堂文库藏光绪三十年(1904)新刻本。
② 同上。
③ 崇阳正北街鸿发堂:《一台戏他四种·假阎罗》,双红堂文库藏光绪三十年(1904)新刻本。
④ 同上。

钱、当鄂都城给五显的败家子、蹭吃蹭喝不还账的无赖;一个说对方是送崴货欺人太甚的害人精、唱小旦被老陕包养的王八。二人正在诬赖之际,来了土地神七兄弟中的山门外老五,土地老五自己也无人上贡还愿而手头吃紧,却以"他二人做的事全不顾脸,动不动一点事就要扛砖",而答应送银解纷,着实可笑又可叹。于此不妨做点推想,随从如此,阎君城隍去朝见玉帝,也免不了告贷求赏。一方面,神灵和神灵弟子们如此这般朝不保夕的窘境,是老百姓经年积月已不再向天庭贡献祭品,因为神灵在老百姓眼里再也没有赐予人间福祉的神力。另一方面,神灵们过的日子,其实已降格为普通人的吃穿用度,神灵们享用的衣食,其实也是下层人无法满足的温饱:"那年子八月内是我寿诞,厚起脸来相伴与我端盘。牛羊肉炒哨子吃过十碗,有杂碎和浑膀动着就拈。在厨房偷汤吃被我看见,你说是尝汤味有盐无盐。住房子无地利又无压店,十几年未见你半个秕钱。"①小鬼能吃到的美味佳肴,也不过臊子面、猪耳朵、鸡骨头、杂碎汤。平日里缺油少肉、淡盐寡醋、有衫无裤、裹被无毡、宿店无租、借贷无门的生活,其实就是底层人最真实的日常艰辛和营生磋磨。

无论是天神赐福、还是金钗断狱、骂殿求情,那些高高在上的神仙圣帝,天官地吏,面对世事屈身下行,陷落世情色厉内荏;而神圣虚位,权力退隐,恰恰为丑角的在场性复活提供了表演空间。且不说权臣奸险,赌徒无耻,神圣虚位与丑角复活,悲喜相错,此消彼长,假扮乞食的小鬼,以鄙俗的姿态占据了"一台戏"最惹眼的位置,也成就了"一台戏"最快意的结局。

三、骂语哭腔与世情暧昧下的隐匿

《一台戏他四种》将神仙故事俗化、公案题材矮化、历史主题轻质化,再加上市井咏叹、鬼怪谐化的创意,向市井乡村与底层社会展开了

---

① 崇阳正北街鸿发堂:《一台戏他四种·假阎罗》,双红堂文库藏光绪三十年(1904)新刻本。

场面独特的"一台戏"。在五个故事中,构成"一台戏"景观的女性,无论是贺氏、花魁这样的主唱者,还是阿秀、美秀这样的隐匿者,都是一个不容忽视的存在和话题。

《贺氏骂殿》将历史剧主题轻质化的突出处,就是以一个与历史错位的女人哭骂为主场,勾连起宫廷内外的家长里短。这看似减弱了这出戏皇位与权力之争的"烛影斧声",而"高居"宫廷的女性隐秘的内心生活却裸露出来。当贺后听闻上殿质询叔父的德元撞阶而亡死讯,爆发了一大段节奏顿挫的哭骂:

> (旦)姣儿死魂魄散心如刀插,泪滚滚咽喉断只叫冤家。娘叫儿骂昏君只要天下,谁叫你撞金阶命染黄沙。你兄弟年儿小何日长大?娘死后有谁来执杖披麻?你叔王他不念手足为大,为江山灭人伦把儿父杀。早知道那昏君欺孤压寡,悔不该命我儿上殿骂他。他驾下有谗臣又奸又诈,用机谋害忠良赛过夜叉。哭一声儿的父泪如雨洒,叫一声小冤家心似油扎(炸)。贺金蝉拚性命上殿再骂。①

这一段哭唱,把还未上殿的贺后痛失娇儿爱子的悲愤,叹儿子寻短见的苦怨,寻思身后无靠的哀惨,怂恿儿子上殿的责悔,以及对杀夫昏君、谗臣奸诈的憎恨,一股脑儿发泄出来。而儿父死、小冤家亡后自己的无望绝境,促使贺后在撕心裂肺的哭骂后,决定再次骂殿:

> 骂叫他君臣们败国亡家,赵匡义你做事不如犬马。谋你兄全不念堂上爹妈,亏了你在皇宫称孤道寡。就是那百姓们也知王法,你兄王为江山爹娘打骂。你兄长为社稷走尽天涯。下炎京不怕死去杀刘化,高玉关取首级搭救全家。柴大哥坐江山宴了御驾,众文武扶你兄才坐中华。一来是天保佑你兄福大,方显得一

---

① 崇阳正北街鸿发堂:《一台戏他四种·贺氏骂殿》,双红堂文库藏光绪三十年(1904)新刻本。

家人享这荣华。下河东十二载回鸾返驾,不料得左膀上生下背搭。昨一晚下病房一概是假,谁叫你起毒意把他刺杀。你好比王莽贼万民叫骂,说什么隋炀帝你就是他。论国法你就该千刀万剐,难道说那老天无有鉴察。骂二王只骂得舌干口哑,那昏君低下头无言可答。母子们权坐在金殿脚下,看昏君把母子怎样开发。①

相比于作为垫场戏简写的德元骂殿,贺后骂殿是此戏极力渲染的重场戏份。如果说前一段儿死后贺后哭骂,还重在表现忧心自家性命有虞的"哭",那么这一段唱功繁复、急剧变化的唱段,则重在生发历数丈夫功勋、谴责昏君不义而豁出性命的"骂"。贺后一开腔就直言詈骂匡义杀夫篡位导致国家败亡、王法大乱,接着历数赵匡胤戎马征战、出生入死的往事,反证赵匡义残害兄命、杀夫篡位的不义。贺后摆出凭你断决的姿态——犯下王法不容罪过,一桩桩一件件看你怎么开销?当匡义忍情相劝,赐金银养寿宫院、挂匾许她代管江山后,贺后似也心下踌躇,然而"手挽手同姣儿哭回宫院,母子们坐宫廷如坐针毡",因为匡义对"贺国太女流辈说话不善,他母子一心心要报含冤"的防范时刻存在,道义责骂并不能掩盖寄生的尴尬与境遇凶险。在政治胁迫与权力捆绑下,女性丧亲后失去权力庇护所显示的暴戾无常与哀哀无助,令人触目惊心。在隐匿的杀兄疑云与紧张的人物关系背后,此剧对双方处境都有理解与同情,又都有心机之刻画裸露,倒是有些还原历史的意味,因为国事本由家事起,一场兄弟析产引发宫廷变乱,原本就纠缠着善善恶恶的复杂人性与无法割断的族裔亲情。这种演述,既不是《杨家府演义》正面塑造未杀兄的真龙天子赵匡义的格套,也不是承接《续湘山野录》《续资治通鉴》以来《宋史十八朝演义》《宋史通俗演义》渲染杀兄细节的路子。这桩历史公案在文学书写轴向上被撕裂为不同的故事碎片和对立的套路,即如京剧里也有两个版本——二黄本多

---

① 崇阳正北街鸿发堂:《一台戏他四种·贺氏骂殿》,双红堂文库藏光绪三十年(1904)新刻本,第4页。

演弟承兄业的家事亲情,西皮本多演弑凶篡位的宫廷祸乱,后者或许是受到过秦腔剧目《贺后骂殿》①影响的结果。而《一台戏他四种》之《贺氏骂殿》从"大背景下的小人物"视点出发,却举重若轻地处理了这种两极对立的书写。

相比于贺后骂语,《草坪自叹》中花魁多的则是哭腔。花魁被吴八公子蹂躏弃置,草丛挣扎,断肠百转,欲寻自尽:

> 坐草坪泪不干,又心中好似钢剑攒,吴八公子心肠变,把奴抛丢在此间。花魁女坐草坪咽喉哭断,思想起二爹娘泪如涌泉……哭声天天又高不行方便,哭声地地无门谁来可怜。本待要将身儿去寻短见,猛然间想起了心腹秦男……坐衾房守孤灯把瓶来暖,时间饥刻问渴真个耐烦。奴吐酒不厌污衣襟来揽,酒醒时夫妻们才叙温寒……原说过百花开把奴来看。细思量到今朝也有一年,莫不是小冤家染了疾患?莫不是忘却了枕边之言?莫不是小冤家心肠改变?莫不是小冤家听了谗言?在草坪只哭得天昏地暗,看一看有谁人救奴回还。②

这一番哭怨,先是忆金兵作乱、全家逃难、失散父母、被卖妓院的苦难身世,继而哭清明游湖、被刁蛮公子弃掷草坪、万般无助的眼前窘境。落难之际心绪不宁,害怕弄谗言遭嫌弃,又希冀心上人能守前盟。哭断喉咙的花魁,竟终于等到祭坟而归路过湖岸的卖油郎,得秦重覆衣觅轿护持救回。③ 此剧与《俗文学丛刊》第 108 册所收川剧《独占花魁》相比,女主角虽少了些与刁蛮公子据理力争、敢于斗争的气息,却凭着哭腔与苦情戏,赚得观众满满同情,突出了底层生存的不易与惺惺相惜、患难扶持的真情。经由女性的哭怨,激醒了俗世善念与人性

---

① 杨志烈等:《秦腔剧目初考》,陕西人民出版社 1984 年版,第 286 页。
② 崇阳正北街鸿发堂:《一台戏他四种·草坪自叹》,双红堂文库藏光绪三十年(1904)新刻本。
③ 同上。

向善的力量。

至于这"一台戏"中的其他女性,《大贺寿》除了何仙姑、王母娘娘这些神仙外,并没有在场的世俗女性角色,隐隐有的是女性作为生子工具、作为导欲祸水被否定的性别符号。《金钗佃》顾阿秀的死虽是错筹算的顾夫人和见识浅的奶妈造成的,但死后却以另一种身份出现在男人的独白与转述里。她虽未出场扮演角色,却始终是一个隐匿的在场者。阿秀第一次出现在梁尚宾的上场独白里,是一个暗送金钗、辱身殒命的模糊背影;第二次出现在父亲顾迁仕的自言自语中,是一个贼子乱闺、夺其性命的辱门女子;第三次金钗作为阿秀信物出现在顾迁仕与陈琏问案现场,是女儿牵起父亲的一点温情;第四次是陈琏提审梁尚宾,拿出金钗物证,声言"顾小姐也不是下贱之人"①,终为这个不幸女子正名。如果说顾阿秀由人到钱、由钱到物、再由物到人的转换,尚存还原女性的一点意味;那被梁上宾赶出家门的妻子田氏则直是由人到物的一种扭曲——这个哭上堂来,愿带发修行、为夫赎罪,却被当堂断给鲁生为妻的,并不是田氏,而是空洞的性别符号和死婚姻的工具。陈琏自称当官要与民做主,却反乱点鸳鸯谱。看上去匹配完婚的大团圆,不意间撩开了女性躲不过"听凭发落",亦难卜另一场婚姻终局的世情暗昧。如此看来,《川剧剧目辞典》所收高腔传统大幕戏《金钗佃》,以神异色彩让梁妻杜美秀揭发夫罪,而让阿秀附体美秀借尸还魂,诵读百花诗,与鲁正结为夫妇的收结处理,以鬼情补人情之缺憾,似更合世理。

双红堂藏清末四川唱本《一台戏他四种》,版刻源流不一,剧事样貌独特,演出格套完整,与双红堂藏其他四川唱本单折独出不同,以吉戏开锣,以公案剧说唱、以历史剧变奏、以世情剧转关、以玩笑戏收场,完整呈现了"一台戏"舞台搬演的过程。因其神圣虚位的隐伏线索、哭腔骂戏的场面着力,丑角复活的表演亮点,"一台戏"散出连缀的排场

---

① 崇阳正北街鸿发堂:《一台戏他四种·金钗佃》,双红堂文库藏光绪三十年(1904)新刻本。

情境得到了很好的贯串。考察"一台戏"的舞台呈现与表演情境,有助于还原清末四川戏曲搬演生态与社会场景,深入理解清末四川戏曲唱本的艺术趣味与文化价值。

(原载《江淮论坛》2018年第4期)

俗曲唱本与清末四川的醒俗书

双红堂文库为日本东京大学东洋文化研究所汉籍善本全文影像资料库收藏之孤本和稀见戏曲小说,原为法政大学教授长泽规矩也先生之旧藏①。其中收录近千种清末民初木刻、石印、排印之唱本,分录双红堂—戏曲188、189、190子目中,归入集部南北曲杂曲类。据黄仕忠先生辑目整理,其中"收录晚清四川唱本七帙64册;晚清及民国初北京木刻、石印唱本三帙二十七扎195册;民国初年(约1915—1928年间)北京铅字排印唱本八帙六十六扎652册"②。在四川唱本64册中,除53册系清末四川地方折子戏曲本外,有九种实为俗曲唱本,即第九册《莲花闹》、第十七册《犁爬经》、第二十六册《湖广孝歌》、第二十九册《思亲孝歌》、第三十四册《双小曲》、第五十册《四大名山》、第六十一册《戒嫖赌》、第六十二册《新纂三国两晋神哥全本》、第六十四册《醒悟人心》,以联章、转调等形式形成组曲,每组二至数十首不等,标以不同的小题目或曲调名,包括重出合计85首。这些唱本呈现出浓郁的地方色彩,内容多劝世醒俗,形制别具风格,对于了解清末四川俗曲传唱及风俗民情具有极高的价值。

---

① 双红堂文库系日本法政大学长泽规矩也藏中国明清戏曲小说,后归东京大学东洋文化研究所。"双红堂"书斋之称名,缘于长泽先生大正十四年购得宣德十年刊《新编金童玉女娇红记》及觅购崇祯本《娇红记》。东大双红堂文库虽已无"双红"之所在,但文库存明清戏曲小说文献丰富,许多为世罕见。
② 黄仕忠:《双红堂文库藏清末四川"唱本"目录》,日本《东洋文化研究所纪要》第148册,2005年。

一、刻版流播　形制风调

双藏九种俗曲未见纸本原文，从东大汉籍善本全文影像资料库电子扫描文档的版刻形态看，有两种唱本失封面，没有具体刊刻时间及刊刻地、堂号、牌记，余七种尚有刊刻时地信息。《莲花闹》一种失封面，包括苏州、杭州、江南、川省、下江五首。从唱本涉及地域看，东南地区《莲花落》传入西南地区，有互相融合变化的痕迹，据《四川省志·出版志》，光绪年间成都长清堂刻本有《莲花闹》1册，据《四川坊刻曲木考略》，民国年间重庆渝城俱乐部刻有《郑元和莲花乐》，或许在"乐"与"闹"之间，显示了这种融合变化的过程。《新刻三国两晋神哥全本》一种亦失封面，唱本题目"新刻三国两晋神哥全套"之后，正文开篇之前标"唱"字，版心刻"三国神哥"，正文38段，附《唱挖哥》一首14段。卷末刻"十六册"。"神哥"或为"神歌"之误，主要演唱于祭祀神明的傩戏仪式，据《四川省志·出版志》，光绪年间重庆同兴堂刻本有《苏州神歌》；而《四川坊刻曲本考略》据《川剧三集》108述民国年间重庆十八梯张金山写刻本四种合本之一有《神歌》一首。最近读到香港大学饶宗颐学术馆龚敏先生的第四届俗文化会议论文《〈三国孝歌〉初探》，见其征引上海图书馆所藏民国十二年（1923）泸州源盛堂刻《三国孝歌》内容与此同，字句偶有异，而分题《三国神歌》《战斗神歌》《败胜神歌》《笑话神歌》四段，《笑话神歌》多了"行一程来又一程"等四段。据《泸州戏曲志》，泸州培文阁（堂）、陈源盛开的源盛堂，还有宏道堂，在光绪至民国间曾刻印大量的川戏本子、民间说唱本、扬琴唱本。双红堂藏《三国两晋神哥全本》失刊刻时地，与上图藏《三国孝歌》比对，初步推断两种本子有前后关联。《三国孝歌》内文以"神歌"书小标题，显示属于别一系统、用于祭祀场合演唱的神歌后来为丧葬孝歌所融变的痕迹。

《湖广孝歌》与《思情孝歌》两种内容相同，版刻不同。《思亲孝歌》封面右题"光绪壬辰年新刊"，即光绪十八年（1892），左书"大孝三年叙府聚源堂"。版心书"孝歌",正文题"思亲孝歌"计69段歌词。"大孝三年"并非年号,指唱本所歌为孝子三年守丧之期事。叙府即以宜宾为中心的叙州府,据《四川省志·出版志》,聚源堂总号在夹江,乐山、宜宾分号有刻书记载。《湖广孝歌》封面右书"光绪三十二年新刊",即1906年。中间黑体大字"孝歌"题目上书"湖广"二字,左书"大孝三年聚宝堂",正文题"思亲孝歌",除第一页刻书字迹稍有模糊外,自第二页始,两本全同,版心均书"孝歌",从时间上看后本翻刻前本。据《四川省志·出版志》,光绪二十一年(1895)邛州万顺堂有《湖广孝歌》刻本,成都民国坊刻本有《哭灵》1册。另《四川坊刻曲本考略》据《川剧三集》74,光绪二十三年(1897)合州大文堂刻有《传家孝歌》,包括劝敬孝歌、行忠孝歌、诉五更歌、报亲恩歌、怀胎孝歌五首;又据《川剧五集》122,光绪二十三年(1897)合州营盘街大文堂刻有唱本集14首,其中有《(广东)孝歌》,包括一年孝歌、三年孝歌两段;而民国二十三年(1934)璧邑刻有《丧场孝歌》,邛州毗邻成都,璧邑据查清代地图应是璧山,与合州均属重庆府,邛州是唱本由叙州府北上向嘉定府、成都府传播的必经之地,由此可窥见光绪后期至民国间湖广、广东等地孝歌传入川省,与本地孝歌融合,在叙州府、成都府、重庆府流播的情况。

《犁爬经》封面右下书"四十册",中黑体大字《犁爬经》上横书"算命必用"字样,左下书"绵州第一堂",扉页一联"要不受人欺须看犁爬经",经前有序一篇,序后有诗一首"算命原来照子评,江湖算猾似鲸吞,可怜无识村庄妇,屡受欺谨把命倾",末属"道光癸卯花朝月郫筒陈半山录",道光癸卯即道光二十三年(1843),序及过录者为成都郫县郫筒镇人。序文版心刻"叙",正文版心刻"犁爬经"。正文题《算命犁爬经》,组曲包括首曲、赶柴棚、走荒郊、排毛子、撒汪二、白起涎、哄婆娘、整死人计8首。据《四川省志·出版志》刻书目录子部列有《犁耙经》,清代成都有坊刻本,一字之差,不知是误字还是本子不同。

《双小曲》封面右上书"光绪十二年"即1886年,下书"江湖本子",中间黑体大字"双小曲"上书"十二杯酒",左书"邛州□□堂"。包括巴心小曲、新刻鲜花调、新刻绣荷包、卖花鞋、新刻纱窗调、十二杯酒、小妮(尼)姑、上妆台、数蝦蠏(蟹)、拜新年、进兰房、太平年、十二月花 13 首。首曲五字、七子句空字刻印,版心刻"巴心",《进兰房》版心刻"进兰房"。卷尾书"真本子"。《四川坊刻曲本考略》据《川剧三集》《川剧四集》《川剧五集》,光绪末至民国年间,川省流行的内容与此相关的曲本有四川东林堂刻本《送郎歌》,重庆文华堂刻本《新十杯》《送郎歌》,成德堂刻本《成都新劝十杯酒》,成都三和堂刻本《新生好十杯酒》,重庆文华书局刻本《下江新十杯酒》,重庆明山书店刻本《新十二杯思秀才时新调子》,重庆刻本《鲜花调》《卖花鞋》《上妆台》,两种民国四川刻本《进兰房》等。另据《四川省志·出版志》,民国年间成都坊刻有《鲜花调》《劝郎新十杯酒》《十二月望郎》《十二月双相妹》《十二月送郎歌》《绣荷包》《夜相思》《新送郎》《新五更盼郎》《改良新词新五更盼郎》等唱本。从这些频繁刊刻的唱本小调单本和组曲套本互见重出的情形,可见清末风俗易变、风情小曲风靡、受到观众喜爱传唱之风气。

《四大名山》封面右书"咸丰三年二十七册刻",即 1853 年合刻本。左书"崇阳东街一二堂藏板",正文首页标"新刻四大名山",组曲包括四大名山、仍走东南、随游西北、遍行普天、庆贺丰年、大发财源、共乐人平 7 首。在《人发财源》后书"崇庆州东街周人平堂刻"。卷末牌记"崇阳东街周太平堂刻",一二堂、周太平堂未见著录刊刻情况。版心刻"说春书"、"四名山"。据《四川省志·出版志》,民国十六年(1927)邛州督刻本有《四大名山》1 册。

《戒嫖赌》封面右题"光绪乙巳新刻",即光绪三十一年(1905),左书"合州荣生堂",首页书"新刻",《悔不转》尾书"光绪六年四月初八日立",可知前半部分刊刻时间早,而荣生堂整本经过拼接。包括戒赌嫖、要看穿、落魂台、迷魂阵、悔不转、锁魂炼、黄蜂尾 7 首。据《四川省志·出版志》,成都尚古堂民国刻本有《早看穿》1 册,不知是否与此有关。《醒悟人心》封面上书"光绪戊子新镌",即光绪十四年(1888)新刊。右书"万恶淫为首较(校)正无讹",中大字黑体书"醒悟人心",左书"百善孝为先清源堂刻"。首页题目《醒悟人心》以下,排列组曲目录,包括养育歌,劝孝歌,训子歌,训女歌,姑嫂歌一右一节;妯娌歌,又训女歌、育婴歌、公婆歌、媳妇歌、前儿歌、后母歌、下堂歌、寻娘歌、寡妇歌—第二节。节妇歌、怀胎歌、夫妻歌、妻妾歌、弟兄歌、朋友歌、戒淫歌、戒嫖歌、戒赌歌、节俭歌—第二节；点戏歌、戏名歌、看戏歌、敬神歌、眼耳歌、口过歌、劝士歌、路歌、惜字歌、惜钱歌、师徒歌、主仆歌、牛犬歌、鳅蟮歌、朔望歌、借道歌、又一节 45 首①。《训子歌》有排字出框上一行避帝王讳的写法。版心刻"醒悟人心"，卷末牌记"同兴堂板"。清源堂，未查见刊刻地。同兴堂，重庆有同兴堂光绪年间刻过《苏州神歌》，其在泸州的分号光绪年间亦有刻书记载，但不确知此板刻在何处。同治十一年（1872）成都博文堂刻有《醒人心》，民国二十三年（1934）成都文集书林刻有《醒世俗歌》，民国年间成都长春堂有《醒悟人心》刻本。从《醒悟人心》组曲包含的不同内容看，其中一些如劝孝、怀胎、寻母等故事内容还有单刻或与其他唱本组合刊刻的情形，如成都集贤书馆刻本《怀胎歌》，民国成都坊刻本《劝人要孝父母》《寿昌寻母》、成都文乐斋刻本《二十四孝行歌》，成都福记刻本《十月怀胎》等，从这些刻本信息可以看到劝善醒世俗歌在重庆、成都流传的情况。

这些唱本均为民间无名氏作品，只有《犁爬经》序经过录者署"陈半山"，《醒悟人心》之《牛犬歌》署"澄川子"著。从形制类型上看，大致可以分为七类，即乞食歌《莲花闹》，算命歌《犁爬经》，哭丧歌《思亲孝歌》（《湖广孝歌》），风情歌《双小曲》，说春书《四大名山》，神歌《新纂三国两晋神歌全本》，劝善歌《戒嫖赌》及《醒悟人心》，共计九种组曲 85 首。这其中，《莲花闹》，即"莲花落"，是行乞说唱的乞食歌，起源于佛经唱导、指事偈颂的"散花"。乞儿为讨口而走村串巷，需要根据不同受众的生业特点和欣赏习惯选取相应题材，不断变换物事、转承题目，随境演义，或唱送吉祥，或宣唱义理。这五首《莲花闹》以江南商业繁兴与川省文化地标相绾和，每首都穿缀有"唵唵三朵莲花，唵叹莲花，打动莲花拜客家"的重句迭唱，拈取史典，俗语点染，如"手执钢鞭十八节，看尔岩得岩不得"、"每年贷上几斤盐，裤子烂了自己连"、"火炮子

---

① 黄仕忠：《双红堂文库藏清末四川"唱本"目录》亦按目录注出《醒悟人心》组曲，结尾有借道歌、右一节节目，校读原刻本发现有目无歌。

霸王鞭,又闹热又好看",结尾都以对花做结。从受众观听角度看,大多是对渔樵耕读的四民劝导,也有对市井小手艺人的劝勉,而以满足女性特定消费对象为独特内容、流播川省、经蜀地方言改造了的莲花落最富有特色。从唱本形制看,体现了莲花落说唱"故事一定要前后'连'得牢,情节一定要左右'化'得开,段子一定要随时煞得'落'",赋物流转、"步步莲花"、横生妙趣的说唱神理。算命歌《犁爬经》以序叙缘起,说唱寡妇再嫁的不同结局和种种情节,从时运、流年、遇煞、蒙丧诸层卜卦算命。作为一种实用文体,说唱经命虽然掺杂着迷信附会、诓骗诱惑等不良动机,但却承担了对一般俗众的人生训导,特别是对下层不幸女性的心理治疗,因其说唱命经婉转细腻、体贴入理,在市井社会和村野乡间颇为流行。两首用于殡葬仪式的哭丧歌《湖广孝歌》和《思亲孝歌》,内容相同,只是刊刻时地、版本形态略有不同。大体上唱叙祭奠焚香、放烛烧纸、供馔服孝、挂灯打更等送丧风俗。中间插叙的儿女亲家、姑表兄妹、干哥干姐或冥钱信香、三牲猪羊、鼓乐旗幢、虔心拜祭的助丧场景;或摔鼻打孔、寻死觅活、干嚎无泪、虚情假意的哭丧百态;或卜葬之期"表姐表妹脚又小,头发就像狗舔光。干嫂人才白又胖,扯开胸腔白耽耽",金莲踱步、丽服邀约的闹丧景观,饶有川地民情风致。风情歌《双小曲》,以【红绣鞋】【鲜花调】【绣荷包】【纱窗调】【剪剪花】【五更调】【上妆台】【码头调】【十二月歌】等南北流行的时调小曲串起一个个男女私会的风情故事,卖花鞋、卖樱桃逗引风情的比喻,数字藏头月份歌,数物什的滚唱,"学生哥恩爱约"、嚑哟哎哟嗨哟的感叹语,"花不龙东衣儿哟"、"太平年年太平"的沾带转调,"双手抱着袍和袖,绫罗帐内去弹琴"的谐音,这些特定的天籁"联响"①、曲调勾连和语面修辞形成了小曲倩丽流转的风调。《四大名山》说春书,由春官说春演化而来,与金钱板类,以善言美语说唱歌谣。《周礼》设六官,春官居一,以大宗伯为长官,掌礼制、祭祀、历法等事。民间迎春旧俗扮演导牛者角色即春倌,肩背褡裢走村串户,即兴说唱。"说"近韵

---

① 张为纲:《歌谣中的联响与联想》,《歌谣周刊》第2卷第31期第2版,民国二十六年(1937)一月二日。

白,字多腔少,半说半唱,多祝福吉祥喜庆用语,咏事因时因地、因人而异,以说唱七十二行生业、婚丧嫁娶风俗为多,举凡铁匠木匠、染匠织匠、剃头修脚、打猎撑船、经商做官、僧家道士、神汉巫婆等各行各业,都有专门唱词,最后例行道谢讨封。《四大名山》以说地名山名、说风景开场起兴,从十八诸侯临潼斗宝、三国说到大清,从湖广云贵游至成都青阳宫、安顺桥,从小西天说到峨眉山,以哪吒、红孩、秦琼、关爷表出四岳二十四山,然后进入正题。正月拜春祈福讨钱,碰到做鞋嫂子表鞋艺,遇见绣花姑娘表花名,以二十八宿闹坤场结。说春书糅合天文地理、择取历史典故,说唱蜀地风物和平民生活,喜气连连,风趣诙谐。这七类唱本都是在行乞、卜经、殡葬、祭祀、闹春、游市等民间特定时刻和场合卖唱献艺的作品。作为一种民间艺术,因为竞争、求利、谋生的需要,虽有迎合世俗心理的一面,艺术上也比较毛糙,刻印粗劣,语言错讹,结构松散,内容驳杂,人物故事也难免牵强扭合,但作为庶民人生"导读"书,说事拉理、深入浅出,修辞立言,风致自现,民情习俗又与蜀地民众的日常生活息息相关,以其即事性、实用性、娱乐性功能和活泼泼的生命力,获得不同受众群体的欢迎,传播迅速,风行里巷。

二、劝勉・劝诫・劝惩

东大本双藏九种俗曲题材广泛,内容丰富,虽然刊刻成集在四川,却涉及了东南、西南不同地域的风土人情、社会习尚、人事物理。在面对不同阶层、不同行业、处在不同社会境遇中的受众时,显示出不同的情感取向和劝勉、劝诫、劝惩的价值评断。

首先,唱本透过说唱艺人游街走巷、流动贩艺的随遇所见、游历所闻,以写实的笔法展现了旧世行业谋生之景观,对于那些以微薄的生活愿望自食其力,倚靠手艺操持生业,挣扎于社会底层的普通民众,充满了慰劳、劝勉与悲悯。如《莲花闹》五首,以长江上下游南方都市为背景,铺开了一幅幅行业生活与市井风俗图。苏州一首以梅、莲、荷、桂、柳、梧桐、桃李对花,中间随兴点缀三国、隋唐、洪武及宋江、吕蒙正等兴废成败事典,最后回转对花,劝勉渔樵耕读务本积福。而杭州一首则以染坊染布起兴,以青蓝红黑染色为话头,将观音、洞宾、吕布、关公、张飞等宗教、神话、历史人物随缘说法,然后才转入正篇,正篇表西施、秦雪梅、李三娘、王宝钏、赵五娘、王玉莲等女性人物的贞孝德才,最后落脚到以卖田贩盐为生的"大娘"为主诉对象,复以与苏州莲花落皆为相似的对花唱渔樵耕读、福禄寿喜收结。江南一首则以"走一处又一处,不觉来在香蜡铺"开唱,以市井行业为切入点,从香蜡铺说到霸王鞭,从市热闹说到圣贤仁义,孔明斗曹、关然举鼎、桃园结义,复以转花接下叙唐僧取经、随带撒茶的传说,而叙及安花武夷、毛尖普洱之茶经。反映了商业繁荣勃兴、文化厚积发达的江南市镇生活。川省一首,以桃园结义故事为背景起兴,主要唱叙关公屯土山、过五关、斩蔡阳等勇武行迹,转对花劝世收结。下江一首,流行地域主要在长江下游,江苏、安徽、浙江一带。此曲以方子铺起兴,由棺材铺唱到剃头铺整容堂,形容剃头匠手艺娴熟是"前六刀后六刀,左六刀来右六刀,还六刀来顺六刀,六六三十六刀",继而哂笑镡罐铺烧夜壶伙计手艺粗劣,而以霸王、樊哙典故点到即止、对花收结。组曲《莲花闹》不仅取名显示了莲花落丁市井热闹时地卖艺献唱的氛围,且展现了光绪年间江南莲花落流入川省,江南市井风习与四川风物民俗融合的场景。《四大名山》"走一家说一家",先说卖海椒大爷"鸭子下河拐丁拐,拿你海椒掂几块。伤人乎不问马,拿你海椒抓一把。乘肥马衣轻裘,一蛮倒在我的包裙头",用四书古诗语做海椒作料,加上方言俗语打趣,把小市民买菜占便宜、沾沾自喜的偷巧心理刻画得惟妙惟肖。在唱叙市井买卖活动时,不仅以海椒红硕、花生实沉、匹布色鲜、糍粑甜软、饭店火旺、篾编玲珑、卖盐足秤夸赞小手艺人技艺娴熟、货色齐全,更有趣的是用秤砣落水、水打川城、板岩点灯、剪刀落水、当街使牛、老马莫毛、河中烧火、玉石打船、当街无钱、孩儿不言、口吐清水等俗语取喻,随将摊贩售卖烟叶的成色、质地、口感表唱一番。"到什么山唱什么歌",从张飞说屠夫生涯,以唐僧撒茶唱采茶营生,看见大娘说喂猪纺棉,碰到财主唱哥子施钱,进了饭店说堂倌跑堂,瞥见洞房唱龙凤呈祥,以黑武士表刘高祖,以洞宾表酒、以织布表机、以卖鱼表鱼,还有吃烟大爷胡子稀、黄胡子大爷文武相,挂耳胡大爷穿戴一品样,杂货店簪珥珊瑚、珍宝绸缎样样全,杂粮店豆子酒米般般在,麻糖老兄煮糖忙,春官受遣说春书,打搅庄户讨口粮。又如《思亲孝歌》唱叙解棺封丧、孝子守七。第一夜进卧房看牙床、进厨房出厅堂,随行坐卧想爹娘,一七守到五七上,诵经忏办道场,超荐爷娘升天堂。接着历数打鱼郎河边撒网遥对长江,打樵郎深秋砍柴远望青山,耕田郎耕种完粮坐在田边,读书郎走进书房放下文章的时刻,放牛郎扯断鼻索、裁缝郎手拿熨斗、剃头郎挥起刀子、卖酒郎挑起烧酒的瞬间,以及卖油行、挐把(赌徒)行、麻糖行、算命行等十数种职业和身份的孝子在持业艰难、生计奔走中想起养育之恩、训导之言而哭怀爹娘的情景,一直叙到百日期满,孝子剃发酬亲。这些唱本在表现普通民众谋求生业之景观时,透露了市镇繁华热闹背后小手艺人的辛酸、苦难与从业艰辛;肯定了行业谋生、手艺持家的做人本分、社会良心和职业道德感,与此同时,以悲悯的情怀洞悉了挣扎在底层社会的九流人群为人的奸猾与实诚、收入的多寡与贫富、技艺的粗拙与娴熟,与其简蹙与安逸的生存状态之间的关联。

其次,唱本在反映一些家庭内外人事关系以及由此引发的家族纷争、社会问题,以道德善恶训导子弟成人立世,尤其是面对下层女性驳杂困苦的生存境遇时,针对不同观听者和情感诉求对象,表现出鲜明的褒贬态度和抚慰、嘱告、劝诫的道德维生意向。如《醒悟人心》之《养育歌》,从人生堕地、十月怀胎,父母的含辛茹苦、数载养育、寻米求盐、疗病救疾、读书择业、远游望归诸层教导为子感母恩重。《劝孝歌》从子欲养而亲不待、悔难转开释孝子及早孝养双亲。《训子歌》从莫许使性骂人、莫许伤生害命、流荡子弟父母爱子训子。《怀胎歌》从忤逆子遭阴司谴,教育人子长念母亲怀胎养育之恩。《前儿歌》则以闵子骞芦花被故事,前娘子孝后娘亲为感化后娘之良方。《下堂娘》《寻娘歌》举宋朝朱寿昌辞官寻娘、神应同州、雨店遇娘、相认携归、奉养终年之事,以夫死逼嫁、别子念子之苦况,提醒为子要善待赡养下堂娘。《弟兄歌》以桃园结义为榜样,劝告兄弟帮扶、有难同当、善待子侄、宽仁怀义。《主仆歌》《师徒歌》则以主人对仆不善,打骂逼死仆人遭阴谴;以师傅待徒刻薄,徒弟奸猾学艺不精,师徒如路人,师傅待徒亲,提携经营,师徒如父子两种样本劝告主人善待家庭下人和仆人劳力。如《犁爬经》,说唱孤弱嫂嫂和能干嫂嫂再嫁的不同结局和种种情节,从时运、流年、遇煞、蒙丧诸层卜卦算命,《赶柴棚》说与求子心切、妻妾争锋的嫂嫂;《走荒郊》说与勤谨积财、避煞除邪的嫂嫂,《排毛子》说与丧夫难守、再嫁被弃的寡妇;《撒汪二》说与丧夫再嫁、寻靠山遇凶夫的寡妇;《白起涎》说与丧夫招摇,卖身风流的小媳妇;《哄婆娘》说与嫁踢踏汉,无子急病的小媳妇;《整死人》说与无子相命,埋儿包胎的嫂嫂。其实是列举了各种年龄的孤寡女人欲挣脱道德桎梏而不能,欲求得平安祥福而不得,甚至误入歧途、堕入惨境、无法自拔于悲苦人生,以此来训导遭遇不幸的女人切勿输财纳礼、拜神卜命,而应从生活细事检点自己,从齐家待人掂量人心,虔心自修、行善积德。如《醒悟人心》组曲中,《训女歌》从锅头灶尾、勤劳和顺、侍夫温存,唱为妻之道和三从四德。《姑嫂歌》举宋臣妻欧阳养小姑润娘,更比亲生女儿,选郎嫁姑,积福延寿事,唱嫂嫂善待小姑、积善得善果。《妯娌歌》为妯娌宽心,肯定周旋于婆婆丈夫之间的妯娌互相体恤、患难相扶的生存道理。《公婆歌》举赵大可妻黄氏道光五年(1825)翻船坠河,死后地狱削骨化肉,托梦求告婆婆超荐,来劝媳妇不可撒泼胡闹、吊颈分家、唣骂公婆。《媳妇歌》则反过来以横蛮婆婆打骂逼死媳妇,引起家庭纠纷、娘家闹事,劝告恶婆改性从善、待媳如女、大量开怀。《后母歌》以敬婆爱女是一结局、唣婆打子是另一结局,摆出医病良方任你选择。《寡妇歌》《节妇歌》则从守节敬公婆、出门要防闲、忌酒免失身等行事原则,劝告寡妇苦忍求和比自力求生更重要,亦倡导社会帮扶贫弱、怜孤恤寡,赞扬寡妇守节养子成名、保全家庭安宁,为社会输送人才的功绩。《夫妇》以丈夫口吻唱妇道敬夫、聚守家园:"教妻贤不说短,孝顺公婆第一件,和睦妯娌第二端。哥嫂儿女你要管,紧紧闭着你牙关。依得为夫这几件,我就依你在家园。"《妻妾歌》以家传无嗣娶小妾,丈夫厚道前妻贤,夫妇随顺小妾安为旧世家庭和睦之经。这些唱本在解剖家庭作为社会细胞的作用时,更多从教育和道德劝化角度给予俗众人生训诫,在对待妇女问题上表现出道德守旧立场和同情底层女性不幸的矛盾性,但这些广泛传播的训诫歌,对于困顿底层的女性还是起到了宣泄痛苦、化解悲情、寄托生存希望、寻找生活出路的精神抚慰作用。

再次,唱本在面对末世世风日下、道德堕落、杀生损命、靡费财物、寻欢作乐、贪淫豪赌等种种恶俗浊习与社会乱象时,表达出谴责恶俗、批驳恶行、劝惩恶德的价值评断。如《醒悟人心》之《育婴歌》以婆婆逼媳妇溺婴弃婴,丈夫弃养"赔钱货",一家遭阴谴报应来谴责歧视女婴、溺婴害命的恶俗。《牛犬歌》《鳅鳝歌》《朔望歌》则以老牛助力务农、黄犬看家防盗戒不杀生,以鳅鳝微小、一斤千命顾惜物命,以朔望斋戒、动荤不敬、劝人不食牛犬鳅鳝,善意规诫去口腹之欲、戒杀放生。《惜钱歌》《路引歌》《惜字歌》以捡拾烂钱、烧埋路引为惜钱惜物一说,以写字符令、贴纸报单、裱糊烧烟、剪字绣字为敬惜字纸又一说,《敬神歌》《劝士歌》以读善书、讲善书、作善歌、刻印散施善书为敬惜字纸再一说。《节俭歌》以马皇后穿布裙斥责女人时尚爱新鲜、男人学穿一品官的奢靡风俗。以"人情由俭入奢易,由奢入俭最难移",唱叙奢靡带来的嫖赌、吃烟、斗富、败家等社会问题。与此对照,《醒悟人心》组曲第一首列举闹小旦、吃洋烟、子外传的一等发财汉,悭吝至极、囤积居奇、生子败家、典身卖田的一等刻财汉,"儿女饿的精叫唤,妻子饿的打偏偏",日嫖夜赌、荡财败家的一等贪淫汉,又举广西金州凶案、江南贼乱惨案,还有砂市胡财主躲避湖北贼犯,搬家武昌,路劫丧命的奇案。暴雷打死忤逆男、贪淫汉、铸造假钱店主、糟践粮米伙计的孽案,儆戒众人发财积善免灾殃、修桥补路造河船、刷印善书种福田,结善缘十报转仙。《戒嫖赌》内文主要戒嫖,从有子读书入官、有女针黹嫁人开篇,从当铺酒店、班主炭客、和尚道人、读书务农、匠人商贾的破败说风流案戒色。前半部分唱叙嫂嫂艳遇、背夫偷情、支使丈夫、家宴嫖客的贪淫事件过程,穿插院女练就招魂"道术"、嫖客混迹花街柳巷、输尽钱财执迷不悟的故事。先以王金龙、郑元和事戒子弟流连花街柳巷,断送烟花窟,复以娥皇女英、瑞兰莺莺、潘必正卖油郎说风情转移话题,《落魂台》后半部分开始,转唱妓女淫毒的两种恶果:以从良相要挟,撒慢使钱、嫖客输财得病丧元良;子弟贪淫,纳为小妾,逼死大妇,惹出官司,拿钱免刑。家妇偷情与妓女卖淫相对照,嫖客贪淫与院女骗财两敲击,风情与训诫相表里。又如《醒悟人心》之《附戒淫歌》举江南富翁讨妇人灵霄,妇人生子把家倾,富翁忧病丧生,湖广汪必正,流荡好淫,牵头分赃,烂疮损身,被逐出家门饿冻归阴;嘉庆华亭张员外贪淫丧两儿,得痨病猛醒、刷刻善书焚淫书,病愈生子好报应;严豫奸淫心忌,病梦阎君典刑;湖广柴荣锦跑江湖,妻妹卖身入娼门,他去嫖赌妻妹迎,一气病亡遭报应;单身弟子郑中运梅疮痛发住岩洞,饿冻溃烂亡性命;张玉病亡见阎君,延寿回家劝世人,回去领受油锅刑。桩桩件件现世报,警醒世人戒贪淫。《附戒嫖歌》从风俗不好、女子爱妖娆说起,以绝嗣削功禄、淫杀丧命,抛妻弃子戒子弟奸淫。《戒赌歌回心向化歌》唱叙一位赌钱瘾君子输田产、卖祖坟,鬼迷心窍,押宝投注,输了又赌,回家发飙,妻子苦劝,儿女嗷嗷的生活景况;最后以妻子宁死不卖娼、佣工无人要,料理生计难,劝丈夫挑葱卖蒜,捡粪持贫,本分过活收结。有趣的是,在《醒悟人心》组曲中,《点戏歌》《戏名歌》《看戏歌》三首也是戒淫篇。《点戏歌》谴责"淫戏"引动男女、小旦教诱女人,渎神丧节、兀子病患,报应昭彰,奉劝大家看苦戏忠孝戏、化愚积善。《戏名歌》以川省敬神搬《北邙山》,带来叔嫂通奸等社会问题,责点戏会首、演戏和尚,戒小旦风骚、剧场艳情,并以道光内江火烧东仓、雷轰生旦的现世报编俗歌醒世。《看戏歌》严戒妇女莫看戏,"好比洋烟上了瘾",穿红着绿不知紧,"一身都是牛眼睛",结伴出游弄风情,伤生害命祸蹉行,告诫妇女在家养身务本,度劫超生。其实,戏曲在下层社会流行,更主要是因为民众接受戏曲,作为道德驯化、寓教于乐而耳濡目染,并经由实际的生活经验,成为生存处世必备之教益。这种戏曲对民间社会的正面影响力更大,而把风俗窳败、人心不古的社会问题咎因于剧场演戏,难免牵强。对于末世恶俗蔓延、恶行遍地、恶德泛滥的社会痼疾,唱本总是举出前世报、眼前报、现世报、阴间报,借古喻今,现身说法,针砭劝惩,昭彰善恶,以微贱的身份发出重建道统、扶助正义、拯救社会良心的呼声。

三、说唱夹白　流转叙事

东大本双藏九种俗曲,大多以五、七字句为主干句式,衍出三、四、六句,以三三四节奏为主,辅以缀音重句、转调加腔,说唱夹白、问答对话,形成了即景抒情、流转叙事的行文特点。

《思亲孝歌》最后以十二月歌说唱逢春花开、应季插秧、端阳食粽、夏夜纳凉、中秋果饼、冬月寒裳,其实是借题发挥、即景说唱,收结悲情,用月份歌敷演三年孝满、钱别爹娘的守丧故事。《新纂三国两晋神哥全本》开篇标"唱",意在提醒听者这个在祭祀神明时"唱"的三国神歌,从曹操修书、徐庶荐贤、三顾茅庐、关公逃难、刘备卖鞋、桃园结义、马越檀溪、兵打四川、草船借箭、华荣挡曹、五关斩将、许田射猎、东吴招亲、白帝托孤,最后唱出义利之辩,转以伍子胥、专诸、要离等与三国无关的故事续之,再唱两晋三段,后半部分又随附《唱挖哥》一首,用"桃之夭夭"、"之子于归"等成语,"鹞子虽小打岩鹰"等俗语,"既冠而往"等四书语,绘唱妓馆包头劝酒敛钱之态和贪杯穷汉苦情之言,敲鼓棒喝,振醒俗人耳目:风流损性命,金钱坏仁义,守分安乐是人生至理。《四大名山》说春书虽以说为主,但还有唱,还有数落,如首曲第二段的"十拜"祈祥,《随游西北》尾曲的"十二月"历算,还有首曲结尾"一字下来一条枪,二郎担山赶太阳。三人摇动紫荆树,四马投唐小秦王。五龙头上保太子,六国封相苏秦郎。七国岑朋来斗阵,八仙子弟闯南阳。九里山前活埋母,十面埋伏楚霸王。十一女子钟无盐,十二刘秀走南阳。十三太保李存孝,十四水手王彦章。十五云南花关索,十六女子鲍三娘。十七王莽闯汉位,十八罗成去投唐。十九征东薛仁贵,二十八宿闹坤场"。这一段即以数字藏头诗形式,历数图强霸业,点出男女兵将,杂糅天文历算,说唱和合。还如《遍行普天》开篇:"说个三道个三,人活到一十三,血气方刚力无边,上山砍柴连根砍,两担拿来一担担。为人活到二十三,捞根扁担上云南。人人说到云南好,山高难把坡来翻。为人到了三十三,有儿有女治家园。有钱充得男子汉,无钱反见汉子难。为人活到四十三,早些增点银子钱。不把银钱来抛贱,免得后来受熬煎……为人活到八十三,八十公公进花园。手把花树泪涟涟,花开花谢年年在,人老何曾转少年。为人活到九十三,好似破船下陡滩。今晚脱下鞋和靴,哪知明早穿不穿。人活百岁又零三,古今少有这寿元。山中树木有千年,世上难寻百岁男。"这一段数落以"三"之期数,从三、十三数到百零三,人生各段说寿年,回溯浓缩一段从生到死的生命过程。《双小曲》之《数螃蟹》用五更调、绣花儿重句数螃蟹:"一更里绣海河,一个螃蟹几只脚,一个螃蟹八只足。两个大甲甲,用了一个壳,夹又来得紧,扯又扯不脱,情郎奴的哥,依呼依儿哟。三朵花儿开,绣花儿嗬,梅花菊花榴莲花,四季花儿开,上打金天闹海棠……"绣花绣到三更里,螃蟹数到三支上,转唱情女会情郎。

  缀音重句,转调加腔,在九种俗曲中也很常见。如《莲花闹》之"唵唵三朵莲花、唵唵莲花,打动莲花闹客家";《犁爬经》之"今日落在陷人坑"、"急早修,急早修,急早修个望儿楼"重头句,《胡广孝歌》之"望住坟堆哭一场"、"手把花树哭一场"、"提起秧尖哭一场"、"跪在堂前哭一场"之重尾句。还有《双小曲》之《新刻鲜花调》的"重句"标记,"哎哟哟"、"噫儿哟"的缀音;《新刻绣荷包》之重句,"哟嗐"、"哟哟嗐嗐";《卖花鞋》之尾句重句,"意儿哟"、"哎哟哎哟";《新刻纱窗调》"噫哈噫哈呀"等,都是尖歌情意,皆"土音之善者"的典型。而《犁爬经》之"说他生根等我推"、"运逢七煞马得多"句尾有"□加□拖"标记,即是重复加腔拖唱之意。《双小曲》尾曲《十二花》前有《太平年》一曲"小难上坡,太平年年太平奴送哥哥到桥头,大石桥上水长流,大石桥下长流水,露水夫妻不到头。年太平太平年",虽然刻本并未在此处断开,从句意上下承接看,此处以下即转入《十二花》咏唱,短短几句,辅以"太平年年太平"的缀语迭唱,相当于上下曲之间的过曲。而转调加腔在风情歌《双小曲》中成为组曲调节音乐旋律、转换叙事节奏的重要结构素。首曲《巴心小曲》以卖花鞋裙钗逗引秀才说风情起,以十双红绣鞋和十月花开喻男女私会情事,以唱剪剪花收结。《新刻鲜花调》以茉莉花、三首剪剪花喻情女想郎,串起绣荷包卖樱桃、花椒胡椒刺手椒等曲意,逗情郎、梦情郎、呼唤情郎。《新刻绣荷包》则以五更调、绣荷包唱情女想郎会郎、嘱郎别郎;又续以马头调,以钓鱼作引子,唱剪锭花,表唱思春女急嫁寻郎、遇携子冤家。《卖花鞋》以三首剪剪花,唱广东绣花女在战乱中为情郎钱行,借白蛇传故事为守情女子鸣不平。《十二杯酒》在江南调兵背景下为情郎劝酒钱行,用数字藏头十二杯酒歌追忆二人瞒亲吃喜酒、意浓发盟誓的恋情,嘱咐情郎行营作战保安全、班师大捷早团圆。《小尼姑》以五更调交代小尼姑家贫卖身,寄住寺庙的不幸身世,以及思凡逃庙、约郎私奔的心思,接唱良家女游庙进香,十月花问郎盼郎,以锦被绣装穿衣色的推想,传达尼姑对幸福爱情和美满婚姻的向往之情。《上妆台》以五更调、三杯酒唱情女会郎,叙情郎病重,送汤请医,病恙不济,一命归西之后,为情郎做道场之后事。《数螃蟹》《拜新年》《进兰房》则表唱绣荷包、卖樱桃,先叙女子私会生子、堕胎埋子,奢望出嫁时再孕前儿投胎事;复以五更调数螃蟹,以对花唱金莲戏叔,荡骗人妻,妇人要价羞辱事;再以五更调叙尼姑堕入烟花窟,"枕边情人日日新,谁人与奴共长生"的痛苦。这些唱本以转调加腔的方式自然地将处于不同人生困境中的旧世女性生活作了连环画轴式的全景呈现:由此既可见下层女性追求爱情的执着与热烈,渴望幸福生活的选择与行动,更可见旧世女子未婚堕胎,良心忏悔之无奈,有夫之妇遭人戏弄,巧解冤结之慧心,从良女子误入歧途、倍受凌辱之窘迫。

而叙事因素的输入,在说唱抒情的主体视野下流转叙事,尤其是说唱夹白、问答对话的穿插,使得俗曲所要展现的主题性意涵、故事性趣味、戏剧性场景变得鲜活可感、耐人嚼味。如算命歌《犁爬经》曲前有短序一篇,交代了过录此经的缘起:壬寅冬即道光二十二年(1842)冬天,星士陈半山与表兄游行算命,会友赵文准外出,赵家妻妾为无子求命,遭半山表兄蛊惑诓骗钱物,为丈夫责骂投井自缢。为忏悔"星士之罪有不容于死者"而焚书弃业,录经醒世。序文提供的这些故事背景,避免了我们把这篇作品看做附会迷信、推销卦经的实用文体——算命经来看待,有助于我们从了解主诉对象、受众心理来梳理《犁爬经》的叙事线索和警戒算命骗术的内在意涵。俗曲演唱这种流动献艺的方式形成了想到什么、看到什么、转而说唱什么的演艺转场、曲唱转调、即物转体、随遇转人、叙述转事的风格，而这种流转的环链得以实现的最关键的因素即是转事。在双藏九种俗曲中，这种转事因素的表现是多种多样的。如《莲花闹》五首之一，在版页上方相应段落刻有"应"、"赵"、"青"、"张大"、"卖棺材"、"剃头铺"、"点八字"、"卖花盆"、"夜壶"等字样，以示唱叙故事段落的转接、牵涉人事的变化，起到了提挈故事线索和勾连曲调完整性的作用。而《新纂三国两晋神哥全本》先说三国，后续春秋，再唱两晋，最后随附《唱挖哥》，这种松散杂糅的故事内容和名不副实的结构体制，可能有说唱艺人用三国两晋"全本"故事兜揽生意的考虑。但就前半说历史故事后半转风情笑谑的唱本形态看，加之上图本《三国孝歌》将《唱挖哥》标以《笑话神歌》题目，当是殡葬仪式演唱孝歌娱宾乐众、适应特定场合需要而致的结果。又如《戒嫖赌》将家妇偷情、院女贪淫两个完全不同的女性角色用嫖客事件承转续接，扩大了曲唱包含的故事容量，从两个不同侧面和角度强化了曲本戒淫主题的社会意义。还有《醒悟人心》之《节妇歌》以尾句"不孝子听缘因，请把下卷怀胎听"自然转入《怀胎歌》的叙唱；而《姑嫂歌》后附《右一节》，《节俭歌》后附《第二节》，《寡妇歌》后附《第二节》，或前唱义理、后举人事，或前叙故事、后加生发，构成一种回环照应、联章复沓的叙事程式。在《双小曲》和《醒悟人心》中，说唱夹白、问答对话的运用，不仅拉长了叙事节奏，而且使得整首曲子有了意味深长的结尾和戏剧性的角色搬演风貌。如《醒悟人心》之《妯娌歌》在表唱四个妯娌和顺勤俭一段后，添加了一段说白：

你们想这妯娌该有多少好处，这妯娌就是俗话说几嫂子。想这几嫂子平常哪有莫得些好处？但你们事过之后就忘了。想你们公婆一下骂那个，妯娌走下劝几句，说婆婆耐烦些，他是一时的失错，婆婆听到几句好话，那气就消得下去了。又或丈夫一下要打要骂，有妯娌前来好好相劝，说道一个做事，哪有莫错，这回错了,下回就不错了嘛,怎样一回失错就要打要骂呢?你丈夫听得这几句好话,气也就消得下去了。你们想这是不是妯娌的好处?况且哪个一下有点紧急病,还是要妯娌进房圈来问你,替你想个方子,再有为儿为女一时得下急病,难道等你爹娘姨娘姊妹来才去?就得他与你想。那个时候你做娘的吓得心无主张,两手抱着儿子,眼泪双流,怎样想方,全靠你嫂嫂弟媳替你儿子想个良方。一个去烧开水,那个去找点药,巴不得把你儿子救好。这样看来又果真谁个恨谁个,又果真那个恨那个的儿女呢?更有时那妯娌或哪家有水火有盗贼,你就要叫妯娌嫂嫂呀、幺妹呀快来救我,他就要前来相救,从这些疾病患难看来,妯娌比你姊妹更亲,姊妹须是同父母住,生大来各家一处,古人说远水难救近火,就合乎这样道理?为甚么动不动就吵就骂,总不想妯娌这些好处?

这段说白以周旋婆婆丈夫之间的妯娌互相顾惜回护,热心奔走救急、疾病患难相扶之事,苦口婆心劝慰身处大家庭复杂环境中的女性,要推己及人、善待妯娌。这无疑对一般家庭妇女处世为人、解决家庭矛盾提供了形象的修善良方。而《醒悟人心》之《寻娘歌》在唱叙到遇母相认之际,夹叙了一段说白对话:

> 寿昌听罢双膝跪地泪如雨下,只叫得一言"母亲呀",就哭起来了。
> 老母说:"先生是谁?不要错认了我。"
> 寿昌此时哭得咽喉哽哽,说不出话来,许久才哭道:"我的妈呀,儿本是朱寿昌,是娘生养。"
> 老母才知是寿昌,便哭道:"喂呀,我的儿呀,可怜为娘几十年来未见你了"。
> 母子大哭一场,悲喜交接,寿昌于是请轿接母回川奉养。
> 凡亲朋晓得个个都来看,喜他母子分离了五十年,受尽了千辛万苦,今日才得接母回家,无不下泪。后来官还原职,刘氏亲受

诰封,后来百岁无恙而终。各位你们母亲若是下堂,要去认才好,下堂去贫穷,接回来奉养,才是不枉母亲当年养你一场。你看着朱寿昌辞官去到陕西寻他身下堂的娘。你们未做官都不去认娘,若是做了官,还肯去认娘不成?为子要学寿昌,后来自有昌达。

这一段宋朝朱寿昌辞官寻娘、神应同州、雨店逢娘、哭音相认的说唱故事,在拟剧式的角色搬演中达到了高潮。下堂娘再嫁失路、被劫蒙难、未娶夫亡、流落乞食的悲惨景况,与母子相认、回川奉养、官复原职、领受诰封的团圆结局,更加衬托出寿昌辞官寻娘之可嘉,最后抨击弃娘负亲的不义之举,为人之伦、义理之论自然达成。又如《双小曲》之《新刻纱窗调》,在王大娘和思春女之间有一场富有情趣的对话说唱:

呀,既是这样,何不请个医生来看治看治呢?

请个医生来,奴也不要他,请他到家来,摸摸又搭搭,摸摸搭搭奴不爱。噫哈噫哈呀!

你不要医生,何不请个端公来禳解禳解呢?请个端公来,奴也不要他,请他到家来,乓乓又乓乓,乓乓乓乓奴不爱。噫哈噫哈呀!

既不要端公,何不请个老妈来拂载拂载呢?

请个老妈来,奴也不要他,请他到家来,叽叽又呱呱,叽叽呱呱奴不爱,噫哈噫哈呀!

这也不要,那也不要,这病从何而起的呢?

三里三月三佳节,是清明桃花又放红,杨柳又放青,王孙公子游春景,噫哈噫哈呀!

他游他的春景,有你什么相干呢?

他爱的奴呀,红粉俏佳人,奴爱的他呀,年少小书生。二人说了几句话,噫哈呀!

这段对话以滑稽说风情,言来语去、声情毕肖的角色推问,将儿女私情的谜底一层一层揭开:起初答非所问的思春女,终于鼓足勇气表白了游春遇郎、心病难医、拜干娘成全的心迹。

东大本双红堂藏清末四川俗曲唱本九种,在版刻形态、唱本形制,情感指向、艺术情致等方面艺术呈现出鲜明的地域风调。其关注底层的深切同情与悲悯情怀,劝勉、劝诫、劝惩为旨归的劝世醒俗主题,以及说唱抒情、流转叙事、乃至拟剧搬演的声吻姿态,在俗拙的外衣下爆发出唤醒人心的力量。这种"民俗间的抒写,乃像幽谷中的蕙兰,或田野间的花草,虽则比较质朴一点,但自有他们的天然的美丽",这些"极婉转、极细腻、极深刻、极美丽的作品"①的价值,值得我们不断发现、不断挖掘。

(原载《西华师范大学学报》2012年第1期)

---

① 重九:《苏州的唱本》,《歌谣周刊》第60号第1版,民国十三年(1924)六月二十二日。

蜀伶、天府戏俗与万年台

天府之地,有多少史,就有多少戏。蜀人戏山曰"蜀国多仙山,峨眉邈难匹",蜀山剑侠之气是不是淋漓而出?蜀人戏水曰"愿得投岷江,咸使西南醉",瞿塘滟滪之喜感是不是随处流淌?至于戏日戏云"望日朝天阙,披云过蜀山"、戏仙戏鬼"转石惊魑魅,抨弓落狖鼯",可谓道尽云海缥缈、天堑无涯、剑阁栈道、绝壑万仞之诡谲。而"巴水急如箭,巴船去如飞。十月三千里,郎行几岁归",不归之路、生离死别,人间天上的轻泪盈盈竟俯首隐去;"蜀锦地衣呈队舞,教头先出拜君王"、"楼船百戏催宣赐,御辇今年不上池",丝管纷纷、戏舞频频,天上人间的旖旎妩媚遂触手可及。或许,低地接天府,戏缘出天然,浩大无垠的天幕下原本就包蕴着欢喜悲辛的人生大戏?

蜀人戏缘地蕴,唐人说"蜀戏冠天下",天府戏俗何来呢?远的说去,"下里巴人"有"和之者数千人",太守李冰有《斗牛》之戏,而许慈《忿争》之三国巴渝戏,绵竹俳优之饷军百戏,刘辟责买有讽刺之剧,《灌口神队》有教坊打戏,都为"蜀戏冠天下"做足了戏份。古代文献中第一次出现"杂剧"一说,也与成都有关。唐文宗时李德裕《论故循州司马杜元颖追赠》中描述南诏攻掠成都情形,"蛮共掠九千人,成都郭下,成都、华阳两县只有八十一人,一人是子女锦锦,杂剧丈夫两人……"由此或可推测,晚唐前的"杂剧"演出,最早就出现在成都。值得一说的是,后蜀孟昶作管弦乐章,传至东南沿海,成就了"南音";孟昶被当地人奉为乐神,建庙供奉,福建泉州等地还形成了春秋两祭孟昶的习俗。而《酉阳杂俎》里干满川、白迦、叶珪、张美和张翱五人合伙的戏班,可说是中国戏剧史上最早的民间戏班了。

其实,因之蜀伶,宋明以后的蜀戏更有力道,不让唐代的"蜀戏冠天下"。岳珂和周密在《桯史·选人戏语》《齐东野语·优语》中说:"蜀伶多能文,俳语率杂以经史,凡制帅幕府之宴集,多用之","蜀优尤能涉猎古今,援引经史,以佐口吻,资笑谈。"《钻遂改》《钻弥坚不如钻弥远》刺贪刺虐,一时流行,蜀伶岂止是伶?《大日本佛教全书》卷九五《大觉禅师语录》记载了留日和尚道隆在家乡川南涪州的观剧诗:"戏出一棚川杂剧,神头鬼面几多般。夜深灯火阑珊甚,应是无人笑倚栏。"当时的川杂剧就能戏出一棚神头鬼面了,可见"优伶之戏甚盛",而成都阅武场还有演戏打擂的热闹场面呢!庄绰《鸡肋编》载:"成都自上元到四月十八日,游赏几无虚辰。使宅后圃名西园,春时纵人行乐。初开园日,酒坊两户各求优人之善者,较艺于府会,以骰子置于合子中撼之,视数多者得先,谓之'撼雷'。自旦至暮,唯杂戏一色。坐于阅武场,环庭皆府官宅看棚。棚外始作高凳,庶民男左女右,立于其上如山。每诨一笑,须筵中哄堂,众庶皆噱者,始以青红小旗各插于垫上为记。到晚,较旗多者为胜。"在成都街市杂戏竞演的盛况中,观众笑谑评戏形成风气,可知戏窝子是如何火了。明末清初,大量移民迁入,后来的湖广填四川,天府文化引领新气象,时已有"川戏"、"川音"、"川调"之说,如陈铎散曲写川戏,有"描眉补鬓,寻争觅斗",蜀伶的特型装扮与武打程式活灵活现;而"黄昏头唱到明,早晨间唱到黑,穷言杂语诸般记。把那骨牌名尽数说一遍,生药名从头数一回,有会家又把花名对。称呼也称呼的改样,礼数也礼数的跷蹊",则以嘲谑口吻描述了川戏演出时角儿化妆、戏班出单、帮腔耍腔等种种情状,而长套散曲里特别交代的韩五儿、靳广儿领班出川往苏浙演出事,可见蜀戏川腔之跨域影响。

近的看来,自"僚人入蜀"到轰轰烈烈的移民入川,五方杂处的社会基础促成高腔、昆曲、皮黄、梆子,与川腔、川调相结合,为川剧形成攒土成基。雍正二年(1724)高腔庆华班驻扎成都,先后在川西南招生聚徒达百余年之久,康子林即庆华班之数传弟子。此后舒颐、燕春、宴乐、长乐等川剧班社一时风起,1911年以杨素兰、康子林为首的川剧名伶,在悦来茶园聚八大戏班,荟各路名角,"悦来,近者悦,远者来",以"脱专压之习,集同业之力,精研艺事,改良戏曲"为宗旨,可谓"五腔合唱扬蜀籁,八班聚首舞一台,改良旧戏倡悦来",戏圣康子林、戏状元岳春等一批名角起开蜀伶之气象与辉煌。就拿康子林来说,十七岁名动锦官城,《诸伶小传》称"康子林之发音曲折,流利中兼沉郁之致,与秦腔、京腔何多让焉"?他认为演员演戏要弄清戏情戏理,"不象不成戏,真象不成艺,悟得情和理,是戏又是艺"。冉樵子赠诗康子林:"锦江波涛玉垒云,山川灵气钟优人,优孟优旃不可见,近代风传康子林。"刘师亮悼康子林挽联云:"锡山占北,介石居南,居然同室操戈,演完民国一台戏　芷林正音,有为变法,今后登台出角,谁继康家两圣人"。

近代蜀伶擅艺成角者多,激义成仁者更多。如《新闻夜报》赞"传说纷纷便锦城,悦来园内缓歌声。现身说法应如是,万口齐夸肖楷成";得黄金凤真传、创宴乐班、起三庆会、捐田救灾、重义轻财的"川班青衫、花旦之泰斗"杨素兰;与京剧四大名旦多有过往、习艺精进、有"表情种子"美誉、打造川剧四莲"佩莲、紫莲、清莲、仕莲"的剧仙周慕莲;文武昆乱不挡的另一位"五匹齐"演员、川剧全能旦角演员、擅演《白蛇传》《秋江》《坐楼杀惜》的成都川剧名伶榜"四大名旦"之一阳友鹤;有"千面人"之称、演文天祥故事《柴市节》之留梦炎、被蜀人称为"以寡廉鲜耻之词、饰暮楚朝秦之丑,而出以休休有容之态,真可谓一部《贰臣传》之结晶体"的唐广体;还有川剧四大名丑周裕祥、周企何、刘成基、陈全波……这些不胜枚举的蜀伶,不仅创造了个性迥异的巴蜀人物"群像图",也为近代巴蜀增添了浓墨重彩的历史能量。

老舍先生曾说"川剧根深得很",深在哪里呢?蜀伶演戏是天就,蜀人看戏是天然。或者换句话说,蜀戏妙趣天成的戏情生理,扎根日常的生活气息,与天府百姓心心相契,与蜀地民生休戚与共。这一点,"万年台"就是最好的证信。

旧戏演戏看戏的场所,除了撂地为场、搭台演戏的路歧表演外,主要是农村、集镇、寺庙或会馆,其中多建有供乡亲客人看戏的万年台。目前蜀地遗存的万年台,有代表性的,如黄龙溪镇古龙寺正门建于清初的万年台,酬神娱宾、交易往来、集会看戏,距今已有三百多年历史,台前院坝过去就是大戏场。都江堰二王庙也有一个很高的万年台。万年台多为石木结构,歇山顶或悬山式,或修于寺庙山门上,面向正殿,观众入山门后,立于地坝看戏;或跨街建成过街楼戏场,无戏时是通衢,供行人穿梭,演戏时是场坝,供人们立观。犍为罗城的万年台,把街道修成船形,"云中一把梭,山顶一只船",满足了四面八方、远近高低的更多观众观剧看戏;而其戏联"昆高胡弹灯曲绕黄粱、生旦净末丑功出梨园"也活脱一部川剧影像史了。如今的铁像寺水街仿犍为古戏台造市中"万年台",每逢年节庆典,雕栏垂花、飞檐翘角、古樟掩映、乡音社戏,亦可复现安逸祥和的民俗古意了。

万年台是为祭祀娱乐而设的固定舞台,台呈方形,高约一丈,四周雕有花卉人物,左右两根大柱头,顶绘各色图案;三星壁前为表演区,观众可环三面看戏。三星壁左右设"马门"以"出将"、"入相"示上下场。三星壁是分隔前后台的板壁,源于道教神灵信仰,后演变为崇拜福禄寿的民间习俗。万年台上绘福禄寿三星,有时福禄头上有蝙蝠,身旁有鹿,南极仙翁头顶有仙鹤,以寓福禄长寿。"万年"本示戏台坚实耐用、祖孙世代都能享受之意,而供神祭祖,天人合一、人鬼同乐,福寿无疆,生民可以万年生息了。天府之地以万名的,尚有"万福来朝"名万福桥,费祎万里使吴的"万里桥",还有温江万春镇,都是吉祥多福、鹏程万里、寿春永驻的祈年之寓。尤其万年台上的戏联,多以俏皮之言道出人生深浅,如"入园莫抢前,看戏何如听戏好;为人须顾后,上台终有下台时"、"一封书,二进宫,三击掌,四进士,五福堂,堂堂都摆千秋剑;六追车,七剪梅,八件衣,九莲灯,十王庙,庙庙皆立春秋碑"、"台上笑,台下笑,台上台下笑惹笑;看古人,看今人,看古看今人看人"。看似俚俗荒诞的戏语,却饱含着妙不可言的民间大智慧。除了展言子的戏味,天府戏俗中,最让人动容的,莫过于化悲为喜、开明向阳的艺术表达。如万年台上常演的目连戏,融入袍哥"拜码头"习俗,《放猖捉寒》"团江",便以"岂曰无衣,与子同袍"的洋洋喜气包裹着川人救弱扶贫的重义情怀。而举凡供祭品、燃爆竹、焚纸钱,拜喜神、祭灶爷、捉旱魃等天府戏俗，竟可以说与万年台相伴相生、悲欢同在了。

"银河泻碧水，瑶池降广坪"，有山川灵秀、章瀚华藻之戏墨；巫峰十二座，巨川相往来，有许国精诚、命世勇略之剧谭。胡笳拍断，"春风小陌锦城西，翠箔珠帘客意迷"；丝管轻飚，"为君更奏蜀国弦，一弹一声飞上天"。蜀戏之倾绝天下者，信乎？天府之重于天下者，虚乎？

（原载《成都日报》2018 年 6 月 20 日）

才女书写与江南梦忆铺展

江南才女的梦与殇

——张丽贞之题壁自悔与本事演绎

张丽贞,字惜奴,万历吴江(今江苏吴江)望族张翼珍之女,《古今女史》卷二录其《狱中自序》一篇、卷六收其七言绝句《自悔》一首①,《名媛诗纬初编》卷三录其《自悔》七言绝句一首②。仅凭这一序一诗,在存世作品众多的明代才女中,应该是一位不会引人关注的女子。然而因其私奔被劫的身世经历和题壁自序的写作方式,张丽贞不单在文坛留下了供文人议论的话头,还引发了明清通俗小说作者对其本事的叙写和情事演绎。审其笔意声口,才女何以自序其丑?读其夹批点评,文人何以评价异出?《女才子书》何以补写佚失题壁诗并《寄大父书》,《生绡剪》何以翻写丽贞本事?考察张丽贞的自传性叙事与自悔诗以及由此带出的这些文化信息,将有助于我们进一步了解江南才女文化的另一面相及复杂趣味。

一、题壁自序与情事自悔

在《狱中自序》中,张丽贞以实录的笔墨和自传的心态,叙述了私奔落难经过、陷狱的苦恨以及内心对情感、对追求情感所抱定的想法。其字里行间,有自责自悔,亦有自陈自辩,虽说不上抱定了千秋功与罪、留与后人说的勇气,然女子自道其丑、直面不幸的写作动机和自我剖解,实开自序体例之新篇。从文本内蕴的情感看,"悔此宵一念之

---

① 赵世杰辑:《古今女史》卷三、卷六,明崇祯(1628—1644)问奇阁刻本。
② 王端淑辑:《名媛诗纬初编》卷三,清康熙六年(1667)清音堂刻本。

差,呕心有血;至今日终身之误,剥面吾皮;还顾影以自怜,更书空而独语",作者开篇自陈,即痛心疾首于一着不慎而罪孽难除,辱没此生而羞惭无颜;然扪心顾影,明知要把盘亘心间的忏悔血泪翻检出来,是一番枉自徒然的对空独语,却又不能不写下赎罪之文——呕血之悔等剥皮,明知书空尚独语,读来令人感慨唏嘘。

作者自述为吴江望族之女,出身名门,饱览诗章,芳姿绰约,父母奉若掌上明珠,养在深闺,自视闺秀端居,谨守女训。谁曾料到,在随父亲前往嘉定赴任、暂住椽舍之际,却轻信丫鬟雌黄,陷贼牢笼,"一朝消息漏,道旁笑破朱唇",破名门闺训,声名狼藉,遭世人唾弃,身心摧挫,"雷霆劈开鬼胆,冰鉴照出妖形",弄得生非人死非鬼,成了世人眼中不可饶恕的妖孽。作者回顾这场情事流离,遂生出严厉的自谴,一念之差落入贼仆恶计,"所图嫌婉,竟是人奴",弄真成假,所奔匪人,一点爱才的贪念酿成一场噩梦,招致利器自毁,何以闻人?不计后果的冒险私奔,落得无家可归,囹圄延息,"已悟生生世世罪大弥天",此生辱没,何以自处?

然而,忏悔的目的何在?自认私奔是丑行?承认名节有亏之罪?甘受谴责和惩罚?还是自陈心曲自辩冤苦?从自序的心迹表白与作者对追求情感所抱定的态度看,恐怕重心在后而不在前。

其一,这个于拈诗作文冰雪聪明的女子,何至于一投书即仓促私奔?未得复信即匆忙上路?于期约细节如此不加点检?造成无可挽回的纰漏?作者剖白心迹:之所以过于相信身边侍女的行事作为和成合之举,是因为自己内心对才子佳人两心许的浪漫姻缘充满了痴迷和遐想。"伊既曲叙其悲思,侬亦顿深其怨慕,自谓知书识礼,不妨反经为权,逐张倩之离魂,重门夜出;持乐昌之破镜,永巷宵奔",起初打定主意与风雅才俊徐郎携手连理,是担心父亲另行聘问,婚姻不谐,加之日前私信往来,诗书唱和,徐郎倍诉想念,彼此才情相惜,自以为此举堪比倩女离魂,以为才子执寻如乐昌奔镜,认定感才情而酬知己乃女儿家爱恋的正当之举,所以才不取常礼而行变通之宜,"反经为权",连夜私奔惟求自择佳偶。如此看来,张丽贞并没有将社会对女性的闺范和女德要求视为人生的第一要义和生存的首要条件加以践诺,却选择了"书中自有颜如玉"的生活,黄金屋不顾,千钟粟不虑,而是才女赏才子——非功利地相中了男子的才情,并且"为访婚姻,并非媒妁",为此展开了主动追求,甚至私奔求合。如果说丽贞在自序中有对自我的忏悔和反省,悔的也是错在轻信,酿成了镜里飞鸾、亭边别鹄的悲剧,而不是爱才私奔行为本身;省的却是对情感的自主选择以及抱定追求的态度。如此大胆叛逆的表白,已显现出女性反抗父母之命、聘定的婚姻,追求自我存在价值的合理性——爱才自荐,已然成就了一种自我肯定与自我实现的才女精神。

其二,既陷牢狱磋磨,料定去路与生路渐远,残生不足惜,此情何以堪?如何给自己即将逝去的生命一个了断?"青草黄泥,毕冤魂于今日;白云红日,见慈母于何年?感裹衣之已旧,哭手线之犹新。"一方面,囚室中苟延残喘,夜柝声声,整夜难眠,磷鬼闪闪,惊惧难寐,梦中思念阿亲、乡路渺渺。俯身视己,污淖囚笼生不如死,冤魂一缕随风飘散,抬眼看天,云移日影流光飞逝,慈母面容期年难再,衣衫褴褛,纫痕犹新,丽贞在绝境之中依然对亲人、对故乡充满思念——赴死之别已近,乡关之思难绝。无可如何地怀念养育之恩,希图得到父母亲情的呵护与包容,其实也是一份绝地中无法安顿的生之留恋。"呜呼!硕鼠拖肠,蜣螂化羽,倘青苹之得荐,尚白圭之可磨,已决策于外黄,世无张耳,谁录瑕于上蔡,人是季心,已矣!"另一方面,思前想后,弱女落难虽已不能有所作为,还巴望身后能有一洗秽名的机缘:青苹之荐昭昭于心,白圭之玷终还其清白,外黄富家女可信从内心、自择贤夫、再嫁张耳,可惜我却错过了徐郎,不幸误堕牢笼,再难遇良人;谁能像袁盎那样原谅、包容和赏识季心,来宥解我罪不该杀的冤苦?然而,名门闺秀一旦沦落,乞求新生而难再得,死何以辞?写下十首怨悔题壁诗,衷肠难诉,谁能明我心曲?这绝望的申辩,是对此生零落的一种回省;也是痛断肝肠的鸣冤,是对社会邪恶摧残女性的控诉;更是以怨切不平之呐喊抗辩世俗物议之非难,希冀异日有知我者之幸遇,以备后人知女子慕才爱才荣辱得失之眷念。

此《自序》并十首题壁诗,应该是一气呵成的艺术整体,但题壁组诗不知是时已佚还是才情不及,惜《古今女史》及《名媛诗纬》俱未能存录,诗佚序存,自序遂一跃成为书写文本的主体。读《自序》一篇,闻其言自责自悔,已足见张丽贞私奔陷贼、剖示心路之拳拳;审其情自陈自辩,亦足见闺秀才人的沉沦在当世之惊世骇俗。惟以自序文传世,不是闺中私吟,而是在狱中客邸的书写现场,公开留下女性自传的声音,期待爱才女子的生存境遇与异路悲情引起公众瞩目并传之后世,以忏悔自赎,以文字自救,亦见其慧质深心。

二、才情论雅与本事流俗

《古今女史》在收录张丽贞自序时,配有四处眉批夹评,编者赵世杰附有张丽贞略传、并王季重、朱赤玉评语;王端淑《名媛诗纬初编》亦为其作小传并附评语;冯梦龙《情史》收录张丽贞事亦有短跋;烟水散人《女才子书》卷三《张小莲首附张丽贞》在叙写张小莲故事之前,以入话形式插入了张丽贞自序文及五首七言诗,并及《寄大父书》一笺,并有作者评语;顺治八年(1649)刊《生绡剪》小说第十六回《梨花亭诗定鸳鸯　西子湖萍踪邂逅》则以论衡才情开篇,洋洋洒洒用了整整一回的篇幅完整演绎了张丽贞本事的通俗版故事。此后钱德仓《解人颐·丽情集》亦收录《狱中自序》文,听风堂主人选编《拍案惊奇续编》卷二十九收录了《生绡剪》第十六回故事。可见才媛闺秀张丽贞私奔落难的事件,在明清江南文人圈产生了不小的影响。在其文诗被缀入女性文集、小说随笔的同时,闺秀才人之沦落,也引得不少文人留下点评。而张丽贞本事的戏剧性和悲剧性因素,还先后引起了两部通俗小说作者和编者的关注和兴趣,对于其才华和情事结局进行了评录和故事演绎。

《古今女史》编者附略传曰:"张丽贞,吴江人,钟情所至,误奔匪人,遂至陷狱,其狱中自序弁寄父书,皆悲惋清丽,时人传录云"[①]。此

[①] 赵世杰辑:《古今女史·姓氏》,明崇祯(1628—1644)问奇阁刻本。

略传交代了丽贞陷狱的原委,由自序及寄父书文字,肯定其抒情悲惋、文笔清丽的创作才华,并呈明其文与书不胫而走、为时人争相传阅的事实。后附王季重评语曰:"天下才人,偏为情使;天下情人,才有才见。怜情惜才,如遇丽贞,将不忍以铁面相向。"① 王季重,即王思任(1574—1646),这位才情烂漫、文风诙谐通脱的明末小品文大家,认为天下有才之人,其才都是情动于中而生;而天下有情之人,因其禀赋钟情之质,才能有超迥之识见。若同情其情、顾念其才,遇到像张丽贞这样的才情女子,怎么忍心横眉铁面。此评着眼于才与情的关系,肯定才情相生,才情一体,颇富爱才不肯遗珠之念;才女之骎落,引得文坛大家为之动容申解,并极慰其"三尺典章严,堂上嗔生铁面"的惶恐,丽贞之心愿足否?另一评者朱赤玉曰:"伤心只为多情使,愁闷皆因春色留。"② 朱赤玉不知何人,从其曾评鉴李清照《打马图序》看,似也应是一位才学博雅之士。其说侧重于情,认为情生于心是人性的自然生发过程,男女爱悦情到深处,情思缠绵春恨萦绕,心灵的伤痛、苦闷都是因为多情深情所致。此论显然对丽贞"顿深怨慕"、"逐张倩之离婚"的痴情举动婉为回护。与此相对照,丽贞自序文的眉批不知出于何人之手,或许是编者赵世杰,或许是阅读此本的不同读者?因为是夹批具体行文之情理,态度就有些犹疑了。自序开头的批语"心地书空、罪难自赎",似在理解丽贞自赎之难;"反经为权"处的批语"太弄权了",却有讽戒丽贞此举不端之意;而在"已悟生生世世罪大弥天"处的批语"罪只在不识货",又在为丽贞开脱罪责。"梦中乡路"、"见慈母于何年"处的批语字迹刊落不清,大致推测是"悲秋赋云,归故乡于幽梦,学丽姬分路何远,情闷而伤别"③,对丽贞思乡之怀寄予深深的同情。除第二条批语有苛责之意外,批者对丽贞还是原宥大于谴责的。

在《女才子书》卷三《张小莲首附张丽贞》中,作为十余年后也是真实发生的金陵张小莲诗词寻夫成就美满姻缘故事的入话反题,烟水散

---

① 赵世杰辑:《古今女史》卷三,明崇祯(1628—1644)问奇阁刻本。
② 同上。
③ 同上。

人以"万历丙辰岁,吴江有张丽贞者,一名德贞,有美色,工诗词,年方及笄……误会奔匪人。事觉其父执送有司……深自怨悔"①穿起丽贞故事的碎片,援引其自序文,并及五首诗与寄父书。

  其一《从贼》 开尽莺花燕已愁,可怜百舌闹枝头。春魂自是随风散,乱逐流红出御沟。
  其二《东门道上》 红幙遮栏几许年,避人不省出门前,双鸳一夜银塘路,兰路生秋复自怜。
  其三《自悔》 为燕钗头钿子黄,翠翘斜护晚来妆,桃源路曲花阴黑,错道渔郎作阮郎。
  其四《人幽怨王满》 粉香无复渗梨腮,破屋阴阴锁不开,姊自作愁愁缚住,儿家却为阿谁来。
  其五《自怨》 红死灯花睡亦苏,却羞残梦到冰壶,百年身世成何事,夜夜城头哭鹧鸪。②

这五首七言组诗,只有其三《自悔》收录在《古今女史》和《名媛诗纬初编》中,余作是烟水散人的自拟,还是丽贞原作的抄录,尚难确论。就《自悔》一诗看,此诗起笔轻倩流荡,用燕钗黄钿、翠羽翘头,极写自己凤簪绾发的美丽翩然,意在表达豆蔻年华、人约黄昏的那份痴心期盼。因为刻意于修饰、过于渲染外在的装扮之美,"晚来妆"包裹着内心急切的渴念,遮蔽了黑夜可能带来的种种不测和凶险。行路蜿蜒、树影幢幢,引领这个意乱神迷的少女,投入了一场疯狂而危险的游戏——不意梦断桃源,托身阮郎却未料夜会渔郎,情梦仙缘与私奔夜路就这样歧出了。渔郎的比喻,似乎将私奔错遇带来的灾难轻轻抹去。如果遇见的果真是本本分分、普普通通的打鱼为生的渔郎,似乎也不是什么大不幸?作为组诗其三,此诗尾句言犹未尽、待启下章,似可理解,若是独立成篇,以此收束就有些突兀难解了。或许是作者有意对遭难

---

① 鸳湖烟水散人:《女才子书》卷三,马蓉校点,春风文艺出版社1990年版,第32页。
② 同上。

真相有所隐讳,以避忌人言耸动,亦未可知。总体看来,五首诗分别从从贼、夜遁、自悔、自问、自怨几个角度,叙写从人落难带给自己的不幸和痛苦。但作为才子佳人故事框架中的题壁诗,虽有遮、避、黑、破、锁等字眼倾诉悲戚苦恨、自怜自叹的愁怨,却被莺燕、乱红、双鸳、兰路、翠翘、粉香等意象勾连起的光影流荡,暗香氤氲的意境和背景所冲淡,加之用词倩巧,极富色彩装饰性,文笔旖旎,颇含声嗅之婉转,所以情感表达总有些隔膜飘忽,直到最后"夜夜城头哭鹧鸪",感情才变得极为沉痛浓烈。

而《古今女史》与《名媛诗纬初编》丽贞小传都提及的那封《寄大父书》于此出现,言辞恳切,绝似丽贞手笺。其书曰:"阿父嗔儿,定杀儿矣。夫私奔,丑行也,为门户羞,死何辞哉!父耶母耶,杀之良是。恨儿年少,巧言之徒,煽人从贼,情更可悲耳!啜其泣矣,噬脐何及。倘得归死先人墓,百年后魂傍阿翁,实罪人之大幸也。山川渺隔,阿翁乎来何时?"①在这封写给父亲的诀别信中,丽贞自认丑行贻羞门风,揣测嗔怒之下的父亲一定会觉得自己罪不容诛,归家无望,所以下了就死之心,后悔自己年少无知,轻信巧言煽惑,不幸为贼裹逃。唯一的心愿是死后归葬祖坟,陪伴阿翁。然死后无知,山川杳渺,父亲会不会来? 何时才能来为自己收殓尸骨? 这愿杀愿剐的待罪之心,令人憾叹,这痛彻心扉的祈求哀告,动人恻悯。

烟水散人为何要补写四首余诗及手笺? 于此不难自明,亦可以作者随后写下的一段评语为证:"予谓丽贞,固深于情者也。惜其识见不及卓氏,以致误奔匪人。今观其狱中自叙,并怨题五首,故饶文人之至,且其言曰'反经为权',岂其漫无卓识? 若谓忠臣不事二君,而管仲何以见收于夫子。昔蔡文姬初适卫仲道,中辱于沙漠,购归而嫁董祀,律之以节,不几遗臭哉。乃范蔚宗传烈女,津津称述。夫亦惜其才,而深悲其遇。有心人另具一识赏,第难与道学言耳! 然则丽贞事,亦未免伤于不幸。而其才固不容泯没矣! 周礼中春之月令,会男女于是时

---

① 鸳湖烟水散人:《女才子书》卷三,马蓉校点,春风文艺出版社1990年版,第33页。

也,奔者不禁。先王礼制,缘乎人情。予是以深原其误,而悯其痴。但其始末,传闻各异。故不及备次其事,而姑挂漏书之。"① 评者肯定丽贞深于情,富于才,有识见,并以周礼言春月会男女、孔子收事二君之管仲、蔡琰辱于沙漠适两夫事为丽贞失德之一辩。评者还认为礼制本乎人情,不可以道学论强女子之德行贞节,况遭逢误会而未失德之本心,慕才自荐而灵隽自在,痴情如丽贞可原,特录其诗文书笺以彰其才华,表达自己对女子才情德识的看法。

与《女才子书》传录诗文而彰其才华的入话故事着眼点不同,顺治八年(1649)杭州书坊刊刻的谷口生《生绡剪》拟话本小说集,则在第十六回有不解道人②《梨花亭诗定鸳鸯 西子湖萍踪邂逅》一篇故事,以丽贞本事为题材,加入了新的情节因素和细节描写,以诗笺为媒介,完整演绎了丽贞因才起祸、因爱结缘的通俗爱情故事。

作者开篇即强调爱才之心亦如爱色,甚至胜于爱色,是"钻皮入骨,真正五牛六马拔他不出"的,因为色衰爱弛,而才却历久弥新,"越看越有滋味,这个爱在魂里梦里,婉婉转转的。想看他,便是男人有才,男人也爱那男人,女子有才,女子也爱着女子。若那才男去爱才女,才女去爱才男,看官,你道这个爱叫我怎的形容?"③此一番议论,不仅顺顺当当引出了丽贞爱才的故事,而且为即将展开的才女爱才子情事必经的周折,以及才情相生过程的市井俗艳色彩做了预设和伏笔。除了作者转录的《自序》文外,小说中丽贞并没有其他诗作,侯监待讼时丽贞的口占之词,其中有"阡陌想际,明明在乡国,霎时无数烟。……又是黄昏时候也,柝声敲起掩残月"之句,亦似时调小曲。而"诗学不让全唐,文情直媲两汉"的徐郎写下的梨花诗"皑雪簌簌雍小亭,怕他风舞一团春,玉人休向栏西坐,月下郎归没出寻"④,看似为梨花写照,也不过轻艳流媚如此,用笔柔密,颇带脂粉气。丽贞在丫鬟瓶

---

① 鸳湖烟水散人:《女才子书》卷三,马蓉校点,春风文艺出版社1990年版,第33页。
② 《生绡剪》作者谷口生,生平不详,该书回目标注作者多人,其第十回及十六回题下标作者"不解道人",其何人不详,或熟知丽贞本事的江浙文人。
③ 谷口生:《生绡剪》,李落、苗壮校点,春风文艺出版社1987年版,第306页。
④ 同上书,第308页。

芳劝说下,兜着爱才之心迈步园亭品评男子梨花题壁诗,叹赏徐郎"直将梨花神髓于有意无意之间托事咏出",遂生"若才情如备人徐郎,儿家愿为之执帚"之想;后经瓶芳传书递简,惜奴索稿拜读,二人互慕才情,多有唱和;当闻知父亲受聘杨家,随即捎书一封,约备人当晚相会梨花亭,即便出游以成夫妇。如此大胆的作为,颇具市民女子的行动力。而当她被劫后,几次欲投水赴死,想到一定要为自己洗冤而辗转苟活,直面不幸和苦难,积极寻找摆脱困境的机缘,机警拦轿告冤,主动自陈诉讼,历经坎坷而扭转命运,这一系列的抗争和自救,完全不同于本事中只能留下一篇自序而向人世诀别的那个名门闺秀张丽贞。而故事最具温情的是,徐郎身陷囹圄而自陈实情,并不因丽贞错遇匪人而嫌弃,而是感其前情苦心追寻,但是相思决不相负,终于杭州大佛头僧舍邂逅惜奴,陈情婉劝,了却官司,最终于梨花亭成合了患难姻缘。这样的结局安排亦纯粹是话本小说描写的市井故事风味了。

此外,这一回故事呈现的江南社会环境,真情与恶俗相交杂,主要人物身份有所下移、角色各异。如张丽贞并非出身诗书望族的名门闺秀,而是小家碧玉。小说只称其父是饶有家资、楼亭高筑的先生。故事是由张翼珍结交诗客、举行梨花诗宴引起的,文人诗客反做了富室家庭小宴的装点。风雅如徐郎之韵士,终日所好,无非是"拈花弄柳,少年场上抽簪;斗酒分茶,壮士侪中打马。囊青琴,挂绿剑,赋天涯之游子;践黑履,戴黄冠,称市上之散人"[①]。其诗友颇有江湖义气,出入市井与寺庵,结交大户与僧尼,为徐郎分忧解难。为政一方的知县能察小民之冤情、放牌许婚;衙门掌事的温州推官能救弱女子于水火,斡旋办案惩治奸凶;解人亦能义愤填膺痛斥贼奴,传递讯息告慰徐郎。而明清通俗小说中常常出现的藏污纳垢的尼庵,在这一回里却肃穆静净、成为女性落难的暂时避难所。看似可靠的行商却贪婪不义,劫财弃弱;好赌嗜酒、四处流浪的恶仆可以随意出入旧日主人门户,坑蒙拐骗,劫掠人口。这一幅市井社会的缩影,善善恶恶,斑驳尘杂,恰如小

[①] 谷口生:《生绡剪》,李落、苗壮校点,春风文艺出版社1987年版,第311页。

说尾诗所言"借题写我意中愁,可惜文鸳落虎丘,世上绝无黄袂客,眼前都是黑心虬"①。

以王季重为代表的文人关注和评点丽贞本事,多是惜其才而悯其情,以才情论雅,而通俗小说家一方面在传录和改写过程中尽骋其诗笔文才,以突显才子佳人故事的要素,另一方面又在平民意识影响下淡化了贞节观念和道德罪感,使得这一原本属于名门闺秀的故事向市井社会下延,展开了才女故事的通俗想象,以满足在浓厚的商业氛围里生存、挣扎与竞争的市井读者的好尚。

三、才女之梦与才女之殇

张丽贞事件及其在江南文坛产生的耸动和影响,应该不是一件孤立的个案。明代最有名的一首题壁诗,是万历末年无名会稽女子书于山东南部驿站壁上的《题新嘉驿壁》②,诗序互证,交代了自己性好文史,从嫁将军小妾,备受人生凌辱,深夜题诗壁上,惟望过往君子、知音读者解其文情,传之不朽。因其题壁于游人客旅频繁往来的驿站,"万种忧愁诉与谁"、"一句诗成千泪垂"的憾叹剀切动人,其作不胫而走,广为传诵,一时间和者甚众。张大复考订其作者为李秀③,冯梦龙、袁中道、施闰章、钱谦益等十多位文人或为此写下和诗,或留下笔记记述,或亲赴其地游历,引起人们对女子题壁诗现象的关注。此后,在明清之际的易代离乱中出现了大量的女性题壁诗,其中有很多是出于无名女性之手的作品,集中反映了女性在战争和逃亡中的磨难与流离,掀起了明清女性题壁诗创作的高潮,带来明清才女文化绚烂局面之下女性创伤记忆的集体书写与痛恻心音。在这样的文化背景下,张丽贞选择题壁自序的写作方式及其传名于世的创作心理,之于彼时代女性意味着什么? 就值得一论了。

---

① 谷口生:《生绡剪》,李落、苗壮校点,春风文艺出版社1987年版,第330页。
② 赵世杰辑:《古今女史》卷六,明崇祯(1628—1644)问奇阁刻本。
③ 张大复:《梅花草堂笔谈》卷十二"新嘉驿"条,上海古籍出版社1986年版,第784页。

原本是十首题壁组诗的补充和背景性交代的文字,因组诗佚失而成为独立的文体,张丽贞的题壁自序文,因其写作方式的苦衷与匠心,兼具了自序与题壁的文体凸越,不仅述事细腻而运典自如,投地告天以才情补过;而且怨慕与怨怒相颉颃,实现了才华崭露与创伤记忆的双重功能。首先,支撑丽贞才女之梦的,是其熟稔自如的运典笔力。在这篇自序中,作者拈用了很多典故,不仅化用琅函、金屋、乘龙、冰鉴、三尺、里衣手线等语典,叙述闺秀身世,娓娓含情,描绘难中心理,幽咽沉郁;而且对硕鼠拖肠、蜣螂化羽、青苹白主等蕴意较深的事典亦信手拈来,以腹边有余物如肠的唐鼠比喻自己身陷囹圄、苟活于世而不能有所作为的困境,形象贴切;以蜣螂化羽形容自己期望摆脱臭秽污渎而不能的无奈,真切可感;以白圭之玷尚可磨,期待人言有恤还自己以清白,言之恳切。作者还能将倩女离魂、乐昌破镜等具有故事头尾的戏典,张耳发迹、季心得遇等包含复杂背景的史典,带入凝练文字中,以倩女、乐昌在戏典中的角色,表达自己为追求美满爱情而甘愿经历磋磨的勇气,以外黄富家女一嫁庸奴再嫁张耳而改变命运,季心杀人人人畏之而能得袁盎赏识,慨叹自己一遇匪人难再回身、沦落飘零遭物议之谴的悲情,可见其博览文史视野广瞻,运典笔力雅致超迈。无怪乎其文情词笔、才女慧质被誉为"悲惋清丽"、"高才渊博"。

作为一篇自序文,张丽贞以写实笔法自传,却没有遵从刘知几所肯定的自《太史公自序》以来自传忏悔宜隐恶扬善的套路[①],虽没有司马相如以春秋讳为美谈的招摇[②],却秉承了王充不避家私自揭其丑的质直[③],拓展了自序文的功能,又以狱中题壁、客邸留诗的形式,打破了女子"内言不外出"的古训,将私奔难事昭示于众,转换了纸面阅读的创作载体及其传播渠道的有限性,托寓和建构了自己昭然当世、传名后人的才女之梦。

然而,令人叹惋的是,才女之梦遭遇市井之险象、狂徒之陷阱,众

---

① 刘知几:《史通新校注》,赵吕甫校注,重庆出版社1990年版,第611页。
② 司马相如:《司马相如集·自叙传》,金国永校注,上海古籍出版社1993年版,第201页。
③ 王充:《论衡·自纪》,北京大学历史系注释,中华书局1979年版,第1668页。

口之非议,伴随而来的,是才女之殇。才女遭难,清官可以断回,徐郎可以寻回,而那被损害、污毒的灵魂于何处安顿? 才女爱才而导致不测,即自毁才学、终身污渎,不可恕赎吗? 冯梦龙《情史》录张丽贞事并自序文,有"如此异才,而为奸人所欺。聪明太过,故有好高之累"①的讥评。所谓聪明太过、异才为身累之论,与赏其才情而悯其不幸的文人点评显然不同,已流露出对女子爱才的偏见,这背后依然是"女子无才便是德"的隐性观念在作祟。尽管在明清江南的世家大族中出现了不少闺秀才女,呈现出才女文化的繁荣景象,但即使在这些特定人群和圈子的风雅之中,传统的妇德意识依然是捆绑在更多女性身上的枷锁。不仅男性对才女现象存在指摘和疵议,甚至身为才女者亦不乏持此观点之人。如王端淑《名媛诗纬初编》在收录张丽贞《自悔》一诗时,即有这样的评语"丽贞高才渊博,竟以失节琐类致陷囹圄,时人多惜其才而轻其人,录自悔一首以议褒贬之遗意耳"②。王端淑(1662—1523)是文学家王思任的女儿,明末有名的女才子女诗人,不仅诗才卓异,有《吟红集》传世,而且参与许多家族诗会和女子诗社,在江南女性诗歌唱和交游活动中颇有声望。作为张丽贞文学才华的品评者,这段话虽肯定丽贞高才渊博,但无形中又囿于道德舆论的禁忌,借"时人"之口声明录《自悔》诗的依据,是以备议论褒贬。而这议论褒贬之中隐去的,其实是评者以德为衡、德失而才掩的立场——丧失了传统妇德之美的女子,即有诗作传世,其才华也只能落一义看了。不仅如此,王端淑《名媛诗纬初编》在评价入选女诗人时,虽然对女子的容色与才华大加赞叹,但还是强调了"予品定诸名媛诗文,必先扬节烈,然后爱惜才华"③的编选原则,将德性表彰置于前而诗才品鉴置于后,表明其对选录集中的女子才华的揄扬是以道德评判为前提的。而作品被收入《古今女史》的才女秦氏,亦写下《警世语》《绿窗语》,谆谆告诫女子以

---

① 冯梦龙:《冯梦龙全集·情史·情仇》卷十四,周方、胡慧斌校点,江苏古籍出版社1993年版,第511页。
② 王端淑辑:《名媛诗纬初编》卷二三,清康熙六年(1667)清音堂刻本。
③ 王端淑辑:《名媛诗纬初编》卷十二,清康熙六年(1667)清音堂刻本。

嗣育为则、守阴辅阳,恪尽妇道,以贞信全身,自保其祥,不可恣情忘义、辱志灭身。其《警世语》曰:"彼美丈夫德仪外不着闲想,彼淑女子贞信中独全此身。丈夫快事最多,奚以得女为乐,女子育嗣足矣,稍狥则成人之生,毁人之家,伐人之国。天地阴阳之灵气,岂以供人之戏弄之?资戏弄天地阴阳者,天地以为不祥,不祥而能自保者,从古未有。"①其《绿窗语》曰:"天地生人,付以弱质,盖假此转换阴阳,转续人世之命脉焉者,溺之以为憪,如饮醇醪,不知其醉。妒焉者,专之以为乐,如竞好爵,不顾其他;迷焉者,郁之以为痼,如入鬼箓,不恤其毙;纵焉者,得之以为美,如遇奇珍,不羞其污。天下如是之,丈夫如是之,妇人恣情忘义、辱志灭身,大失天地化育生人之意。"②或许,名媛才女忌才以自戒、畏才以戒人的顾虑重重、言不由衷,方显现出才女文化在无才、扬才与抑才之间、在无名、立名与毁名之间不为人知的文化焦虑与精神症候。

丽贞情动于中而不能自持,即手书寄笺,书信款通,主动遣婢致书,以诗词酬答爱才慕才之心,希望未来的婚姻里得到的更多是感情的交流、才华的赏慕和心灵的契合,而不是为父命之命先定的、所配非偶的未知婚姻命运,却因为社会暴力的侵蚀和剥夺,造成了与传统妇德的背离,无论作者如何抗诉暴力,如何控诉恶仆打劫、匪人作乱的社会,才女形象及其优雅的创作姿态已经被颠覆,心灵备尝煎熬,创伤难以平复,孤独的才女精神在世俗面前,不得不记忆和书写另一种残酷的真相。正如讨论吴地才女生活的一位研究者所说"她们之中,有的虽敏悟过人,却不幸早卒;有的未婚守贞,凄苦终生;有的矢志不嫁,形容枯槁;有的历经磨难,自悔才学,有的自暴自弃,摒弃笔砚"③,无论才华多么出众,这些女子的最终命运大多无法摆脱才女之殇——这恐怕不仅是张丽贞面对的尴尬,也是明清时期以才自赏的女性想要改变命运、拓展生活空间时都有可能遭遇的不幸。

---

① 赵世杰辑:《古今女史》卷九,明崇祯(1628—1644)问奇阁刻本。
② 同上。
③ 杨晓东:《历史的回声——吴地古代妇女研究》,北京燕山出版社1994年版,第340页。

看上去,明清时期才女的生活似不再以谨守妇道为唯一轴心。饱览诗章,颖悟美慧,谢女展眉,驰骋翰墨,在闺阁内外以立言为自己争取人生意义,构成了才女生活的重要内容;她们亦借此拓展自己的生活空间,追寻情感的慰藉与美满姻缘。但因为传统观念的强大与礼法的羁绊,才女们往往历经磨难、才华凋零,甚至生事致祸,面对死亡。张丽贞本事只是才女之梦的一粟而已,但却是明清时代才女之殇的典型个案与个体预演。作为才女之梦记录者与见证者的文人、作家,虽然从某种程度上挣脱了以闺范衡其才华的道学浸染,却很难从男性评判者的立场解开才女之殇性别书写的症结,而如《钟情误》评丽贞《自序》所云"有如此异才,而为奸人所欺。聪明太过,祸鬼挪揄,英雄失足,古今同慨,岂独妇人"[1],能以男女作齐观,将才女与英雄相提并论,那毕竟是清末以后的事了。

(原载2013年第二届江南文化论坛论文集《江南都市与中国文学》)

---

[1] 钱尚濠辑:《买愁集》,王文英校,广益书局1936年版,第71页。

思齐谐得与情义执守

——明清才女的归家事亲与夫妻伦理之情

如何构筑一种古今贯通的精神通道,能让我们对生命的当下追问与文化传统中活态的生命印记有效对接?在归家事亲的路上,明清女性才女从纤手素笺间流泻出的那份事理练达与温润情怀,或许是我们在这个年代的精神困顿中找回尊严感、安顿自我的一条去路?伉俪情深、琴瑟友合、患难与共、持义相守,并非只是人间风月;文字涉险之诗心与自处安然之素心相交叠的镜像,透出的不仅是女性个体生命的虔敬与澄明;与男性文人书写的家国之思一起,共同承载着、传递着我们民族的精神传统与文化归属感。

室家有成　夫妇相得

《寄升庵》诗摒弃了闺怨诗缠绵郁结的情感表达方式,以激昂大气的情思怀人,既表现出黄娥的痴情眷恋,也有着对家国大义的执守。

《左传·桓公十八年》曰:"女有家,男有室,无相渎也,谓之有礼。"作为古代两性婚姻生活的理想,室家有成,夫妇相得,成为文学书写的一大主题。

与男性笔下的忆妻文字不同,宋代无名氏的【沁园春】,则先以"记得爷爷,说与奴奴,陈郎俊哉"的俏皮声口,表达获得美满姻缘的满心欢喜,继以"白发夫妻,青衫事业,两句微吟当折梅"的伶俐话语,为丈夫陈彦章应考壮行,一首小词,就这样成就了新婚燕尔的小媳妇自信乐观、送夫游学的一段佳话。

元代苏州女子郑允端,出生儒学世家,嫁同郡书生施伯仁,夫妻相敬,雅意互赏,张士诚入平江,家破而亡。允端在世仅三十年,赋诗吟唱,不止闺情,其《读文山丹心集》有云:"藉甚文丞相,精忠古所难。舍生归北阙,效死只南冠。血化三年碧,心存一寸丹,偶携诗卷在,把玩为悲酸。"可见其步陶学杜的清灵之气与感发惩创的巾帼之骨,当得起"女中之贤智者"。

明代遂宁女子黄娥,黄简肃公珂次女,杨慎继室。嘉靖初年,杨慎因"议大礼"事件被贬云南,黄娥与丈夫四十余年隔别一方。黄娥诗不多作,亦不存,杨慎戏云"亦求海上琼树枝,难得闺中锦字书"。然而在杨慎谪戍期间,黄娥却为丈夫写下许多诗词,以示思念与扶持,《寄升庵》即是代表作:"丈夫本是四方客,妾为离愁心似结。公义私情不两全,愿君早向凌烟勒。"这首诗起笔即意气快爽,告慰丈夫要有志在四方的胸怀,勿为家事所牵绊,接着将离愁心结一笔带出,传达出对丈夫深切的思念。而面对公义与私情,黄娥作出了明确的选择。杨慎谪戍后,黄娥不仅敢于直面政治纷争,敬重丈夫的抗暴行为,表明了自己的是非立场和政治识见,而且坚守着照看双亲、主持家事,精心抚教子孙,担当起家族大任。而当夫君杨慎不幸故去,宗戚要求厚葬时,黄娥力排众议,主张薄葬,从而避免了一场政治阴谋对丈夫和族人可能带来的陷害,显示出非凡的胆识和勇气。《寄升庵》诗摒弃了闺怨诗缠绵郁结的情感表达方式,以激昂大气的情思怀人,既表现出黄娥的痴情眷恋,也有着对家国大义的执守。

生死友侣　素心交托

极少女子染指的悼亡题材,到了明代还是出现了不少变化,其中商景兰的悼亡诗,则笔力千钧、气度不凡。

明末清初的女诗人商景兰,是明兵部尚书商周祚长女,能书善画;万历四十八年(1621)适同邑祁彪佳为妻,伉俪相重,琴瑟和谐,廿有五年。顺治二年(1645),清兵攻陷南京,彪佳投水殉国,二子理孙、班孙先后被祸。商景兰于国变家难的重创中写下这样两首《悼亡》诗:"公自成千古,吾犹恋一生。君臣原大节,儿女亦人情。折槛生前事,遗碑死后名。存亡虽异路,贞白总相成。""凤凰何处散,琴断楚江声。自古悲荀息,于今吊屈平。皂囊百岁恨,青简一朝名。碧血终难化,长号拟堕城。"

自潘岳以来,"悼亡"之作多出男性笔下,而几成悼妻之专称,南朝沈悦、薛德音、唐元稹、宋苏轼与贺铸,清顾炎武、王士祯、赵翼、纳兰性德都有悼妻之名篇。然而,极少女子染指的悼亡题材,到了明代还是出现了不少变化,其中女子作诗悼夫的,即有孟淑卿、薄少君、顾若璞、倪仁吉、神一等人,而商景兰的悼亡诗,则笔力千钧、气度不凡。

此诗发端即对比议论:勇毅赴死的丈夫长存于千古,不忍舍生的我却选择了苟活,这样的决定是否经得起考量?作者自问自忖,与丈夫持守的君臣大节相比,儿女人情对一位母亲来说,具有不一样的重要意义。当丈夫"幸不辱祖宗,岂为儿女计",《遗言》"论臣子大义,自应一死。凡较量于缓急轻重者,未免杂以私意耳。试观今日是谁家天下,尚可贪浪余生,况死生旦暮耳。贪旦暮之生,致名节扫地,何见之不广也。虽然,一死于十五年前,死于十五年后,皆不失为赵氏忠臣",决意赴死之际,商景兰比丈夫还要清醒冷静地掂量了生死的问题。

她选择了不死,实在是不能为无益之死。她不是贪生怕死的孱头,也不博随夫死节的虚名。故国沦丧,知己已亡,她"不敢从死",她要活下来,忍辱负重,继承丈夫的遗愿,履行作为妻子、母亲的本分与义务——训导儿辈,传续家风,守遗民之志,抒家国之痛。虽然朱云折槛、忠直敢谏的榜样,是对丈夫最郑重的悲挽,然而悼亡结句却铿锵有力地表达了虽生死相隔、存亡异路,而守正清白、殊途同归的无畏气概。

与第一首的坦荡大气不同,第二首引入凤凰离散、琴断江声的意象,则将悼亡的思绪引向更为深阔的境界。以受命扶晋而死殉的荀息、受谗自沉汨罗的屈原,高举历史的标杆,是对丈夫忠贞不屈的颂悼与祭奠。密封奏章、青史汗简，随手拈来的典故，则是为丈夫大业难竟而发抒不平。念忠魂渺渺，痛彻心怀，长歌当哭，化碧堕城，在沉郁顿挫、绵邈凄美的思致中，饱含着爱的理解与义的持守。

情义知交　各守其分

在亦挚友、亦族亲、亦爱侣、亦知交的精神层次上，两性在男女之情与夫妇之义上达成的共识，缔造了婚姻的稳定、和谐与爱的升华。

其实，明清女性在婚姻中的夫妇之爱，不单是两情相悦，女性可与丈夫比肩的平等观的可贵之处，还在于各守其分、相互倚重、情义持守。这样的爱侣姻缘明清时期还有很多。

万历三十三年（1605），兰心蕙质的沈宜修嫁与叶绍袁为妻。这桩玉树琼枝、天作之合的姻缘之所以被传为美谈，是因为三十年间的夫唱妇随、举案齐眉、相濡以沫。得力于沈宜修的组织倡导，叶氏与沈氏两个家族汇集了人数众多的女性创作群体，合二姓之好，造就了明末江南世家女性文学的生命奇观。在爱与情感的传递中，他们一手育成了文才奇隽的叶氏三姐妹，而其挚爱情深，亦如父如母。

叶小纨在《疏香阁感赋》小序中，曾述及归宁时见庭前百花盛开，独疏香阁外一株古梅"干有封苔，枝无剩瓣"，怪问其弟，云"自大姊、三姊亡后，此梅三年不开矣"，以至"攀枚执条"泪如雨下的情景。此情此景，一如袁枚"六旬谁把小名呼？阿姊还能认故吾"之语，饱含着对于姐妹故去、生命夭逝的哀挽。

阳湖女子钱惠尊与书生陆继辂，也是患难与共、清贫自守、矢志不渝的知心伴侣。这样的夫妻关系，合于伦理又超越了伦理，在亦挚友、亦族亲、亦爱侣、亦知交的精神层次上，彼此交托情感爱意和生命承诺，两性在男女之情与夫妇之义上达成的共识，缔造了婚姻的稳定、和谐与爱的升华。

（原载《成都日报》2015年7月22日）

持身传家与眷属依归

——明清女性的家事记忆与家国认同

父性文化的暂时缺位,恰好激起了女性自我接引的内力,焕发了生命最绚烂的光彩。秋灯夜绩、课子声声,并非只是家事悲悯,在柔性的爱笼罩着的历史碎片里,仿佛伸手即可触摸到生命的韧力。明清女性留下的眷亲文字,与文人的家国之思相映衬,构筑了那个时代个人生活史的精神气质与家国认同的完整环链。

大抵人在路上的时候,总心怀一份归家的想望。身处这个金钱和权势的力量被放大扭曲的时代,活在这个科技可以估值、人文如此寥落的当下,我们似乎都奔忙在路上——家园老去,乡关何处?如果可以,重新回到古典的世界,重温明清女性的家事心怀,体味那份经由母子爱、父女情所铸就的孝亲之义,是否能够让我们更切近地感知家事流离与亲族离散重压之下人性的幽暗与光亮?

归有光的散文,以《先妣事略》《项脊轩志》为代表,以醇淡的笔调,抒写母亲妻女相继逝去带来的创伤记忆,却不意转了一个弧度,给我们留下了归氏家族女性守业知礼、勤谨操劳、亲情相依的生活映像。如果说,嘘寒问暖、教诲谆谆的母亲,是归有光淘洗苦难、颐养性命的原动力,那么,不认降贼、詈骂逆子的母亲之于洪承畴,则是一面照出灵魂暗昧、名节扫地的清光宝镜。在这些琐细的家事书写中,我们看到了家庭对于明清文人的影响,也从男性笔下看到了女性缔结的情感纽带与家族文化因缘,对于家国情怀的承载与传递作用。而相对于男性作家的家事诉说,明清女性留下的眷亲文字,或许是更值得我们关注的写作维度。它与文人的家国之思相映衬,其实构筑了那个时代个人生活史的精神气质与家国认同的完整环链。

顾若璞：诗礼以传家　闺门有诗社

崇祯五年(1632)，钱塘女诗人顾若璞，在丈夫黄茂梧病逝、操持家门多年后，决定析产分家。这在以"九世同居，时旌其义"为荣的那个年代，似乎显得出格而失伦。那么，顾若璞究竟是出于怎样的考虑，而有了这样出人意料的举动呢？在《示诸儿》一文中，她首先以"无误祖宗立法、无贻父母忧虑"的态度，表明了自己对于家族遗风的承续和家庭生事的担当，接着以人情嫌隙为据，提出"离中之合，合中之离，不可不致审也"的看法，望两儿"各自成立，以渐进于礼义"。这封家书，不仅透露了顾氏二十多年来倾心用力教育子辈、兢兢业业操持家门的献身精神，而且反映出她对于亲族关系常与变、合与离的高远识见，以自立务实的生命关怀，为子辈儿媳提供了在情在理的生活指导。其实，作为杭州闺秀诗坛之冠，顾若璞的生活，远未限定在家庭内部。广结诗社，蕉园酬和，不断打开了她的文学想象与抒情空间："湖光渺渺冷烟微，江鹜沙凫忙不飞。恰欲抱琴轻别去，芰荷分绿上罗衣"(《湖中》)。不仅《卧月轩稿》留存的许多作品，足以显现这位江南才女的焕然才思，且经由她聚合起来的创作教习活动，更带动了亲族晚辈及社友女子拈韵赋诗、切磋诗艺、纾解心曲。而闺门诗社的文化景观，使得"为报九原相待客，诗书一线可能留"，成为顾氏引以为傲的诗礼传家的最好注脚。

吟红主人：女性文学批评集大成者

绍兴女子王端淑，号吟红主人，明佥事王思任之次女，在明亡、父死节后，与丈夫丁圣肇一起离京归里隐居。王端淑有《玉映堂集》《留箧集》等多部作品著录于王士禄《然脂集》，惜今已不存，唯有《吟红集》传世。明末随夫赴任衡阳的路上，端淑曾写下这样的诗句："鼎沸乾坤乱,金瓯半已残。旅兴归共主,草莽博微官。明允诚非易,矜疑亦自繁。今添忧国泪,甚弗坐尸飡。"在丈夫赴官无为、家事危难流离之际,流露出旅食难安、忧恤国事的悲慨襟怀,一读即可品出与其倡扬的"去脂粉气"创作主张一脉贯通的沉毅气性。据说因才名远播,顺治中曾"欲援曹大家(才女班昭)故事,延入禁中教诸妃主"。对于这份在有些人看来如此艳羡的闺塾师的宫中恩遇,端淑却不为所动,力辞而止;可见其荆布尘甑、博通古史的高才渊见,更可见其黍离吟红、明于大义的一脉家风,难怪其父尝曰:"身有八男,不易一女。"王端淑最重要的文化贡献,还在于秉承父志、延续家统之外,毕其一生收录了历朝各代的才女闺秀作品,编撰了中国文学史上第一部出自女性选家之手的女性文学选本《名媛诗纬》,以重性情、格调、气韵的点评文字,阐明了以女性文学比肩诗经、经天纬地的诗学主张。其性灵独现的批语评点,其为女性文学存史之功,不仅代才女闺秀立言,而且成为古代女性文学批评的一位集大成者。

弹词创作:女子生活的独特教科书

与顾若璞持家育子、王端淑著书立说不同的是,明清时期出现了一批女性弹词作家,陈端生、邱心如是她们之中的佼佼者。古代女子弄文存诗者不在少数,创作动机亦不尽一致,而弹词女作家的创作初衷却颇耐人寻味。《再生缘》的作者陈端生不仅"喜读父书翻古史",而且"更从母教嗜闲篇"。相比父亲提供的博观经史的创作视野,闲文嗜读——从母亲那里汲取和激发出来的创作兴趣,或许是成就女性弹词创作最重要的精神能量。"暂博慈亲笑口开""闲来聊以乐慈亲"的表白,其实道出了一个事实——弹词小说为尊亲而作,为娱亲而成。母亲的授受、母亲的激赏,成就了女儿的创作才华;女儿的写作、女儿的孝道,慰解了母亲的情感需求。母亲成为想象的读者,女儿成为母亲生命创造力的一种延伸,其中凸显的以母女之间亦师亦友的关系展开的品读与创作活动,是女性在族群内部建立起来的一种新的精神谱系。而这种日常的、私密的,没有性别障碍的、俗眼清赏的闺中文字交游,也因为应和了可以直接倾诉内心情感的女性心理,而使得弹词小说风靡于广大的女性读者群,成为那个时代非常独特的女子生活教科书。

课子声声:母教同师儒的精神垂范

明清时期出于女性笔下的大量教子诗、课子图,显示了母亲作为家庭教育不可或缺的角色,承担着父亲难以替代的抚育子辈工作。"兀坐寒窗标句读,俨然严父又名师"(归懋仪《题沈种榆夫人》),教子诗描绘了许多文人幼时在母亲陪伴与督责下篝灯夜读的情景。徐雁平曾考察过清代 67 种课读图,其中有 58 种与母亲有关。如骆绮兰《秋灯课女图》、戴兰英《秋灯课子图》、陈书《夜纺授经图》等实出于女性所绘。"辛勤篝火夜灯明,绕膝书声与纺声,手执女工听句读,须知慈母是先生"(王峻《题钱修亭》),课子图、授经图展示了母亲教养子辈继承家学、持节自立、术业专攻、"不堕家声"的精神垂范作用。无独有偶,陈书《夜纺授经图》所课之子钱陈群,于康熙六十年(1721)进士及第,历事三朝,成为东南缙绅领袖,其家世清芬还传扬后裔。"母教同师儒",家风自清明,这些事例,以情感教育与道义情怀持身传家,密切亲子关系,凝聚族群力量,都显示了母亲作为家庭教育者具有的情感支柱与精神象征意义。

每当我读到这些文字的时候,总会觉得,有一种东西攫住了我,不可抗拒。因为,父亲、丈夫的"不在场"与父性文化的暂时缺位,恰好激起了女性自我接引的内力,焕发了生命最绚烂的光彩。作为妻子、女儿、母亲的女性们编织起来的家事记忆和家国情怀,距离我们这个时代,似乎已很遥远,但又是如此切近。说它遥远,是因为创造那个时代文化奇观的世家文化已几近湮灭;说它切近,是因为女性是社会有机体中最柔软也最具内力的结缔组织。行行重行行,歧路何其多,我们这个时代的文化将向何处去？秋灯夜绩、课子声声，并非只是家事悲悯；母子之间的郑重恳谈，父女之间的沉默情怀，母女耳畔的低声私语，也并非仅有追挽的姿态与重建的祈愿。在那些柔性的爱笼罩着的历史碎片里，我常常遇见自己；在那些不疾不徐的追忆铺叙中，仿佛伸手即可触摸到生命的韧力和人性所有的温度。而那些流动在历史光影里的缕缕思忆，其实对于我们来说，依然是意义从未过去、当下亦无法回避的文化命题。

（原载《成都日报》2015 年 6 月 10 日）

面具表情与民间戏曲记号

傩戏面具与"非物质"之道

面具又称"社神"、"嚎啕戏神"、"菩佬"或"脸子",是驱鬼逐疫、消灾纳吉的傩仪与作为造型艺术、审美表现的戏剧表演相结合的民俗艺术形式,面具在傩戏活动中被视为神的载体,在制作、取用、表演、封存时都具有严格禁忌和仪则。戴上面具即代表神灵说话和行动,艺术与宗教相伴相生;面具主宰着一切,表演者似乎作为神的附体形式而存在。但透过神秘的纹样线条、斑驳的图案色彩所显示的角色类型,还有那隆起的额头、空洞的眼睛与张大的嘴巴等细节所呈现的视觉形象与造型艺术,那些面具不仅传递给我们或凶神恶煞,或狰厉恐怖,或正大安详,或谐趣横生的美感,而且作为另类的中国文化的记号,在原型与变体、反差和互补之间,颠倒的形式或许蕴含着某种夸张与真实、肯定与否定的转换机制?考察傩戏面具的层级迁延与群落形态的类型学意义及其细节特质,有助于我们进一步认知傩戏面具背后蕴含的丰富而复杂的非物质之"道"。

一、群落形态与层级迁延

一般认为,《周礼·方相氏》提到的"黄金四目"要算是最早的傩面具了。"方相氏掌:蒙熊皮,黄金四目,玄衣朱裳,执戈扬盾,帅百吏而时傩,以索室驱疫。大丧,先柩。及墓,入圹,以戈击四隅,驱方良。"① 然而,其实在甲骨文拓片上就已经有了商傩"寇夹方相四邑"的象形密

---

① 郑玄注,贾公彦疏:《周礼注疏》卷三一,黄侃经文句读,上海古籍出版社1990年版,第474页。

码。作为图腾信仰和祖先崇拜遗迹的上古傩虽简单粗犷，戴魌头面具的方相氏以殳打鬼、索室驱疫，其四目的造型却非常有讲究；它化入仿黄帝四面（一说仿蚩尤四目）的原型，反映了人类早期最朴素的心理——用更多更远的目力张望身外的四方世界、探秘自然。至《唐戏弄》所说"汉制大傩，以方相四，斗十二兽，兽各有衣、毛、角，由中黄门行之，以斗始，却以舞终"[1]，可见，汉傩在人鬼对峙的冲突中逐步强化神力声威，并增添了打斗十二兽并蘩鼓侲子歌舞的内容。唐傩被纳入军礼，唐宋以来成为国家礼仪制度的重要组成部分。从傩仪、傩舞、傩技、傩歌到傩戏，经历了漫长的历史累叠过程，傩戏即蕴生于宋代的社会土壤中。迄今遗存于汉族和二十多个少数民族的广大地区、遍及二十四五个省、自治区的傩戏，被认为是中国戏曲的"活化石"，即因为其保留了最原始的早期扮演形态，又不断融入当地的文化空间和民间的日常生活观念。傩戏面具，以地域与族群为标志，形成了丰富而自成系列的造型艺术；以变人戏、藏地傩戏、傩堂戏、地戏面具作为样本，可以追踪和考见傩戏面具在质地色彩、线条纹样、图案造型等方面文化记号的附着与叠加过程。

贵州威宁彝族的"撮泰吉"（变人戏），是在阴历正月初三至十五的"扫火星"民俗活动中举行的。一群人包布缠头、戴着面具、手拄棍棒、踉踉跄跄从遥远的原始森林里走来，发出猿猴般的尖利吼声，向天地祖先神灵、山神谷神斟酒祭拜，跳"铃铛舞"；然后模仿烧山林、开土地、刀耕火种等农事劳作，伴随怪声答话和动物叫声，最后舞狮子。这段由模拟动作、原始舞蹈、彝语说白诵片及吼喊应答语组成的表演，主要是围绕面具舞展开的。变人戏面具用整块木头刻成长脸，利用木质纹理自然凸起宽厚的前额和长直的鼻梁、眼睛和嘴巴镂空，眼睛斜且大、嘴巴略小、无耳朵、无眼珠、无牙齿，底色涂黑，或饰以横竖变化的白色波纹，或缀以白色黑色胡须。这种造型五官略具、线条单一、用黑白对比色和线条变化标识"撮泰"神灵的身份，如阿布母年岁最大，缀白胡

---

[1] 任半塘：《唐戏弄》（下册），上海古籍出版社1984年版，第1221页。

须、一千七百岁,壮年的阿达姆和马洪母分别是一千五百岁、一千二百岁,前者缀黑胡须,青年哼布是一千岁,还有小孩阿戛等,整体形象显示出一种稚拙憨厚、天真淳朴而又神秘怪诞的特质。

藏地傩戏是一个比较敏感而复杂的话题。关于其与藏戏的分属关系,已有不少争议和讨论①,本文不打算就此展开辩驳,只是想基于已有研究关于原始祭祀的、民间表演艺术的、宗教的、藏戏的西藏傩面具四分法②,将藏戏看作藏地傩戏较高层级发展的产物,以白面具、咒乌面具与寺院傩面具为例,讨论藏地傩戏面具的特征。白面具用整块原色山羊皮制成,脸部呈平面,额头、眉毛、鼻梁、耳朵用羊皮自然耸起棱道叠成,眼睛嘴巴镂空,黏附在羊皮上的羊毛自然形成头发、鬓毛。整个面具除了红线圈出的眼睛和嘴巴轮廓没有其它装饰,表现出纯朴、和善、悲悯的神色。四川白马藏人的"咒乌"神灵面具则身穿羊毛外翻的白色羊皮,黑带束腰。所戴面具有天眼冠,并用红黄蓝黑四色,用红色涂脸,黄色抹额上牙色,蓝色在额头点缀天眼,黑色四珠上下并置四目,另两目在鼻翼两侧,下巴抹黑,面具四围缀以彩色布条,看起来怒目圆睁、张口獠牙、五官比例怪诞、神色威猛。与白面具和咒乌面具相较,藏地寺院傩的跳神面具则显现出浓厚的宗教色彩。红黄蓝白绿,设色对比鲜明,除了天眼之外,加入或平面或立体的小骷髅造型的头顶缀饰,眉形、眼廓、鼻孔、嘴巴都作前突、外开、张大的夸张处理,充满惊怖、狂放、威严的震慑感。

傩堂戏和地戏都是傩戏搬演形态中非常重要的品类。傩堂戏在全国许多省份都有遗存,在不同地域形成了傩愿戏、傩坛戏、端公戏、土地戏等不同的傩堂戏类型,并形成了正神、凶神、世俗人物三大类面具艺术造型。正神如慈眉善目、安详和悦的土地,头顶盘髻、满面笑纹的唐氏太婆;凶神如头长尖角、凶悍逼人的开山莽将,头戴道冠、额点混赤眼的王灵官;世俗人物如端雅清秀、忠厚可爱的甘生八郎,还有歪嘴皱鼻、滑稽多智的秦童等。地戏,与在傩堂、祠堂固定地点搭台演出

---

① 刘志群:《藏戏和傩戏》,《中央民族学院学报》1991年第3期。
② 刘志群:《西藏傩面具和藏戏傩面具纵横》,《西藏艺术研究》1991年第1期。

的傩堂戏不同，是春节和阴历七月在村落院坝间流动演出的队戏，主要流行于贵州安顺及周边屯堡、布依、仡佬、苗族聚居区。地戏演出佩戴的面具依其丰富的历史与传说故事系统，形成了将帅、道人、丑角和动物形象四大造型艺术类型。将帅面具形象多取自历史上的帝王将相如李世民、关羽、岳飞、薛仁贵等，造型线条棱块分明，装扮头盔耳翅，缀以繁复的吉祥纹样和动植物象形图案；道人面具则依反派或助阵人物造型，如戴鸡翅鸡尾道冠、奸诈狡猾的鸡嘴道人，还有飞钵道人、铁板道人等。丑角面具最有名的是歪老二与烟壳壳。至于动物面具则抓住虎、马、猴等动物威猛、驯顺、顽皮的特点象形雕凿。

从变人戏、藏地傩戏、傩堂戏、地戏面具的制作质料、五官造型、色彩运用、线条纹样及图案装饰看，傩戏面具的文化记号有一个不断叠加、层级迁延的过程，形成了以不同地域、不同家族和特定社会人群为标志的群落形态。从原始先民走出蒙昧、从事狩猎农事活动的集体记忆，到藏地日常生活、祭祀习俗、宗教活动的多元错落，面具反映了不同历史时空里变人戏和藏地傩戏的民俗印记与地域风情。从傩堂搭台、邀集族群聚会、建立人伦仪礼秩序，到列队巡演、承载会社乡俗，满足民众日常娱乐，面具昭示了空间移动与文化迁移中傩堂戏和地戏的家缘纽带与民间伦理。依托地缘和亲缘，傩戏的群落形态至今还存在着庞大的地域与族裔群落，如各地的端公戏、师公戏，还有四川梓潼阳戏、安徽歙县打罗汉、江西南丰跳傩、安徽贵池傩戏、河北武安捉黄鬼、福建泉州的打城戏、四川苍溪庆坛傩戏等等，这些傩戏都有丰富而自成类型的面具造型遗存。有意思的是，与文献记载和文字书写的历史系统不同，以傩戏面具为代表的这一行动和表演系统，常常会以变形的或者反向的形式和路径印证中国思想、文化观念的传承意脉。面具所呈示的原始野蛮的神秘氛围与日常亲切的生活气息，无处不在的神异力量与人对威权的不屑与顽解，成为文化行为对立和颠倒、互补和平衡的一种象喻。

二、天地人秩序向戏剧角色的延伸

基于傩戏搬演与驱鬼祭神、逐疫驱邪、消灾纳吉等民间信仰的紧密联系,作为一种民俗与戏剧艺术的结合体,傩戏面具的群落形态自然呈现了由天地人秩序的象征向戏剧角色的延伸。最早的方相氏面具透露的从黄帝、蚩尤、颛顼到熊、牛、虎、龙以及十二神兽的文化信息,已显示了面具作为图腾信仰与祖先崇拜的记号功能。除了揭示天地自然的秩序,面具还是世袭权力的象征与家族秩序的见证。在傩事与傩戏活动中,作为家族世传的面具,具有邀约聚集族群的号召力、确认族群中德高位重者的权力尊荣和让人望而生畏的膜拜感。无论仪式、傩舞、傩戏都围绕着面具进行。一个家族失去了面具,就丧失了族群权威性和至尊地位。傩戏的表演通过建立婚丧嫁娶、生育饮食、内务外交等乡社伦常秩序,来分配财产、解决纠纷、联络族群力量、融合家缘亲情。傩戏表演作为族群生活的一部分,是娱乐的,也是实用的;傩戏演员与在场观众其实是二位一体的,观众不是看客,而是实现这一搬演仪式的社会功能必不可少的参与者。从安徽贵池殷村姚家面具二十八枚的摆放式看,自上而下分八层,最上层是皇帝,接着是武官、圣帝和文官,然后是萧女、老回、财神、父老、老和尚,第四层是孟女、二回、土地、文龙、小和尚,第五层是吉婆、三回、包公、杞梁、三和尚,第六层是梅香、小回、周仓、宋中,第七层是唐叔、童子、杨兴,最下层是赵虎、张龙。又如江西南丰"跳傩"现存两千三百多枚一百五十多类面具,有驱疫神祇、民间俗神、道释神仙、传奇英雄、精怪动物、世俗人物等层级造型。看上去,天神地灵、宗教神祇、神话人物、历史人物与家族成员、世俗民众、仆役随从层级并存,覆盖了宗族血缘关系和族群聚落向下一路的内在秩序。围绕面具铺展的傩戏表演场合提供了唯一的乡社生活的公共空间,从而实现了为下层民众驱邪、祛病、镇宅、赐福、延嗣、添寿、丰产、纳祥的精神抚慰功能。

当艺术从宗教中逐渐剥离,人与神的关系出现了富有意味的变化,傩戏面具的功能也从敬示神灵向写照人生转换。傩戏面具成为世俗的写照,并构造了戏剧表演所依凭的重要"道具"。傩戏面具中不仅正神形象渐染世俗色彩,而且凶神怪灵和世俗人物的大量出现,尤其是丑角人物自成系列的类型学造型,完成了由天地人秩序的象征向戏剧角色的延伸。凶神是凶悍威猛、镇妖逐鬼、驱疫祛邪的神祇,面具造型咄咄逼人,线条粗犷奔放,或横眉竖眼、眼珠凸鼓,或头上长角、嘴吐獠牙,兼具夸张与写实的精神气质。如败走麦城的关羽封汉寿亭侯,历代官方和民间都累累加封,称王称圣,称公称帝。经由佛道二教"三界伏魔大帝神威天尊关帝圣君"、"伏魔大仙关帝圣君"护法神的民间演义,其民神地位更显赫,变成了傩坛的坛神与傩戏的戏神,面如枣色、卧蚕浓眉、丹凤吊眼、半睁半闭、黑须长垂,以威慑神力镇坛护法、保一方平安。关公面具各族群均备,如清代遗存下来的安徽贵池刘街乡茶溪汪就有逐疫关帝"圣帝登殿"像。傩戏开场必祭奉关公圣像方开演正戏,每逢春节或关公生日,田野村寨中会出现队戏,抬着关公像巡游扫荡、驱邪纳吉。又如开山莽将是最凶猛的镇妖神祇之一,头上尖竖长角、双耳耸起,獠牙外露、眼珠暴突,烈焰浓眉,面目狰狞,嫉恶如仇,与头长三角的开路将军一起手执金光钺斧,砍杀妖魔鬼怪,为人们追回失去的魂魄。还有铁面无私、惩治恶魔、勾还良愿、计算阳寿的判官;额嵌混赤眼、纠察天上人间是非、追捕邪魔妖鬼的灵官;人面鸡嘴、似人似鸡、奸诈狡猾、奇异怪谲的鸡嘴道人;由杨幺投湖水神形象演化而来,怒目圆睁、咬牙怒吼的杨泗将军等等。这些凶神怪灵作为人与神之间的过渡形象,充满了世俗化的意念和人的欲望,显示出神与人之间模棱两可的关系错动——人在神力的保护与吞噬下,成为神的驯众与同谋;又不断从神的阴影下走了出来,与神力形成了某种对抗与询疑,他们不仅在人的世界里优游,甚至对红尘生活有一种瞩望和羡艳。

丑角面具自成体系的类型学造型,是傩戏作为戏剧搬演的艺术功能逐步增强的重要显征。如因相貌丑陋而被黜榜、科举失败撞阶而亡的钟馗,在各族群的傩戏中都是一个重要的角色,据说起源于三四千年前祈雨巫师仲虺,或也出自一个原始部落祭祀巫师——手舞棍棒的终葵。自敦煌出土的唐代写本经文《除夕钟馗驱傩文》描述钟馗钢头银额,身披豹皮,朱砂染身,帅十万丛林怪兽捉拿野魂孤鬼以后,钟馗形象就与年节、端午习俗相结合,明清以来遗存了形态丰富的面具造型,其形象雕造并延伸到了年画、门神画、民间剪纸艺术中。钟馗相貌丑陋,面黑耳大,出场总与阴曹恶鬼相伴,头上长角,大眼暴突,嘴角向两鬓咧开并上翘,獠牙外翻,耳边鬓毛如剑戟,一幅不怒自威、威严难犯、刚正不阿的形容,成为傩仪中统鬼斩妖的猛将,禳灾祛魅的灵符。以钟馗为主角的傩戏更是不胜枚举——跳钟馗、钟馗打鬼、钟馗捉鬼、钟馗斩鬼、钟馗夜巡、钟馗嫁妹、斩五毒、钟馗醉酒等等。安徽歙县郑村的《嬉钟馗》,就是一出典型的"跳钟馗"傩戏。它由拜老郎、钟进士出巡、斩五毒、谢老郎几个段落组成。先烧纸燃鞭拜老郎,握香望空三拜,然后钟馗持玉笏,与持钢叉狂跳的五鬼怒目对舞,在一片"傩傩"声中追五鬼冲出屋外,出巡开始。队前列锣鼓、回避、肃静牌,牌后六蓝旗;旗后横书"钟进士出巡"五个大字;幅后从蜈蚣、蜘蛛、蛇、壁虎、癞蛤蟆五毒(又称"五鬼"),脸部各涂其形;鬼后蝙蝠开道,钟馗打伞执酒坛,骑驴小妹及媒婆殿以锣鼓。钟馗登高鸟瞰,至要冲旷地搭高台,蝙蝠登台"竖蜻蜓"引道,钟馗登台作"金鸡独立"、"智破四门"、"海底捞月"等架式,以示寻鬼驱赶之状。巡至街道村路,蝙蝠入堂屋,钟馗赶五鬼,手持青锋剑,"左青龙,右白虎",入宅驱邪。复在台作架式,下台巡视而出。入夜锣鼓斩邪除五鬼,嬉鬼至普济桥上,仍打伞执酒坛,小妹媒婆随队逐嬉,钟馗持剑将五鬼逐一斩讫;偃旗歇鼓,全班会桥上,钟馗握香望空拜谢钟神归天。

此外,地戏面具中有一个歪老二,其面具造型五官失衡,非常奇特:发髻上斜插着一把木梳,歪嘴皱眉,龇牙咧嘴,一眼圆睁,一眼微眯,斜眉扯眼,大鼻薄唇,面部涂红,半边下巴走形。传说歪老二是朱元璋远征贵州时在云南当地寻找到的一位民间高人和军事向导,在作战两方阵地穿梭往来而不被怀疑,为朱元璋的战事大捷传递信息、出谋划策,立下了汗马功劳。而贵州傩戏中也有一个丑角人物——秦童,是《甘生赶考》中的角色,作为甘生的书童伴行赶考,甘生落榜秦童却高中皇榜。其面具形象头梳歪髻、细眉上挑,两眼歪斜,皱鼻咧嘴,龇牙掉颌,左嘴角歪斜到脸颊半边,右边嘴角皱纹蜿蜒至下巴,一幅似笑非笑、幽默滑稽、愚笨中透着几分威严、狡黠中又抖落出智慧的样子。有趣的是,与秦童的丑角造型形成呼应的还有秦童娘子、歪嘴老娘等几个面具,虽然作为女性面具,有其妩媚和善、喜笑颜开的个性,但都是口眼歪斜、五官失调、脸型左右上下扭曲的造型,还包括地戏中睁一只眼闭一只眼、口眼歪斜、脸颊点麻子、面部涂绿、脸部纹理右上左下整体扭曲的挑夫,都将极度扭曲的生理缺陷与内在心灵、德行的美相映成趣,形成了以丑为美、以谑为美、自成一格的丑角面具造型系列。

　　随着正面神祇、凶神怪灵、世俗人物、丑角形象的次第迁延,傩戏面具形成了它自身丰富复杂、有序延展的类型系列。面具造型通过想象对比、变形夸张、附着更多纹样图案等造型手法,将天神地灵具象化,将风伯雨师、雷公电母、禽鸟蝶蝠、虾蟹龟鱼、龙虎牛鼠等自然名物和飞禽走兽灵格化,人与自然、人与神、人与鬼的位置关系有意味地被交错置换了。与此同时,傩戏面具将艺术触角更多地伸向了人的世界,将人作为创造物的摹本加以更真实的表现,铺染了浓重的世俗生活印记。傩戏面具演述了人经由面对自然、回溯神话、探索文明,从而确立自我和内心思维的觉醒历程,成为负载更多文化意涵的类型学记号。

三、面具背后:物质与非物质之"道"

　　人类早期的面具艺术,其实是一种头颅崇拜意识的积淀。人所有的精神活动和内心生活最集中地体现在头、脸上。身体提供的神经组织、智力系统的生物学属性和肌理,都要经由大脑的聚合、组织、分析与反射,最终通过脸部的五官表情和动作形成智力活动和精神能量。面具用物质质料塑造了高度复杂的精神活动的艺术象形,然而在面具的物质形态下面,抑或并非仅仅如此。傩戏面具带给人作为主体的意义何在?什么是面具的"非物质之道"?据说黄帝胜蚩尤后,悬蚩尤画像以威慑天下。《左传·文公十八年》:"舜臣尧,宾于四门,流四凶族:浑敦、穷奇、梼杌、饕餮。投诸四裔,以御螭魅。"[①]宾于四门,即将浑沌(或作浑敦)、穷奇、梼杌、饕餮四凶的头颅悬挂国之四门,使之从宾从属,亦神亦友,远御螭魅魍魉,近护国之臣民。四凶之一的穷奇,是汉代傩事中的十二神兽之一,其形如牛,四目长着坚硬的刺猬毛,其声如狗(又说像虎,长尾,爪如钩,于如锯),吃恶梦和鬼疫蛊,但却侍奸邪。这种通过败死者头颅完成的奇异能量传递与转换的仪式,出现在汉代傩戏雏形的魌头造型中,或许已预示了傩戏面具艺术的发生学原理。

如果进一步考察傩戏面具的五官构造,尤其是那些凶神怪灵和世俗人物面具的细节特征,我们会发现,附着在它上面的文化记号是如此的怪异而比例失调:轮廓式浮雕,尖竖的犄角,或许还有失落的胡须和羽毛,前凸的硕大额头,五官尤其是眼睛和嘴巴的细节被刻意放大突出、扭曲变形:睁大以至暴突的眼珠或凹陷的镂空的眼窝,从眼窝里伸出来的圆柱形的眼睛,紧闭或线性拉长的嘴巴、外翻的圆张的大口、獠牙外翘、上下倾斜或尢牙缺齿掉颌的大嘴。在强烈的装饰性色彩和神秘的线条纹样包裹之下,那些隆起的暴露的部分和凹陷下去的阴影部分之间是什么关系?

首先,来看嘴的类型。傩戏面具人物的嘴形,可以归为闭嘴、张嘴与变形嘴三大类。紧闭或线性拉长的嘴巴,主要是通过左右上下拉伸嘴线,来表现角色或敦厚沉静,或洞察世事,或悲悯人间,或不满愤怒的情绪。外翻的圆张的大口则往往没有舌头和牙齿等口腔附着物,集中展示的是人物惊诧、恐惧、呐喊、张狂的意念。而獠牙外翘、上下倾斜或缺齿掉颌的大嘴,则往往突出与嘴相关的各式各样的舌头和牙齿部件。舌头或是轻轻抬起露一点,或是很厚实的略略前伸,红色,但却绝少长长的伸垂下来的猩红吊舌。牙齿要么是整齐排列的两排,要么

[①] 李梦生:《左传译注》(上册),上海古籍出版社2004年版,第419页。

是尖利外翘的獠牙,要么是残损不齐的缺齿。而嘴形呲牙咧嘴、缺齿掉颔、左倾右斜、上下扭曲,意在镌刻角色凶神恶煞、勇猛威严、风趣蔼然、愚顽滑稽的个性,如藏于安徽贵池刘街乡源溪缩溪金村的千里眼和顺风耳,其嘴形就是张嘴和闭嘴的典型。作为社坛演出傩舞、神伞与古老钱的舞者面具,千里眼头上一对大肉角,额上嵌红色的太阳,红色眉毛倒竖,眼眶圆睁,眼球镂空。涂黑的大脸上衬着为了看得更远而极力外张的鲜红的大口,舌头前部抵在上下牙之间立起有寸余,给人以粗犷奔放、勇武凶猛的印象。而顺风耳则耳廓浑大,下颔宽厚,同样涂黑的面颊上除了眉毛和眉间的烈焰,就是线性闭起的嘴巴造型,为了集中听力谛听远处的声音而紧紧地抿着,最引人注意了。至于獠牙外翘、嘴角歪斜、缺齿掉颔的变化嘴形,在贵州德江傩堂戏中的开山莽将、判官、小鬼、尖角将军、灵官、开路将军,安顺天龙镇屯堡地戏的傩神、孔宣,黔北黔东地戏的秦童、秦童娘子、歪嘴老娘、秋姑婆、唐氏太婆、土地,云南镇雄傩戏的蚩尤、玄黄老者、孽龙,端公戏的丑娘猜、和尚、寿星,江西南丰跳傩的钟馗、啸山、开山,藏族十二相面具等不同地域的傩戏表演中,类型和变体都非常丰富。

其次,来看眼睛的类型。傩戏面具角色的眼睛变例,可以归为半睁半闭、凹陷空洞和暴突伸出三种非正常的眼神。半睁半闭的眼睛,看上去似睡非睡、似醒非醒,目光凝滞,略显神秘,在傩戏面具中往往是正神具有的一种俯瞰世界、掌控人间、显示威权神力的眼神。利用面具质料自然镂空的凹陷空洞的眼睛,它被赋予秉性怪异乖张的一些凶神怪灵。尤其是空洞的凹陷的眼睛、向外伸出拉长的圆柱形眼睛,不仅在傩戏中出现,而且在更为普遍的文明发生地带,都有类似的示现:凹陷的空洞的眼睛,如日本考古出土的绳文时代贝制面具、土制与木制假面;[1]藏于柏林民俗博物馆和温哥华英属哥伦比亚大学人类学博物馆的夸扣特尔人的皂诺克瓦面具。[2] 拉长外伸的圆柱形眼睛,

---

[1] [日]大阪府立弥生文化博物馆:《假面的考古学》,大阪府立弥生文化博物馆2010年版。
[2] [法]克洛德·列维·斯特劳斯:《面具之道》,张祖建译,中国人民大学出版社2008版,书前彩插,第67页。

如与悠久的黄河文明相异、属于长江流域文明形态的三星堆出土的青铜纵目神;如属于既古老又毗邻南方开放文化圈的闽南木偶戏中的纵目偶人;如藏于纽约美国自然史博物馆的北美考维尚族萨利希人的斯瓦赫威面具,以及藏于温哥华英属哥伦比亚大学人类学博物馆的夸扣特尔人的赫威赫威面具,藏于米尔沃基市公共博物馆的夸扣特尔人的赫威赫威面具,还有列维·斯特劳斯所考察和描述的考维尚人与穆斯圭安人的斯瓦赫威面具。① 这些空洞的眼睛、从眼窝里伸出来的圆柱形的纵目,显示了文明发生学上的异地同源性,它是和失明的眼疾有关,还是和日食、地震的灾难记忆有关?还是和食人剜眼的野蛮习俗相对抗的一种形式?还是人类为了固定与肉眼难以透视的自然天神的距离,而借助身体记号创造的魔法望远镜?有意思的是,古人把观看世界和观看自我联系起来,把倒溯回去的向后看的历史和对未来的世界的瞻望对接起来。傩戏面具的眼睛变例,实现了人类期待不受任何干扰的目力在遥远而广漠的世界里确认自我位置并直接与自然对视沟通的记号系统功能。而在面具的背后,真率的表情、生猛的姿态,延伸到生命潮汐涨落的律动中,在喧嚣和狂欢中遁入沉思冥想的灵魂,追忆着自然的神话与图腾的崇拜,也演述着宗族制度与生与死的仪礼。

　　傩戏的面具显示了人对宗教沉迷的深度:拥有面具,就拥有了至上神力。一切都在律动中不能止息,戴面具的傩者似乎受到神的蛊惑和控制,看上去无精打采,却又具有某种征服一切的威力。傩者手指苍穹,俯瞰大地,传达无所不在的天神与先祖的旨意,用长矛刺向想象中的妖鬼邪疫;作为神的奴仆,敲打乐器,发出震耳欲聋的响声,似说非说,似唱非唱,并伴着群体应答和高声尖叫,驱傩赶鬼,呼唤神灵解除人类活着的痛苦。另一方面,傩戏面具的类型学造型,由现实象征秩序向艺术想象空间延伸,呈现了文明战胜自然过程中最原初的状态:统治宇宙的神怪妖鬼具有野蛮、吞噬、侵害和剥夺的权力,人类被

---

① [法]克洛德·列维·斯特劳斯:《面具之道》,张祖建译,中国人民大学出版社2008版,书前彩插,第10、107、109页。

监禁在未知空间里仓皇无助地张望逃生出口,对神顶礼膜拜的同时,夹杂着敬畏和恐惧,也滋生着、凝聚着对立反抗的情绪和征服欲。人与神的关系围绕傩戏面具展开了一次艰难旅程的转换:从敬畏、恐惧、受役,到征服、控制、操纵,再到祛魅、清障、除蔽,人与神终于达成和解。艺术脱离宗教,走向自身的递嬗与成熟,戏剧作为艺术的诞生,构建了新的文化转换机制,治愈的不仅是肉体病患,也是生死的挣扎与困惑,是灵魂的撕扯与痛苦。

透过傩戏面具的视觉类型与细节特征,我们看到了人成为主体的精神活动所打下的深深烙印。傩戏面具成为借由行动和表演形成的、与固有的文字书写史相区别的另一维度的演述史。在面具的种种变异组合体中,戏剧搬演的艺术建立了自身开放与聚合、暴露与消弭、诙谐与庄重、粗犷与细腻、反差与互补的内应性法则。傩戏,围绕面具完成了艺术与宗教、物质与非物质的转换机制,演述着与人有关、与天堇有关、与神鸟有关、与人类精神愉悦与灵魂自由有关的密码记号。如果对照《诗经·卫风·竹竿》"巧笑之瑳,佩玉之傩"[①]的说法来看,或许傩戏所昭示的最朴素的生命哲理——待时而动、知行合一、超越现世苦难、自由自在地行走,才是傩戏在文明发展链条中跨越文化的非物质之"道"和穿透时光的"不变量"。

(原载《阅江学刊》2014 年第 2 期)

[①] 高亨:《诗经今注》,上海古籍出版社 1980 年版,第 87 页。

歪嘴秦童与傩戏面具的变形异出

在傩戏中,有一类面具的造型,以歪嘴秦童为代表,通过嘴的变形和扭曲的脸部特征展现面具所代表的形象角色的个性与神采(如图1)。它们形成了一种特殊的造型系列,亦并非傩戏所独有。从角色系列与符码意涵、人神异出与世俗投映层面,考察以秦童为代表的傩戏面具的构造细节,及其角色之间圣俗衍递的互动关系,有助于我们进一步认知和了解面具之于傩戏的类型学意义。

图1　歪嘴秦童(贵州德江)①

一、角色系列与符码意涵

傩戏的面具中,以脸部细节构造做变形夸张的,有额头、眉毛、眼睛、鼻子、皱纹、耳朵和嘴巴等。其中眼睛和嘴巴的变形往往成为关键。如果说,面具的眼睛或许是打通人与神灵、内心与身外世界的意念通道,眼睛的变形,可能更多昭示的是神灵的意念与人的灵魂思考的话。那么,面具的嘴巴则以生动的姿态表现着细微的情感,嘴巴的

---

① 参见吴仕忠、胡廷夺编著:《傩戏面具》,黑龙江美术出版社1999年版,第36页。

变形更多显现的是人回归自我时的情感律动与生命活力。

傩戏中,以秦童为代表,形成了一类变形嘴的丑角面具。地戏面具中的秦童,整个脸型左右倾斜扭曲,面部一般涂为红色或蓝色,一般造型为歪嘴皱鼻、斜眼龇牙,但在细节上还是有不少差别(如图2)。如歪嘴咧嘴、倾斜扭曲的幅度随着脸部的皱纹肌理变化,或大开口、或一条缝、或几乎竖立,或露出齐排牙齿、外突二或四颗虎牙或缺齿;嘴型有枣核形、月牙形、波浪流线形、下巴脱臼错位形。与嘴巴的变形形成呼应的,还有脸部的其他很多细节。

如头饰发髻,或是朝天大髻、或是盘旋扭髻、或戴镶边圆顶帽、或戴网格尖顶帽;如眼睛,或一上

图 2 歪嘴秦童(贵州遵义、铜仁)①

一下、一高一低,或一睁一闭、一大一小,或眼角上斜吊、下斜吊,或眼珠镂空、下眼睑缀半圆眼珠;鼻梁外斜、鼻孔上下不平齐,鼻尖或人中点有小块白斑;长垂的耳朵几乎从额头顺到下巴。嘴型轮廓与脸部的纹理相呼应,涂红或无色,形成尴尬难堪、顽皮狡黠、憨厚愚拙、嗔怪假笑、呆板木讷、讪笑觍颜、风趣爽朗、疑惑思虑等生动丰富的角色情态。

傩戏中,以秦童为代表形成了两个性别不同的丑角系列。属于男性角色身份系列的有歪老二、苗老三、和尚、挑夫、鲁班、小进财、王歪、

---

① 参见顾朴光等主编:《中国贵州民族民间美术全集·傩面》第120页,贵州人民出版社2008年版。

老歪、童歪、牛公明、小花花、笑嘻嘻、小顶子等；属于女性角色身份系列的有媒婆、歪嘴老娘、歪嘴婆婆、王婆、娘猜、丑娘猜等(如图3)。

图3 挑夫(重庆酉阳土家族)、鲁班(近现代面具图绘)、歪嘴老娘(黔北)①

应该说,这种特殊的变形嘴,虽带有一定的象征和指示意义,但并不是经过抽象凝固在面具上的神灵姿态。作为直观的图像符号,它捕捉的是面具所能呈现的仆人、军师、向导、书童、僧人、匠人、老人、小孩、媒婆、老妪等各行各业的世俗人物日常生活中瞬间状态的视觉记忆与动态镌刻。我们会发现,这些面具所代表的都是社会中的边缘人群和小人物。他们或依赖主人而生活,或附从某一社会阶层而存在,在现实社会中隐匿于主流社会之外,却成就了傩戏面具世界里各具情彩和风神的鲜活生命。

傩戏面具的五官结构,一般是对称、均衡的,其背后遵循的是二元对立的思维模式。但以秦童为代表的这一类歪嘴角色,却打破了惯常的以鼻梁为中轴的对称均衡的原则,突出和放大了豁嘴、缺齿、歪嘴、单目、挑眼等生理缺陷,并以五官错位、半正半歪、半哭半笑、半睁半闭等形成相反相证的平衡,构建了另类的二元对立模式。扭曲脸部纹理、增加色彩对比度、夸张部分器官线条与点缀头发、胡须附着物等细

---

① 参见吴仕忠、胡廷夺编著《傩戏面具》第68页,黑龙江美术出版社1999年版;《中国面具》第196页(采自《民族艺术》1992年1期),盖山林著、盖志浩绘,北京图书馆出版社1999年版;《民间面具》第58页,王抗生著,中国轻工业出版社2008年版。

节,有意造成脸部构造的歪曲、丑陋、怪谲,从而产生动态化视觉和滑稽效果,增加不对称、不和谐的紧张感和错动感。而亦老亦少相、文武并置相、男女合体相、正邪两禀相的面具,更是打破人神界线,示现了人神关系的原生与衍生、切割与消长、对立与转换,传达给我们的是——面具作为一种精神共同体背后从幻面崇拜到人神合体、再到人神异路的思维机制转向——高下反冲、缺完互衬、阴阳和合、圣俗颠倒;冲击我们视觉的外部特征的"丑",并未引发讨厌和恶感。因为随着扮演角色和故事的展开,其角色大多妆演的是滑稽诙谐、机智聪隽、顽皮幽默的世俗人物。这些造型怪异的面具,通过身体的缺陷表达的不再是无所不在的神灵的威势,而是经由残缺、不完整的生命困扰获得的心灵释放和世俗情趣。

二、人神异出与世俗投映

傩戏表演在冲傩中是非常重要的一部分,在开坛、祭坛、和坛之后展开。与之前祭祀仪式的氛围相映衬,为了向神灵还愿,正戏开演。在《扫地和尚》《开路将军》《引兵土地》等上洞戏演完后,进入中洞戏部分,《甘生赶考》《秦童买猪》是其中最重要的剧目。相比于着意请神还愿的上洞戏和与开山、二郎、钟馗、目连有关的伏魔驱邪、追魂斩鬼之下洞戏,中洞戏更贴近真实的世俗人间生活,融入了更多的世情民俗与凡人的喜乐烦恼。这些剧目的演出,对于精神生活极度匮乏的乡间百姓来说,就成了他们蜂拥而至、喜闻乐见的娱乐活动。而这种娱乐活动同时负载了社群互动的功能——通过仪式性戏剧的演出,聚集族群、联络亲友、消弭穷愁、决定族中大事。

秦童是正戏《甘生赶考》的角色,又称"勤童"、"琴童",在仡佬族傩戏和阳戏中叫秦僮,在贵州铜仁、湖南等地叫秦童。这类傩戏面具在贵州安顺地戏里还有小歪歪、笑嘻嘻、歪嘴老苗等形象角色,其典型面具现收藏于贵州傩文化博物馆,民间还有各种不同造型的遗存。在苗族、土家族、彝族、仡佬族等不同民族的傩戏里,都有这样一个重要的喜剧角色和丑角人物出场，与其相关的剧目主要有《秦童挑担》《甘生八郎》《甘生赴考》等。

关于秦童的来历，民间有许多传说故事。据说他是玉帝的儿子，只因长相丑陋，歪嘴斜睛、耳聋眼瞎、背驼腰弯、腿瘸脚颠，而被打下南天门。太上老君救活小皇子，送与凡间秦家，取名秦童。秦童心地善良，性格开朗风趣，对二老孝顺有加，深得邻里喜爱。老君封其为傩神，给人间增添欢乐。还有故事相传，秦童出身贫寒，长相奇丑。甘生穷愁潦倒，进京赶考请不起跟脚，被人嘲笑奚落，秦童却主动站出来，愿意跟从他做挑脚。原来秦童因为自己的缺陷也经常遭到取笑，对甘生的境遇感同身受，遂爽快地答应陪甘生赶考。故事有两个不同版本的结局，一个说的是，他们到了京城，甘生不幸落榜，秦童去碰运气，不想却高中夺魁；而另一个版本则说秦童为甘生白天挑担、夜晚点灯，秀才对秦童嘘寒问暖、添食缝衣。秀才考中状元，感恩秦童的陪伴和付出，带秦童就职，不分主仆一起管理所辖境地，安居乐业。

原本作为配角出现的秦童，以丑激生，不断上位。他五官不正、头梳歪髻、斜眉扯眼、歪嘴暴牙，却妙语连珠、顽皮耍赖、诙谐多趣；与主角——憨厚和气的甘生形成了有趣的形象反转与错位。甘生又叫甘生八郎，是正戏《甘生赶考》中的主角，职司是为愿主还愿领牲。其面具为小生扮相，头戴冠帽、冠顶圆顶、五官清秀、耳廓硕大、性格温和，一副书生模样。作为傩祭仪式的《秦童挑担》，要行请五猖、差发五猖、送五猖神的科仪。黔北傩戏《秦童挑担》的唱词即有"酬奉主，参拜神，参拜五路五猖神"之说；而作为世俗小戏的《秦童挑担》，以赴京赶考的甘生八郎雇觅随脚请书童、夫妻告别、金榜题名、荣归故里的故事背景为线索，串起了雇工讨价、贪酒嗜食、赌博调情、捉弄帮衬的一系列喜剧故事。在傩祭仪式向世俗小戏的过渡过程中，秦童由附从、边缘移向中心、主宰，在与甘生形成或对比、或映衬、或倒置的位置关系时，对人与神的行动边界进行了重组。主角与配角、生角与丑角的人物关系在原生与衍生中不断递变，以至于在上洞戏和中洞戏中，还出现了《出(打)秦童》《歪嘴秦童》《秦童老将》《秦童买猪》等故事段落。有的面具还在其五官内部设置连动机关,表演时根据动作需要用绳子和竹棍掣动机关,使眼珠、鼻翼、下巴不时翘动,以显示其滑稽可笑、诙谐多趣的个性特点。

有趣的是,歪嘴秦童还有一个陪伴角色——略含嘲讽意味而充满温情的秦童娘子。在以秦童为枢纽的衍生系列中,秦童娘子为代表又形成了一个女性丑角系列——秦童娘子、歪嘴老娘、媒婆、歪嘴婆婆、丑娘猜(如图4)。

图4　秦童娘子(贵州德江)、丑娘猜(云南昭通)、歪嘴老娘(黔北)[①]

与秦童歪嘴方向形成对照,秦童娘子的嘴大多反向歪曲,在非对称中又形成左右上下呼应的一种平衡关系。秦童娘子或发髻高耸、丝带束绾,或装饰头箍、簪花蝴蝶,或一眼乜斜、一眼无珠,或低眉顺目,或丹凤斜眼、圆睁半闭,或嘴角微翘、缺齿无颌,或嘴大失颊,或皱纹扭曲、脸部表情纹理极富变化。表现出持重安泰、喜笑颜开、苦笑黯然、淳朴恬淡、操劳苦闷、惊愕诧笑的种种神情异相(如图5)。

有语云:"秦娘歪嘴扯左边,三角眼斜两不平,蓝帕鬓花卷头发,曲鼻门牙趣有神。"据说,秦童陪甘生进京赶考,一去三年未归,秦童娘子千里寻夫至峨眉山,送子娘娘察她寻夫心切,请子送她。秦童娘子至

[①] 参见吴仕忠、胡廷夺编著:《傩戏面具》第47页,黑龙江美术出版社1999年版;《民间面具》第74、57页,王抗生,中国轻工业出版社2008年版。

图 5　秦童娘子系列①

傩堂索夫,八郎拉来和尚、土地、道士、算命、卦先生、唐二等众神故弄玄虚、打诨调笑,最终才供出秦童。秦童发现娘子背娃,疑妻外情,秦童娘子逗夫一笑,方道出娘娘送子实情。剧中,有时娘子为了排遣家居生活的寂寞,增加趣味,还会出现一只撵路狗。这只撵路狗据说是丑角秦童胞弟的化身,其面具只有上半截,头戴瓜皮帽或挽小髻,一眼大无珠,一眼小眯缝,大张笑口而无下颌。秦童陪考离家后,撵路狗终日跟在嫂子身后,唱着"哪根田坎不长草,哪个兄弟不跟嫂"来打趣逗乐讨嫂嫂开心。而秦童娘子的面具造型,不断递入其他接近丑角的喜剧性女性角色的样态,如亲切和蔼而风趣爽利的歪嘴老娘、挤眉弄眼而笑容可掬的媒婆、表情木然而大智若愚的丑娘猜等角色形象,都在人性的低姿态中,崭露出普通女性家庭生活的琐碎愿望、风姿情趣和

---

① 参见顾朴光等主编:《中国贵州民族民间美术全集·傩面》第 126、128 页,贵州人民出版社 2008 年。

日常劳作细节。

三、变形延展与异质同构

以秦童为代表的歪嘴面具的衍生系列,就目前所见,从地域和民族看分布很广。以贵州为多,铺及贵州省遵义、道真、沿江、铜仁、印江、万山、荔波、思南、德江以及湖南、云南、江苏等地,在土家族、苗族、仡佬族、彝族等不同民族的傩戏中都有遗存(如图6)。

图 6 秦童(黔北荔波、遵义道真)、歪嘴巴(湖南武冈)①

以图6展示的几幅秦童面具及歪嘴造像为例来看,整体造像或顶髻或偏髻、或圆帽或锥帽、或左斜或右倾、或抿嘴或张口、或木讷或狡黠、或憨拙或神敏,在五官构造、阴阳雕镂、倾斜曲度、神情纹理、附着装饰上变化极大。湖南武冈的歪嘴巴,还将这类面具扮演的角色延展为一种可以扮演各色逢场作戏、多嘴饶舌之人的丑角类型,增强了面具角色的喜剧效果。

值得注意的是,这种遗存并非中国傩戏独有,亦非非物质文化遗存独有。据笔者所见,与傩戏的歪嘴面具相对应,不同国家和地域亦

---

① 参见《民间面具》第56、57页,王抗生,中国轻工业出版社2008年版;《中国民间美术全集·演具》第41页,周林生,岭南美术出版社2002年版。

曾出现过类似的面具造型(如图7—9)。

如日本岐阜县博物馆藏能面之老女,以皱纹肌理雕刻脸部轮廓,头上用麻丝线缠绕成头发,其眼睛、鼻子、嘴巴的摆设位置整体失调,尤其是随着鼻梁向左的倾斜、嘴角向左上方的拉抻,将眼睛挤成眯起的三角线,缺齿,一脸喜笑颜开。还有藏于日本国立民族学博物馆的日本人类学学者鸟居

图7　日本能面之老女①

龙藏氏1899年在色丹岛采集的千岛阿伊努族面具,据说是参照周边民族的面具制作的,是阿伊努族流传于世的唯一一份资料。面具用整

 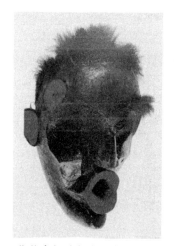

图8　千岛阿伊努面具②　　图9　北美夸扣特尔人之皂诺克瓦面具③

---

① 参见《能面へのいざない—白山山麓から—特别展》,日本岐阜县博物馆平成10年,第12页。
② 参见《假面的考古学》,日本大阪府立弥生文化博物馆2010年,第72页。
③ 参见[法]克洛德·列维·斯特劳斯《面具之道》,张长祖译,中国人民大学出版社2008年版,书前第二幅彩插,原图刊于《夸扣特尔印第安人及其他西北海岸部落的艺术》,霍桑,华盛顿大学出版社,1967年版。

块木头雕成,脸部排列细密的竖纹、眼睛细小空洞、面部上下拉长、半张的嘴巴与下颌左下右上整体倾斜,嘴巴周边的扩散性细纹显现出一种内力的撕扯、挤压和紧绷感。此外,藏于加拿大温哥华英属哥伦比亚大学人类学博物馆的北美夸扣特尔人的皂诺克瓦面具,有点类似皮影戏中的七分面,缩小甚至隐去右脸下半部分,将左脸放大做夸张处理,呈现为半边脸凹陷、半边脸突出的不对称脸部轮廓,额头与眉骨高耸,眼睛像黑洞一样静默中透着神秘,红唇大嘴像喇叭一样向一侧伸出圆张、显现某种讶异惊诧的神情,仿佛是在用力吸气吹气过程中将要爆发出无限的能量。

  这些面具虽表情各异,但都以嘴巴为变形节点,形成整个脸型不成比例的倾斜扭曲;这多少有可能印证了面具艺术背后人类思维一致具有的世界性取则,以及不同国家、地域、民族面具变形的类型学的普遍意义。如果顺着这个思路前行,可以找到考古及民俗民族志的相关资料,做进一步延伸比较和思考的话,或许会发现人类共通的思维密码与造型智慧惊人的相似点。

  与其他傩戏面具造型的变形夸张不同,以秦童为代表的这类面具因刻意裸露丑陋而扭曲的傩戏造型,打破面具构造的内在规则,打乱五官原有的依存关系,异质性地趋向一个新的面相集合,形成另类的正像与偏像、冲突与对立的思维机制和功能意义。它显示出傩戏表演中非常重要的一环——即人神沟通过程中人与神的位置、身份、角色的变化与转换,从神灵崇拜、人依附神,转向人出离神、自足自乐。当外在的生理缺陷之丑与内在的心识智慧之美形成一种对照时,它不仅传达的是送走鬼疫、为愿主还愿领牲的傩仪职司,它还隐含着众生平等、对生命力量的敬畏及其觉醒;它通过颠倒美丑而达成了人与神的和解,获得内心与外物新的平衡;更通过对边缘人与卑微者世情生活的展演,投映出对老与少、男与女、美与丑、缺与满、悲与喜、正与邪、生与死的人性禀赋的世俗拆解。

(原载《民族艺术研究》2015 年第 6 期)

面具的表情与类型学分析
——以鼻子和下巴为例

面具作为脸部的覆盖物,在表演艺术中并非独立存在的记号,它的表情,既暗示着神的形象,同时也表达着面具表演者的身份及其与神与鬼、与自然世界的隐喻与转化关系。它以祭祀仪式为依托,包容了节日庆典、戏剧搬演、民间习俗与日常生活。在雕刻形态、细节呈现、附着装饰上显现出很大的差异性,但在某些社会功能、思维机制和表演艺术层面又具有异质同构性。以面具人物和角色为基础,以鼻子和下巴的细节阐释(此前另文讨论过眼睛和嘴巴)为切入点,讨论面具的变形与虚构、伪装与隐藏、平衡与转化,可以进一步认知面具形象的类型学意义及其表演人类学的本质。

一、变形与虚构

面具通过造神来体现祖先和神灵的力量,表达某种社会功能,使得面具成为沟通自然世界与超自然世界、虚灵空间和现实社会的媒介。在那些具有凹凸感、立体感的面具表象中,关于鼻子造型的变形和虚构,是一个值得关注的细节。

以德江傩戏面具为例,中国傩戏面具对于鼻子的造型,体现了基于中国人的思维机制和社会功能。在面具所呈现的脸部器官中,鼻子显然不及眼睛和嘴那么生动、丰富、细腻。鼻子在傩戏面具中大部分的造型依从悬胆鼻的基本样式雕刻,一般显现出中正温和、笔挺有力的姿势,除了增加纹理,较少出现刻意的变形和怪诞风格。鼻子在中国古代医书中被称为明堂,通过司理呼吸使人的身心感知自然、进入与自然息息相会的通道、获得身体能量。作为人最主要的嗅觉与味觉器官,调节人和周围世界的相互关系。鼻子并非呼吸的器官,而是心灵的器具。所以我们看到的傩戏面具中,无论是正神、凶神还是世俗人物,其鼻子作为脸部的中心,置于最重要的位置,通过鼻根、鼻梁和鼻翼的凹凸感和立体感呈现的大多是开明、阳刚、谦和、机智及友善,显示出一种自然、对称、均衡的美。即便是一些特例,如歪嘴秦童、牛高明因为面部整体扭曲而显现出五官的倒错,鼻子会出现稍稍倾斜的情况,但居中左右五官的力量和醒目位置依然没有太大的变形。中国古人对鼻子的最朴素的一般知识,从鼻根出发延及鼻梁,附着着智慧、正大和意志力,还没有发展出充分的自我认知。虽然后世的戏曲脸谱在鼻窝涂白,做种种图案和纹样变化,那已不是人神相互转化的幻觉表达,而是艺术的一种理解和表现了。

日本面具文化中有关鼻子的起源很早,日本岩手县绳文时代出土的大量独立存在的鼻形系列土偶制品可见一斑。如岩手县八天遗迹出图绳文时代晚期的曲鼻土质面具,有鼻梁延伸到鼻头向面部左边扭折弯曲的痕迹,鼻端无鼻孔,呈现出一种异样的风貌;还有更夸张的曲鼻面具:如青森县上尾鲛遗迹,只有一个硕大鼻孔的鼻梁向脸部右边倾斜弯曲,甚至还有两幅面具,鼻梁与两眉贯通,T字形中鼻子几乎直角扭通。日本早期曲鼻面具的功能,与信仰仪式、秘密结社的宗教仪礼都有关系,但最值得注意的是与恶灵象征与追荐仪式、咒语治疗、病气驱逐,特别是演剧使用的幻觉状态的表达相关联的部分,与傩戏有许多相似之处,显现了日本人对墓域文化和死亡、疫气、疾病的关注,对生命枯萎、颓伤的一种意识。

日本的伎乐面对鼻子的呈现,起初并没有继承早期曲鼻面具的更多痕迹,如藏于东京国立博物院的日本七世纪飞鸟时代的迦楼罗,嘴巴整体拉长上翘衔珠,上唇和鼻尖合二为一,承担了支撑和托举的功能,可以看做鼻形变化的一个特例。而白凤—奈良时代的力士伎乐面,则以剑拔弩张的脸部夸张表情,以及需要加大发力而张大的鼻孔和鼻翼，显现出一种写实与夸张兼具的形态。日本彦根城博物馆藏的鼻瘤恶尉，额头血管爆起，鼻筋上有一块像瘤子一样隆起的部分，表情充满紧张感，是恶尉面在目凹鼻突基础上鼻子变形较大的一种。恶尉面有大、小、鼻瘤、茗荷、重荷、甘石榴、鹫鼻等不同形态。这种威严的面相兼具写实、灵验、象征的意味，是江户时代的著名面具制作家出目满水所作。而日本岐阜县白山神社的黑色尉，其木质纹理自然卷曲形成面部皱纹，红色暗纹与木质黑色凸纹形成跃动感，其中最显眼的是，向右欹侧伸出的鼻子将脸部的扭曲感立体化，形成口、鼻、眼的左右不对称、不自然感。这种室町时代鼻子倾斜立体伸出脸部的面具可能影响了后来日本的伎乐面中非常独特的一种类型。这种类型，在日本正仓院所藏伎乐面中大量存在。如在醉胡王、昆仑奴、狮子、婆罗门等系列木雕伎乐面上，不少鼻子造型都是长长的立体鼻子、伸出脸面之外，鼻梁有一定弓曲，鼻尖多弯钩。这种面具的鼻形特征的影响来源很复杂，其间有日本早期面具的遗形，或许与中土大唐的影响更大，如兰陵王等面具东传，或也与日本本土鬼怪传说、与其他域外文化的交流相关。伎乐面从一个侧面反映了日本文化对人类器官的物化崇拜观念、以及对细物、枯物相关的身体观、生死观和审美意识。

  2017年1—2月间，兰州甘肃省博物馆展出"神人之约——中非珍稀面具艺术展"，让我们看到了非洲刚果（金）的祭祀面具呈现的独特面貌。这些面具以整块木雕为主，附着物有树叶、树皮、兽皮、植物纤维、布料、羽毛、贝类、金属、羊角、象牙等。主色调是黑、白、红，中间色和过渡色则极其丰富。面具涉及的角色有尊敬的祖先、部落首领、可怕的祭祀者、奇怪的外地人、强壮的男人、温顺的女性，还有以水牛、羚羊为代表的大量动物形象。这些面具围绕着宗教祭祀、巫术消蛊等神秘的祭神活动来使用，更多用于部落民族祈雨祷丰、婚丧嫁娶、成年礼等日常生活。非洲刚果（金）的面具使得祭祀与民俗、节日、日常礼仪连接更为紧密，也实用于集体舞会和一般社交场合。面具具有很强的角色感和表现力，展示的表情和情绪状态、神态也非常不一样。从鼻子的造型看，如沃油面具，是有权势的首领，抑或是治病避瘟疫的方法,他的鼻梁上有一道黑线从额顶贯穿鼻尖,暗示了他通天的神力和权威。而库巴面具,则两侧鼻翼、两个鼻孔分叶为三角形的鼻子与额头上的涂白阳刻纹倒三角形成漏斗状的对应,从额间鼻翼仿佛可以看到时间的流逝、疾病使得身体离析的状态和精神的涣散。宾吉面具有着巨大的三角形鼻子,与巨大的眼袋或者是颧骨形成一体,鸡骨草的种子粘贴在凹陷的额头上,伸出的嘴巴,膨胀的脸颊,这些看上去混乱的风格元素相互矛盾地聚合在一处,表达出强烈的激动的情绪。这种面具其实是在葬礼或者成人礼上使用的。那卡奴面具的顶饰是两个犄角,面部中央有一个翻转朝上的鼻子(模仿了大象?)。他可以装扮部落首领,也可装扮恶名昭著的花花公子。翻转朝上的鼻子的实际功用,可能是仪式后,参加成人礼的年轻人要通过翻转朝上的鼻子,接住并吃掉一片木薯和山羊肉。卢巴面具则呈葫芦形,与卢巴的宗教团体的神灵之间有着某种联系。是神灵被物质化,包含在葫芦制成的容器或圆形的物件中的造型,黑白两色纹路圈图环绕鼻翼即两颊,则表示着地下由隧道和洞穴构成的神灵和死者的世界。如彭德直面和裸露疾病,歪鼻梁和黑白两色,像闪烁的火焰,令人想起掉入火坑中的疤痕,也是导致癫痫发作的征象。

  这些面具在造型上会有顶饰、盔头、肩荷与贝壳、金属、彩色珠子、动物毛皮或植物纤维等装饰,亦多人与动物组合造型。面具有时仅雕刻眼眶轮廓、或在空洞的嘴里有龇牙,斜目翘唇,似笑非笑、似哭非哭,表情稚拙。白色的面具往往象征死亡和地域。面具附着的动物如羚羊、大鸟、牛头、象首、蝴蝶等,带有惩戒、保护与征服的权力感,以及象征智慧的记号与美的精神凸显。这些面具,特别注重生活中某一细节和特定时刻的表情,用鼻子的变形与虚构神人相约、人神共舞,释放超常的生命能量,直面和裸露疾病,祈拜生殖,完成社交礼仪,沟通精神世界和现象世界——以动物为代表的自然世界,显示了非洲部族顽强、神秘的生存体验,从而在仪式中获得了某种灵魂升华和精神的实在超越。

二、伪装与隐藏

　　傩戏的世界，是一个神、人、鬼同在的世界。面具在变形和虚构中造神，也同时扮鬼。或许是神在上，鬼在下，与鼻子的造型功能不同，下巴在扮鬼时起到了不同的作用。在傩堂戏面具形象中，有一类没有下巴的类型，集人神鬼为一身，但更多附着着鬼灵的色彩。如牛高明、鸡脚神、地盘等。

　　牛高明面具，是个慈祥和蔼，面带微笑的老年人形象，头戴宋代差人帽，额头凹陷，眉弓、眉毛及眼角往下耷拉，嘴唇微张，上唇几乎成条直线，下唇则变成开口方形，没有下巴，面部往下呈开放性的结构，显现出智慧、风趣的世俗趣味。而面罩一叶新鲜猪肝当面具的"鸡脚神"，很可能就是佛经上提到的迦楼罗，因为它被形容为人头鹰嘴，人身鸟肢的煞神。常在头七陪亡人回魂，故有回煞一说，煞神据说有性别之分，虽是人身却长着一双鸡脚，面目狰狞可怕，拿执铁链。而现藏于贵州傩文化博物馆的地盘，相当于土地神，其职能或是某一地盘的业主。其面具造型是鼻翼伸张、耳垂硕大，大嘴敞开，没有下巴，笑意淳朴、表情饱满。还有张望人情、揣摩人心、俯身面世而敦实憨厚的报府三郎，也嘴巴下半外开，没有下唇和下巴。还有傩戏重量级的神灵——二郎神，也出现没有下巴或者以下凸的獠牙代替下巴的面具造型。

　　面具上这样的分割、截断与穿插，形成面部五官与结构的上下不对称和虚实照应关系，或许是为了隐藏戴面具者的一部分身份信息，以便于伪装或转化为类型中的不同人或物。与人仰望上天，祈求神灵庇护的方向感不同，或许是人希望更多通过这种指向地下的通道，来了解来自地府鬼灵的神秘气息，以期获得超自然的力量。除此之外，没有下巴的面具造型或许也还隐喻着被打掉的下巴、被笑掉的下巴等傩俗内涵。

　　在日本的伎乐面具中，则很少出现没有下巴的情形，除了下巴与脸部一体的,还有一些伎乐面其实显现了一种分割与连接的意味——就是用裂隙和断痕显示下巴作为两部的另外一部分,用绳索、草结再重新把它们连接起来,成了一种与脸部一体化而又具有一定活动性的下巴造型或者称为活动下巴,如白山中居神社的父尉、谈山神社的白色尉、丹生神社、白山比田羊神社的父尉、翁、黑色尉等。这一类活动下巴在中国傩戏的开山猛将、勾簿判官面具中也有出现。

而非洲刚果(金)的祭祀面具中,下巴的造型则有很多是没有下巴或者隐藏下巴的。如恩保面具,是一位男性,用黑白两色切割面部,凹陷的眼窝和两侧额的白色,被额头倒插下来的巨大的黑色三角形和短鼻头分割开来,鼻子以下的人中、嘴巴、下巴,被黑色半椭圆形遮隐托住,形成了带有几何模型意味的人脸结构。其眯缝的眼睛看上去充满了善意,但包裹的下半张脸则给人神秘莫测的威严感。又如恩巴卡面具,用象形皱纹的横竖不同的雕刻纹路,描绘出通天鼻梁、垂额头发以及两颊和嘴边的肌纹。有意思的是,这副面具的下巴垂下一个坨,既像与胡须同体、又成为面具可以支撑的一个基点,如同一个有身份、受人尊敬的慈眉善目的老者。其他面具呈现的下巴造型,则更丰富复杂,如以大嘴咧开到两颊、鼻子末端和小孔嘴直接贯通锯齿形的脸颊;伸出面部的方形筒嘴无下巴;长方形面具面部下方的折叠;夸张头颅、眼睛、鼻子而缩弃下半张脸如那卡奴——神话人物卡孔西。还有下巴被覆盖、下巴赘生、下巴阔大、下巴凹凸、双下巴、下巴柱状伸出或者下延、下巴被十字纹镶嵌珠贝等装饰物遮盖、方下巴、雕刻成圆盘与胡须成为一体的下巴等等,表达着非洲部落特有的等级地位和种族认同、以及关于生命成熟的思考。法国文艺批评家马尔罗说:非洲面具,不是人类表情的凝固,而是一种幽灵幻影……羚羊面具不代表羚羊,而代表羚羊精神,面具的风格造就了它的精神。

三、平衡与转化

在古人的观念中,有一个由神灵世界和世俗世界合成的天地人、神鬼人同在的三重空间。为了能表达这种神人鬼同在的世界观,通过面具与灵魂世界、自然世界寻找联系,建立平衡,傩戏面具中存在的最多的是一种"中间表情"———一种集合了神性、鬼性和人性为一体的表情。

如傩公傩母的形象,即是傩神,也是我们尊敬的祖先,也是我们慈爱的父母。傩公傩母的面具并不是戴在脸上,而是放置于神案上供奉的,极少的时候拿在手上做道具。任何一坛傩戏首先都要在傩堂正中一起供奉傩公傩婆,才能保佑傩事顺利、祈愿还愿得成。傩公一般是红脸男性,傩婆一般是白脸女性,传说中的兄妹二人应上天之命滚石磨成和,代表着祖先崇拜与繁衍生殖的力量,有时傩婆主事不仅是母系社会的痕迹遗留,也代表着男女两性的平衡。所以他们慈祥和蔼、温婉大气的表情不仅保佑着众生,也成为众生想象和向往的一种面相的概括。又如关羽,作为傩神,其形貌一般是按面如重枣、卧蚕眉来雕造。一双丹凤眼竖起,红脸黑须、半睁半闭的眼神,具有威慑作用和神力,又有高鼻梁、豹子眼、火烧眉、獠牙嘴等变形。民间驱傩,例奉关公为坛神或戏神。开戏,必设关公圣像、先祈关公后开正戏。每年春节或关公生日,均要从庙里抬出关公像,在田野、村寨中游走(扫荡),以借关公之威,驱邪纳吉,保一方平安。其半睁半闭的眼神,俯察人间善恶、悲悯苦难众生,也成为傩戏中众多神灵的通用表情。再如土地,作为主管一方的乡神,名目甚多。传说土地有九个弟兄,专为主家纳祥驱邪赐福添寿。土地面具统为男性,但也有土地公、土地婆,以显示阴阳平衡。土地面具造型稳重,神态安详,慈眉善目,两耳肥大,有的眼和下颌可灵活转动。土地九兄弟如天宫管天门的土地神之首天门土地;有管天下林木花草的封林土地、管出行人顺安的南丫土地;管禾苗顺长、风调雨顺的青苗土地、村寨大门安全太平的山门土地、管村宅交易的当坊土地、管耕田破土的梁山土地、掌管家当的长其土地、到傩堂点兵出城的引兵土地,一般都例穿法衣、手执扇子和棍子,头戴员外帽,笑容满脸,眼睛眯成一条缝,稀朗的白胡须,大耳下垂,和善可亲,诙谐有趣,专为愿主纳吉驱邪,赐福添寿,保佑一方。土地神的群落就仿佛村间乡里随处可见,可以处理各种民间事务、解决经济纠纷、调节邻里关系、改善田事民生的老人和前辈,在动静、悲欣、生死之间,照拂着普通人的生活。不仅土地神的"中间表情"达成了神、人、鬼的三位一体,也降下至上神的尊严,成了普通人生活的参谋与助手,而且普通人也可以成为神,如李龙,是叫花子出身,却被民间封赠,借玉皇大帝之令,到傩堂给主人救难消灾。他身围战钗,手拿杖棍,木瓢与师刀,穿梭在不同的傩戏表演段落中,睁一只眼闭一只眼,快要掉下来的下巴充满笑意,不停地问卦灭灾。

日本学者野上丰一郎(1883—1950)曾著有《能面考论》,1994年提出了能面的"中间表情论",认为古代能面师专研面具的表情变化,摸索出一种类似于公约数的面容,即雕刻出来的脸不偏向任何一种表情,而是处于各种表情的中间阶段。佩戴者只要通过细微的移动,就能使面具表情发生改变,从而使光影中的忧愁与和悦似乎并存,又似乎是囊括了一切情绪的"空",这种能面的面容被命名为"中间表情"。这种无表情的表情、超越表情的表情,是能面作为面具存在的最大特色,同时也是被称为"幽玄化"的日本文化自觉的象征。日本能面将物狂、执心、怨灵、人情聚合在脸面上,向上生辉、朝下颓伤,在淡化和遮蔽死亡阴影的同时,舍弃了自然表情的丰富性、直接性,追求一种无表情、瞬间固定的表情,显现出心神合一、即生即死、非生非死的一种中性状态,造就了日本程式化的戏剧传统。

而非洲刚果(金)的祭祀面具,则通过放大和夸张脸部五官靠上部分的某些部件,如额头、鼻子、眼睛,并添加装饰和附着物来显现保护、安抚、祝福、神圣、尊敬、鼓励、赞扬和治愈的功能。除了可以变形扭曲的脸面造型,显现出惊吓、恐惧、吞噬和对死亡的阴影表达外,更多存在的也是具有半闭的眼神、没有道德评判或者极其弱化的神灵形象,如半闭着眼、一脸淡漠表情的宗博面具,面额上有十字形装饰,暗示了佩戴者不凡地位和宗教权威;卡刚果面具就是慈祥、宽容、善于生养的理想女性;或者直接呈现的羚羊、水牛、猪、狮子、猴子、黑猩猩、狗、猎豹等动物造型,反映着非洲部落和民族在祈雨祛旱、婚丧嫁娶、播种丰收、成年割礼(中国傩所没有)等祭祀活动中的宗教、信仰与民族俗观念。

相比较而言,傩戏面具与日本伎乐面具、非洲刚果(金)祭祀面具,虽然在社会功能、思维机制和表演艺术上呈现了敬神拜灵、驱鬼逐疫、祛病消灾的异质同构性,成为人类戴在脸上的另一种历史,但其所呈现的造神、扮鬼、演人的路向是不大一样的。当神灵的具象化,越来越走向以人为主宰的世界时,差异性也就越来越显见了。如果说中国傩戏与日本伎乐面具是通过面具与超自然世界寻找联系,从而建立精神世界和现实世界的平衡,那么非洲刚果(金)祭祀面具,则是直接与超自然的世界建立联系,从而来寻求某种身与异在的平衡。如果说中国傩戏面具反映出了家族传承性和在一定等级基础上社会和合图景,日本伎乐面具反映出了一定的社会分层与宗教世袭性,那么非洲刚果(金)祭祀面具则反映了明显的社会分层和人与自我分离与矛盾的状态。面具作为脸部的覆盖物,在表演艺术中并非独立存在的记号,它的表情,既暗示着神的形象,同时也表达着面具表演者的身份及其与神、与鬼、与自然世界的隐喻与转化关系。它以祭祀仪式为依托,包容了节日庆典、戏剧搬演、民间习俗与日常生活。雕刻形态、细节呈现、附着装饰上显现出很大的差异性,但在某些社会功能、思维机制和表演艺术层面又具有异质同构性。以面具人物和角色为基础,以鼻子和下巴的细节阐释(此前讨论过眼睛和嘴巴)为切入点,讨论面具的变形与虚构、伪装与隐藏、平衡与转化,可以进一步认知面具形象的类型学意义及其表演人类学的本质。

(原载《中华艺术论丛》2019年第1期)

图书在版编目(CIP)数据

戏曲展演、权力景观与文化事象/丁淑梅著. —上海：复旦大学出版社，2020.3
(新世纪戏曲研究文库/江巨荣主编)
ISBN 978-7-309-14537-3

Ⅰ.①戏… Ⅱ.①丁… Ⅲ.①戏曲文学-古典文学研究-中国 Ⅳ.①I207.3

中国版本图书馆 CIP 数据核字(2019)第 282014 号

戏曲展演、权力景观与文化事象
丁淑梅　著
责任编辑/王汝娟

复旦大学出版社有限公司出版发行
上海市国权路 579 号　邮编：200433
网址：fupnet@fudanpress.com　　http://www.fudanpress.com
门市零售：86-21-65642857　　团体订购：86-21-65118853
外埠邮购：86-21-65109143
浙江新华数码印务有限公司

开本 787×960　1/16　印张 20.75　字数 265 千
2020 年 3 月第 1 版第 1 次印刷

ISBN 978-7-309-14537-3/I·1181
定价：82.00 元

如有印装质量问题，请向复旦大学出版社有限公司发行部调换。
版权所有　　侵权必究